Satantango
사탄탱고

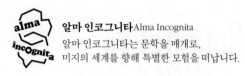

알마 인코그니타 Alma Incognita
알마 인코그니타는 문학을 매개로,
미지의 세계를 향해 특별한 모험을 떠납니다.

Satantango
사탄탱고

László Krasznahorkai
크러스너호르커이 라슬로

조원규 옮김

일러두기
- 본문 하단의 주는 옮긴이 주다.
- 저자의 이름은 국내에 알려진 '라슬로 크라스나호르카이'로 표기하는 대신, 국립국어원 외래어 표기법 규정과 헝가리어의 성-이름순 표기 방식에 따라 '크러스너호르커이 라슬로'로 표기했다.
- 작품 내에 등장하는 헝가리 인명과 지명의 표기는 국립국어원 외래어 표기법 규정에 따르는 것을 원칙으로 했다. 단 헝가리어가 아닌 다른 언어로 된 인명이나 지명의 경우에는 해당 언어의 표기법을 따랐으며, 현지의 명칭보다 널리 통용되는 제3국어의 지명이 있는 경우에도 예외를 두었다.

"그러면 차라리 기다리면서 만나지 못하렵니다."

F.K.

차례

춤의 순서

Ⅰ

1 / 그들이 온다는 소식 11

2 / 우리는 부활한다 39

3 / 뭔가 안다는 것 79

4 / 거미의 작업 Ⅰ 115

5 / 실타래가 풀리다 155

6 / 거미의 작업 Ⅱ―악마의 젖꼭지, 사탄탱고 191

II

6 / 이리미아시가 연설을 하다 233

5 / 되돌아본 광경 263

4 / 천국의 비전인가, 환각인가 301

3 / 다른 방향에서 본 광경 333

2 / 그저 일과 걱정뿐 365

1 / 원이 닫히다 377

해설: 조원규 399

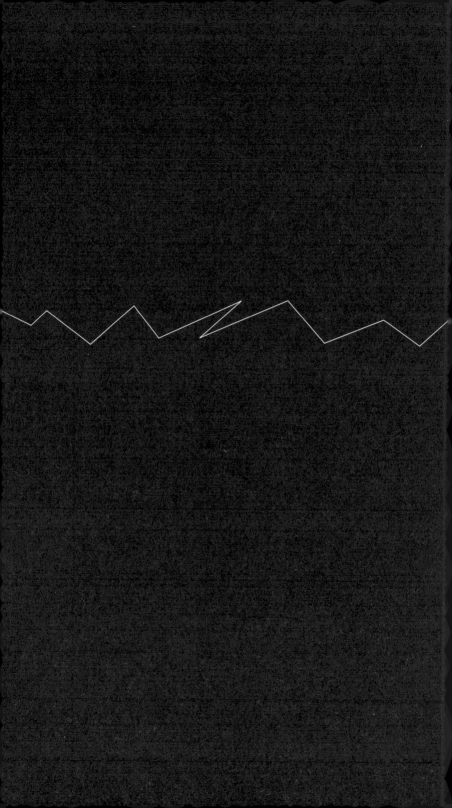

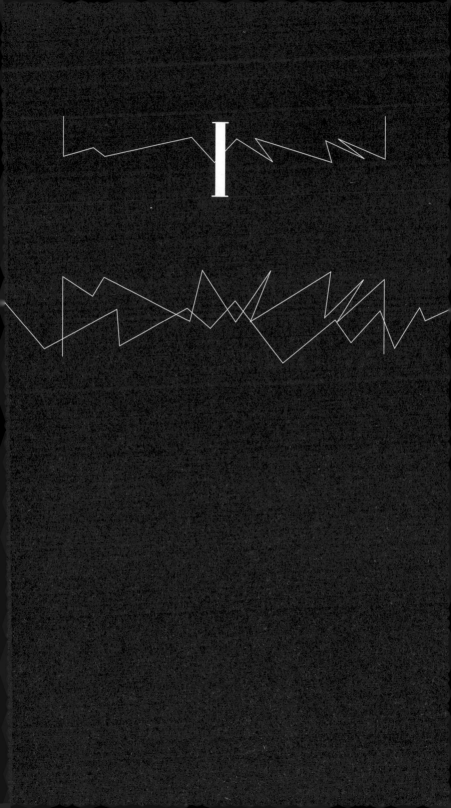

I

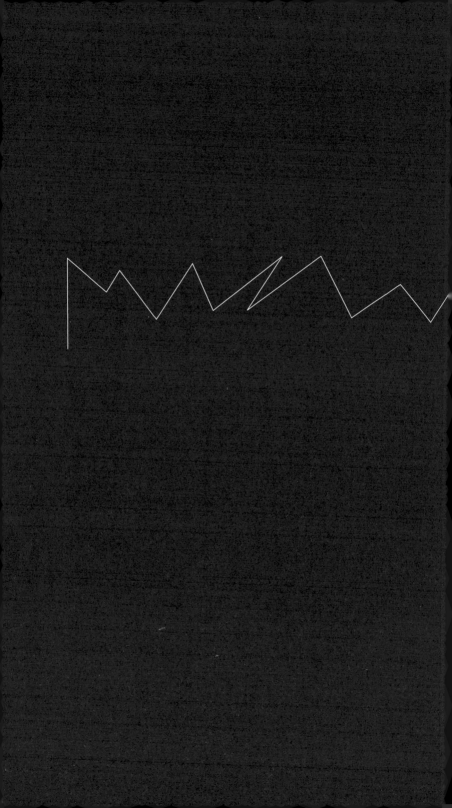

1

그들이 온다는 소식
News of Their Coming

어느 시월의 아침 끝없이 내릴 가을비의 첫 방울이 마을 서쪽의 갈라지고 소금기 먹은 땅으로 떨어질 즈음(이제 첫서리가 내릴 때까지는 온통 악취 나는 진흙 바다가 펼쳐져 들길로 다니기도, 도시로 가기도 어려울 터이다), 후터키는 종소리에 잠에서 깨어났다. 소리가 들려올 가까운 데라곤 남서쪽으로 4킬로미터 떨어진 호흐마이스 지대의 외진 소성당 하나뿐인데, 거기엔 종이 없는 데다 종탑은 전쟁 중에 무너졌으며, 멀리 있는 도시의 소리가 여기까지 와 닿을 리도 없었다. 게다가 어쩐지 의기양양하게 울리는 종소리는 멀리서 들려오는 것 같지 않고 오히려 아주 가까운 곳으로부터('아마도 방앗간에서…') 바람에 실려 오는 것 같았다. 후터키는 쥐구멍만 한 부엌 창으로 밖을 내다보기 위해 몸을 일으켜 앉았지만, 더께 앉은 창유리 너머에는 종소리가 점점 희미해지는 가운데 새벽의 푸름에 감싸여 기척 없이 적막한 마을만 있을 뿐이었다. 다만 멀찍이 흩어져 있는 집들 가운데서 의사의 집, 가려진 창문에서만 한 가닥 빛이 틈으로 새어 나왔는데 그나마도 의사가 어두운 곳에서는 잠을 이루지 못했기 때문이었다. 후터키는 스러져가는 종소리의 미약한 울림 하나라도 놓치지 않으려 했고, 숨을 죽인 채 사태의 진상을 알아내려고 했다('후터키, 넌 아직도 꿈을 꾸는 거야'). 그렇게 소리에 귀를 기울이느라 한층 적막 속에 잠겨버렸다. 다리를 절긴 해도 감탄할 만큼 유연하게 걸을 수 있는 그가 얼음처럼 차가운 부엌 바닥을 밟고 창문 쪽으로 다가갔다. ('아직 아무도 깨지 않았나? 소리를 듣는 사람이 없어? 나 말고는 아무도?') 창문을 열고 몸을 밖으로 숙이듯이 내밀자 얼굴로 매서운 냉기가 끼쳐와 잠시 눈을 감아야 했지만, 그는 닭 울음소리와 멀리서 개 짖는 소리 그리고 윙윙 울어대는 바람이 지나간 뒤의 적막에 한껏 귀를 기울였다. 그러나 심장만 나직이 고동칠 뿐 모든 게 비몽사몽간 귀신 놀음이었던 듯 한없이 고요하기만 했다('누가 날 골리려 꾸민 짓 같군'). 그는 슬픈 기분으로 불길한 하늘과 메뚜기 떼가 휩쓸고 간 지난여름의 잔해를 물끄러미 바라보았다. 홀연 그는 환영처럼 아카시아 가지 위로 봄, 여름, 가을, 겨울이 지나가는 것을 보았다. 마치 시간이 움직임 없는 영원의 원圓 속에서 유희를 벌이고 혼돈의 와중에 귀신이 재주를 피우듯 기상천외한 망상을 진짜로 믿게 하려는 것 같았다…. 그는 요람과 관의 십자가에 결박되어 경련하는 자신의 모습을 보았다. 그런 그는 결국 냉혹한 즉결 심판을 받고 어떤 계급 표식도 부여받지 못한 채, 시체를 씻는 사람들과 웃으면서 부지런히 피부를 벗겨내는 자들에게 넘겨질 것이다. 그때가 되면 가차 없이 인생사의 척도를 깨닫고 말리라, 돌이킬 수도 없이. 사기꾼들과 벌이는 게임에 발을 들여놓은 결과는 진즉에 결정되었고 끝내 그는 마지막 무기처럼 지녀온, 안식처로 한 번 더 돌아가고픈 희망마저 빼앗기고 말 것이다. 그는 마을 동쪽으로 시선을 향해 한때는 삶의 소음으로 부산했으나 지금은 버려진 채 무너져가는 건물들과 붉게 부푼 해의 첫 햇살이 부서진 농가의 기와 없는 지붕 틈새로 떨어져 내리는 것을 비통한 심정으로 바라보았다. '결단을 내려야 해. 여기서는 더 살 수가 없어.' 그는 도로 따뜻한 침대로 기어들어 팔베개를 하고 누웠지만 눈이 감기지는 않았다. 유령 같은 종소리보다 그를 더 놀라게 한 건 갑작스러운 정적, 위협적인 침묵이었다. 이제는 대체 무슨 일이 일어날지 알 수 없었다. 하지만 움직이는 건 아무것도 없었고 그 또한 침대에서 꼼짝하지 않았는데, 돌연 주위의 말 없는 물건들이 신경을 건드리는 대화를 시작했다(찬장이 삐걱 소리를 내고 냄비가 덜거덕거렸으며 사기 접시가 딸각 내려앉았다). 그는 화들짝 놀라 곁에서 땀내를 풍기며 자고 있던 슈미트 부인과 등을 마주하며 돌아누웠다. 그리고 침대 옆을 더듬어 잔에 담긴 물을 마시고 나자 그를 어린아이처럼 겁에 질리도록 만들었던 두려움이 물러갔다. 그는 한숨을 내쉬며 이마의 땀을 훔쳤다. 슈미트와 크라네르는 지금쯤 양 떼를 몰고 그간에 염전 지대에서 마을 북쪽의 농장으로 가 8개월 동안 죽도록 일한 품삯을 받아 오는 중이리라. 그들이 걸어서 마을로 돌아오려면 아직도 몇 시간이나 남았기에 그는 잠이나 더 자기로 했다. 눈을 감고 돌아누워 여자의 몸에 팔을 올렸다. 다시 종소리를 들은 것은 잠에 거의 빠져들려던 때였다. "맙소사!" 그는 침대에서 벌떡 몸을 일으켰지만 앙상한 맨발로 돌바닥을 딛는 순간 종소리는 또다시 멈춰버렸다…. 그는 몸을 수그리고 두 손은 허벅지에 올려놓은 채 침대 가장자리에 앉아 있었다. 목이 타는데 물 잔은 비었고 오른발까지 아파왔지만 그는 침대에 다시 누울 생각도 몸을 일으킬 생각도 하지 못했다. '기필코 내일은 떠나야겠군.' 그는 부엌에 아직 쓸 만한 물건이 있을까 하나씩 눈여겨보았다. 기름때와 음식 찌꺼기가 눌어붙은 화덕, 구석에 밀쳐둔 손잡이가 갈라진 바구니, 다리가 덜컹거리는 식탁, 벽에 먼지가 뽀얗게 앉은 성화聖畵 몇 점 그리고 문 옆에 쌓아둔 냄비들. 눈길은 마침내 훤해진 작은 창문에 가닿았다. 늘어뜨려진 아카시아 가지들과 지붕이 푹 꺼진 헐리치의 집, 비딱한 굴뚝과 거기서 솟아나는 연기가 내다보였다. "내 몫을 챙겨야지. 그것도 오늘 저녁에! 안 되면 내일까지라도. 내일 아침 말이지." "아이쿠!" 옆에서 슈미트 부인이 펄쩍 놀라 일어났다. 희미하게 밝아진 방을 이리저리 둘러보며 헐떡거리던 그녀는 모든 게 원래대로임을 알자 안도하며 다시 뒤로 털썩 누웠다. "왜 그래요? 악몽이라도 꿨나?" 후터키가 물었다. 슈미트 부인은 아직까지도 놀람이 가시지 않은 듯 천장만 뚫어져라 쳐다보았다. "말도 마요! 오, 하느님!" 그녀는 손을 가슴에 갖다 대며 다시 숨을 몰아쉬었다. "이런 적은 처음이네…. 어쨌냐면… 내가 방에 앉아 있는데… 그런데… 누가 창문을 두드리는 거예요. 겁이 나서 열지는 못하겠고 커튼 너머로 엿보고 섰는데, 등밖엔 보이지가 않아요. 막 문고리를 흔들면서 소리를 질러대는 입이 보이고. 그 사람이 무슨 말을 하는지는 모르지만… 얼굴이 아주 거칠고 눈은 유리로 만든 것 같았어요. 끔찍해라…. 그런데 갑자기 저녁때 내가 문 열쇠를 한 바퀴만 돌려서 잠근 기억이 떠오르는 거야. 하지만 문까지 가기엔 이미 늦었지…. 그래서 재빨리 부엌문을 닫는데, 이번엔 부엌문 열쇠가 없고…. 고함을 지르려니까 목구멍에서 아무 소리도 안 나와…. 왜 이러지? 영문을 모르겠는데… 그런데 갑자기 창너머에서 헐리치 부인이 가만히 웃고 있는 거예요…. 그 여자 웃을 때 어떤지 당신도 알죠? 그 여자가 부엌을 들여다보고 있어요…. 그리고 어떻게 된 건지 모르겠는데… 갑자기 사라져버려요. 밖에 있던 사람은 발로 문을 차고 곧 안으로 들어올 것만 같은데, 부엌칼이 떠올라서 찬장으로 달려가니까 서랍이 걸려 열리질 않아서 당기고 또 당기면서… 여하튼 무서워서 죽을 지경이었다니까…. 그다음엔 문짝이 우지끈 뜯겨 나가는 소리가 들려요. 벌써 누군가 현관으로 들어오는데… 난 여전히 서랍도 열지 못하고… 이제 그 사람이 부엌문 앞까지 와요…. 나도 드디어 서랍을 열어 칼을 집어 들었는데, 그 사람이 팔을 휘두르고 위협하면서 점점 가까이 오는 거예요…. 그런데 모르겠어…. 갑자기 그 사람이 방 모퉁이 창문 아래 뻗어 있더라니까…. 아, 맞다. 그 사람 주변에 파란색과 붉은색 냄비들이 널려 있었지. 냄비들이 온통 부엌 안을 날아다닌 것처럼…. 그런데 이젠 내 발밑, 부엌 바닥이 움직이기 시작하네? 난 부엌이 통째로 자동차처럼 굴러가나 보다고 생각해요. 그다음엔 어떻게 됐는지 모르겠네." 말을 마친 그녀는 마음이 놓이는 듯 웃음을 터뜨렸다. "굉장하네!" 후터키가 고개를 저었다. "난 어땠는지 알아? 종소리를 듣고 잠에서 깼다고…." "에이, 설마!" 그녀는 믿을 수 없다는 듯이 그를 바라보았다. "종소리? 어디서?" "그걸 모르겠더라니까. 게다가 두 차례나. 한 번 들리고 또 한 번." 슈미트 부인도 고개를 저었다. "정신이 나가려나 봐." "아니면 나도 그게 다 꿈이었으려나." 후터키가 투덜거렸다. "조심해요. 오늘 무슨 일이 일어날 수도 있겠어." 슈미트 부인이 짜증을 내며 돌아누웠다. "늘 똑같은 소리. 그런 말 그만 좀 할 수 없나." 그 순간 뒷문이 찌걱 열리는 소리가 났다. 둘은 놀란 얼굴로 서로를 쳐다보았다. "남편이에요!" 슈미트 부인이 급하게 속삭였다. "틀림없어." 후터키가 안절부절못하며 일어나 앉았다. "그럴 리가 없잖아! 아직 돌아올 때가 안 됐는데." "누가 알아요! 어서 가요!" 후터키는 침대를 박차고 나와 옷가지를 움켜잡고 욕실로 들어가선 문을 닫고 옷을 입었다. "내 지팡이는…아, 밖에다 놔뒀구나." 슈미트 부부는 지난봄부터 작은 방은 사용하지 않았다. 처음엔 녹색 곰팡이가 벽을 뒤덮더니, 낡았지만 늘 깨끗하게 닦아 쓰는 장에 넣어두었던 수건이며 침구에도 곰팡이가 슬었다. 몇 주가 지나자 파티 때 쓰려고 보관해두었던 식사 도구에 녹이 슬었고, 레이스 식탁보를 깐 커다란 탁자의 다리가 헐거워졌다. 그뿐만이 아니었다. 커튼은 누렇게 색이 변하고 어느 날엔가는 전구까지 나가버려서 부부는 마침내 부엌으로 옮겨 가고 작은 방은 쥐와 거미들이 차지하고 말았다. 달리 뾰족한 수가 없었다. 후터키는 문가에 기댄 채 어떻게 하면 들키지 않고 집 밖으로 도망쳐 나갈지를 궁리했다. 하지만 방법이 없어 보였다. 밖으로 나가려면 부엌을 통과하는 수밖에 없었고, 그렇다고 창문에서 뛰어내리기엔 그는 너무 늙어 기력이 없었다. 결국 크라네르 부인이나 힐리치 부인에게 들키고 말 것이다. 두 여자는 호시탐탐 시기하는 눈빛으로 이 집 안에서 일어나는 일들을 엿보았으니까. 그의 지팡이가 슈미트의 눈에 띄면, 슈미트는 집 안 어딘가에 그가 숨어 있다는 걸 알아챌 것이다. 만일 그런 사태가 벌어진다면 슈미트는 절대로 용서할 위인이 아니었기에, 그가 일한 몫은 받지도 못할 터였다. 그리고 도망치듯 이 마을을 떠날 수밖에 없게 될 것이다. 이 농장이 조성되고 2년이 지난 뒤에, 지금으로부터는 7년 전에 이곳이 흥한다는 소식을 듣고 그가 처음 왔을 때처럼, 다 해진 바지에 빛바랜 윗옷을 걸치고 굶주린 빈털터리 신세로 돌아갈지도 몰랐다. 슈미트 부인은 현관으로 달려갔고, 후터키는 귀를 문에 바짝 붙였다. 벌써 슈미트의 쉰 목소리가 들려왔다. "허튼 짓 말고, 내 말대로만 해, 마누라! 알겠지?" 후터키는 속이 확 달아올랐다. "내 돈." 덫에 걸린 기분이 들었지만 투덜거릴 시간이 없었다. 가만있을 때가 아니었기에 그는 창문으로 뛰어 내리기로 했다. 창문 손잡이를 잡으려는 찰나에 슈미트가 현관으로 가는 소리가 들렸다. "벌써 꺼질 모양이군." 후터키는 살금살금 문으로 되돌아가 숨을 죽이고 귀를 기울였다. 슈미트가 나가고 마당으로 통하는 뒷문이 닫히자 후터키는 가만가만 부엌으로 들어갔고, 조마조마한 표정으로 서 있는 슈미트 부인을 한번 쓱 훑어본 다음 아무 말도 없이 문을 열고 밖으로 나갔다. 그런 다음 슈미트가 다시 집으로 들어간 게 분명해졌을 때, 마치 방금 도착한 것처럼 소란스럽게 문을 두드렸다. "여보게, 아무도 없나? 슈미트!" 그는 목청껏 부르며 혹시라도 슈미트가 도망칠 시간을 주지 않기 위해 재빨리 문을 열었다. 집을 빠져나가려고 막 부엌을 나온 슈미트 앞에 후터키가 떡하니 버티고 서 있었다. "어허, 이것 봐라!" 그가 비웃듯이 말했다. "우리 이웃께서 어딜 그리 급하게 가시려고?" 슈미트는 아무 말도 하지 못했다. "내가 대신 말해드릴까! 내가 거들어주지, 이웃 양반. 내가 도와줄 테니, 아무 걱정 마시라고!" 음침한 목소리로 후터키가 말했다. "돈을 들고 튈 작정이었지! 안 그래? 내 말이 맞지?" 슈미트가 여전히 묵묵부답이자, 후터키는 설레설레 고개를 저었다. "허, 참. 이웃이 좋다더니. 내 이럴 줄을 몰랐구먼?" 두 남자는 부엌으로 돌아가 식탁에 서로 마주보고 앉았다. 슈미트 부인은 어수선한 동작으로 화덕 앞에서 뭔가 하는 시늉을 했다. "내 말 좀 들어보게." 슈미트가 말을 더듬으며 입을 열었다. "설명을 할 테니…." 후터키가 손을 저었다. "아, 내가 다 알지. 말해보게. 크라네르도 낀 건가?" 슈미트는 마지못해 고개를 끄덕이며 대답했다. "반씩 나누기로 했어." 후터키가 벌컥 화를 냈다. "이런 빌어먹을! 이렇게 내 뒤통수를 쳐?" 그는 고개를 숙이고 생각에 잠겼다. "그래, 그래서? 이젠 어쩔 셈이지?" 그가 묻자 슈미트가 짜증스럽게 손을 내저으며 말했다. "어쩌긴 뭘 어째! 이제 자네도 같이 가는 거지." "그게 무슨 뜻이지?" 후터키가 속으로 셈을 하면서 물었다. "3등분하자고." 슈미트가 괴로운 얼굴로 대답했다. "그저 입이나 다물어주게." "그건 걱정 안 시킬 수 있지." 화덕 앞에 있던 슈미트 부인이 한숨을 쉬었다. "제정신이 아니었구먼? 무탈할 줄 알았나?" 슈미트는 못 들은 양 후터키를 날카롭게 쳐다보았다. "자, 이제 정리됐지? 한 가지만 말해두겠네. 이 일로 내 신세를 망치면 안 돼." "방금 합의했잖나?!"

"물론 더 말할 건덕지도 없지!" 슈미트는 말을 이었다. 그의 목소리가 엄숙하고도 간절해져 있었다. "부탁을 좀 해야겠는데. 자네 몫을 잠깐만 좀 꾸어줄 순 없겠나? 딱 1년만! 우리가 어딘가 정착할 때까지만이야…." 후터키가 다시 화를 냈다. "나 보고 엿이나 먹으라는 거지?" 슈미트가 몸을 숙이며 왼손으로 식탁 가장자리를 움켜잡았다. "자네가 최근에 나한테 말이야, 여길 뜰 생각이 없다고 하지 않았으면 내가 이런 부탁도 안 하지. 여기선 자네가 돈을 쓸 데도 없지 않겠나. 꼭 1년만이야…. 겨우 1년이라고! 우린 여기서 떠나려고 해. 알아. 떠나야만 한다고. 그런데 2만 가지고는 아무것도 할 수가 없어. 벌판의 단칸집도 못 산다고. 1만이라도 빌려주게, 응?" "내가 알 바 아니지." 후터키가 화를 참으며 대꾸했다. "내가 왜 그 부탁을 들어줘야 해? 나도 여기서 썩다가 뒈질 생각은 없다고!" 슈미트는 고개를 흔들었다. 그는 화가 나서 거의 소리를 지를 기세였지만, 그저 침통하고 간절하게 했던 말만 되풀이했다. 그가 제발 자기를 가엾게 여겨서 좀 도와달라고 말할 때는 팔꿈치를 받친 식탁이 그의 움직임에 장단을 맞추어 달가닥거렸다. 후터키는 마음이 누그러져 양보를 해줄까 하는 기분이 들었다. 그의 눈은 빛 속에서 맴도는 수많은 먼지들을 보았고, 코는 눅눅한 부엌 냄새를 맡고 있었다. 갑자기 혀끝에 신맛이 느껴졌다. 그는 그것이 죽음이라고 생각했다. 농장이 해체되고, 마을 사람들이 이곳에 처음 왔을 때처럼 또 미련 없이 떠나가버린 뒤에 의사와 학교 교장을 포함해 오직 그와 몇몇 집들만이 남았는데, 누구도 어디로 가야 할지를 몰랐다. 그때부터 그는 음식 맛에 신경을 곤두세웠다. 죽음은 무엇보다 수프와 고기 접시에, 그리고 담벼락에서부터 스며들어올 것임을 알고 있었기 때문이다. 그는 음식을 삼키기 전에 오랫동안 입 안에 물고 있었고, 물이나 혹은 드물게 식탁에 오르는 와인을 마실 때도 아주 천천히 목구멍으로 넘겼다. 가끔씩 그가 사는 오래된 펌프하우스의 기계실에서 석회 덩어리를 깨 한 조각 맛보고 싶은 충동이 일었는데, 그렇게 향과 입맛의 질서를 무참히 깨트릴 때 어떤 경고를 인식할 수 있을 것 같아서였다. 그는 죽음이 절망적이고 영구적인 종말이 아니라 일종의 경고라고 확신했다. "그냥 달라는 게 아니란 말이야." 슈미트가 자기도 지겹다는 듯이 말했다. "빌려달라는 건데, 이해가 안 돼? 차용하는 거지. 정확하게 1년 후에 한 푼도 모자라지 않게 돌려준다니까." 식탁의 두 사내는 의기소침했다. 슈미트의 눈빛은 피로에 절어 있었고, 후터키는 뜻 모를 타일 바닥의 무늬만 뚫어져라 바라보았다. 후터키는 겁먹은 것을 들키고 싶지 않았는데, 자기가 왜 겁을 먹었는지 설명할 방도가 없기 때문이기도 했다. "말해보게. 나 혼자서 염전에 간 적이 얼마나 많았나. 그 땡볕에 숨도 제대로 쉬어지지 않아 속이 타버릴 것 같을 때 말이야! 나무를 누가 해왔지? 울타리는 누가 쳤냐고? 나도 자네나 크라네르나 헐리치와 똑같이 악착같이 일했어.

그런데 이제 와서 나한테 한다는 소리가, 뭐? 돈을 차용하겠다고? 그래, 그럼 내가 자네를 다시 볼 수 있는 건 언제쯤이려나, 엉?" "날 안 믿는다는 거지?" 슈미트가 모욕을 받은 것처럼 말을 받았다. "그래, 못 믿겠다!" 후터키도 으르렁댔다. "자넨 크라네르와 작당을 해서 둘이 함께 해 뜨기 전에 튀려고 했지. 그래놓고 나더러 믿으라고? 대체 날 뭘로 보는 거야? 내가 바보다, 이거지?" 둘은 침묵했다. 화덕 앞에서 슈미트 부인이 접시를 딸그락거렸다. 두 사내는 담배를 말기 시작했다. 슈미트는 실망한 기분으로, 후터키는 떨리는 손가락으로. 이윽고 후터키가 자리에서 일어나 절룩거리며 창가로 다가갔다. 왼손의 지팡이로 몸을 지탱한 채 그는 지붕들 위로 쏟아지는 빗줄기, 바람에 맥없이 휘어지는 나무들, 허공에 뻗친 앙상한 가지들의 위협적인 선들을 바라보았다. 그 나무들의 뿌리와, 생명을 주는 진흙을 떠올렸다. 이제 이 땅은 진흙으로 변할 것이었다. 그리고 그가 두려워하는 팽팽한 적막이 마을을 에워싸고 있었다. "이봐." 후터키가 미심쩍은 듯이 말했다. "자네들 왜 돌아왔나. 떠나려고 한 거라면…" "그놈의 왜, 왜!" 슈미트가 으르렁댔다. "집으로 오는 도중에 여길 뜰 생각을 한 거야. 생각을 정했을 때는 벌써 집에 다 왔더라고." "그것도 그렇고, 집사람은 어떻게 하고? 마누라를 두고 갈 생각은 아니었겠지?" 슈미트가 고개를 끄덕였다. "그러면 크라네르네는?" 후터키가 다시 물었다. "그쪽은 어떡하기로 했나?" "저녁 때 떠날 작정으로 집에 숨어 있지. 크라네르 부인이 무슨 제재소인 가 하는, 버려진 곳이 있다는 얘길 들은 모양이야. 날이 어두워지면 사거리에서 만나기로 하고, 그때까지는 숨죽이고 기다릴 걸세." 후터키는 한숨을 쉬었다. "아직도 종일이나 남았는데. 다른 사람들은 어떡하고? 헐리치나 교장 말이야." 슈미트는 의기소침해져서 손가락을 비벼댔다. "나도 모르지. 헐리치는 아마 하루 종일 잠이나 잘 거야. 어제 호르고시네서 엄청 마셔댔거든. 그리고 교장? 지옥에나 가라지. 신경 안 써! 만일 그자가 우릴 훼방 놓으면 먼저 무덤에 들어간 빌어먹을 그의 엄마 곁으로 내가 보내버릴 테니까 진정하라고." 두 사람은 부엌에서 저녁이 오기를 기다리기로 했다. 후터키는 맞은편 집들을 눈여겨보기 위해 의자를 창가에 갖다 놓았다. 슈미트는 피로에 지친 나머지 식탁에 팔과 머리를 대고 엎드려 금방 코를 골았고, 그의 아내는 찬장 깊은 곳에서 철로 테두리를 두른 군용 궤짝을 꺼내 먼지를 닦아내고는 말없이 짐을 싸기 시작했다. "비가 오는군." 후터키가 말했다. "그러게." 그녀가 대답했다. 동쪽으로 흘러가던 구름 사이로 희미한 햇빛이 내비치는 순간이었다. 부엌은 어스름에 잠겨 있어서, 벽 위에 그려지는 얼룩의 떨림이 그림자일 뿐인지, 아니면 확실하다고 믿어온 생각 뒤에 감춰진 절망의 불길한 흔적인지 알 수가 없었다. "남쪽으로 갈 거야." 내리는 비를 응시하며 후터키가 말했다. "적어도 거긴 겨울은 더 짧겠지. 잘나가는 도시 가까운 곳에 땅을 세내서 하루 종일 따뜻한 대얏물에 발을 담그고 있겠어…." 빗방울이 창유리 안쪽과 바깥쪽에서 아래로 미끄러져 내렸다. 안쪽에서는 윗부분에 손가락 굵기로 난 틈에서부터 흘러내린 빗방울이 점점 고여 창틀을 메우고는 창턱까지 흐른 뒤 다시 방울방울 후터키의 무릎으로 떨어졌지만, 그는 먼 곳을 떠도는 상념에 빠져 자기 옷이 젖는 것도 알지 못했다. "아니면 초콜릿 공장에서 야간 경비로 일할 수도 있겠지…. 여학생 기숙사의 경비도 할 수 있을 거야. 어쨌든 난 모든 걸 잊을 작정이니까. 매일 밤 대야에 담긴 따뜻한 물만 있으면 돼. 아무것도 하지 않고 이 개 같은 인생이 어떻게 지나가는지 구경만 하겠다고." 가만히 내리던 빗줄기가 들이붓듯 쏟아지기 시작했다. 빗물은 원래도 숨 가쁜 땅 위에 마치 댐이라도 무너진 듯 넘쳐흘렀고, 가느다랗고 복잡한 물길을 내면서 더 낮은 지대로 흘러갔다. 후터키는 창유리 너머의 풍경을 더는 볼 수 없었음에도 고개를 돌리지 않고 벌레 먹은 창틀과 석고가 부스러진 곳을 보고 있었다. 그런데 유리창에 갑자기 불분명한 물체가 보이더니 점차 사람의 꼴을 갖춰갔다. 처음엔 그게 누구의 얼굴인지, 놀란 두 눈을 볼 때까지는 알지 못했다. 이윽고 그가 알아본 것은 자신의 초췌한 면상이었고, 순간 놀라고 당황한 것은 비가 창유리 위의 얼굴을 지워내듯이 세월이 그에게도 똑같은 일을 할 것이라는 예감이 들어서였다. 그 모습엔 무언가 엄청나고 낯선 궁핍이 어려 있었다. 수치와 자부심

그리고 두려움이 겹겹이 층을 이루며 그에게로 다가들었다. 갑자기 혀끝에 다시 신맛이 느껴지고 아침에 들은 종소리가 떠올랐다. 유리잔과 침대, 아카시아 가지, 차가운 바닥…. 그는 비통한 표정을 지었다. "따뜻한 물 한 대야! 아, 젠장! 난 날마다 족욕을 할 거야…." 그의 등 뒤에서 슈미트 부인이 가만히 울기 시작했다. "왜 그래요?" 하지만 그녀는 대답하지 않고 괴로운 듯 다른 곳을 바라보고 섰다. 흐느끼는 그녀의 어깨가 들썩였다. "안 들려요? 무슨 일인데?" 그녀는 그를 보았다가, 말해봐야 무슨 소용이 있겠냐는 듯 말없이 부엌 의자에 앉아 코를 풀었다. "왜 말이 없냐니까?" 후터키가 끈질기게 물었다. "무슨 생각을 하는 거요?" "우리가 어디로 가냔 말이야!" 그녀가 토해내듯 비통하게 말했다. "어느 마을이든 들어가기만 하면 경찰이 우릴 잡을 텐데. 그 생각을 못 해요? 누구냐고 이름도 안 물어보고 잡아갈 거야." "바보 같은 소리 말아요!" 후터키가 성을 냈다. "우린 주머니에 돈도 많을 테고, 그리고…." "바로 그 얘기라니까." 그녀가 그의 말을 끊었다. "그 돈! 정신 좀 차려봐요! 여길 떠난다고…. 이 꼴불견인 궤짝을 들고…. 도둑놈 무리처럼!" 후터키는 분노가 끓어올랐다. "이제 그만해! 이 일에 참견할 생각 말고. 당신하곤 아무 상관없는 일이야. 입이나 다물라고." 슈미트 부인이 펄쩍 뛰었다. "뭐라고? 나보고 뭘 어쩌라고?" "누가 뭐라 그랬다고 그래?" 후터키가 으르렁거렸다. "그리고 좀 조용히 해봐요. 슈미트가 깨겠어."

시간은 느리게 흘러갔지만 똑딱임으로 그 사실을 환기시킬 시계는 다행히도 오래전에 고장이 나 있었다. 그럼에도 슈미트 부인은 끓는 파프리카 스튜를 저으며 자꾸만 멈춰 있는 시곗바늘을 바라보았다. 오후가 되었고, 그들은 김이 올라오는 접시 앞에 맥없이 앉아 있었다. 슈미트 부인이 여러 번 재촉했음에도("뭘 기다려요? 오밤중이 돼서 진창에 앉아 먹을 생각이에요?") 두 남자는 음식에 손을 대지 않았다. 괴로운 침묵 속에서 방 안의 물건들이 어스름에 잠겨가는데도 그들은 불을 켜지 않았다. 문가의 냄비들이 살아 움직이고 벽에 걸린 그림 속 성자들이 부활하는 것 같았다. 심지어 침대에는 누군가 누워 있는 듯했다. 이런 망상에 사로잡히지 않으려고 그들은 가끔씩 서로의 얼굴을 뚫어져라 쳐다보았으나 똑같이 닮은 절망으로 서로를 마주한 얼굴들이 있을 뿐이었다. 그들은 어두워지기 전에는 떠날 수 없었지만(헐리치 부인이나 교장이 창가에 앉아 염전으로 가는 길을 감시하고 있을 게 분명한 데다 슈미트와 크라네르가 한나절이나 늦어지고 있는 탓에 더 바짝 주의를 기울이고 있을 터이므로) 슈미트와 그의 부인은 아직 어둠이 내리지 않았는데도 몸을 들썩거리며 그냥 출발해볼까, 하는 기색을 내비쳤다. "저기 헐리치 부인과 크라네르 부인, 교장과 헐리치가 가고 있어." "크라네르네가?" 슈미트가 화들짝 놀라 일어났다. "어디?" 그가 창가로 다가갔다. "극장에 가는 거겠지." 후터키가 확신하듯 중얼거렸다. "그럴 거야. 그 말이 맞아." 슈미트 부인이 끄덕였다. "가만 좀!" 슈미트가 아내를 향해 거칠게 말했다. "자네는 흥분하지 말라고!" 후터키가 그에게 말했다. "자네 부인이 제정신이야. 우린 어차피 밤이 되길 기다려야 해. 안 그래?" 슈미트는 투덜대며 다시 식탁에 앉아 두 손으로 얼굴을 감쌌다. 후터키는 기운 없이 창문에 담배 연기를 뿜었다. 슈미트 부인은 부엌 찬장 안쪽에서 끈을 찾아냈다. 군용 궤짝 고리가 녹슬어 뚜껑이 닫히지 않았기 때문에 그녀는 끈으로 궤짝을 단단히 둘러 묶어 문가에 세워두었다. 그런 다음 남편 곁에 맥없이 두 손을 펼치고 앉았다. "뭘 기다리지?" 후터키가 말했다. "돈을 나누자고!" 슈미트는 아내를 쳐다보았다. "천천히 해도 되잖아?" 무거운 동작으로 일어난 후터키가 식탁에 와서 앉았다. 그는 다리를 쩍 벌리고 앉아 꺼끌꺼끌한 턱을 긁으며 다시 재촉했다. "어서, 나누자고." 슈미트가 이마를 문질렀다. "때가 되면 다 받게 될 거야. 걱정 말라고." "이봐, 대체 뭘 기다리는 거야?" "왜 그리 안달이야? 크라네르가 자기 몫을 내놓을 때까지 기다려야지." 후터키가 씩 웃었다. "간단한 방법이 있지. 자네가 가진 돈을 지금 나누고, 나머지 들어올 돈은 사거리에 가서 나누지." 그 말에 슈미트가 동의했다. "알겠어. 손전등 가져와." "내가 갖다줄게." 슈미트 부인이 말했다. 그는 재킷 안주머니에 손을 집어넣어 끈으로 둘둘 감은 두툼하고 조금 젖은 봉투를 꺼냈다. "잠깐." 슈미트 부인이 행주로 식탁을 닦았다. "자." 슈미트는 후터키의 면전에 대고 종잇

조각 한 장을 흔들었다. "영수증이야. 내가 자넬 속인다고 생각하면 안 된다, 이거야." 후터키는 목을 비스듬히 하고 재빨리 종이를 읽은 다음 말했다. "셈하자고!" 그는 손전등을 슈미트 부인의 손에 쥐여주고는 번뜩이는 눈빛으로 슈미트가 뭉툭한 손가락으로 식탁 가장자리에 내려놓는 지폐를 노려보았다. 그러는 동안에 점차 분노가 가라앉고 슈미트를 이해할 수도 있을 것 같은 기분이 들었다. 저렇게 많은 돈을 한꺼번에 손에 쥐면 정신이 혼미해질 테고 무슨 짓을 벌이든 놀라울 게 없었다. 슈미트가 세는 돈이 한쪽에서는 줄어들고 다른 쪽에서 늘어나는 것을 보고 있자니 후터키는 갑자기 속이 울렁거리고 입안에 침이 가득 고이면서 심장이 튀어나올 것처럼 두근거렸다. 슈미트 부인이 일부러 자기 눈에 불빛을 비춰 어지럽게 하는 것 같다는 생각도 들었다. "정확하네." 기운이 빠져가던 후터키는 슈미트가 쉰 목소리로 말하는 걸 듣고 정신을 차렸다. 돈을 막 절반쯤 센 참이었다. 바로 그때 누군가 창문 앞에서 슈미트 부인을 불렀다. "집에 계시우?" 슈미트는 아내의 손에서 손전등을 낚아채 불을 껐고, 식탁을 가리키며 낮은 소리로 황급히 말했다. "빨리 치워, 저거!" 슈미트 부인은 허겁지겁 돈을 한데 모아 가슴께에 집어넣으며 입 모양으로만 "헐리치 부인!" 하고 말하는 시늉을 했다. 후터키는 황급히 화덕과 찬장 사이로 뛰어가 벽에 기대섰는데, 그러자 어둠 속에 고양이 한 마리가 도사린 듯 반짝이는 두 눈빛 밖에는 보이지 않았다. "당신이 나가서 보내버려!" 슈미트가 아내를 문 쪽으로 밀면서 성마르게 말했다. 그녀는 문턱에서 잠시 망설이며 한숨을 쉬다가 이윽고 헛기침을 하면서 현관으로 나갔다. "가요!" "불 켜진 것만 못 봤으면 별 문제 없을 거야." 슈미트가 후터키에게 낮게 속삭였지만 그도 자신할 수는 없었다. 문 뒤에 몸을 숨기고 있는 동안 그는 신경이 달아올라 가만히 서 있기가 힘들 지경이었다. 집 안으로 들어오면 목을 졸라버릴까, 생각하며 그는 침을 삼켰다. 목에서 맥박이 느껴졌고 머리가 터질 것 같았다. 어둠 속에서 방향을 가늠해보려는데, 후터키가 숨어 있던 곳에서 걸어 나오는 게 보였다. 후터키는 지팡이를 찾다가 요란한 소리를 내며 탁자에 주저앉았고, 슈미트는 헛것이 보이나 싶었다. "대체 뭐하는 거야!" 그가 소리 죽여 윽박지르며 조용히 하라는 시늉을 했다. 하지만 후터키는 개의치 않고 담배에 불을 붙인 뒤 불기 남은 성냥을 흔들어 끄며, 그만 포기하고 자리에 와서 앉으라는 손짓을 했다. "불빛이 새잖아, 멍청아!" 슈미트는 문 뒤에서 욕을 하면서 선 자리에서 꼼짝도 하지 않았다. 조금만 소리를 내도 들킬 것 같았기 때문이다. 하지만 후터키는 태연하게 식탁에 앉아 담배 연기를 내뱉으며 무슨 생각인가에 빠진 듯했다. 이 무슨 어리석은 짓거리인가. 그는 슬픈 생각이 들었다. 내 생전에 이런 놀음에 발을 들이다니! 그는 눈을 감고 텅 빈 국도를 떠올렸다. 여위고 남루한 몰골로 그는 도시를 향해 나아가고 마을은 점점 등 뒤로 멀어져서 지평선 너머로 사라진다. 그는 자신이 돈을 손에 쥐기도 전에 잃어버렸음을 깨달았고, 오래전부터 예감한 일이 사실이 되고 있다고 생각했다. 그건 바로, 이곳을 떠날 수 없다는 것이었다. 실은 그는 떠나려고 해본 적도 없었다. 적어도 이곳에선 익숙한 풍경의 그늘 속으로 숨을 수가 있었기 때문이다. 반면에 저 바깥, 마을 외부에서 그를 기다리는 것은 몹시 낯설고 불확실한 무엇일 따름이었다. 어렴풋한 직감이, 그가 아침에 들은 종소리와 작당 모의 그리고 헐리치 부인의 갑작스런 출현 등 이 모든 일이 서로 단단히 연결되어 있다고 그에게 말해주고 있었다. 무슨 일인가 벌어진 게 틀림없었다. 이렇게 예고도 없이 찾아오다니…. 슈미트 부인은 여전히 돌아오지 않고 있었다. 그는 흥분을 가라앉히지 못하고 담배를 빨았다. 담배 연기가 그를 감쌌고 재에서 불꽃이 피어나듯 새로운 환상이 떠올랐다. '어쩌면 마을에 다시 번영이 찾아올까? 새 기계와 사람들이 들어와 모든 게 처음부터 다시 시작될지도? 담장도 고치고 집들엔 하얀 석고를 바르고 펌프하우스도 가동된다면? 그렇다면 그걸 조작할 일꾼도 필요할 테고?' 그때 슈미트 부인이 창백한 얼굴로 문가에 나타났다. "나와도 돼요." 그녀가 목쉰 소리로 말하며 불을 컸다. "무슨 짓이야? 어서 꺼!" 슈미트가 소리치며 다가섰지만, 그녀는 고개를 저었다. "이제 됐어. 벌써 갔어." 슈미트는 자기도 모르게 고개를 끄덕이며 아내의 팔을 잡았다. "언제? 그 여자가 불빛을 봤을까?" "봤지." 그녀가 대답했다. "하지만 내가 말했어. 당신들이 늦도록 돌아오지 않아서 걱정하다가 잠이 들었는데, 자다 깨서 불을 켤 때 전구가 나갔다고. 헐리치 부인이 날 불렀을 때 전구를 갈던 중이어서 손전등 불빛이 비쳤을 거라고 했어." 슈미트는 알겠다고 웅얼거리더니 다시 걱정스레 물었다. "그럼 그 여자가… 우릴 본 건가?" "아니, 절대 아닐 거야." 그는 크게 숨을 내쉬었다. "대체 그 여자는 왜 온 거야?" 슈미트 부인은 모르겠다는 표정으로 나지막이 대답했다. "술에 취해 있었어." "그럼 그렇겠지." 슈미트가 말했다. "뭐라고 했냐면," 하고 그녀는 남편과 마찬가지로 긴장해서 귀를 기울이는 후터키를 보며 말을 이었다. "그 여자 말이, 국도에서 이리미아시와 페트리너가 오는 걸 누가 봤다는 거야. 우리 마을로 말이야! 아마 지금쯤이면 술집에 앉아 있을 거라고 했어." 일순 후터키와 슈미트는 말문이 막혔다. "장거리 버스 차장이 시내에서 두 사람을 봤다고 했대." 슈미트 부인은 이렇게 말하며 입술을 깨물었다. "우리 마을을 향해 걸어가는 걸 봤대. 날씨가 이렇게 엉망인데! 차장 말로는 두 사람이 엘레크로 가는 갈림길에서 농장 쪽을 향해 가더라는 거야." 후터키가 펄쩍 뛰었다. "이리미아시? 페트리너?" 슈미트가 나직이 웃었다. "헐리치 이 여자가 정말 술에 취했나 보군. 성경책을 하도 읽더니 정신이 나간 모양이야." 슈미트 부인은 꼼짝도 하지 않았다. 그녀는 자기도 모르겠다는 듯 두 팔을 벌려 올렸다 내리더니 화덕 앞으로 달려가 등받이 없는 의자에 앉고는 허벅지에 팔꿈치를 받쳐 턱을 괴었다. "그게 사실이라면…." 그녀가 눈을 빛내며 낮은 소리로 말했다. "그게 사실이라면?" 슈미트가 퉁명스럽게 물었다. "하지만 둘 다 죽었잖아!" "그래도 사실이라면…," 이번엔 후터키가 슈미트 부인의 말을 이어가듯 낮게 말했다. "그렇다면 호르고시의 아들놈이 예전에 거짓말을 한 게지." 슈미트 부인이 고개를 들고 후터키를 바라보았다. "그래, 우리가 그 아이한테 얘기를 들었으니까." "그랬지." 후터키가 끄덕이며 떨리는 손가락으로 새 담배에 불을 붙였다. "기억나? 내가 그때 벌써 뭔가 수상쩍다고 했었지. 어쩐지 앞뒤가 맞지 않는 것 같았단 말이야. 그런데 아무도 내 말을 듣지 않았지. 그래서 나도 그냥 체념하고 말았던 거고." 슈미트 부인은 마치 최면이라도 거는 양 후터키를 뚫어지게 바라보았다. "그 녀석이 거짓말을 한 거야. 거짓말이었다고. 그 애라면 그럴 수 있지. 이상할 게 없어." 슈미트는 초조하게 아내와 후터키를 번갈아 쳐다보았다. "헐리치 부인이 취한 게 아니야. 취한 건 당신들이지." 이 말에 후터키도 슈미트 부인도 대답하지 않았다. 그들은 눈빛만 주고받았다. "제정신이 아니라고?" 슈미트가 부르짖으며 후터키에게 한 걸음 다가갔다. "야 이 다리를 저시는 양반아!" 후터키는 고개를 저으며 말했다. "아니, 아냐. 내 생각에 헐리치 부인은 술에 취한 게 아니야." 그는 슈미트 부인을 향해 말을 이었다. "그 여자 말이 분명 사실일 거야. 난 술집에 가보겠어." 슈미트는 눈을 감고 마음을 진정하려 애썼다. "그들은 1년 반 전에 죽었는데. 1년 반 전이라고! 누구나 그렇게 알고 있어. 그런 사실을 가지고 장난치면 안 되지. 속임수에 넘어가면 안 돼! 이건 덫이야. 알겠어? 덫이라고!" 후터키는 듣고 있지 않았다. 벌써 외투의 단추를 잠그느라 정신이 없었다. "이제 모든 게 정상으로 돌아가는 걸 보게 될 거야." 한 치의 의심도 없는 확신의 목소리로 그가 말했다. 후터키는 이미 마음의 결정을 내렸다. 슈미트의 어깨에 손을 얹으며 그는 말했다. "이리미아시는, 위대한 마법사라네. 마음만 먹으면 소똥으로 성을 지을 수도 있지." 자제력을 잃은 슈미트가 후터키의 외투를 움켜쥐고 홱 끌어당겼다. "이 자식!" 그가 으르렁댔다. "이 거름으로나 쓸 작자야! 말해두겠는데, 자네 수작에 내가 넘어갈 것 같아? 천만에. 내 계획을 망쳐놓을 순 없어!" 후터키는 평온한 눈으로 그를 바라보았다. "그럴 생각 없다네." "그럼 돈을 어쩔 생각이야?" 후터키는 고개를 숙였다. "자네와 크라네르가 나눠 갖게. 아무 일 없던 것처럼 말이야." 슈미트가 문으로 뛰어가 후터키의 앞을 가로막았다. "멍청이!" 그가 소리쳤다. "하나같이 멍청이들이야! 악마한테나 꺼져! 하지만 내 돈은," 그가 검지손가락을 치켜들었다. "내 돈은 탁자 위에 얌전히 내려놓고!" 그리고 사나운 눈빛으로 아내를 쳐다보았다. "듣고 있어? 망할…. 돈을 여기 놔두라고. 알아들었어?" 슈미트 부인은 미동도 하지 않았다. 그녀의 눈도 기이하게 빛나고 있었다. 그녀는 천천히 일어나 남편을 향해 몇 걸음을 옮겼다. 그녀의 얼굴 근육은 팽팽하게 긴장했고 입술은 가늘어졌다. 아내의 말 없는 경멸과 맞닥뜨린 슈미트는 당황해서 그녀를 쳐다보다가 자기도 모르게 시선을 비끼고 말았다. "소리 지르지 마." 그녀가 나지막이 말했다. "난 갈 테니까, 당신은 마음대로 해." 후터키가 코를 문지르며 말했다. "그들이 정말로 이곳에 있다면 말이야." 그리고 조용히 말을 이었다. "알다시피 자네는 이리미아시에게서 도망칠 수 없을 거야. 그렇지?" 슈미트는 기운이 빠진 듯 식탁으로 가 의자에 털썩 주저앉았다. "죽은 자가 부활했다니." 그가 투덜거렸다. "그리고 사람들이 그 말을 믿는단 말이지. 하, 하, 하. 웃기지도 않는구면." 그가 주먹으로 탁자를 내리쳤다. "이 일이 어떻게 흘러갈지 정말 모르겠어? 자기들이 보기에도 수상쩍은 데가 있으니까 이제 우리까지 끌어들이려고? 후터키, 자네라도 정신 줄을 붙들어야지!" 하지만 후터키는 그의 말을 듣지 않고 창가로 가 뒷짐을 진 채로 말했다. "그 일 생각나? 한번은 아홉 달 동안 일한 삯을 받지 못했는데, 그가 어느 날 밤에…." 슈미트 부인이 단호한 음성으로 후터키의 말을 가로챘다. "그 사람은 언제나 우릴 진창에서 구해줬지." "배신자들, 이럴 줄 알았어야 했는데." 슈미트가 뇌까렸다. 후터키는 창가에서 물러나 슈미트의 뒤에 섰다. "그렇게 못 믿겠거든 자네 부인을 보내볼까. 자네를 찾는 중이라고 둘러대고. 영문 모르는 것처럼 말이야. 그리고 어떻게 되는지 보자고." "흥분할 거 없어요." 슈미트 부인이 덧붙였다. 돈은 여전히 그녀의 가슴께 옷 속에 있었다. 단단히 간수하라고 일러두긴 했지만 슈미트가 생각하기에도 그게 가장 안전했다. 그는 의자에 다시 앉을 생각이 없었고, 실마리를 쫓을 채비가 되어 있었다. "그럼 내가 한번 가볼게." 슈미트 부인이 말하더니 재킷을 입고 장화를 신은 다음 지체 없이 어둠 속으로 사라졌다. 그녀는 빗물에 얼룩지는 유리창 너머에서 자기를 바라보는 두 남자를 한 번도 돌아보지 않은 채 차바퀴 자국이 깊게 난 길의 웅덩이를 피해 걸으며 술집으로 갔다. 후터키는 담배를 말아 물고 흡족하고 희망에 부푼 기색으로 연기를 뿜었다. 모든 긴장이 사라졌다. 그는 가벼운 기분으로 꿈꾸듯 시선을 천장으로 향했다. 그는 펌프하우스의 기계실을 생각했고, 벌써 몇 년째 방치된 채 잠자는 기계들이 돌아가며 내는 소리를 상상했다. 삐걱대고 찌걱대는 소리를. 코끝에 신선한 석회의 냄새가 맡아지는 기분까지 들었다. 바로 그때 현관문이 열리는 소리가 났다. 슈미트가 자리에서 일어남과 동시에 크라네르 부인의 음성이 들려왔다. "여기들 계셨네! 그 얘기 들었어요?" 후터키는 고개를 끄덕이며 일어섰고 모자를 머리에 눌러썼다. 슈미트는 다시 의자에 털썩 주저앉았다. "내 남편은 벌써 갔어요." 크라네르 부인이 요란하게 말했다. "혹시 댁들이 모르면 알려주라고 날 여기로 보낸 거죠. 하지만 벌써 알죠? 헐리치 부인이 여기 들른 걸 봤어요. 난 방해할 생각

없고 금방 갈 거예요. 아, 그리고 남편 말이, 돈은 훔쳐가려면 맘대로 하래요. 그런 건 우리한테 아무것도 아니래요. 그렇게 말했어요. 남편 말이 옳지요. 숨어 다니고 시치미 떼고 밤잠도 못 자고…, 우린 그러고 싶지 않거든요. 이리미아시가 뭔가 보여줄 거예요. 곧 보게 될 거라고요. 페트리너와 함께요. 난 그들이 죽은 게 사실이 아니라는 걸 처음부터 알았어요. 아니면 내 손에 장을 지져요. 그 호르고시네 자식은 원래부터 믿을 수가 없었잖아요. 눈만 봐도 알 수 있지요. 이제 여러분도 보게 될 거예요. 전부 다 그 애가 지어낸 얘기라는 걸요. 그런데 우리가 그 말을 믿다니요. 난 처음부터 알고 있었다고요." 슈미트는 기분이 상한 얼굴로 크라네르 부인을 훑어보았다. "그 얘기를 믿는다는 거예요?" 그는 이렇게 묻고는 짤막하게 웃었다. 크라네르 부인은 눈썹만 치켜세우더니 소란스럽게 문으로 나가버렸다. "가보겠나?" 그렇게 물은 뒤에 후터키는 잠시 문지방에서 기다렸다. 결국 슈미트가 앞장서 가기 시작했고 후터키도 비틀거리며 그의 뒤를 쫓아 걸었다. 바람에 코트 자락이 펄럭였다. 후터키는 어둠 속에서 지팡이로 길을 짚었고 다른 손으로는 모자가 진창에 떨어지지 않도록 꽉 눌러 붙들었다. 사나운 빗줄기 속에서 슈미트의 욕설과 후터키의 기대에 부푼, 기운을 북돋아주려는 말이 뒤섞였다. 후터키는 말하고 또 말했다. "짜증 내지 말라고. 보란 듯이 잘살 수 있게 될 테니까! 흥청망청 마음껏 즐기며 살 거야!"

2

우리는 부활한다
We Are Resurrected

머리 위의 시계가 벌써 10시를 가리키고 있었지만, 그들
이 달리 무엇을 기다렸다고는 할 수 없었다. 그들은 머리카락
처럼 금이 간 천장에서 귀를 마비시킬 듯이 잉잉대는 형광등
과 시도 때도 없이 여닫히는 문의 울림이 무엇을 뜻하는지 익
히 알았고, 반달 모양의 쇠붙이를 단 묵직한 장화가 유난히 높
직한 타일 바닥 복도에서 불꽃을 튕기는 이유도 알고 있었다.
마찬가지로 뒤편에는 왜 불이 켜져 있지 않고, 어째서 사방에
침침한 피로가 깔려 있는지도 짐작할 수 있었다. 그들은 놀랍
도록 공들여 조성된 이 시스템에 대한 소박한 인정의 표시로
서 고개를 숙일 수도 있었다. 하필이면 그들이 이미 수많은 사
람들이 머물렀던 벤치에 구부정한 자세로 앉아 24번 방의 알
루미늄 문고리를 주시하면서, 일단 들어가면 2~3분도 채 걸리

지 않을 동안에 '의심의 그림자가 드리워진 바'를 해소하려고 대기하는 중이 아니었다면 말이다. 분명 양심적이기는 하겠으나 약간은 지나치게 열성인 공무원 덕분일 게 분명한 어떤 기막힌 오해 때문이 아니라면 그들이 왜 이 자리에 있겠는가? 어지러운 생각들이 몇 분 동안 소용돌이치다가 허약하고 고통스러울 정도로 쓸모없는 문장들이 만들어져 나온다. 그것은 급조된 다리처럼 세 걸음만 걸으면 부서지는 소리가 나고 그다음 내딛는 마지막 발걸음에 와장창 무너지는 것이어서, 결국에는 지난밤 관인이 찍힌 소환장을 처음 받았을 때 빠져들었던 소용돌이 속으로 거듭해서 휘말려 들고 마는 것이다. 간결하고 건조하면서도 생경한 표현('…의심의 그림자가 드리워진 바')으로 보건대 그들이 스스로 무죄를 입증하도록 소환된 것은 분명 아니었다. 왜 그런 표현을 썼는지 따지거나 의문을 제기하는 것은 시간 낭비일 터였고, 그보다는 강요받지 않는 분위기에서 대화를 통해 (아마도 망각된 어떤 사안과 관련하여) 그들이 누구이고 어디에서 왔는지를 밝혀내어 인적사항 몇 가지를 변경하려는 것 같았다. 그들이 거의 말할 가치도 없는 어리석은 의견 차이 때문에 정상적인 삶을 박탈당한 이후 지난 몇 달간, 지루하기 짝이 없는 시간 동안에 생겨난 확고한 믿음은 이전까지 그들이 자신들의 임무에 대해 취해왔던 진지하지 못한 태도를 바꾸어놓았다. 그래서 이제는 '지도부'에 대해 어떤 질문이라도 받는다면 투덜대거나 괴로운 내적 갈

등을 켜지 않고도 정답을 내놓을 수 있을 것 같았다. 따라서 그들로서는 이제 놀랄 일이 없었다. 자꾸만 마음을 갉아먹는 이 불안은 끝날 것 같지 않던 지난 몇 달의 시간 탓이라고 할 수 있을 것이다. 그런 괴로움을 아무런 손상 없이 견뎌낼 수 있는 사람은 없을 터이므로. 계단 쪽에서 한 사무관이 뒷짐을 지고 경쾌한 걸음걸이로 다가왔을 때, 시계 분침은 이미 숫자 '12'에 가까워져 있었다. 그의 밝은 잿빛 눈은 무표정하게 —그렇다는 걸 알 수 있었다— 허공을 향하다가, 그때까지 앉아서 기다리고 있는 두 유별난 인물에게 머문다. 시체처럼 창백한 얼굴에 약간 핏기가 도나 싶더니, 그는 선 자리에서 발뒤꿈치로 방향을 바꾸어 그들을 외면한다. 그는 반원을 그리는 계단으로 사라지기 전에 "흡연금지!"라고 쓰인 팻말 아래 걸려 있는 두 번째 시계를 쳐다본다. 그의 혈색은 어느새 다시 잿빛이 되어 있다. "시계가 둘인데" 하고 체구가 큰 사내가 다른 사내에게 말한다. "시각이 제각각이군. 둘 다 정확하지 않고. 여기 우리 시계는…," 그가 보기 드물게 길고 가느다란 섬세한 검지로 위를 가리키며 말한다. "너무 느리게 가네. 저쪽 시계는… 시간이 아니라 처분을 기다리는 영원한 순간을 가리키는 것 같군. 비를 맞는 나뭇가지나 우리나 마찬가지야. 거부할 방법이 없지." 나직하지만 낮고 울림이 큰 남자의 목소리가 텅 빈 복도에 울려 퍼진다. 자신감과 강인함과 단호함을 발산하는 이 사내와 조금도 닮지 않았음을 한눈에 알아볼 수 있는 곁의 인물은 까만 단추 같은 눈으로 고뇌에 사로잡힌 동행의 얼굴을 찬탄하듯 바라본다. "비와 나뭇가지라…." 그는 마치 오래 묵은 와인을 음미하고 몇 년산인가를 알아맞히려는 것처럼 그 말을 혀에 올려 따라 해보지만 단지 시늉을 할 뿐이고 그로서는 어떤 말인지 가늠할 수가 없다. "친구, 자넨 시인이야. 암 그렇고말고!" 그는 자기도 모르게 진실을 말해버렸는가 싶어 놀라고 얼떨떨해져서 고개를 힘껏 끄덕인다. 그는 머리 높이가 옆에 앉은 동행과 같아지도록 몸을 벤치 등받이 쪽으로 붙이고 앉는다. 그리고 거인이 입을 법한 겨울 외투 주머니에 손을 넣어 나사와 박하사탕, 해변을 찍은 사진엽서와 손톱 조각, 알파카 스푼, 안경테, 두통약 등을 차례로 더듬은 끝에 낡은 종이를 찾아낸다. 그의 이마에 땀이 서린다. "일을 꼬이게 만들면 어쩌지!" 무심결에 말을 흘린 뒤 다시 주워 담으려 하지만 이미 늦었다. 큰 체구를 가진 사내의 이마에 깊은 주름살이 팬다. 그는 입술을 깨물며 천천히 눈을 감지만 갑작스러운 흥분을 아주 감추지는 못한다. 왜냐하면 그들은 자기들이 실수를 했다는 걸 알고 있기 때문이다. 아침나절에 즉각적인 설명을 요구하면서 문을 열어젖히고 가장 안쪽 방까지 밀고 들어가는 실수를 범했던 것이다. 그 결과 방해받은 담당자는 그들에게는 한마디 말도 하지 않은 채 대기실의 서기를 불러들였고("이자들은 누군가? 알아봐!"), 그들은 아무런 해명도 듣지 못한 채 또다시 문밖에서 기다리는 꼴이 되고 만 것이다.

어리석고 어리석었다! 그런 실수를 하다니! 지난 사흘의 시간으론 불행을 회복하기에 충분치 않았다는 듯 실수에 실수를 거듭했다. 다시 자유의 신선한 공기를 깊이 들이마시며 먼지가 이는 길과 방치된 공원으로 마음껏 걸어 다닐 수 있게 되자 그들은 초가을 황금빛 자연 속에서 다시 태어난 기분이 들었고, 마주 오는 남자들과 여자들의 졸린 모습, 그들의 떨군 고개와 슬픈 몸짓, 우울하게 벽에 기대어 있는 젊은이들의 멍한 시선을 보면서 힘을 얻었다. 그런데 그때부터, 무언지 알지 못할 불운의 그림자가 그들을 쫓아다니기 시작했다. 형태 없는 그것은 때로는 번뜩이는 눈빛으로, 때로는 손짓으로 자신의 존재를 드러내고 도망칠 수 없게끔 그들을 위협하며 따라다녔다. 그 정점이라고 할 수 있는 일이 지난밤 인적 없는 기차역에서 일어났다. 그들이 플랫폼으로 나가는 문 옆 벤치에 앉아 그날 밤을 넘길 생각을 하는 걸 어떻게 알았는지, 얼굴에 여드름이 난 젊은 사내가 그들에게로 곧장 다가와 소환장을 건네주었던 것이다. "이런 일 이제 그만 좀 하지?" 소환장을 전하고는 빤히 바라보는 상대에게 큰 사내가 던진 말이었다. 그 말이 지금 작은 사내의 마음속에 떠올라 그는 시무룩하게 말한다. "봐, 저자들은 일부러 이러는 거야. 말하자면…." 큰 사내가 맥없이 웃는다. "오줌 지리지 말고 귀나 세워. 다시 처졌잖아." 그러자 작은 사내는 치부를 들킨 사람처럼 부끄러워하며 축 처진 귀를 머리통 양옆에 붙이려 애를 쓰고, 그러는 사이 이 빠진 잇몸이 드러난다. "어쩔 수 없는 인생인가 보지!" 훤칠한 이마의 큰 사내가 그를 가만히 바라보다가 고개를 돌린다. "못생겼네!" 그러고도 자신의 눈을 못 믿겠다는 양다시 한번 작은 사내를 쳐다본다. 귀가 처진 사내는 불쾌한 듯 조금 떨어져 앉고, 그의 작은 머리통은 외투 깃에 가려져 거의 보이지 않게 된다. "눈에 보이는 게 다가 아니잖아." 그가 자존심 상한 듯이 웅얼거린다. 순간 문이 열리고 레슬링 선수처럼 보이는 코가 납작한 남자가 나온다. 그는 자신에게 다가서는 두 사내에게 일말의 관심도 주지 않고("들어오시지요!"라고 말하지도 않고) 요란한 발소리를 내며 복도 끝 방으로 들어가버린다. 두 사내는 화난 눈빛을 교환하며 이제는 인내심도 바닥난 것처럼 한동안 이리저리 초조한 걸음으로 어슬렁거린다. 갑자기 문이 도로 열리고 땅딸한 남자가 머리를 내밀자, 그들은 참지 못하고 무언가 해서는 안 될 일을 벌일 것만 같은 기분에 빠진다. "뭘 기다리는 겁니까?" 남자가 조롱하듯 묻더니, 어색하기 짝이 없는 어조로 거칠게 "아하!" 하고 외친 뒤 그들 앞에 문을 활짝 열어젖힌다. 창고를 연상시키는 커다란 공간에 대여섯 명의 남자들이 반들거리고 묵직한 탁자를 향해 상체를 숙인 채 앉아 있고, 그들 위에는 형광등이 후광처럼 빛을 발하고 있다. 실내 구석진 곳은 오랜 시간 어둠에 잠겨 있어 블라인드 틈으로 새어 든 빛은 그곳에 도달하기도 전에 음습한 공기에 흡수되어 사라져버리고 만다. 서기들은 조용히 무언가를 쓰고 있지만(팔꿈치에 검은 고무 패치를 덧댄 이들이 있는가 하면 안경을 코끝에 걸친 이들도 있다), 끊임없이 속삭이는 소리가 난다. 그들 가운데 몇몇은 노골적인 악의를 담아 방문자들을 재빨리 곁눈질한다. 마치 방문자가 당황한 나머지 잘 손질한 외투 밖으로 남루한 멜빵바지를 노출하거나 신발 밖으로 구멍 난 양말을 드러내기를 기대하는 것 같다. "여긴 뭐하는 데지!" 큰 사내가 투덜대다 깜짝 놀라 그 자리에 멈춰 선다. 내실로 들어서다가, 셔츠를 입은 한 남자가 바닥에 엎드려 갈색 책상 아래서 무언가를 열심히 찾고 있는 모습을 본 것이다. 하지만 그는 당황하지 않고 몇 걸음 앞으로 나아가 선 뒤, 채신머리없는 행동을 짐짓 못 본 척 천장에 눈길을 준다. "죄송합니다만!" 그가 부드러운 음성으로 말을 꺼낸다. "저희의 의무가 무엇인지 잊지 않았고 앞으로도 잊지 않을 것입니다. 저희는 지난밤 편지에 언급하신 요청에 따를 준비가 되어 있습니다. 그 편지에서는 저희와 얘기를 나누고 싶다고 하셨지요. 저희는 이 나라의 시민, 그것도 아주 정직한 시민이지요. 그렇기 때문에, 물론 자발적으로, 다시 저희의 직무를 수행하고자 합니다. 기억을 상기시켜드려도 된다면 벌써 몇 년 동안, 주기적이진 않았지만 저희에게 직무를 맡겨오셨지요. 그런데 한동안은 공백기가 있었다는 것을 잘 알고 계실 겁니다. 저희 없이 일을 진행해야만 하셨을 겁니다. 저희는 이 기관에 고용된 자로서, 과거에도 그랬던 것처럼 이번에도 조잡한 일 처리나 실망

스러운 결과를 염려하지 않게 해드릴 자신이 있습니다. 저희
는 완벽주의자니까요. 믿으십시오, 언제나처럼 훌륭한 작업을
제공해드리겠습니다. 기꺼이 일해드리겠습니다." 곁에 선 동
행은 감동한 나머지 그의 손을 꼭 잡고 흔들고 싶은 충동을
가까스로 이겨낸다. 한편 그들의 상관은 바닥에서 일어나 하
얀 알약을 물 없이 억지로 삼킨 다음 무릎에 묻은 먼지를 털
어내고 책상 너머 자리에 앉는다. 그는 팔짱을 끼고서 낡은 인
조가죽 의자에 깊숙이 몸을 기댄 뒤에, 태만하면서도 경직된
자세로 위쪽을 바라보고 서 있는 두 괴상한 사내를 응시한다.
그가 쓸쓸한 입맛을 다시자 찡그린 얼굴이 완성된다. 그는 팔
꿈치를 움직이지 않고 담뱃갑을 흔들어 담배 한 가치를 빼낸
후 입에 물고 불을 붙인다. "방금 뭐라고 했지?" 그가 미심쩍
다는 듯이 묻고는 책상 아래에서 발을 신경질적으로 움직이
며 무슨 소린지 모르겠다는 표정을 짓는다. 그의 질문이 허공
에 울려 퍼지고 두 사내는 아무 대답도 없이 가만히 서 있다.
"자네가 구두장이였던가?" 상관이 다시 물으며 길게 담배 연
기를 내뿜는다. 연기가 책상에 쌓인 서류를 타고 올라 그를 감
싸고 소용돌이친 뒤에 다시 그의 얼굴이 나타난다. "아닙니
다." 귀가 처진 사내가 모욕을 받았다는 듯이 대답한다. "저희
는 이곳에 8시까지 오라고 소환을 받았습니다." "아하!" 상관
이 이제야 알겠다는 듯한 소리를 낸다. "그런데 왜 제시간에
오지 않았나?" 그러자 처진 귀가 비난하는 눈빛으로 쳐다본

다. "말하자면 뭔가 오해가 있는 것 같은데요. 저희는 정확한 시각에 이곳에 왔습니다. 기억나지 않으신지요?" "알겠네." "아뇨, 아직 모르십니다." 처진 귀가 갑자기 신이 나서 말을 이어간다. "아무것도 모르고 계세요. 하지만 저희는, 여기 있는 이 친구와 저는 뭐든지 할 수가 있습지요. 가구 만들기? 닭치기? 돼지 거세하기? 부동산 중개? 고장 난 물건 수리하기? 상상을 초월하는 무슨 일이라도 말씀만 하세요. 저희는 뭐든지 할 수 있으니까요!" 그가 소리친다. "저희를 웃기지 마세요! 아시다시피 저희의 임무는, 말하자면 정보를 제공하는 것이었지요. 기억하실지 모르지만, 저희에게 비용을 지불하셨잖아요. 이게 그러니까, 이렇게 말씀드려도 될지…." 상관은 기운 없이 뒤로 몸을 기대고 두 사람을 천천히 훑어본다. 그러다 표정이 밝아지더니 자리에서 벌떡 일어나 뒤쪽 벽의 작은 문을 열고 들어가며 이렇게 말한다. "여기서 기다리게. 허튼짓하지 말고. 무슨 말인지 알겠지!" 몇 분 뒤, 키가 훌쩍 크고 대위 계급장을 단 파란 눈의 남자가 그들 앞에 나타난다. 그는 책상 앞에 다리를 쩍 벌리고 앉아 부드럽게 웃는다. "서류를 갖고 있나?" 그가 별일 아니라는 것처럼 묻는다. "서류요? 물론이죠!" 작은 사내가 주머니를 뒤지기 시작한다. "잠깐만요!" 그는 대위에게 약간 구겨졌지만 깨끗한 종이 한 장을 내민다. "펜도 필요하신지요?" 큰 사내가 물으며 재빨리 외투 안주머니에 손을 집어넣는다. 대위의 얼굴이 잠깐 어두워지더니 좋은 생각이 떠오른 양 다시 밝아진다. "기발하네!" 그가 미소를 띤다. "당신들 정말 유머 감각이 있단 말이야!" 그가 인정한다는 듯이 말한다. 작은 사내가 겸손하게 눈을 내리간다. "안 그러면 정말 어디서든 곤란하지요." "자, 그럼 어디 한번 봅시다!" 대위는 사무적인 얼굴을 한다. "다른 서류도 갖고 있는지 알고 싶은데 말이요." "물론입니다." 큰 사내가 고개를 끄덕이며 말한다. "잠시만요!" 그는 주머니에서 소환장을 꺼내 의기양양하게 들어 보인 뒤 책상 위에 내려놓는다. 대위가 그걸 힐끗 보더니 얼굴을 붉히며 호통을 친다. "글도 읽을 줄 몰라요? 맙소사! 여기가 몇 층입니까?" 두 사내는 뜻밖의 갑작스러운 호통에 놀라 한 걸음 뒤로 물러선다. "아, 그렇지요." 작은 사내가 다시 고개를 끄덕인다. 대위가 고개를 갸우뚱한다. "뭐요?" "2층이라고요." 작은 사내는 "보고를 하라고 해서요"라고 덧붙였다. "그런데 대체 여기서 뭘 하는 거요? 어떻게 여기로 들어오게 됐소? 여기가 뭐하는 덴지나 알아요?" 두 사내는 고개를 젓는다. 대위는 몸을 앞으로 내밀어 둘의 얼굴에 대고 고함을 친다. "여기는 R-P 섹션, 즉 성매매 관리 부서란 말이오!" 하지만 둘은 조금도 놀라는 기색이 없다. 작은 사내는 그럴 리 없다는 듯이 고개를 저으며, 입술을 뾰족하게 만들고는 생각에 빠진다. 큰 사내는 옆에 다리를 꼬고 서서 벽을 구경하는 자세를 취하고 있다. 대위는 한쪽 팔꿈치를 책상에 대고 이마를 문지르기 시작한다. 그의 등은 정의로운 자가 걷는 길처럼 곧고 가슴은 널찍하며 하얀 옷깃과 깨끗하게 다린 제복은 그의 혈색 좋고 부드러운 피부와 환상적으로 잘 어울린다. 그의 파란 눈 주위로 무심한 듯 흘러내린 곱슬머리 한 오라기가, 전체적으로 소년 같은 무구함을 발산하는 외모에 거부할 수 없는 매력을 선사한다. "봅시다!" 하고 그가 남부 억양으로 거침없이 말한다. "신분증!" 작은 사내가 뒷주머니에서 귀퉁이가 말린 신분증을 꺼내 반듯하게 편 다음, 대위의 책상에 펼쳐놓으려고 쌓여 있던 서류더미 하나를 옆으로 민다. 하지만 대위는 조급하게 신분증을 낚아채더니 제대로 읽지도 않고 휙휙 넘겨 보기 시작한다. "이름이 뭐라고?" 그가 작은 사내에게 묻는다. "페트리너입니다." "그게 당신 이름이요?" 작은 사내가 걱정스럽게 고개를 끄덕인다. "이름 전부를 말해 봐요!" 대위가 몸을 앞으로 내민다. "거기 있는 그대롭니다." 페트리너는 천진한 눈을 크게 뜨고 대답하며 옆의 동료에게 속삭인다. "내가 뭘 어쩌겠어?" "당신 뭐요, 집시야?" 대위가 몰아세운다. "네? 제가요?" 페트리너는 어안이 벙벙해져서 묻는다. "제가 집시냐고요?" "아니면 허튼 수작 그만하고! 이름을 다 말하란 말이야!" 작은 사내가 딱한 표정으로 친구를 한 번 보더니 어깨를 으쓱하고는 이제부터 자신이 말할 내용에 대해 책임질 자신이 없다는 듯 혼란스러운 모습으로 입을 연다. "음, 산도르, 페렌츠, 이슈트반… 에, 언드라시." 대위가 다시 신분증 서류를 넘기며 위협적으로 말한다. "여긴 요제프라고 돼 있는데." 페트리너는 그럴 리가 없다는 표정을 짓는다. "그럴 리가요. 한번 좀 보여주시면…." "거기 그대로 있어!" 대위가 명령한다. 덩치 큰 사내는 흥분도 하지 않고 관심도 보이지 않는 채로 앉아 있다가, 이름을 묻자 딴생각을 하고 있었다는 듯 눈을 몇 번 끔뻑이더니 평온하게 대답한다. "죄송하지만, 뭐라고 하셨는지?" "이름 말이요!" "이리미아시." 그가 어쩐지 자랑스러워하는 것처럼 낭랑한 목소리로 대답한다. 대위는 담배 한 대를 빼 입에 물고는 딱딱한 동작으로 불을 붙인 뒤 성냥을 재떨이에 던져 넣고 성냥갑으로 눌러 불씨를 죽인다. "아하, 그러니까 당신도 이름이 하나뿐이라는 거군." "물론이죠. 그렇지 않은 사람도 있나요?" 이리미아시가 쾌활하게 끄덕인다. 대위는 그의 눈을 빤히 들여다보다가, 아까 봤던 상관이 문을 열고 "다 끝났나?" 하고 묻자 두 사내에게 자기를 따라오라는 신호를 한다. 그들은 몇 걸음 뒤에서 대위를 따라 서기들과 탁자들을 지나쳐 사무실 바깥으로 나와 복도를 지나 계단을 올라간다. 주위는 더 어두워져서, 그들은 계단에서 넘어지지 않도록 주의를 기울인다. 장식 없는 철제 난간의 손이 닿는 윗면은 매끈하게 윤이 나지만 아래쪽은 녹 부스러기 때문에 거칠다. 축축한 진흙이 묻은 계단을 오르는 동안 엄격한 청결함이 그들을 에워싼다. 그러나 그것이 몸을 움직일 때마다 풍겨 오는 생선 비린내 같은 냄새를 사라지게 하지는 못한다.

1층

2층

3층

경기병輕騎兵처럼 날씬한 대위는 긴 보폭으로 그들 앞에서 걷고 있다. 그의 윤기 도는 중간 길이의 군화가 거의 음악을 연주하는 것에 가깝게 세라믹 타일 바닥을 울린다. 대위는 뒤를 돌아보지 않지만, 두 사내는 그가 페트리너의 투박한 부츠부터 이리미아시의 새빨간 타이까지 모조리 관찰하며 자신들을 면밀히 파악하고 있음을 느낀다. 그는 관찰을 통한 기억으로부터, 아니 어쩌면 예민한 목덜미 피부가 지닌 특별한 감각 능력으로써 눈을 통한 경험 능력을 뛰어넘어 정보를 얻는 것인지도 모른다. "신원 확인!" 하고 그는 검은 머리에 수염을 기른, 억세게 생긴 경비를 지나치며 짤막하게 내뱉는다. '24'라고 쓰인 문을 통과해 담배 연기가 자욱한 답답한 방에 들어서면서도 그는 걸음을 늦추지 않고, 앉았던 남자들이 자리에서 일어나자 다시 앉으라는 수신호를 보낸다. 이윽고 그는 왼쪽으로 돌아 유리문 너머로 가면서 짤막한 명령을 내린다. "파일 가지고 와! 보고서! 109번 연결해줘! 그다음 시내로 전화할 거야!" 부사관은 차렷 자세로 있다가 문이 닫히는 딸깍하는 소리가 나자마자 옷소매로 이마의 땀을 닦고는 입구 맞은편 자리에 앉아 그들에게 서류 한 장을 내민다. "이거 써요."

그는 지친 기색이다. "자리에 앉고, 우선 뒷면의 지시 사항부터 읽어요." 방 안의 공기는 팽팽하게 긴장돼 있다. 천장에 달린 세 개의 형광등이 불빛을 발한다. 이곳도 역시 나무 블라인드는 내려져 있다. 수많은 탁자들 사이로 신경이 곤두선 서기들이 돌아다닌다. 그들은 서로 마주칠 때마다 실례한다고 말하는 듯한 미소를 띠며 좁은 공간을 비집고 다닌다. 그러는 동안 탁자들은 끊임없이 밀쳐지면서 바닥에 긁힌 자국을 만들어낸다. 제자리에 꼼짝 않고 앉아 있는 서기들도 있는데, 그들앞에는 할 일이 산더미처럼 쌓여 있다. 그들은 시도 때도 없이뒤에서 밀치거나 혹은 탁자를 밀어내는 다른 동료들과 신경전을 벌여야 한다. 붉은 인조가죽 의자에 앉은 서기들은 한 손에는 전화기, 다른 손에는 김이 올라오는 커피를 들고 있다.그 뒤편 공간에는 이쪽 벽에서 저쪽 벽까지, 뒤쪽에서 앞쪽까지 나이 든 타이피스트들이 직선으로 열을 지어 앉아 타자를치고 있다. 페트리너는 그녀들의 열성적인 노동을 경탄스럽게바라보며 팔꿈치로 이리미아시를 쿡쿡 찌르지만, 이리미아시는 그저 고개만 끄덕일 뿐 서류 뒷면의 '지시 사항'을 읽느라바쁘다. "우리 너무 늦기 전에 여기서 사라지는 게 좋겠어." 페트리너가 작은 목소리로 말해보지만 이리미아시는 손을 내젓는다. "이 냄새, 뭐지?" 페트리너가 위쪽을 가리키며 묻는다."늪에서 나는 냄새야." 그가 말한다. 가만히 지켜보던 경비가그들에게 와보라고 손짓을 하더니 이렇게 속삭인다. "여긴 온통 썩은 냄새가 나지. 3주 동안 두 번이나 벽을 새로 칠했다고." 부어오른 그의 눈이 어쩐지 음험한 눈빛을 발하고, 살찐 턱은 빳빳한 옷깃 밖으로 삐져나와 있다. "말해줄까?" 뭔가를 알고 있다는 듯 그가 웃으며 말한다. 몸을 숙이자 역겨운 입 냄새가 풍겨 난다. 그는 참을 수가 없다는 양 소리도 내지 않고 천천히 웃기 시작한다. 그러더니 한 마디 한 마디를 강조하며 마치 그들 앞에 지뢰를 심어놓듯 이렇게 말한다. "당신들, 이제 망한 거야." 그는 남의 불행에 신이 난 표정을 지으며 탁자를 세 번 두드리더니 방금 한 말을 반복한다. "망한 거라고." 이리미아시는 그를 비웃으며 우월한 미소를 지어 보인 다음 다시 서류를 들여다본다. 경비는 실망스러운지 두 사람을 경멸적으로 훑어보고는 입술을 깨물고서 아무 일 없다는 듯이 자기가 나타났던 눅눅하고 소란하기 짝이 없는 곳으로 돌아간다. 페트리너는 그런 그를 놀란 눈으로 바라본다. 서류를 완성한 두 사람을 경비가 대위의 집무실로 데리고 갈 때, 그에게선 조금 전에 풍겼던 말할 수 없이 피로한 기색은 자취도 없이 사라져 있다. 그의 발걸음은 확고하고 움직임은 생기가 넘치며 말소리는 군인답게 절도가 있다. 집무실의 가구 배치는 아늑한 느낌을 준다. 고풍스러운 책상 왼쪽에는 눈을 쉬게 해주는 짙은 초록빛의 고무나무가 심긴 화분이, 문가 구석에는 가죽 소파와 두 개의 팔걸이의자와 모던한 디자인의 흡연 테이블이 놓여 있다. 창문은 묵직한 초록색 커튼으로 가려져 있고 문가에서부터 책상까지 붉은 카펫이 깔려 있다. 헤아릴 수 없는 세월의 고상한 흔적처럼 고운 먼지가 천장에서 (눈에 보인다기보다는 그냥 느낄 수 있었는데) 떨어지고 있고, 벽에는 누구인지 모를 군인의 초상이 걸려 있다. "착석!" 대위가 맞은편 구석에 모여 있는 나무 의자 세 개를 가리키며 말한다. "할 얘기가 있겠지." 그리고 나무로 된 상아색 의자의 높은 등받이에 몸을 기대며 천장 어딘가로 막연하게 시선을 둔다. 마치 자신은 답답한 공기 속에 존재하지 않고 오로지 목소리만 이곳에 있다는 듯이. 그의 생뚱맞게 낭랑한 목소리가 담배 연기와 함께 두 사람에게 날아든다. "소환장이 간 것은 당신들이 임무를 등한히 했기 때문이오. 내가 세부 사항을 명시하지 않은 걸 본 모양인데, 당신들한테는 통상적인 3개월의 제재 기간이 적용되지 않는다는 말이지. 하지만 당신들이 어떻게 하느냐에 따라 그런 건 다 잊어줄 수도 있어. 내 말뜻을 알아들으면 좋겠는데." 그는 자신의 말이 한동안 의미심장하게 울리도록 놔둔다. 그의 말은 젖은 이끼 위에 놓인 화석 같은 느낌을 준다. "지나간 일은 잊어주기로 하지. 단, 당신들이 미래에 관한 내 제안을 받아들인다면 말이야." 페트리너가 코를 만지작거린다. 이리미아시는 몸을 기울여 페트리너가 깔고 앉은 코트 자락을 빼내려고 한다. "당신들에겐 선택의 자유가 없어. 만일 싫다고 하면, 머리가 허옇게 된 다음에야 석방되도록 감옥에 처넣을 테니까." "뭐라고요? 지금 무슨 말씀을 하셨는지요?" 이리미아시가 묻는다. 대위는 못 들은 척 말을 잇는다. "당신들은 사흘 동안 시간이 있었어. 그런데 일할 생각을 전혀 하지 않더란 말이야. 일거수일투족을 감시하는 줄 몰랐었나? 잃어버릴 것이 무언지 깨달을 수 있도록 사흘의 시간을 준 셈이지. 난 장담을 하는 사람은 아니지만, 이번만은 제대로 약속을 지켜줄 테야." 이리미아시는 화를 내려다가, 달리 생각하기로 한다. 페트리너는 겁에 질려 있다. "뭐라고요? 이런 젠장, 아니, 죄송합니다⋯." 대위는 무죄를 주장하는 피고를 무시하고 판결문을 읽듯이 말을 잇는다. "잘 들어. 두 번 얘기하지 않는다. 게으름 피우며 떠돌아다니는 건 이제 끝났어. 당신들은 나를 위해 일하는 거야. 알겠나?" "알겠어?" 이리미아시가 페트리너에게 묻는다. "모르겠는데." 페트리너가 대답한다. "전혀 모르겠어." 대위는 천장에서 시선을 거두고 두 사내를 날카롭게 쏘아본다. "입 다물어!" 그가 냉랭하게 말한다. 페트리너는 팔짱을 낀 자세로 의자에 거의 눕다시피 기대앉는다. 커다란 겨울 외투가 꽃받침처럼 그를 감싼 모습이다. 이리미아시가 허리를 꼿꼿이 펴고 앉아 열심히 생각을 굴리는 동안 그의 노란 구두가 반짝인다. "저희에게도 권리란 게 있습니다" 하고 그가 말한다. 콧잔등에 잔주름이 잡힌다. 대위가 짜증 난 얼굴로 담배 연기를 내뿜는다. 잠깐이지만 피로한 기색이 스친다. "권리라고!" 그가 으르렁댄다. "권리를 주장해? 너희 같은 놈들에게 법이란 이용해먹으라고 있는 거지! 뭔가 문제가 생기면 비빌 구석이 없을까 하고 말이야! 하지만 이제부터 그럴 일은 없다고 보면 돼. 너희들과 토론을 할 생각은 없어, 알아들어? 충고를 해주지. 이제부터는 철저히 법에 따라 사는 데 익숙해져야 할 거야." 이리미아시가 땀에 젖은 손을 무릎에 비빈다. "어떤 법이냐고?" 대위의 얼굴이 음울하게 변한다. "강한 자의 법이지." 그렇게 말하는 그의 얼굴에서 핏기가 가시며 손가락도 하얗게 변한다. "이 나라의 법, 인민의 법이지. 이 말을 들으면 뭐 생각나는 거 없나?" 페트리너가 자리에서 일어나 뭔가를 말하고 싶어 한다("지금 이게 무슨 상황이요? 우리한테 존댓말 하는 거요, 아니면 반말하는 거야? 어느 쪽이 좋으냐고 내게 묻는다면…"). 하지만 이리미아시가 그를 뒤로 잡아당기며 이렇게 말한다. "대위님, 대위님께선 저희와 마찬가지로 그 법을 잘 아시지요. 저희가 이 자리에 와 있는 것도 마찬가지기 때문이고요. 어찌 보시는지 몰라도 저희는 법을 존중하는 시민입니다. 의무란 게 뭔지도 잘 알지요. 매번 의무를 잘 수행했다는 사실을 상기시켜드리고 싶군요. 저희는 법의 편에 서 있습니다. 대위님과 마찬가지로요. 그런데 지금 무슨 위협을 하고 계시는 건지…." 대위는 눈을 크게 뜨고 입가에는 비웃음을 머금은 채 이리미아시의 철면피한 얼굴을 쳐다본다. 그의 음성이 약간 누그러졌는가 싶지만, 눈동자에선 숨겨진 분노가 불꽃을 튕기고 있다. "네놈들을 속속들이 알지. 어쨌든 좋아!" 그가 크게 한숨을 내쉰다. "기대를 한 내가 어리석었지." "좋았어!" 페트리너가 안도했다는 듯 곁에 선 이리미아시를 쿡 찌르고 충성스러운 눈길로 대위를 쳐다보지만, 대위는 위협적인 눈빛으로 노려볼 뿐이다. "저기 말이죠. 난 이런 긴장을 참을 수가 없네요! 그냥 참을 수가 없다고요!" 이렇게 말하는 페트리너에게 결말이 좋지 않으리라는 예감이 스친다. "이러지 말고 우리 얘기를 다시 한 번 좀…." "그 더러운 주둥아리 닥쳐!" 대위가 자리를 박차고 일어선다. "자기가 뭐라도 되는 것처럼 착각하고 있나? 너희들이 대체 뭐야? 날 마음대로 갖고 놀 수 있을 것 같아?" 그는 화를 내며 자리에 앉는다. "우리가 같은 입장이라고? 잘도 그렇겠구만!" 페트리너는 일어나 두 손을 휘저으며 아직 되돌릴 수 있는 것을 구해보려 시도한다. "아니요. 아고, 하나님 맙소사, 꿈에서라도 그런 생각은 못했습죠!" 대위는 아무 말 없이 새 담배에 불을 붙이고는 앞을 응시한다. 페트리너는 어쩔 줄 몰라 하며 이리미아시에게 도움을 청하는 눈길을 보낸다. "너희들, 지겨워." 대위가 공허한 음성으로 말한다. "이리미아시와 페트리너 듀오, 지겹단 말이야. 너희 같은 부류에 아주 질렸어. 그런데도 결국 책임은 내가 지게 된단 말이지. 악마가 물어 갈 작자들 같으니!" 이리미아시가 재빨리 나선다. "대위님. 저희를 잘 아시잖습니까? 왜 그냥 예전처럼 놔두지 않습니까? 원사님에게 물어보십시오. 저, 그, 이름이…." ("서보!" 하고 페트리너가 알려준다.) "서보죠. 지금껏 아무런 문제도 없었거든요." "서보는 은

퇴했어. 그가 담당하던 인원까지 내가 맡았다고." 대위가 침통하게 대꾸한다. 페트리너가 그에게 냉큼 다가가 팔을 잡고 흔든다. "그런데 우린 여기 이렇게 멀쩡하네요! 축하드립니다, 대위님. 음, 뭐냐, 진심으로 축하드린다고요!" 대위는 짜증 난 듯페트리너의 팔을 뿌리친다. "자리에 앉아. 웬 소동이야?" 그는체념한 것처럼 고개를 숙였다가, 자신에게 겁먹은 듯한 두 사람의 모습에 한결 누그러져 이렇게 말한다. "자, 잘 들어봐. 우리가 생각을 맞춰야 한다고. 이제 여긴 평화로운 세상이 되었지. 사람들은 만족하고 있고. 그래야 마땅한 일이지. 하지만신문을 보면 저 너머의 상황이 얼마나 안 좋은지 알 수 있잖아? 그런 위기가 스며들어서 우리가 쌓아온 업적을 파괴하도록 놔둘 순 없어! 이건 아주 중요한 사업이야, 알겠어? 커다란책임을 맡는 거라고! 우리는 자네 같은 자들이 느긋하게 돌아다니게 놔둘 만한 여유가 없어. 소문이 돌거나 사람들이 수군대면 안 되는데 말이야. 자네들이 그 일에 쓸모가 있다는 걸알고 있거든. 내가 그걸 모른다고 생각하면 안 돼! 과거는 묻지 않겠어. 벌써 대가를 치렀기도 하니까. 하지만 이제부터는새로운 상황을 잘 살펴야 한다고! 알겠어?" 이리미아시는 고개를 흔든다. "대위님! 그건 잘 안 되겠는데요. 아무도 저희에게 강요할 수는 없습니다. 의무라고 한다면 힘닿는 데까지는해보겠지만…." 그 말을 듣고 대위가 눈을 크게 뜨더니 입술을 부르르 떤다. "뭐라고? 강요할 수 없다고? 감히 내 말에 거부를 한다? 너희들이? 악마가 물어 갈 놈들! 더러운 부랑자 같으니라고! 모레 아침 8시에 내 앞으로 다시 와. 꺼져! 가라고!" 그렇게 말하고 그는 돌아서서 온몸으로 진저리를 친다. 이리미아시는 도마뱀처럼 먼저 방을 빠져나간 페트리너를 쫓아 고개를 숙인 채 문 쪽으로 급히 걸음을 옮긴다. 그는 문을 닫고 나가기 전에 한 번 더 뒤를 돌아본다. 손으로 관자놀이를 누르고 있는 대위의 잿빛 얼굴이 마치… 둔탁한 금속 갑옷에 감싸여 있는 것처럼 보인다. 빛을 삼키는 듯한 갑옷, 그 피부에는 어떤 비밀스러운 힘이 스며 있다. 뼈의 구멍에서 부활해 나온 부패한 피가 지금까지 그랬던 것처럼 온몸을 가득 채우고, 마침내는 피부 표면까지 밀고 나와 누구도 넘볼 수 없는 자신의 위력을 알리는 듯하다. 조금 있으면 혈색은 사라지고 근육도 굳어지고 말 것이다. 벌써부터 그는 은빛으로 불빛을 반사하고 있다. 완만하게 솟은 코와 부드러운 광대뼈 그리고 머리카락처럼 가느다란 주름 대신에, 새로운 코와 새로운 광대뼈 그리고 새로운 주름이 생겨나고 있다. 그렇게 앞선 기억을 지우고 과거를 닦아내 딱딱하게 굳은 가면만 남기고 있다가 몇 년이 지나면 땅속 거푸집 속으로 들어갈 것만 같다. 이리미아시는 등 뒤로 문을 닫고 빠른 걸음으로 분주한 사무실을 통과해, 벌써 복도를 걷고 있는 페트리너를 따라잡으려 한다. 페트리너는 동행이 뒤를 따라오고 있는지 확인하려고 돌아보지도 않는다. 만일 그랬다간 자기를 다시 불러들일 것만 같아서다.

마을은 두꺼운 구름에 가려 희박해진 햇빛 아래 가까스로 숨을 쉬고 있다. 거리에는 사나운 바람이 불고, 집들과 길과 차도는 쏟아지는 비에 무방비로 노출돼 있다. 창문들 너머에선 늙은 여자들이 그물 커튼 사이로 어둑한 바깥을 내다보며 앉아, 퍼붓는 비에 처마 밑으로 피해 온 사람들의 얼굴을, 방 안의 뜨겁게 달궈진 스토브에서 모락모락 김을 피우는 쿠키로도 쫓아버릴 수 없는 가책과 슬픔이 어린 얼굴들을 불안하게 내다보고 있다. 이리미아시는 성난 발걸음으로 시내를 걸어가고 페트리너는 짧은 다리로 그를 따라간다. 가끔씩 숨을 돌리기 위해서 발걸음을 늦출 때면 바람이 외투를 펄럭인다. "이제 어디로 가지?" 페트리너가 맥없이 묻는다. 이리미아시는 듣지도 않고 계속 전진하며 혼잣말을 내뱉는다. "놈에게 갚아줄 거야. 우악스러운 놈, 혼이 나봐야지." 페트리너가 발걸음을 빨리한다. "빌어먹을 일은 그만 잊어버리는 편이 낫겠어!" 그가 말하지만 이리미아시는 듣지 않는다. "도나우강 위쪽으로 가면 어떨까? 거기서 뭔가 시작해볼 수 있을 거야." 하지만 이리미아시는 여전히 그를 쳐다보지도, 그의 말에 귀를 기울이지도 않는다. "모가지를 비틀어버릴 테다." 이번엔 이리미아시가 말하면서 비트는 시늉을 해 보이지만 페트리너도 자기만의 생각에 빠져 있을 뿐이다. "거기 가면 할 게 많을 거야. 예를 들면, 뭐가 있을까? 생선잡이는 어때? 아니면 어떤 게으른 부자가 뭔가를 건축하고 싶어 할지도 모르지." 그들은 한 술집 앞에 멈춰 선다. 페트리너가 주머니에 손을 넣어 돈이 얼마나 있는지 세어본 뒤, 유리가 끼워진 문을 열고 안으로 들어간다. 술집에는 손님이 많지 않고, 화장실을 지키는 늙은 여인이 안고 있는 트랜지스터라디오에서는 막 정오를 알리는 소리가 흘러나온다. 행주의 끈적거리는 물기가 남아 있는 빈 테이블이 여기저기 흩어져 있다. 퀭한 얼굴의 사내들 네댓 명은 서로 멀찍이 떨어져 앉아 무표정한 얼굴로 시중드는 여자를 기다리거나, 잔을 뚫어져라 쳐다보며 편지에 쓸 내용을 생각거나, 커피나 독주 또는 와인을 홀짝거린다. 담배 연기와 함께 독하고 퀴퀴한 냄새가 풍기고, 시큼한 김이 그을린 천장으로 올라간다. 문가에선 비에 흠뻑 젖은 더러운 개가 부서진 기름 난로 곁에서 덜덜 떨며 겁먹은 모습으로 바깥을 쳐다보고 있다. "좀 움직여봐요, 빌어먹을 양반들아!" 꽉 짠 행주를 들고 테이블을 옮겨 다니며 훔치던 청소부 여자가 목쉰 소리를 내지른다. 바 뒤에선 불처럼 빨간 머리에 아이 같은 얼굴을 한 여자가 상한 안주와 비싼 독주 몇 병을 모셔둔 선반을 등지고 서서 손톱을 칠하고 있다. 바 앞쪽에는 뚱뚱한 여급 하나가 한 손에는 담배를, 다른 손에는 싸구려 잡지를 들고 기대서서 페이지를 넘길 때마다 흥분한 듯 입술을 핥고 있다. 먼지 덮인 무드 조명이 사방의 벽 위쪽을 빙 두르듯 희미한 빛을 던지고 있다. "럼 두 잔씩." 페트리너가 이리미아시와 나란히 바에 기대며 말한다. 여급은 책에서 고개를 들지 않는다. "그리고 실버 코

슈트 한 갑." 이리미아시가 마저 주문한다. 여급은 따분한 듯 선반에서 몸을 떼고 조심스럽게 매니큐어를 내려놓은 뒤 피곤한 눈빛으로 잔 두 개에 술을 채워 두 사람 앞으로 내민다. "77포린트요." 그녀가 무표정하게 말한다. 하지만 두 사내 가운데 누구도 움직이지 않는다. 이리미아시가 여자의 얼굴을 들여다보자 둘의 눈이 마주친다. "두 잔씩이라고 했는데!" 그가 으르렁댄다. 여자는 그제야 당황한 시선을 비끼며 재빨리 잔 두 개를 더 채워서 내놓는다. "죄송해요." 그녀가 웅얼거린다. "담배도 달라고 했을 텐데." 이리미아시가 낮은 음성으로 말한다. "11포린트 90이요." 그녀는 빠르게 말하며, 키득거리는 여급에게 그만두라고 눈치를 준다. 하지만 이미 늦었다. "뭐가 그렇게 재미난지 좀 알 수 있을까?" 모든 이의 시선이 여급에게 꽂힌다. 웃음기가 얼굴에 그대로 얼어붙은 채 그녀는 앞치마 위로 브래지어 끈을 고치고 어깨를 으쓱한다. 갑작스레 정적이 깃든다. 길 쪽으로 난 창가에 차장 모자를 쓰고 앉은 기름진 피부의 뚱뚱한 사내가 놀란 눈으로 이리미아시를 보더니, 절반가량 남은 럼 잔을 단숨에 비우고 탁자에 탁 내려놓는다. 그는 모두가 자기를 쳐다본다는 걸 깨닫고는 "아, 아무것도 아니에요"라고 어렵사리 말한 다음 일어서서 밖으로 나간다. 그때 어디선가 아주 낮고 부드럽게 윙윙대는 소리가 들려온다. 모두가 숨을 죽이고 두리번거리며 서로를 쳐다본 것은, 처음에는 그 소리가 마치 누군가의 흥얼거림 같았기 때문이다. 사람들이 멍하니 서로를 보는 동안 소리는 조금 더 커진다. 이리미아시는 잔을 들었다가 다시 천천히 내려놓는다. 그가 짜증을 낸다. "여기 노래하는 사람 있어요? 누가 저런 노래를 하지? 대체 무슨 소리야? 기계 소리인가? 아니면… 램프에서 나는? 아니야, 이건 노랫소리 같은데. 화장실에서 늙은 여자가 부르는 건가? 아니면 저기 운동화 신은 친구인가? 무슨 일이지? 시위라도 하나?" 다음 순간 소리가 멈춘다. 오직 고요할 뿐이다. 사람들은 미심쩍은 눈빛을 나눈다. 잔을 든 이리미아시의 손이 부들거리고, 페트리너는 손가락으로 바를 두드린다. 모두가 고개를 숙인 채 의자만 내려다볼 뿐 감히 아무도 움직이지 못한다. 화장실 지키는 여자가 겁을 집어먹고 여급의 옷소매를 잡아당긴다. "경찰을 불러야 하지 않아요?" 술을 따라주는 여자는 진정이 되지 않는지 신경질적으로 웃으면서 생각을 다른 데로 돌리려는 듯 수돗물을 틀고 달그락거리며 맥주잔을 씻기 시작한다. "전부 다 공중으로 날려버릴 거야." 이리미아시가 억누른 음성으로 뇌까리더니 이내 목청을 높여 똑같이 반복한다. "우리가 모두 다 날려버릴 거라고! 한 명도 남김없이 모조리." 그리고 페트리너에게 말한다. "비겁쟁이 버러지들. 주머니에 하나씩 폭약을 넣어주지. 저기 저자는…." 그가 손으로 누군가를 가리킨다. "주머니에 넣고, 저기 저자는…." 이번에는 벽난로를 가리킨다. "베개에다 넣어주지. 굴뚝에도. 발 매트에도. 샹들리에에도. 엉덩이에다가도 말이야!" 술을 따르던 여자와 여급이 몸을 움츠리며 바 뒤쪽으로 물러선다. 놀란 손님들은 서로의 얼굴만 쳐다볼 뿐이다. 페트리너는 음험하게 그들을 노려보며 덧붙인다. "다리도 폭파할 거야. 집들도. 도시 전체를 날려버릴 거야. 공원도, 오전 나절 시간도, 편지들도! 모조리, 하나씩, 하나도 남기지 않고…" 이리미아시는 입술을 동그랗게 만들고 담배 연기를 뿜으며 유리잔을 이리저리 밀고 있다. "왜냐하면 시작한 건 끝을 봐야 하는 법이거든." "그렇지. 흐리멍덩하면 안 되거든." 페트리너가 고개를 끄덕끄덕한다. "차례차례 폭파할 거야!" "도시들을 차례대로!" 이리미아시가 취한 듯 말을 잇는다. "마을들까지, 아주 외진 오두막까지!" "쾅, 쾅, 쾅!" 페트리너가 팔을 휘두르며 소리친다. "듣고들 있나? 그러면 끝장인 거야, 끝났어. 여러분들아." 그가 주머니에서 끄집어내 바를 향해 던진 20포린트짜리 지폐가 맥주잔으로 들어간다. 지폐는 결국 끝까지 젖고 만다. 이리미아시도 자리를 뜨며 문을 열다가 한 번 더 돌아본다. "며칠밖에 안 남았어! 이리미아시가 너희들을 산산조각 낼 거야!" 그는 비웃음을 머금고서 마지막으로 술집 안에 있는 사람들의 얼빠진, 벌레를 닮은 얼굴들을 훑어본다. 하수구에서 나는 악취가 진흙과 웅덩이 냄새 그리고 번쩍이는 번개와 뒤섞이고, 바람은 전깃줄과 지붕의 기와와 빈 새 둥지를 흔들어댄다. 허술하게 닫힌 낮은 창문들 틈으로 답답한 실내의 온기가, 아기들의 칭얼거림과 짜증 내고 조바심치며 달래는 소리와 함께 새어 나와 주석 냄새 가득한 저녁 빛 속에 섞여든다. 푹푹 꺼지는 길바닥과 질퍽해진 공원이 빗줄기에 잠겨든다. 앙상한 떡갈나무, 철 지나고 꺾인 꽃들, 말라버린 풀들이 형리에게 무릎을 꿇은 죄수처럼 폭우에 자신을 내맡기고 있다. 페트리너는 키들거리며 이리미아시를 따라 비틀비틀 걷는다. "슈타이거발트에게 갈까?" 하지만 이리미아시는 듣지 못한다. 그는 외투 깃을 높이 세우고 두 손은 주머니에 넣은 채 고개를 숙이고서 이어지는 길을 따라 맹목적으로, 걸음을 늦추지도 않고 주위를 둘러보지도 않으면서 걷는다. 흠뻑 젖은 담배가 입에 물려 있는 것도 그는 깨닫지 못한다. 페트리너는 세상을 저주한다. 그의 저주는 끝이 없다. 안짱다리인 그는 자꾸만 미끄러지는 탓에 이리미아시보다 스무 걸음이나 뒤쳐져서는 "이봐, 날 좀 기다려! 그렇게 달려가지 말라고! 내가 미친 듯이 쫓아가야겠어?" 하고 소리쳐 불러보지만 소용이 없다. 이리미아시는 여전히 아무런 대꾸도 하지 않는다. 그러다 웅덩이에 발목까지 빠진 페트리너는 가쁘게 숨을 몰아쉬며 어느 집 담벼락에 기대선 채 투덜거린다. "난 저 속도로는 못가." 하지만 그렇게 몇 분을 보내자 이리미아시가 다시 나타난다. 얼굴에는 머리카락이 엉망으로 달라붙고, 뾰족한 노란 구두는 흙투성이다. 페트리너의 온통 젖은 몸에서 물이 뚝뚝 떨어진다. "이보라구!" 그러면서 그는 자기 귀를 가리킨다. "소름이 돋았어!" 이리미아시는 마지못해 고개를 끄덕이며 헛기침을 한 뒤 이렇게 말한다. "집단농장으로 가자." 페트리너는 휘둥그레진 눈으로 그를 바라본다. "우리가? 어디로? 지금? 우리 둘이서? 농장으로?" 이리미아시는 주머니에서 새 담배를 꺼내 불을 붙이고는 급하게 연기를 내뿜는다. "그래, 지금 당장." 페트리너는 다시 담장에 몸을 기댄다. "아이고 주인님, 날 잡아 잡수실 살인자 나리! 나 지금 춥다고, 배고프다고. 따뜻한 데로 가자. 젖은 것도 말리고 뭐라도 좀 먹어야지. 이 빌어먹을 날씨에 세상 끝까지 걸어갈 기력이 없는데 어떡하나? 미친 듯이 자네를 뒤쫓아 가기도 벅차. 자네가 고꾸라졌으면 좋겠어! 이게 내 생각이야!" 이리미아시는 손을 내저으며 아무렇지도 않게 말한다. "그럼 헤어지든가. 맘대로 하라고." 그러고는 다시 걷기 시작한다. "자네 어디 가나? 지금 어디 가는 거야?" 페트리너가 허둥지둥 물으며 그를 따라 다시 걷는다. "나만 두고 어딜 가는 거야…. 기다리라고!" 그들이 시내를 벗어나자 빗줄기가 조금 약해진다. 밤이다. 별도 달도 없다. 엘레크로 가는 갈림길에서 그들은 약 100미터 전방에 사람 그림자가 어른거리는 것을 본다. 바람막이 재킷 차림에 차장 모자를 쓴 남자다. 그는 들길로 접어들더니 곧 어둠 속으로 사라진다. 컴컴한 수풀들이 듬성듬성 널려 있는 지평선까지의 길은 오로지 진창뿐이다. 모든 사물의 형태와 색을 쓰러뜨리고, 움직이지 않는 것을 움직이도록 만들며, 움직이던 것은 정지시키는 어둠이 짙게 깔린다. 이제 길은 진흙으로 만들어진 세상의 한복판에 고요하게 놓여 비밀스럽게 동요하는 한 척의 배와 같다. 납덩어리 같은 하늘에 새 한 마리 날지 않고 짐승의 바스락거림조차 들려오지 않는 적막이 새벽안개처럼 들판을 꽉 채웠다. 다만 진흙이 숨을 쉬는 것처럼, 저 멀리 노루 한 마리가 솟았다가 지평선에 삼켜지고 만다. "하나님 맙소사!" 페트리너가 탄식한다. "내일 아침까지 계속 걸을 생각을 하니 벌써부터 다리에 쥐가 나네! 슈타이거발트에게 트럭을 빌렸으면 좋으련만. 게다가 이 코트! 무슨 역기라도 든 것처럼 무거워!" 이리미아시가 걸음을 멈추고 돌로 만든 이정표에 발을 올리더니 담배를 꺼낸다. 두 남자는 둥글게 주먹 쥔 손 모양을 하고 담배를 피운다. "뭐 좀 물어봐도 되나?" "음." "우리 대체 뭐 하러 농장으로 가는 거지?" "뭐 하러 가냐고? 자네 잠잘 덴 있나? 먹을 것은? 돈은? 이제 그만 좀 징징거리지. 내가 목을 졸라버리기 전에 말이야." "그래, 좋아. 알겠다고. 그렇다고 쳐도, 내일모레면 다시 돌아와야 하잖아. 안 그래?" 이리미아시는 그 말을 듣고 이를 꽉 깨물었지만 아무 말도 하지 않는다. 페트리너가 한숨을 쉰다. "이보게, 친구. 자넨 머리가 좋으니까 무슨 생각이 있겠지! 나는 농장 사람들과 함께 지내고 싶지 않아. 난 한군데서만 머무는 성격이 아니야. 이 페트리너는 탁트인 하늘 아래 태어난 놈이고, 그렇게 자유롭게 살다가 그렇게 죽을 거라고." 이리미아시가 그만하라는 손짓을 한다. "이봐. 우린 똥구덩이에 빠졌어. 한동안은 저 대위란 놈에게서 벗어나기가 어려울 거야." 페트리너가 두 팔을 벌렸다. "대장! 그렇게 말하면 안 되지! 내 심장이 졸아드네!" "바지에 오줌 지리지나 말라고. 농장에서 사람들 돈을 빼돌려서 사라질 계획이야." 둘은 계속 걷는다. "그자들이 돈이 있다고?" 페트리너가 의심스럽다는 듯이 묻는다. "농부들은 언제나 뭔가를 쟁여두고 있지." 두 사람은 몇 시간 동안 말 한마디 나누지 않고 수 킬로미터를 걷는다. 어쩌다가 하늘에 별 하나가 반짝이는 것도 같지만, 짙은 어둠이 내내 이어진다. 어쩌다가 달도 모습을 드러내긴 하지만 달은 그 아래 자갈길을 걷는 두 지친 방랑자들처럼, 목적지에 이를 때까지는 마주치는 모든 장애물을 통과해 마침내 새벽이 올 때까지 하늘의 전장戰場을 가로질러 도주하는 중이다. 갈림길에서 농장의 술집으로 가는 길 중간에나 이르렀을까. 이리미아시가 힐끗 뒤를 돌아보며 말한다. "농장의 멍청이들이 우릴 보면 뭐라고 할지 아주 궁금하군. 놀라 자빠지려나?" 페트리너가 발걸음을 빨리한다. "그 사람들이 아직도 거기 있을지 누가 알아?" 그가 흥분해서 묻는다. "내 생각엔 벌써 마을을 떠났을 거 같은데. 생각이 있다면 말이야." "생각이라고?" 이리미아시가 피식 웃으며 말을 받는다. "그자들은 뼛속까지 노예지. 평생토록 그래왔으니까. 부엌에서 꾸물거리고 으슥한 데서 똥 싸고 창가에서 남들이 뭘 하나 몰래 훔쳐보기나 하고. 그게 다야. 손바닥 들여다보듯 내가 훤히 아는 게 바로 그자들이라고." "어떻게 그렇게 굳게 믿는지

난 자네가 신기하네." 페트리너가 말한다. "난 마을에 아무도 없을 거 같은데. 집들은 텅 비고 기와는 떨어지거나 아니면 누가 훔쳐 갔을 테고, 기껏해야 굶주린 쥐들만 방앗간에 남았겠지." "천만에!" 이리미아시가 확신에 차서 부인한다. "그자들은 여전히 더러운 의자에 주저앉아 저녁마다 감자 요리나 먹으면서 세상이 왜 이 모양인지 의아해하고 있을걸. 의심에 가득 차 서로를 감시하고 조용한 방에서 큰 소리로 트림이나 하고. 그리고? 기다리는 거지. 기다리고 또 기다리고 끝도 없이 기다리다가, 누군가 자기들을 속인 게 분명하다고 생각하겠지. 돼지를 잡는데 혹시 뭐 주워 먹을 거라도 떨어질까 싶어 바닥에 배를 댄 채 도사리고 앉아 기다리는 고양이처럼 말이야. 그자들은 옛날 성에서 시중을 들던 때와 달라진 게 아무것도 없어. 주인은 벌써 머리에 총알을 박고 자살했는데, 저자들은 어찌할 바를 모르고 시체 주위에서 우왕좌왕하는 거야…" "상상이 지나치네, 대장. 듣고 있자니 속이 안 좋아지잖아!" 페트리너는 꾸루룩대는 배에다 손을 갖다 댄다. 하지만 한창 흥이 나는지 이리미아시는 그의 말을 무시한다. "주인 잃은 노예들인 주제에 명예와 자부심과 용기가 없으면 살 수가 없다고들 하지. 그 믿음으로 저자들은 살아가는 거야. 둔한 마음 깊은 곳에선 저런 덕목들이 자신들의 것이 아니라는 걸 감지하고 있겠지만 말이야. 왜냐하면 그들은 그저 저 말들의 그늘 속에서 살고 싶은 것뿐이니까." "제발 그만!" 페트리너는 신음을 뱉으며, 빗물이 밋밋한 이마를 타고 흘러드는 두 눈을 비빈다. "기분 나빠하진 말게. 그런데 그런 말 듣고 싶지 않아! 내일 얘기해도 좋은데, 지금은 차라리… 더운 콩 수프 얘기나 해주게!" 하지만 이리미아시는 여전히 그를 무시하면서 말을 이어간다. "마치 가축들처럼 그늘이 이동하는 대로 그들도 자리를 옮기지. 허세가 없으면 못 사는 것같이 그들은 그늘이 없으면 견디질 못하거든." "제발, 친구, 그만 좀 해둬!" 페트리너는 다시 한 번 괴로움에 몸부림치고 이리미아시는 계속 말한다. "다만 주의할 점은 그자들이 허세를 부리도록 놔두면 안 된다는 거야. 안 그러면 그들은 미친개처럼 광분해서 모든 걸 파괴해버리니까. 그저 저녁에 따뜻한 실내에서 김이 모락모락 나는 파프리카 감자 요리나 식탁에 놔주면 그자들은 만족할 수 있지. 밤이 되고 따뜻한 깃털 침대에서 키득거리면서 토실토실한 이웃집 여자와 뒹굴 수만 있다면 말이야. 그걸로 충분해. 내 말 듣고 있나, 페트리너?" "안 그러면!" 페트리너가 한숨을 쉬더니, 이리미아시가 말을 잇지 않자 기대에 차서 묻는다. "왜 묻나? 이제 얘기 다 한 건가?" 그 순간 그들 앞에 길가 집들의 부서진 울타리와 녹슨 물탱크가 나타나고, 높은 잡초 더미 뒤에서 쉰 음성이 들려온다. "기다려요! 저예요!" 열두세 살쯤 돼 보이는, 흠뻑 젖어 추위에 떠는 남자아이가 구겨진 바지를 무릎까지 걷어 올린 채 그들에게로 달려온다. 아이는 눈을 빛내며 웃고 있다. 페트리너가 이리미아시보다 먼저 아이를 알아본다. "어, 너로구나. 여기서 뭐 하니? 이 식충이 녀석아." "이런 날씨에 벌써 몇 시간이나 여기서 기다렸다구요!" 소년이 자랑스럽게 말하며 고개를 숙이자 덩이진 긴 머리칼이 부스럼 난 얼굴을 덮는다. 구부린 손가락 사이에서 담배가 타고 있다. 이리미아시가 아이를 가만히 살펴보는데, 아이도 그를 휙 훑어보더니 다시 눈을 내리뜬다. "뭔 일인지, 말 좀 해봐…." 페트리너가 고개를 흔들며 아이에게 묻는다. 소년은 이리미아시를 쳐다보고 있다. "그때 저한테 약속하셨잖아요." 소년이 말을 더듬는다. "만일, 만일 제가…." "아, 얼른 말해봐라!" 이리미아시가 소년을 재촉한다. "제가 두 분이 죽었다고 소문을 내면, 그러면 저를… 슈미트 부인과 함께 있도록 해주신다고요!" 페트리너가 소년의 귀를 붙잡아 비틀면서 말한다. "뭐야? 이제 걸음마나 하는 주제에 아줌마 속옷을 내리겠다고? 예끼, 이놈! 희한한 놈일세, 요거!" 소년이 몸부림쳐 빠져나오며 불꽃이 이는 눈으로 소리친다. "댁이 내릴 건 뭔지 알려줄까? 자지나 붙들고 올렸다 내려라, 늙은 염소야!" 이리미아시가 가만히 있으면 둘이 계속 뒤엉킬 모양새다. "이제 그만!" 이리미아시가 호통을 친다. "우리가 오는 걸 어떻게 알았니?" 페트리너에게서 멀찍이 떨어져 선 소년은 화를 채 가라앉히지 못하고 얼굴을 비빈다. "비밀이에요. 아, 상관없겠지. 모두 다 알아요. 차장이 말했으니까요." 아직도 눈을 뒤룩대며 소년을 혼내줄 요량인 페트리너에게 이리미아시가 진정하

우리는 부활한다

73

라는 손짓을 하며 다시 묻는다. "차장이라니?" "켈레멘 씨요. 엘레크로 가는 길목에 사는데요, 그분이 당신들을 봤대요." "켈레멘? 그 사람이 지금은 차장이야?" "네, 작년 봄부터요. 장거리 버스에 타죠. 지금은 버스가 다니지 않는 때라 시간이 남아서 여기저기 돌아다녀요." "그래, 그렇구나." 이리미아시는 다시 길을 가기 시작한다. 소년이 옆에서 따라오며 말한다. "하라는 대로 했잖아요. 그러니까 저한테도⋯." "난 약속은 지킨다." 이리미아시가 의연한 기색으로 말한다. 소년은 그림자처럼 그를 졸졸 따라 걷는다. 어쩌다 둘이 거의 나란히 걷게 되면 소년은 이리미아시의 얼굴을 뚫어져라 쳐다보고, 그러다 곧 다시 뒤쳐져서 걷곤 한다. 페트리너는 꽤 멀찍한 뒤에서 따라오기 때문에 그의 말을 들을 순 없지만, 앞선 두 사람은 페트리너가 욕을 하고 푸념을 늘어놓는 중이라는 걸 안다. 그치지 않고 내리는 비와 오물과 소년 그리고 온 세상에 대해, 또 자기 자신에 대해. "사진, 아직도 가지고 있어요." 200보쯤 걸었을 때 소년이 말한다. 하지만 이리미아시는 듣지 못한다. 어쩌면 못 들은 척하는 것인지도 모른다. 그는 고개를 꼿꼿이 쳐들고 목적지를 향해 길 한가운데로 성큼성큼 걷는다. 매부리코와 뾰족한 턱으로 밤을 가르며 걷는다. "사진 보고 싶지 않아요?" 소년이 조심스레 묻는다. "무슨 사진인데?" 어느새 페트리너가 따라붙어 있다. "보실래요?" 이리미아시가 천천히 소년을 내려다보더니 고개를 끄덕인다. "뭐야, 기다리게 하지 말라고! 요 녀석이!" 페트리너가 재촉한다. "그럼 더 이상 안 괴롭히는 거죠?" "좋아." "보여드릴 테니까 손대면 안 돼요!" 소년이 조건을 달며 셔츠 주머니에 손을 넣는다. 시내의 가판 점 앞에 서 있는 두 남자를 찍은 사진이다. 오른쪽이 이리미아시로, 한쪽으로 가르마를 타 빗어 넘긴 머리에 줄무늬 재킷을 입고 노란 넥타이를 맨 모습이다. 주름을 잡아서 다린 바지의 선이 무릎에서 꺾여 있다. 그 옆에 선 페트리너는 검정색 운동복 바지에 품이 넓은 셔츠를 입었는데, 햇빛이 그의 쫑긋한 귀를 환히 비추고 있다. 이리미아시는 비웃는 표정으로 이마를 조금 찡그리고 있고, 페트리너는 근엄한 모습이지만 마침 눈을 감은 데다 입술은 조금 벌어져 있다. 사진 왼쪽에서 웬 손 하나가 50포린트 지폐를 내밀고 있고, 두 사람 뒤쪽으론 회전목마가 뒤집힐 듯한 각도로 찍혀 있다. "하, 이것 보게!" 페트리너가 신이 났다. "정말 우리잖아. 어디 이리 줘봐. 내 옛날 얼굴 좀 자세히 보자!" 소년이 그의 손을 쳐낸다. "왜 이래요! 공짜로는 안 되죠. 그 더러운 손 치워요." 소년은 사진을 비닐 커버에 싸서 셔츠 주머니에 도로 집어넣는다. "어이, 이 귀여운 녀석!" 페트리너가 달래는 목소리로 말한다. "정말 제대로 못 봐서 그러는 거야. 어디 좀 보여다오." "이 사진을 오래 보고 싶으면요…." 소년은 무슨 꾀를 내려는 듯 말을 끈다. "그럼, 내년에는 그 술집 아주머니하고 자게 해줄래요? 그분도 젖통이 정말 대단하던데요!" "다음이 뭐가 어째?" 페트리너가 주먹을 불끈 쥐고 소년을 잡으려 하자 소년은 페트리너의 등을 한 대 때리더니 이리미아시 뒤로 숨는다. 페트리너는 몇 차례 소년을 잡으려고 시도하다가, 사진을 떠올리곤 씩 웃더니 다시 흥얼거리며 발걸음을 옮기기 시작한다. 그들은 막 십자로를 지난 참이다. 이제 반 시간만 더 걸으면 된다. 소년은 이리미아시가 무척 마음에 들었는지 한시도 곁에서 떨어지지 않고 그의 왼편과 오른편을 번갈아가며 걷는다. "머리는 있잖아요, 술집 주인하고 그 짓을 해요." 소년은 큰 소리로 일러바치면서, 몇 번이나 불을 붙였다 껐는지 모를 다 타버린 담배를 꺼내 들곤 한다. "슈미트 부인은 벌써 오래전부터 절름발이 아저씨랑 해요. 교장 선생님은 집에서 혼자 하고요. 그 자식이 얼마나 밥맛인지 아마 상상도 못 하실걸요! 밥통 같은 제 여동생이 언제나 몰래 훔쳐보고 와서는 다 부는데요, 그러고서 엄마한테 흠씬 두들겨 맞을 거면 왜 그러는지 모르겠어요. 아무튼 걔는 바보 같은 아이예요…. 그리고 그 의사 선생님은요, 그냥 집에만 앉아 있어요. 제 말을 안 믿으실지도 모르겠지만, 손가락 하나 까딱하지 않고 아무것도 안 한다니까요! 그냥 낮이고 밤이고 앉아만 있는 거예요. 잠도 안락의자에 앉아서 자고요. 냄새는 또 얼마나 지독한지 사람이 쥐구멍 같다니까요. 언제나 불을 켜두고 신경도 쓰지 않나 봐요. 담배는 최고급만 피우고 술은 고래처럼 마셔댄대요. 제 말이 믿기지 않으면 크라네르 부인에게 직접 물어보세요. 그러면 제가 한 말이 맞다고 할 거예요! 두고 보세요! 아 참, 그리고 있잖아요. 바로 오늘이 슈미트 씨하고 크라네르 씨가 양을 친 보수를 받아 오는 날이라죠? 2월부터 다들 양을 키웠거든요. 너무 힘든 일이라 우리 엄마만 빼고요. 방앗간이요? 방앗간엔 이제 까마귀들밖에 안가요. 제 누이들하고요. 걔네들이 거기서 몸을 팔아요. 그런데 정말 멍청한 게 돈을 벌면 엄마한테 다 뺏기고서 울고불고 난리를 친다니까요! 하, 저라면 절대 그 돈 안 뺏길 텐데! 술집이요? 아뇨, 술집에선 더 이상 안 해요. 여주인이 맨날 지겨워죽겠다고 하더니 운 좋게 도시로 이사를 갔다죠. 내년 봄까지는 거기 자기 집에 있을 거래요. 농장에서 썩지 않겠다고 말한대요. 웃기죠. 그런데 주인 남자가 한 달에 한 번씩 부인한테 가는데, 돌아올 때 보면 아주 녹초가 돼 있어요. 왜냐하면 그 여자가 남편을 완전히 끝장내버리기 때문이죠…. 음, 그리고 주인 남자는 갖고 있던 좋은 오토바이를 헐값에 팔아서 덜컹거리는 중고차를 한 대 샀는데요, 뒤에서 밀어야만 출발하죠. 그 차가 농장을 떠날 때면 마을 사람들이 다 나와서 밀어요. 돌아올 때 받을 물건이 있는 사람들은 시동이 걸릴 때까지 힘껏 밀어야 하죠. 그 아저씨 말로는 그 고물을 타고서 시골 경주에서 우승한 적도 있다는데, 말도 안 되는 소리죠, 하하! 그 사람과 제 누이 머리가 같이 자는 건 작년에 우리 집에서 씨앗을 빚진 게 있어서 그래요." 먼발치에서 술집의 불빛이 보이기 시작한다. 하지만 왁자지껄한 말소리가 들리기는커녕 아무도 없는 것처럼 조용하기만 하다. …아니다. 누군가가 하모니카를 불고 있다. 이리미아시는 납덩이처럼 무거운 구두에서 진흙을 떼어내고 헛기침을 한 뒤, 조심스럽게 문을 연다. 갑자기 비가 다시 내리기 시작하는데, 동쪽 하늘은 뒤늦게 제 소임을 떠올린 양 이제야 막 훤해지는 중이다. 어둑한 지평선이 불그스레하게 물든다. 그리고 이른 아침에 거지가 교회 계단을 오르는 것처럼 가슴 아픈 모양으로 태양이 떠올라, 흡사 빛으로 세상에 그림자를 드리우겠다고 다짐하는 듯이, 간밤의 하나같이 차갑고 강고하던 어둠 속 거미줄에 걸린 파리처럼 속박돼 있던 나무와 땅과 하늘 그리고 짐승들과 인간들을 마침내 분리하여 풀어준다. 그러고는 패망하여 절망한 군대처럼 아직도 도주 중인 밤과 밤의 끔찍한 요소들이 하늘의 경계 너머로, 서쪽 지평선 너머로 사라지는 광경을 태양은 가만히 응시한다.

3

뭔가 안다는 것
To Know Somethung

고생대가 끝나가면서 중부 유럽 전체에 걸쳐 침강이 시작된다. 이 과정은 당연히 우리 헝가리에서도 일어난다. 이 새로운 지질 환경에서 고생대 지형은 계속 낮아져 바닷속 해양 침전물로 뒤덮인다. 침강이 계속되면서 오늘날 헝가리 영토는 남유럽을 덮는 바다의 북서부 분지가 된다. 바다는 중생대에도 결정적인 영향력을 행사한다. 의사는 창가의 차갑고 축축한 벽에 뺨을 대고 울적하게 앉아 있었다. 어머니가 물려주신 꽃무늬 자수 커튼과 녹슨 창틀 사이로 바깥의 농장을 내다보기 위해서는 굳이 고개를 돌릴 필요도 없었다. 그저 책에서 눈을 드는 것만으로도 충분했고, 아주 작은 변화라 할지라도 그는 한눈에 알아챌 수 있었다. 혹시라도—생각에 골몰하거나 방의 다른 편에 가 있느라고—뭔가를 보지 못할 때는 그의 예리한 청각이 눈의 역할을 대신할 것이었다. 하지만 그가 생각에 깊이 빠지는 일은 별로 없었고, 겨울 외투와 이불을 채워 넣은 의자에서 몸을 일으키는 경우는 더더욱 드물었다. 그는 일상생활의 동선을 정교하게 반영하여 의자의 위치를 정했고 그럼으로써 창가의 감시대를 떠나는 횟수를 최소한으로 줄일 수 있었다. 하루아침에 이루어지는 쉬운 작업은 아니었다. 먹고 마시고 담배를 피우고 일기를 쓰고 독서하기에 용이하도록 사소하게 손이 가는 물건들을 모아 가능한 한 편리하게 배열하는 일은 결코 간단치 않았으며, 그 과정에서 자신이 저지른 실수를 관대하게 넘기는 일은 스스로 용납할 수가 없었다. 자신을 벌주지 않으면 나중에 그 자신이 손해를 보게 되는 이치였다. 산만함이나 부주의로 저지른 실수는 일의 위험성을 높여 예상보다 심각한 결과를 불러왔다. 불필요한 동작 너머에는 불안정함이 숨어 있지 않은가. 성냥갑이나 독주 잔이 그릇된 위치에 놓여 있다는 건 기억력 쇠퇴의 치명적 증표일뿐더러, 연쇄적인 변화를 불가피하게 만든다. 그로 말미암아 담배와 공책, 칼과 연필의 위치까지 바뀌고 결국엔 최적의 동작이 이루어지는 전체 시스템이 무너짐으로써 완전한 혼돈에 빠져버린다. 관찰을 위한 최적의 조건이 완성된 것은 어느 한 순간에 이루어진 것이 아니라 수년에 걸친 작업의 결실이었다. 날이면 날마다 자신을 닦아세우며 스스로를 벌주고 철회하는 일을 통해 이루어진 것이다. 첫 시기의 불안정함과 때때로 찾아든 의심이 야기한 혼란이 지나간 다음에는 더 이상 자신이 개별적인 동작들을 통제할 필요가 없는 단계로 들어섰다. 그렇게 사물들은 마침내 최적의 위치를 찾게 되었고, 그는 자신의 행동을 별다른 생각 없이도 아주 사소한 부분에 이르기까지 통제할 수 있게 되었다. 착각이나 과대망상이 아니라, 그가 자신의 인생을 완벽하게 만들었음을 자부할 수 있게 된 것이다. 물론 그러고 나서도 두려움을 떨쳐버리는 데는 몇 달의 시간이 더 소요되었다. 그의 공간에서는 그토록 빈틈없이 위치를 고수했어도 술이나 담배 같은 식료품을 구하려면 유감스럽게도 타인의 도움을 받아야만 했기 때문이다. 하지만 그는 식료품을 구입하는 데 있어 크라네르 부인과 술집 주인에게 의지해야 하는 것에 두려움을 가질 필요는 없다는 판단을 내렸다. 크라네르 부인은 빈틈없고 정확했으며, 심지어 농장마을에서는 보기 드문 요리를 해가지고 불쑥 찾아오기도 해서, 그는 자신을 방해하지 않도록 그녀에게 주의를 줘야 할 정도였다 ("음식이 식기 전에 드셔야 해요, 박사님!"). 마실 것을 살 때는 상당한 기간을 두고 그가 직접 대량으로 구입하기도 했지만, 술집 주인에게 약간의 돈을 줘가면서 자신의 하찮고 때로는 어리석기까지 한 요구를 들어주도록 길을 들여놓기도 했다. 술집 주인은 의사의 기분을 통 종잡을 수가 없었지만 확실한 수입원인 그가 갑자기 마음을 돌릴까 봐 전전긍긍했다. 의사 입장에서는 크라네르 부인과 술집 주인 때문에 염려할 필요가 없었다. 마을의 다른 사람들과도 왕래를 끊은 지 오래여서, 누군가 갑자기 열이 난다거나 속이 쓰리다거나 어딘가 다쳤다며 불쑥 그를 찾아오는 일은 없었다. 모두들 그가 정직 처분을 받은 뒤로는 의학적 지식도 죄다 잃어버려서 믿을 수가 없다고 생각했다. 다소 과장이긴 했지만 어느 정도는 사실이었다. 그는 점점 흩어져가는 기억 능력을 붙드는 데 상당한 노력을 기울였다. 불필요하고 중요하지 않은 일들은 굳이 기억하지 않으려 했다. 그럼에도 그는 끊임없이 불안을 느꼈는데, 그 이유는—그가 일기장에 여러 번 썼듯이—'그들에 대한 생각에서 벗어날 수가 없다'는 것이었다. 크라네르 부인이나 술집 주인을 문가에서 상대할 때면 그는 몇 분씩이나 그들의 눈을 깊숙이 들여다보았다. 자신의 눈길을 외면하는 속도, 혹은 눈빛에 짜증, 호기심, 두려움이 어리는 기미를 보고서 그들이 앞으로도 자신과 거래를 유지할지 여부를 판단하고자 했기 때문이었다. 그런 다음에야 의사는 그들에게 더 가까이 오라고 말했다. 그는 최소한의 행동만 하고자 그들의 인사에도 반응하지 않았고 물건이 든 자루도 힐끗 보고 말았다. 그러다가도 그들의 굼뜬 동작을 심술궂은 표정으로 주시했고, 그들이 서툰 질문이나 해명의 말이라도 할라치면 귀찮아하며 짜증을 냈다. 결국 두 사람은(특히 크라네르 부인은) 대개 더 이상 말하기를 포기한 채 그가 내준 돈을 세어보지도 않고 재빨리 챙긴 뒤에 서둘러 나가버리곤 했다. 그가 문가 자리를 좋아하지 않는 이유도 어느 정도는 이와 관련이 있었다. 가끔씩 두통이나 갑작스러운 호흡곤란이 와서 특히 상태가 안 좋아지거나, 또는 그런 증세가 조금 나아져서 안락의자에서 일어나 뭔가를 꺼내 오려고 할 때면, 그는 (오래 망설인 끝에) 되도록 신속히 행동을 끝마치려 했다. 그럼에도 그날은 망친 것이나 다름없었다. 안락의자에 앉아도 소용이 없었다. 뭐라 설명할 수 없는 깊은 불안이 그를 사로잡아 유리잔이나 찻잔을 쥔 손을 떨게 만들었다. 그러면 그는 일기장에 심란한 말들을 써넣었고, 그러다 나중에 지우곤 했다. 저 저주받은 문가 근처가 엉망인 것은 놀랄 일이 아니었다. 밖에서 끌고 들어온 진흙은 썩어 곰팡이 핀 바닥에 이미 몇 겹으로 두껍게 말라붙어 있었고, 문가 벽 아래쪽엔 잡초가 자랐으며, 왼편 바닥에는 납작하게 밟혀 알아볼 수 없을 지경이 된 모자 하나가 있었는데, 그 밖에도 여기저기에 음식물 쓰레기, 비닐봉지, 약병, 공책에서 찢어낸 종이, 연필 동강 따위가 널려 있었다. 이는 과도하고 병적인 질서 강박증으로는 설명하기 어려운 일이었는데도, 의사는 이 참기 힘든 상태를 해결하려는 어떤 시도도 하지 않았다. 그의 생각에 실내의 뒤쪽 절반은 이미 바깥, 즉 적대적인 세상에 속해 있었다. 그렇기에 당연히 공포와 불안 그리고 위협받는 느낌을 갖게 되는 거라고 생각했다. 그를 지켜주는 것은 한쪽 벽면이 전부였고, 다른 쪽에서는 얼마든지 공격을 받을 수 있었기 때문이다. 잡초가 자라고 있는 어두운 방은 복도로 이어졌고, 그 복도를 지나면 화장실이었지만 몇 년 전부터 변기에 물이 나오지 않았다. 그래서 크라네르 부인이 일주일에 세 번씩 물을 채워주어야 했다. 복도가 끝나는 곳에 있는 두 개의 문에는 커다란 자물쇠가 걸려 있었다. 이 복도에서 반대편 방향으로 가면 밖으로 나가는 문이 나왔다. 크라네르 부인은 집 열쇠를 갖고 있었는데, 그녀가 말하기를 집에 들어가면 시큼한 악취가 난다고 했다. 그 냄새가 옷에 배고, 그녀의 주장으로는 피부에까지 스며들어 의사의 집을 다녀온 뒤에는 두 번이나 몸을 씻어도 소용이 없다는 것이었다. 크라네르 부인은 헐리치 부인이나 슈미트 부인에게 자기가 왜 의사를 짧게만 방문하고 빠져나오는지를 설명했다. 그 냄새를 한번 맡으면 정신이 돌아버릴 지경이어서 1분 이상 견뎌낼 수가 없었다. "못 견뎌요. 정말이지 냄새가 끔찍해서! 어떻게 그런 악취 속에서 사는지 모르겠어요. 공부도 많이 했다는 분이 대체…." 의사는 악취를 느끼지도 못했고, 그가 바깥을 감시하는 자리를 빼면 눈에 들어오는 것도 없었다. 그는 갈수록 더 정교하고 더 전문적으로 사물들의 질서에 주의를 기울였다. 물건과 물건 사이의 거리, 이를테면 접시와 담배, 성냥갑과 일기장, 탁자와 창가, 안락의자와 벌레가 갉아 먹어 부스러질 지경인 나무 바닥에 놓인 책들 사이의 거리에 신경을 집중했다. 때로 저녁 어스름에 잠긴 사물들이 흡족할 만한 모양으로 정렬해 있는 것을 굽어보며 자신이 그 중심에 안전하고 전능하게 서 있음을 발견할 때면, 그는 아늑함과 함께 어떤 뿌듯함을 느꼈다. 그러다 몇 달 전에 그는 더 이상의 실험이 무의미하다는 것을, 설령 자기가 원하다 해도 이제는 어떤 변화도 일으킬 수 없다는 사실을 깨달았다. 이렇게 저렇게 변화를 줘봐도 썩 흡족하지가 않았다. 시도는 무언가 변했으면 좋겠다는 욕구의 은밀한 현시거나, 혹은 기억력 쇠퇴의 증표일 뿐이었다. 실제로 그가 몰두한 것은 주변의 외적인 몰락에 맞서 자신의 기억력을 지켜내는 일이었다. 농장 해체가 통고되고 그를 정직 처분한 위원회의 결정이 철회되기를 기다리며 그곳에 남겠다고 결심한 이래로, 또 농장이 사망 선고를 받고 형편없이 몰락하자 사람들이 소란스레 짐차에 짐을 싣고 고함을 쳐대며 우왕좌왕하다 차를 타고 떠나가는 광경을 호르고시네 맏딸과 방앗간에서 지켜본 이래로 그는 자신은 무력하며, 점령해오는 몰락을 혼자서는 절대로 저지할 수 없다고 느꼈다. 아무리 애를 써도 모든 것—집들과 담장들, 나무와 들판, 공중에서 하강하며 나는 새들, 배회하는 짐승들, 육신을 가진 인간들, 욕망과 소망들—을 파괴하고 소멸시키는 힘에 맞설 수는 없었다. 그럴 능력이 없었다. 그는 인간의 삶에 대한 위협적인 공격에 헛된 저항밖에는 아무것도 할 수가 없었다. 그래서 생각해낸 것이 돌이킬 수 없는 음험한 몰락에 자신의 기억으로 맞서는 것이었다. 왜냐하면 이곳의 모든 것, 벽돌공이 쌓고 목수가 만들고 여인들이 바느질한 모든 것이, 남자들과 여자들이 애써 이룬 모든 것이 저승의 물살에 어지러이 휩쓸려 형체가 불분명한 액체로 화한다 해도 오로지 기억만은, 그가 맺은 계약이 깨져 죽음과 몰락이 그의 뼈와 살을 공격하기 전까지는 살아 있을 것임을 그는 믿었기 때문이다. 그는 모든 것을 주도면밀하게 관찰하고 기록하기로 마음먹었다. 아무리 하찮은 세부라도 놓쳐선 안 되었다. 중요하지 않아 보인다고 간과하는 것은 몰락과 질서 사이에 놓인 흔들리는 다리 위에 아무런 대책 없이 서 있다고 고백하는 것이나 다름없기 때문이다. 아무리 사소한 것이라도, 담배 부스러기나 야생 거위가 날아간 방향이나 별 뜻 없어 보이는 사람들의 행동 같은 것들도 그 연결을 집요하게 추적하고 관찰해야 했다. 그래야만 자신도 어느 날 갑자기 흔적 없이 사라져서 저 끊임없이 무너져가는 질서의 말 못할 포로가 되지 않을 수가 있는 것이다. 하지만 정직하게 기억하는 것만으로는 충분하지 못했다. 우두커니 기억만 하는 것은 무력하고 무능하므로 그것으로는 과업을 수행할 수 없었다. 기호들을 의미 있게, 그리고 지속적으로 연결할 방법이 있어야만 기억의 한계를 뛰어넘어 시간을 이겨낼 수가 있었다. 방앗간에 갔을 때, 의사는 이런 생각을 했다. '관찰 대상을 늘리는 일은 최소화하는 게 좋겠군.' 방앗간에서의 그날 저녁, 의사는 호르고시의 맏딸에게 앞으로는 서비스를 받지 않겠다고 선언하고 영문 몰라 하는 소녀를 집으로 돌려보낸 뒤, 자기 집 창가의 아직은 불완전한 상태였던 감시대를 손보았다.

어떤 면에서 정상이라고 할 수 없는 시스템의 기본 요소 몇 가지를 재조직한 것이다. 창밖은 날이 저물고 있었다. 멀리 염전 위의 하늘에서 까마귀 네 마리가 불길하게 오르락내리락 날고 있었다. 그는 담요를 어깨에 걸친 채 보지도 않고 담배로 손을 뻗었다. 백악기의 지층 가운데 우리나라를 구성한 두 종류의 지층이 있음이 밝혀졌다. 내부 지층은 상대적으로 규칙적인 침강의 흔적을 보여준다. 점차 퇴적물 아래로 사라지는 분지와 유사한 지역이 형성된다. 반면에 주상해분의 가장자리에서는 솟아 나온, 즉 향사向斜*의 접힌 형태가 발견된다―이로써 헝가리 내륙에 새로운 장章이 시작된다. 우리는 지금까지 균형을 유지해온, 밖으로 드러난 주름 다발과 내부의 지층 관계가 깨지는 하나의 발달단계를 앞두고 있다. 지각 표면의 긴장은 지금까지 유지돼온 단단한 내부 지층이 무너지고 가라앉는 과정에서 평형을 찾게 될 것이다. 그 결과로 유럽에서 가장 아름다운 분지 지형이 형성되고, 침강의 결과로 분지는 신新제3기의 바다로 덮이게 된다. 그는 마치 공격이라도 감행하듯 갑작스레 바람이 부는 광경을 바라보았다. 동쪽 지평선 위의 하늘에 천천히 붉은 기운이 퍼져가더니, 어느새 다시 해가 떠올라선 흐르는 짙은 구름들 사이로 창백하게 빛났다. 교장의 집과 슈미트의 집 옆, 좁다란 들길에서 아카시아 나무들이 겁먹은 듯 속수무책으

---

* 오목한 형태의 습곡褶曲을 뜻한다.

로 흔들렸고, 바람은 두껍고 마른 잎사귀들을 굴리면서 불었다. 검은 고양이 한 마리가 교장의 집 앞 울타리를 재빨리 통과해 지나갔다. 의사는 책을 옆으로 치우고 일기장을 꺼냈다. 창틈으로 밀려드는 차가운 공기에 몸이 떨려왔다. 그는 담배를 의자 팔걸이에 눌러 끄고 안경을 쓴 뒤, 간밤에 쓴 글을 대충 건너뛰며 훑어보고는 이렇게 이어서 썼다. "폭풍이 불어닥친다. 저녁에 창틈을 막아야 한다. 후터키는 아직 집에 있다. 고양이 한 마리가 교장의 집으로 갔다. 못 보던 고양이다. 고양이가 왜 여기서 얼쩡거릴까? 아마 뭔가에 놀란 모양이다. 그러니까 그렇게 작은 구멍으로 빠져나가려고 했겠지. 배가 바닥에 끌리고 있다. 잠깐 사이에 스쳐 간 장면이다. 잠을 못 잤다. 두통이 있다." 그는 따라놓은 독주를 다 마시고 즉시 똑같은 분량을 다시 따랐다. 그러고는 안경을 벗은 다음 눈을 감았다. 그는 어둠 속에서 윤곽이 분명치 않은, 서둘러 걷는 어떤 형체를 보았다. 뚱뚱하고 몸집이 큰 그 형체는 움직임이 둔했다. 장애물이 많은 굽은 길이 갑자기 끊긴다는 사실을 그것은 뒤늦게야 알아차렸다. 의사는 그 형체가 절벽으로 굴러떨어질 때까지 기다리지 않고 놀라 눈을 떴다. 종소리를 들은 것 같았는데 어느새 그쳐 있었다. 종소리가? 게다가 가까운 어디에선가…. 분명 한순간은 그렇게 느껴졌다. 의사는 차가운 시선으로 커튼 너머 농장을 주시했다. 슈미트의 집 창문 너머로 흐릿한 사람의 윤곽을 본 것 같았다. 다음 순간 의사는 후터키의 주름진 얼굴을 알아보았다. 그는 놀란 기색으로 창문짝들 사이로 몸을 숙이고는 농장의 집들을 살펴보았다. 왜 저러는 거지? 의사는 탁자 끝에 쌓아둔 공책 더미에서 겉장에 "후터키"라고 쓰인 공책을 꺼내 펼쳤다. "후터키. 무언가를 두려워한다. 이른 아침에 깜짝 놀라서 창밖을 내다본다. 후터키는 죽음을 두려워한다." 의사는 잔을 비우고 재빨리 다시 술을 따른 뒤 담배에 불을 붙인 다음 큰 소리로 말했다. "오래 걸리지 않아, 어차피 모두 죽을 거야. 후터키, 너도 죽는다. 바지에 오줌이나 지리지 말라고." 몇 분이 지나자 바깥에서 빗방울이 떨어지는가 싶더니 곧 폭우로 변해 좁은 도랑을 순식간에 채웠고, 가늘고 굵게 팬 땅 위로 수많은 물줄기들이 맹렬하게 흘러가기 시작했다. 한동안 그 광경을 멍하니 바라보기만 하던 의사는 이윽고 자신의 일기장에 크고 작은 웅덩이와 물줄기에 대해 정확하고 양심적으로 바삐 써 내려갔고, 끝에다 날짜를 적어 넣었다. 방 안은 서서히 환해져서 천장의 갓 없는 전등이 흩뿌리는 불빛이 앙상하게만 변해갔다. 의사는 힘겹게 몸을 일으켜 덮어쓰고 있던 담요를 벗고는 불을 끈 뒤에 다시 자리에 앉았다. 안락의자 왼쪽에 놓인 커다란 종이 상자에서 그는 생선 통조림과 치즈를 꺼냈다. 치즈엔 곰팡이가 슨 부분이 있었다. 의사는 잠시 치즈를 내려다보다가 문가의 쓰레기 더미로 던졌다. 그는 통조림을 열어 내용물을 한입 물고 천천히 씹은 다음 꿀꺽 삼켰다. 그리고 다시 독주를 한 잔 마셨

다. 더 이상 춥지 않았음에도 얼마 동안은 담요를 쓰고 있었
다. 그는 무릎에 책을 올려놓고 급하게 술을 따라 잔을 채웠
다. 바다가 드넓은 저지대에서 빠져나가고 오늘날의 벌러톤 호
수처럼 얕고 기다란 호수를 남겼을 때 바람과 물의 공동 작용으
로 얼마만큼의 파괴와 변화가 초래되었는지를 관찰하는 일은
흥미롭다. 대체 이게 뭐야? 예언서야, 지질학서야? 의사는 짜
증을 냈다. 그는 몇 장을 더 넘겼다. 저지대 전체가 동시에 융기
하여 가장 먼 지역에서까지 물이 빠지기 시작했다. 중앙 티시아
지대의 융기가 일어나지 않았다면 우리는 레반트 호수의 급속
한 소멸을 설명할 수가 없다. 이렇게 물이 사라진 다음에 홍적세
洪積世에는 호수들과 늪, 습지만이 겨우 남게 되었다. 한때 내해內海
는…. 벤더 박사라는 인물이 낸 이 책은 그다지 신빙성이 없어
보였다. 의사가 보기에 책은 기초가 부족하고 논증이 형편없
어서, 그 자신이 해당 분야를 좀 알거나 전문용어에 익숙하지
도 않았음에도 군데군데 믿기 어려운 부분이 있었다. 그럼에
도 그의 발밑과 주위에 확고부동하게 존재하는 지각에 대한
책 속 이야기가 그의 눈앞에 생생한 형상으로 떠올랐다. 알지
못하는 저자의 때로는 현재 시제로 쓰고 때로는 과거 시제로
쓴 어설픈 서술 때문에 혼란이 와서, 의사는 자신이 읽고 있는
것이 인류가 멸망한 이후에 관한 예언적 묘사인지 아니면 현
재 그가 살고 있는 지구의 지질 역사에 관한 과학적 저술인지
알 수가 없었다. 의사는 농장과 그 주변의 한때는 비옥하고 식

물들이 잘 자랐다는 땅이 수백만 년 전에는 바다로 뒤덮였었고 그러다 시간이 흐르면서 바다와 육지가 뒤바뀌었다는 상상에 몹시 마음이 끌렸다. 그는 갑자기―뚱뚱한 슈미트가 젖은 재킷 차림에 진흙투성이 장화를 신고 비를 흠뻑 맞으며 염전 방향에서 들판을 지나 서둘러 돌아와 누가 볼까 두려워하는 모습으로 뒷문을 통해 집으로 들어갔다고 썼을 때였다―연속적인 시간에서 빠져나온 자신이 점처럼 왜소한 존재에 불과하다는 걸 자각했다. 자신이 지각의 요동에 무방비하게 방치된 무력한 희생자처럼 느껴졌다. 그의 출생부터 죽음까지의 시간이, 가라앉은 대양과 솟아나는 산악의 말 없는 투쟁 사이에 내맡겨진 것이었다. 안락의자에 앉은 그의 뚱뚱한 육신 아래로 벌써부터 미세한 진동이 느껴졌고, 그것은 어쩌면 바다가 밀려들고 있다는 신호인지도 몰랐다. 도망쳐봤자 소용없다는 경고. 그는 사슴과 곰, 토끼와 노루, 벌레들과 도마뱀, 개와 인간이 뒤섞인 거대한 무리와 더불어 허둥대며 도망치려고 할 것이다. 그래 봐야 목표도 의미도 없는 거대한 공멸의 과정일 뿐, 죽도록 지쳐서 하나둘 쓰러지는 모든 짐승들 위로 날아가는 새들 정도나 유일한 희망을 갖고 있을 터였다. 그는 가만히 앉아서 계획을 떠올려보았다. 어쩌면 더 이상의 실험은 포기하고 남는 힘을 자신의 욕망을 통제하는 데 쓰는 편이 나을지도 몰랐다. 점차로 음식과 술과 담배를 포기하고, 끝도 없이 사물과 상황을 언어를 기록하는 고통스러운 작업 대신에 차라리 침묵을 택하는 편이. 그리하여 몇 달, 아니 몇 주가 지나면 흔적도 남지 않는 온전히 자유로운 삶을 살게 될 것이고 언어가 아닌, 그렇지 않아도 그의 마음을 집요하게 유혹하던 최종적인 적막으로 들어서게 될 것이었다. 하지만 다음 순간, 이런 생각의 가소로움을 깨달았다. 그것은 기껏해야 두려움과 자존심에서 파생된 허약한 생각에 불과했다. 그는 놀란 마음을 진정시키며 따라놓은 술잔을 비우고 또다시 술을 따랐다. 술잔이 비어 있으면 늘 불안했다. 그는 새 담배를 피우면서 계속 써나갔다. "후터키는 슬그머니 문을 열고 나와 잠시 기다렸다가, 다시 문을 두드리고 뭐라고 소리친다. 그러더니 급하게 집 안으로 들어간다. 슈미트는 밖으로 나오지 않는다. 교장은 쓰레기통을 들고 뒤뜰로 가고, 크라네르 부인은 문가에서 귀를 기울인다. 피로하다. 잠을 자야 한다. 오늘이 며칠인가?" 그는 안경을 이마로 밀어 올리고 펜을 내려놓은 다음 붉어진 콧잔등을 문질렀다. 퍼붓는 빗줄기 속에서 바깥은 그저 부옇게만 보일 뿐이었고, 가끔씩 나뭇가지 끄트머리가 선명하게 보였다가 사라지곤 했다. 세찬 빗줄기가 잠깐 멈칫하는 순간 멀리서 개들이 울부짖는 소리가 들렸다. '누가 괴롭히나?' 다리를 묶어 매달아놓은 개가 떠올랐고, 어린 악당들이 외진 헛간이나 판잣집에서 성냥불로 개의 주둥이를 태우는 광경이 그려졌다. '소리가 그쳤구나…. 다시 소리가 나는군, 더 크게.' 몇 분 뒤에는 자기가 정말로 학대당하는 짐승의 소리를 들었는지, 아니면 지난 몇 년간 과로한 탓에 비바람 소리를 듣고도 훨씬 옛날에 듣고 기억해둔 울부짖음을 빗방울에 먼지가 피어오르듯 떠올리게 된 것인지 판단할 수가 없었다. 고통의 증거는 흔적 없이 사라지는 일이 없다고 그는 믿고 싶었다. 갑자기 자기가 들은 소리가 전혀 다른 종류의 것은 아닌가 의심되었다. 사람이 신음하고 흐느끼는 소리, 뭔가를 요구하는 거칠고 고통스러운 울음소리가—흐릿하게 뭉개지는 바깥의 집들과 나무들처럼—또렷하게 들렸다가 단조로운 빗소리에 가려졌다가 했다. "우주적인 협잡"이라고 그는 썼다. '내 청각도 망가진 모양이군.' 그는 창밖을 내다보며 술을 또 한 잔 마셨으나 이번엔 잔을 다시 채우는 것을 잊었다. 몸이 더워져 땀방울이 이마와 목을 적셨고 조금 어지러웠다. 심장 부근에 뻐근한 통증이 왔다. 그는 별로 놀라지 않았다. 가까운 곳에서 부르는 소리에 짧은 잠에서 깬 어제 저녁부터 그는 쉬지 않고 술을 마신 데다(오른쪽에 놓여 있는 술병에는 하루치의 독주밖에 남아 있지 않다) 아무것도 먹지 않았다. 그는 몸을 좀 풀어주려고 자리에서 일어났으나 문가에 쌓여 있는 쓰레기 더미를 보는 순간 생각이 바뀌었다. "나중에 하자. 시간은 있으니까." 그는 소리 내서 이렇게 말했다. 하지만 다시 자리에 앉지는 않고 탁자에 바싹 붙은 채로 다른 쪽 벽을 향해 몇 걸음을 옮겼다. '가슴 통증은 곧 가라앉겠지.' 뚱뚱한 몸 양쪽 겨드랑이에서 땀이 줄줄 흘렀다. 기운이 하나도 없었다. 걸음을 옮기느라 담요가 바닥으로 흘러내렸지만 주울 기력조차 없었다. 그는 자리로 돌아와 술을 몇 잔 더 들이켰다. 그러면 기운이 날 거려고 생각했다. 과연 그랬다. 몇 분이 지나자 상태가 나아져 숨 쉬기가 한결 편해졌고 줄줄 흐르던 땀도 그쳤다. 비가 너무 세차게 내려 창밖 풍경을 분간하기가 어려웠기에 그는 잠시 관찰을 중지하기로 했다. 그런다고 뭔가를 놓치는 일은 없을 것이었다. 작은 소음이나 사람이 중얼대는 소리만 나도 그는 곧장 알아챘을뿐더러 심장이나 머릿속, 위장에서 나는 미세한 소리조차 의식할 수 있었다. 그는 곧장 불편한 잠 속으로 빠져들었다. 손에 들려 있던 잔이 바닥으로 떨어져 굴렀으나 깨지지는 않았다. 머리는 앞으로 숙여졌고 입가에선 침이 흘렀다. 그리고 그러기만 기다렸다는 듯, 순식간에 방 안이 어두워졌다. 마치 누군가가 창문을 막고 선 것처럼. 벽과 담요와 문, 커튼과 창문 그리고 바닥이 거무스름한 색깔을 띠었다. 의사의 정수리에서 머리카락이 더 빨리 자라기 시작했고 그의 짧고 굵은 손가락의 손톱도 마찬가지였다. 탁자와 의자가 삐걱거렸고 이 음험한 반란에 한몫하듯 집 전체도 조금 아래로 가라앉았다. 뒤쪽 벽의 잡초들이 속도를 내 불어났고 구겨져 여기저기 흩어진 종잇장들이 파르르 떨면서 몸을 다시 펴려고 안간힘을 썼다. 천장 대들보에서 시끄러운 소리가 나고 쥐들이 대담하게 복도를 뛰어다녔다. 의사는 입안에 역겨운 맛을 느끼면서 몽롱한 상태로 깨어났다. 몇 시인지 알 수가 없었다. 막연히 짐작만 할 뿐이었다. 지난 저녁에—내구성이 뛰어나기로 유명하고 충격이나 물과 서리에도 끄떡없는 '라케타'—손목시계의 태엽 감기를 깜빡했다. 시계의 시침은 11시 남짓을 가리켰다. 셔츠의 등 부분은 땀으로 흠뻑 젖었고 오한이 나며 어지러웠다. 정확히 어디라고 하긴 어렵지만 심한 두통이 목덜미까지 뻗쳤다. 그는 잔에 술을 따르면서, 더 이상 하루치가 아니라 이제 한두 시간 마실 분량밖에 남지 않았다는 것을 깨달았다. "읍내로 가야겠군." 그의 신경이 곤두섰다. "몹스에 가면 술병을 채울 수 있겠지. 하지만 버스가 다니질 않잖아! 비가 그치면 걸어서라도 가야겠어." 그는 비가 와서 다닐 수 없게 된 길을 내다보며 화가 난 듯 중얼거렸다. 옛날부터 다니던 길이 갈 수 없게 되었다면 새로 다진 길로 가야할 텐데, 그러면 내일 아침까지 도착하지 못할 것이다. 그는 결정을 미루고 점심부터 먹기로 했다. 그래서 그는 새 통조림을 따고 몸을 숙여 내용물을 숟가락으로 떠먹기 시작했다. 식사를 마친 그는 그동안 기록해온 도랑과 수로 시스템을 새로 그려볼 참이었다. 그래서 내일 실제와 비교해 차이를 가늠해볼 생각이었는데, 현관에서 무슨 소리가 들렸다. 누군가 열쇠로 문을 열고 있었다. 의사는 손에 든 스케치를 내려놓고 말없이 몸을 뒤로 기댔다. "안녕하세요, 박사님!" 크라네르 부인이 문지방에 서 있었다. "저예요." 그녀는 일단 거기 서서 기다려야 한다는 걸 알고 있었고, 아니나 다를까 의사는 이번에도 그녀의 얼굴을 천천히, 거리낌 없이, 깐깐하게 뜯어보기 시작했다. 크라네르 부인은 영문도 모르면서 그가 하는 대로 내버려두었다("그렇게 보는 게 좋다면, 눈 크게 뜨고 보라지 뭐!" 그녀는 남편에게 이렇게 말하곤 했다). 마침내 그가 신호를 보내자 그녀는 집 안으로 들어섰다. "우기가 시작돼서 와본 거예요. 오늘 점심 때 제가 남편한테도 말했어요. 앞으로 한동안 비가 내릴 테고 머잖아 눈이 올 거라고요." 의사는 대답하지 않고 뚱하니 앞만 바라보았다. "남편하고 얘기를 나눴는데요, 저는 어차피 시내 나갈 일이 없고 내년 봄까지는 버스도 다니지 않잖아요. 그래서 남편 생각엔, 박사님께서 술집 주인하고 이야기를 하시면, 그 사람은 차가 있으니까 박사님께서 2, 3주 동안 쓰실 만큼 물건을 실어다 줄 수 있을 거래요. 그리고 내년 봄이 되면 그때 가서 어떻게 할지 보면 되지요." 의사는 무겁게 숨을 쉬었다. "그러니까 당신은 일을 그만두겠다는 거지요?" 그녀는 이 질문도 예상한 듯했다. "그만두긴요. 박사님, 저를 잘 아시면서요. 지금까지 우린 아무 문제도 없었잖아요. 하지만 보세요. 이제 우기라고요. 버스가 다니질 않아요. 박사님도 아실 거라고, 이해하실 거라고 남편이 말했어요. 제가 시내까지 걸어가느니 술집 주인이 자동차로 가면 물건을 훨씬 많이 실어 나를 수 있으니까요." "알겠소, 크라네르 부인. 가봐도 돼요." "제 말이 맞겠지요? 그러니까 이제 얘기는…." "누구하고 이야기할지는 내가 정해요." 의사가 야멸차게 말했다. 크라네르 부인은 밖으로 나가려다가, 몇 걸음 만에 돌아왔다. "아 참, 열쇠를 그냥 가져갈 뻔했네요." "열쇠라니?" "어디다 놔둘까요?" "아무 데나 둬요." 크라네르 부부는 이웃에 살고 있어서 의사는 그녀가 힘겹게 진창길을 걸어가는 모습을 볼 수 있었다. 그는 겉장에 "크라네르 부인"이라고 쓰인 공책을 꺼내 이렇게 썼다. "K가 일을 그만두었다. 더 이상 하지 않겠다고 한다. 술집 주인과 이야기를 해보라고 한다. 작년 가을에는 비가 오거나 시내까지 걸어가는 건 아무 상관이 없다고 했는데. 뭔가 꿍꿍이가 있을 것이다. 나는 곤란해졌지만 억지를 부리지는 않는다. 대체 무슨 꿍꿍이일까?" 오후에 의사는 지난 몇 달간 크라네르 부인에 대해 기록한 것을 다시 한 번 읽어보았지만, 별 게 없었다. 어쩌면 그가 의심할 만한 일은 없었는지도 모른다. 그녀는 그저 하루 종일 집에서 꾸벅꾸벅 졸다가 사리 분별을 하지 못하게 된 것인지도 몰랐다. 예전에 의사는 크라네르 부부가 사는 집의 부엌을 본 적이 있었다. 좁아터진 데다 늘 과열돼 있는 그곳, 숨 막히고 냄새나는 구멍이야말로 모든 허술하고 유치한 발상의 주범임을 그는 알고 있었다. 마치 냄비에서 김이 무럭무럭 나듯 그런 곳에서 어리석고 가소로운 소망이 피어오르는 것이다. 지금 일어난 일도 그런 것일 터였다. '김이 뚜껑을 밀어 올린 모양이지.' 늘 그렇듯이 내일 아침이면 쓰디쓴 깨달음과 함께 제정신을 차릴 터였다. 크라네르 부인은 전날 엉망진창으로 만든 사태를 되돌리기 위해 만사 제쳐놓고 애를 쓸 것이다. 비는 가끔씩 기세가 꺾이는가 싶다가도 다시 거세게 쏟아졌다. 크라네르 부인의 말대로 이제 긴 가을비가 내리기 시작한 것이다. 의사는 작년과 재작년 가을을 떠올렸고, 지금은 아무것도 할 게 없다는 사실을 새삼 알아차렸다. 짧게는 몇 시간, 길어야 하루 정도 그칠 비는 첫서리가 내릴 때까지 끝없이 내릴 것이다. 길과 도로를 다닐 수 없게 되고, 외부 세계─시내나 철도─와 단절되며, 가축들은 염전 너머의 숲이나 호흐마이스 지대의 좁다란 숲 또는 바인카임 성 근처의 방치된 공원으로 이동할 것이다. 왜냐하면 늪은 살아 있는 모든 것을 죽이고 초목을 부패하게 해 남은 거라곤 지난 늦여름 차바퀴의 흔적이 새겨진, 무릎까지 빠지는 웅덩이밖에는 없을 것이기 때문이었다. 웅덩이와 가까운 수로에는 좀개구리밥, 뒤엉킨 여러해살이풀들만 서식하면서 밤이나 새벽에 창백한 달빛이 비출 때면 마치 풍경風景이 뜬 아주 작은 눈들처럼 하늘을 향해 은빛 시선을 던질 것이다. 헐리치 부인이 창문 앞을 지나가더니 맞은편 슈미트네 집 유리창을 두드렸다. 몇 분 전에 의사는 헐리치의 말소리를 들은 것 같았다. 헐리치와 그의 부인에게 뭔가 문제가 있는 모양이었는데, 이 빗자루 같은 여자가 이제 슈미트 부인에게 도움을 청하고 있었다. "헐리치가 또 술에 취한 모양이다. 그의 부인이 뭔가 설명하고 슈미트 부인은 놀란 듯하다. 충격을 받은 모양이다. 잘 안 보인다. 교장도 밖에 나와 고양이를 쫓아간다. 옆구리에 영사기를 끼고 문화센터로 가고 있다. 다른 사람들도 가고 있다. 그렇지, 오늘은 영화 상영을 하는 날이다." 그는 다시 술을 한 잔 마시고 새 담배를 피운 다음 중얼거렸다. "무슨 소동인가!" 날이 저물어 그는 불을 켜려고 자리에서 일어났다. 갑자기 심한 현기증이 그를 덮쳤다. 그는 비틀걸음으로 스위치 쪽으로 걸어갔으나 뭔가에 발이 걸려 벽에다 호되게 머리를 부딪고 쓰러졌다. 다시 정신을 차린 그는 이마에서 피가 조금 흐른 것을 깨달았다. 얼마나 오랫동안 정신을 잃고 있었는지 알 수 없었다. '내가 많이 취한 모양이군.' 그는 생각하며 다시 안락의자에 앉아 작은 잔에 독주를 따라 마셨다. 이번에는 담배를 피우지 않았다. 그는 멍하니 앞을 바라보았다. 정신이 또렷해지지 않았다. 그는 어깨에 담요를 잘 여며 덮고는 캄캄한 어둠 속을 내다보았다. 독주를 마신 탓에 둔해지기는 했어도, 고통이 몰려와 의식을 깨우는 걸 느낄 수 있었다. 하지만 그는 그것을 무시하려고 했다. '조금 다쳤을 뿐이야. 별거 아니겠지.' 그는 크라네르 부인과 나눈 대화를 되새겨보고 앞으로 어떻게 해야 할지 생각해보았다. 이 시간에 밖에 나가는 건 무리였으나 독주를 미리 준비해놓는 건 긴급한 사정이었다. 앞으로는 식료품뿐만 아니라 사소하지만 꼭 필요한 집 안팎의 일들을 해결하는 데 누군가 도와줄 사람을 찾아야 했고, 그것이 쉽지 않을 것임에도 그는 크라네르 부인 없이 어떻게 해나갈지를 더 이상 생각하지 않았다. 어쩌면 그녀가 마음을 달리 먹을지도 모를 일이었다. 뜻밖의 상황에 봉착한 그가—내일이면 크라네르 부인이 술집 주인과 만날 것 같다—지금은 오로지 어떻게 하면 술을 충분히 비축해놓을 수 있을까만 궁리하고 있었다. 그가 술집 주인과 의논을 해야 함은 분명했다. 하지만 어떻게 그에게 연락을 취한단 말인가? 누구를 통해서? 그의 건강 상태로 술집에 가는 것은 도저히 무리였다. 하지만 그는 다른 누군가에게 연락을 부탁하지 않는 것이 최선이라는 결론을 내렸다. 술집 주인은 술에다 물을 타고는 나중에 가서 "박사님이 고객인 줄 몰랐다"고 발뺌을 할 것 같았기 때문이다. 그는 기운이 날 때까지 좀 더 기다렸다가 직접 술집을 찾아가기로 마음먹었다. 그는 이마를 더듬어보고 탁자에 놓인 물 대접에 손수건을 담가 적신 뒤 상처를 씻었다. 두통이 영 가시질 않았지만 약을 찾을 엄두가 나지 않았다. 잠을 잘 수도 없을 것 같아 앉은 채로 눈을 붙여볼까도 생각했지만 자꾸만 끔찍한 장면이 어른거려서 그냥 눈을 뜨고 있기로 했다. 그는 책상 밑에 있던 낡은 여행 가방을 발로 끌어당겨 외국 잡지 몇 권을 꺼냈다. 이 책은 그가 키스로만바로시라는 작은 루마니아인 마을의 중고 서점에서 다른 책들과 함께 내키는 대로 산 것이었다. 서점 주인은 도나우슈바벤 출신의 슈바르첸펠트라는 사람으로 유대계 혈통을 자랑스럽게 여기는 이였는데, 1년에 한 번 관광 시즌이 끝날 때면 가게 문을 닫고 인근의 크고 작은 구역들로 사업상 출장을 다녔다. 그럴 때면 그는 어김없이, 자신이 학식 있고 존경할 만한 인물로 여기는 의사를 찾아오곤 했다. 의사는 잡지에 실린 글에는 관심이 없었다. 지금처럼 시간을 죽이려 할 때면 그는 사진들을 들여다보는 것을 좋아했다. 대개 그의 흥미를 끄는 것은 아시아 지역의 전쟁 르포 사진들로, 그에게는 그것이 멀리서 일어나는 일이나 이국적인 무언가로 느껴지지 않았다. 그는 그 사진들이 가까운 곳에서 촬영되었다고 확신했고, 그중 어떤 얼굴들은 낯익게 다가올 정도였다. 그는 그 얼굴들을 알아보려고 무진 애를 썼다. 가장 마음에 드는 사진들에 순위를 매겨두었기 때문에 쉽게 펼쳐 찾아낼 수가 있다. 시간이 흐르는 동안 우선순위가 바뀌기도 했지만 그가 가장 좋아하는 것은 언제나 항공사진이었다. 누더기 차림의 거대한 인간 행렬이 사막 같은 지역에서 길게 열을 지어 있고, 연기와 불길이 솟아오르는 배경에는 폭격을 맞고 파괴된 도시의 잔해가 있었다. 긴 행렬의 앞쪽에 있는 것은 위협적인 커다란 어둠뿐이었다. 그 사진을 특별하게 만드는 것은, 언뜻 불필요한 부분같이 사진 왼쪽 구석에 모습을 드러낸 군사용 감시 장비였다. 그의 생각으로는 이 사진은 특별히 자세하게 살펴볼 가치가 있었다. 사진은 본질적인 것에 집중하여, 탁월하게 인간적인 추적 관찰에 있어서 거의 영웅적인 절정을 드러내 보이고 있었다. 관찰자와 관찰 대상 사이의 거리는 최적이었고 관찰자의 면밀함도 느껴져서, 의사는 꿈에서 여러 차례 그 사진 속 기계를 보는가 하면 확실한 동작으로 직접 사진기의 셔터를 누르기까지 했다. 지금도 그는 거의 정해진 행동처럼 그 사진을 들여다보았다. 그는 사진을 세부까지 잘 기억했지만, 매번 볼 때마다 지금껏 알지 못한 부분을 새로이 발견하게 되기를 바랐다. 하지만 이번엔 안경을 썼는데도 사진이 어쩐지 흐릿하게만 보였다. 그는 잡지를 다시 집어넣고 집을 나서기 전에 마지막으로 술 한 모금을 마셨다. 그는 담요를 접어놓은 뒤 힘겹게 털외투를 입고 비틀거리는 걸음으로 집을 나섰다. 맑고 찬 공기가 훅 끼쳐왔다. 그는 주머니 속의 지갑과 공책을 손으로 더듬어 확인한 후 테두리가 넓은 모자를 쓰고 방앗간 가는 길로 어정거리며 들어섰다. 술집으로 가는 지름길을 택할 수도 있었지만 그러려면 우선 크라네르와 헐리치네 집을 지나쳐야 했고, 실은 그보다도 문화센터나 펌프하우스 근방에서 무례한 인간들과 맞닥뜨리고 싶지 않은 마음이 더 컸다. 인사를 하는 척하면서 음험하게 치대어 역겨운 호기심을 채우려고 그를 불러 세울 자들이 있었다. 진창길은 걷기가 힘들었고 게다가 너무 어두워서 잘 보이지도 않았다. 하지만 그의 집 뒤쪽으로 돌아가 방앗간으로 가는 길에 들어선 다음에는 어느 정도 방향을 잡을 수 있었다. 몸의 균형이 여전히 잘 잡히지 않는 탓에 그는 비틀거리며 어설프게 땅을 디뎠고, 자꾸만 헛다리를 짚고 나무를 향해 걸어가거나 키 작은 덤불에 발을 채였다. 폐에서 소리가 나기 시작했고 그는 숨을 쉬려고 헐떡였다. 오후부터 심장에 느껴지던 통증이 가시질 않았다. 그는 어서 방앗간에 도착해 비를 피하려고 발걸음을 빨리했다. 길 위의 웅덩이를 피해 가려는 노력을 더 이상 하지 않다 보니 자꾸만 웅덩이에 발목이 빠지고, 신발 속에선 진흙이 욱적거 렸으며, 외투는 갈수록 무거워졌다. 그는 어깨로 방앗간 문을 밀어 힘겹게 연 다음 나무 상자 위에 주저앉아 몇 분 동안 가 쁘게 숨을 들이쉬었다. 목의 동맥에서 맥박이 미친 듯이 뛰는 게 느껴졌고, 발은 뻣뻣하고 두 손도 떨려왔다. 그는 버려진 건 물의 아래층에 와 있었고, 위로는 두 개 층이 더 있었다. 깊은 정적이 그를 감쌌다. 쓸 만한 물건들은 다 들어낸 탓에, 텅 빈 공허만이 커다랗고 캄캄한 창고를 가득 채우고 있었다. 문 오 른쪽에는 과일 상자 몇 개와 용도가 불분명한 쇠로 만든 함 그리고 대충 망치질해서 만든 큰 상자가 하나 있었는데, 겉에 는 "소화용!"이라고 쓰여 있지만 안에 모래가 들어 있지 않았 다. 의사는 신발을 벗고 양말을 잡아당겨 물기를 짰다. 담배를 찾아보았으나 다 젖어서 피울 수 있는 것이 하나도 없었다. 열 린 문으로 들어온 희미한 빛에 문 옆의 상자들이 거무스름한 윤곽으로 솟아 있었다. 어디선가 쥐 소리가 나는 것 같았다. "여기에 쥐가?" 그는 놀라면서 창고 안으로 좀 더 들어갔다. 그는 안경 쓴 눈을 깜빡이며 짙은 어둠 속을 살폈다. 그러나 쥐라고 생각했던 소리가 다시 들려오지 않았기 때문에 그는 문 쪽으로 돌아와 도로 양말과 신발을 신었다. 그는 성냥을 꺼 내 외투 안감에 마찰시켜보았다. 어쩌면 불을 켤 수 있을지도 몰랐다. 과연 불이 붙었고, 그는 깜빡이는 성냥불 빛으로 문가에서 3~4미터 떨어진 맞은편 벽면의 계단 몇 개를 알아보았다. 별다른 의도 없이 그는 계단을 오르기 시작했다. 성냥불은 곧 꺼졌지만, 그는 다시 불을 켤 생각도 없었고 그래야 할 이유도 떠올리지 못했다. 잠시 어둠 속에 서 있다가 벽을 더듬었다. 그는 곧장 돌아서서 술집으로 갈까 생각했다. 그때 다시 작은 소리가 들려왔다. '쥐가 맞구먼!' 소리는 꽤 멀리서 들려오는 것 같았다. 제일 위층에서 나는 소리 같았다. 그는 벽을 더듬으며 계속 계단을 올라갔다. 몇 걸음을 옮기자 소리가 더 잘 들렸다. '쥐가 아니군. 나무가 불에 타는 소리 같은데.' 위로 올라간 그는 나지막하지만 분명한 말소리를 들었다. 2층 뒤쪽, 20~30미터 떨어진 곳에서 두 젊은 여자가 바닥에 앉아 나뭇가지를 태우고 있었다. 불길이 그녀들의 얼굴을 비추었고, 천장에서 그림자가 울렁였다. 둘은 분명 무슨 이야기인가를 정신없이 나누는 중이었지만 시선은 서로를 향하지 않고 불타는 나뭇가지 위에서 춤추는 불꽃에 닿아 있었다. "여기서 뭐 하는 건가?" 의사가 큰 소리로 말하며 그들에게 다가갔다. 두 여자는 화들짝 놀라 몸을 일으켰다. "아, 박사님이시군요!" 한 여자가 안심이 되는지 웃으며 말했다. 의사는 불가로 가 두 사람 사이에 앉았다. "몸 좀 녹여야겠네. 그래도 괜찮다면." 그가 말했다. 두 여자도 다리를 모으고 다시 앉아 킥킥거렸다. "담배 있나?" 의사가 불길에서 눈을 떼지 않으며 물었다. "거

기 발치에 있잖아요!" "내 담배는 물먹은 솜처럼 젖어서." "그
럼요, 이거 피우세요." 한 여자가 대답했다. 의사는 담배를 피
우기 시작했다. 그는 후련한 얼굴로 연기를 내뿜었다. "비가 내
리니까요!" 한 여자가 말했다. "머리하고 저는 비가 내린다고
불평하는 중이었어요. 일거리가 떨어지니까요. 장사가 안돼
요." 그녀가 낭랑하게 웃었다. "여기 꼼짝없이 앉아만 있었
죠." 의사는 몸을 옆으로 돌려 불을 마저 쬐었다. 의사는 둘
중 더 나이 든 소녀를 전에 떠나보낸 뒤로는 호르고시의 두 딸
들과 다시 보지 않았었다. 그는 그녀들이 하루 종일 방앗간에
서 무감하게 손님을 기다리거나 또는 술집 주인이 누군가를
보내 자기들을 찾을 때까지 그곳에 진을 치고 앉아 있는 걸 알
고 있었다. 마을에선 좀처럼 그녀들을 볼 수 없었다. "기다려
도 소용없나 보다 생각하던 참이었어요." 두 여자 가운데 언
니 되는 이가 말했다. "하루하루가 똑같아요. 아무 일도 안 일
어나죠. 어떨 때 우린 서로의 목을 끌어안아요. 너무 추우니까
요. 무섭기도 하고요. 이렇게 동떨어져서." 동생이 목이 잠긴
소리로 웃었다. "얼마나 무서운데요!" 그녀는 소녀 같은 어조
로 말했다. "그리고 너무 외로워요!" 이 말이 나오자 둘은 울
음 섞인 웃음을 터뜨렸다. "담배 한 대 더 피워도 되나?" 의사
가 무뚝뚝하게 물었다. "물론이죠. 피우세요. 왜 제가 박사님
한테만 안 된다고 하겠어요?" 그 말을 듣자 동생은 새된 소리
로 크게 웃었다. "왜 박사님한테만 안 된다고 하겠어요? 정말

말 한번 잘했네!" 그러다 두 여자는 웃음을 뚝 그치고 피로한 낯으로 불꽃을 응시했다. 의사는 불을 쬐는 것이 좋았다. 조금 더 있으면서 몸을 말리고 덥히고 난 뒤에 자리를 떠날 생각으로 멍하니 불길을 바라보았다. 숨을 쉴 때마다 식식 소리가 났다. 호르고시의 맏딸이 침묵을 깼다. 무심하고 비통한, 쉰 목소리였다. "제가 스무 살이 넘은 건 아시죠. 제 동생도 곧 스물이 되고요. 이러고만 살 수는 없어요. 박사님이 오시기 전에 그 얘기를 하던 참이었어요. 저희는 어떻게 될까요? 아무것도 하기가 싫어진답니다! 아세요? 저희가 얼마나 돈을 모을 수 있었을지? 상상이 되세요? 사람이라도 죽일 것 같은 기분이에요, 정말요!" 의사는 묵묵부답으로 불길만 쳐다보았다. 동생도 입을 다문 채였다. 언니는 다리를 뻗으며 두 팔로 등 뒤를 받치고는 고개를 끄덕이면서 말했다. "집에는 어린 범죄자 새끼가 아직도 크는 중이죠. 걔보다 더 정신이 이상한 에슈티케도요. 게다가 엄마는 또 어떻고요. 끝도 없이 돈타령만 해요. 니들 돈 어디다 숨겼니, 돈 내놔봐라. 그저 돈, 돈, 돈소리만 해요. 도대체 무슨 생각들을 하는 걸까요? 저희 마지막 옷가지까지 벗겨 먹고 말 거예요. 그렇다니까요! 오물 더미 같은 이곳을 떠나서 시내에 가서 살자고 하면 아주 난리가 난답니다. 저희는 이 생활이 정말 넌덜머리가 나요. 안 그러니, 머리?" 동생은 따분하다는 양 듣고 있었다. "그만해둬. 가려면 가는 거고 아니면 아닌 거지. 언니를 붙잡는 사람은 아무도 없잖아, 그치?"

그러자 언니가 성을 냈다. "너는 내가 슬그머니 사라지길 바라나 보지? 그래? 너 혼자 여기서 잘해나갈 수 있다고? 천만에, 그건 아닐걸. 내가 가면 너도 가는 거야." 동생은 조롱하듯 얼굴을 찡그렸다. "신세 한탄 좀 그만해. 듣고 있자니 눈물이 나오네!" 그 말을 듣자 언니는 다시 열불이 치밀었지만 거칠게 기침이 터져 나온 탓에 말을 계속 잇지는 못했다. 다시 그들은 말없이 앉아 있었다. "두고 봐, 머리. 얼마 있으면 여기도 돈이 물처럼 넘쳐날 거야!" 한참 동안 침묵을 지키던 언니가 말했다. "이 마을도 다시 제대로 돌아가게 될걸!" 동생이 말을 받았다. "그 사람들 벌써 왔어야 하는데. 내 예감에 뭔가 좀 수상해." "아, 걱정하지 마. 크라네르 씨나 다른 사람들이 어떤지는 내가 알아. 그 사람이 집으로 돌아오면 아마 다들 그의 뒤꽁무니만 쫓아다닐걸? 언제나 그랬고 이번에도 그럴 거야." "돈이 전부 제대로 도착할 거라고 믿는 거야, 설마?" 의사가 고개를 들었다. "무슨 돈 얘기지?" 언니가 손사래를 쳤다. "아, 중요한 거 아녜요. 불이나 쭉 쬐세요. 그게 중요하죠." 의사는 몇 분 더 머물다가 담배 몇 개비와 마른 성냥을 얻어 계단을 내려갔다. 그는 비틀거리지도 않고 문을 찾아냈다. 비는 문틈으로 비스듬히 들이쳤다. 두통은 조금 가라앉고 더 이상 어지럽지도 않았지만 심장 부근에서는 여전히 압박감이 느껴졌다. 눈은 금세 어둠에 익숙해져서 곧 사방을 분간할 수 있게 되었다. 그는 놀라울 만큼 신속하게 앞으로 나아갔다. 나뭇가지에 긁히거나 발에 잡초가 채지도 않았고, 비가 얼굴을 때리지 못하도록 고개는 옆으로 돌린 채였다. 그는 몇 분 동안 계량소 건물 처마 밑에 서 있다가 불끈 화를 내며 다시 걷기 시작했다. 그가 걸어가는 앞과 뒤는 온통 적막한 암흑이었다. 그는 큰 소리로 크라네르 부인을 욕했고 복수할 방법을 생각하다가 이내 잊어버렸다. 다시 피곤이 몰려왔고 어딘가에 앉지 않으면 고꾸라질 것 같았다. 그런데 막상 술집으로 가는 다진 길이 나타나자 그는 쉬지 않고 목적지까지 가기로 마음먹었다. "100걸음 정도만 가면 되겠지." 그는 스스로를 격려하듯 말했다. 술집의 창문과 문에서 희망처럼 불빛이 내비쳤다. 캄캄한 밤중에 유일하게 밝은 점인 그곳을 향해 그는 방향을 잡을 수가 있었다. 그러나 술집은 손 닿을 듯 가깝게 느껴지면서도, 똑바로 쳐다보려고 하면 할수록 그에게서 멀어지는 것 같았다. "잠시 컨디션이 안 좋은 거야. 별거 아니야." 그는 마음을 다잡으며 잠깐 동안 서 있었다. 하늘을 올려다보았다. 세찬 바람에 빗줄기가 얼굴을 때렸다. 갑자기 절박하게 도움이 필요하다는 생각이 들었다. 하지만 휘청 마음이 약해진 것도 잠시, 기분은 곧 괜찮아졌다. 그가 다진 길에서 벗어나 어느새 술집 문 앞에 섰을 때, 뒤에서 가느다란 목소리가 들렸다. "의사 선생님!" 에슈티케, 호르고시의 어린 딸 에슈티케가 그의 외투를 붙들었다. 소녀의 금발과 무릎까지 내려오는 뜨개질한 옷이 비에 흠뻑 젖어 있었다. 소녀는 머리를 숙인 채 의사의 외투에 매달렸다. 그에게 달라붙으려는 생각밖에 없는 것 같았다. "에슈티케, 너구나. 왜 그러니?" 소녀는 대답하지 않았다. "이 시간에 뭘 하고 있는 거야?" 놀란 마음이 지나가자, 그는 소녀를 떼어놓고 싶어졌다. 하지만 에슈티케는 목숨이라도 걸린 일인 양 그를 꼭 붙잡고 놓아주지 않았다. "이거 놔라, 애! 무슨 일이니? 엄마는 어디 있어?" 그가 겨우 소녀를 떼어냈지만 소녀는 막무가내로 다시 그의 외투를 붙잡고는 고개를 숙인 채 말없이 서 있었다. 의사는 짜증이 나서 소녀의 손을 찰싹 때렸다. 그제야 소녀는 손을 놓았다. 의사는 자기도 모르게 한 걸음 뒤로 물러서다가 날카로운 쇠붙이에 발이 걸렸고, 중심을 잡으려고 비틀거리다 진창 위로 길게 쓰러지고 말았다. 소녀는 놀라 술집 창문으로 달려가서는 도망갈 채비를 하며 거구의 남자가 몸을 일으키는 모습을 바라보았다. 의사가 소녀에게 다가갔다. "이리 오렴. 말 들어야지!" 에슈티케는 창틀에 기대섰다가 뛰쳐나가 다져진 길 위를 비틀대며 달려서 도망쳤다. "옳지. 그래 봐라! 도망가려고? 거기 서!" 의사는 어찌할 바를 모르고 술집 문 앞에 서 있었다. 대체 이게 무슨 일인지, 이제 뭘 해야 할지 곤혹스러웠다. 마침내 술집에 도착했으니 이곳에 온 목적을 이룰 것인가, 아니면 소녀를 쫓아갈 것인가. '저 애 엄마는 술집에서 술이나 퍼마시고, 언니들은 방앗간에서 몸을 팔고, 오빠는 시내 어디서 상점이나 털고 있는지. 그리고 가장 어린 아이는 비가 이렇게 오는데 나다니는군. 집구석 참, 하늘도 무심하시지.'

그는 다져진 길로 돌아가 어둠을 향해 외쳤다. "에슈티케! 해치지 않는다! 정신 차리고 어서 돌아와!" 아무 대답이 없었다. 그는 소녀를 찾아 나섰다. 아예 집을 나오지 말걸, 후회가 되었다. 온몸이 흠뻑 젖은 데다 비참한 기분까지 들었다. 게다가 끌어안고 달라붙더니만 도망쳐버리는 난감한 아이까지! 의사는 자신이 집을 나선 이후로 겪은 일들이 스스로에게 과도한 부담이 된다는 걸 알고 있었다. 그가 감당할 수 있는 사태가 아니었다. 그는 몇 년 동안 지루하고 쓰디쓴 투쟁으로 자신이 이뤄낸 모든 작업들이 얼마나 허약한 것인가를 절감했다. 그는 이를 악물고, 이제 어떤 식으로든 끝이 얼마 남지 않았음을 예감했다. 그저 산책하듯 술집에 가는 일이, 거리도 얼마 되지 않는데(게다가 중간에 쉬어가면서!), 맙소사, 이렇게 힘들다니. 숨이 차고 심장은 뻐근하고 다리는 풀려버려서 온몸에 기운이 하나도 없었다. 그리고 가장 심각한 것은 자신의 분별없고 무모한 행동이어서, 비가 퍼붓는 밤중에 캄캄한 길에서 한 아이를 찾고 있는 까닭을 그 스스로도 알지 못했다. 그는 소녀가 갔을 법한 방향으로 에슈티케, 하고 한 번 더 이름을 부르고는 그 자리에 멈춰 섰다. 어차피 찾지 못할 것이다. 게다가 그도 몸을 좀 추슬러야 했다. 뒤로 돌아선 그는 자기도 모르게 술집에서 꽤 멀리까지 와버린 것을 알고 놀랐다. 두 걸음을 걷자 갑자기 눈앞이 캄캄해졌다. 발이 미끄러지는가 싶더니, 찰나의 의식으로 그는 자신이 쓰러져 나락으로 떨어지는 것을 느끼며 그대로 정신을 잃고 말았다. 겨우 정신을 차렸을 때는 자신이 왜 거기에 그런 꼴로 있는지 기억하지 못했다. 입에 들어온 진흙의 역겨운 냄새 때문에 토할 것 같았다. 외투는 엉망으로 더러워져 있고 다리는 냉기와 습기로 뻣뻣했다. 그런데 방앗간에서 받아 온 담배 세 개비만은 손에 꼭 쥐고 있었던 덕분인지 신기하게도 멀쩡했다. 그는 담배를 주머니에 집어넣고 일어서려 했다. 하지만 진흙투성이의 가파른 도랑에서 그는 자꾸만 미끄러졌고, 몇 번 만에야 가까스로 다져진 길을 밟을 수가 있었다. "아, 심장, 심장이!" 그는 경련하며 가슴팍 심장 부근에 손을 올렸다. 기운이 하나도 없었다. 빨리 병원에 가야 한다는 걸 알았지만 그럴 수가 없었다. 비는 점점 세차게 공격을 퍼붓듯이 땅 위로 쏟아져 내렸다. '쉬어야 해. 나무 밑으로 갈까? 아니면 술집으로? 아니, 지금은 안 되겠어.' 그는 길을 벗어나 오래된 아카시아 나무 아래로 걸어갔다. 땅 위에 주저앉을 생각은 없었기에 쪼그리고 앉았다. 그는 아무 생각도 하지 않으려고 애쓰면서 앞만 바라보았다. 그렇게 몇 분이 지났는지, 몇 시간이 흘렀는지 전혀 의식하지 못했다. 동쪽이 서서히 밝아오기 시작했다. 온몸이 녹초가 되었지만 그는 막연한 희망을 품으며 거침없는 햇살에 드러나는 풍경을 바라보았다. 그는 날이 밝기를 바랐지만 한편으론 두렵기도 했다. 따뜻하고 아늑한 방에 누워 깨끗한 피부를 가진 간호사들의 간호를 받으며 더운 고기 수프를 떠먹고 벽을 향해 돌아누워 잠을 자고픈 생각이 간절했다. 청소부가 사는 집 근처에서 그를 향해 걸어오는 세 사람의 윤곽이 보였다. 반가워하기에는 아직 너무 멀리 떨어져 있었지만, 작은 소년이 활달한 몸짓으로 옆의 남자에게 말을 건네는 모습을 알아볼 수는 있었다. 말소리는 들리지 않았다. 그들보다 몇 미터 뒤쪽에 또 한 명이 있었다. 마침내 그들이 볼 수 있는 거리에 들어왔다고 생각했을 때 그는 소리쳐 불러보았으나 목소리는 바람에 무참히 흩어졌다. 빗줄기에 가로막혀서인지 그들은 그를 보지도 못한 것 같았다. 그들은 그를 지나쳐 갔다. 그동안 죽은 것으로 알려졌던 황당한 사기꾼들을 방금 보았다는 사실에 놀랄 만한 정신조차 그에겐 없었다. 다리에 참기 어려운 통증을 느꼈고, 목이 탔다. 밝아온 아침이 시내로 가는 도로 위에 그의 모습을 드러내고 있었다. 그는 돌아갈 생각을 하지 않았다. 걷는다기보다 발을 질질 끄는 것에 가까운 그는 머릿속이 혼란스러웠고, 위에서 나는 소리에 기겁하기도 했다. 까마귀 떼가 발목을 잡듯 집요하게 그를 따라오며 맴돌았다. 오후가 되어 엘레크로 가는 갈림길에 도착했을 때, 그는 탈것에 오를 기운마저도 남아 있지 않았다. 집으로 돌아가던 켈레멘이 그를 발견하고 마차 뒷자리의 젖은 짚단 위에 눕도록 했다. 의사는 자기 몸이 갑자기 새털처럼 가볍게 느껴졌다. "의사 선생님, 어쩌시려고 그랬소? 이러면 큰일 나지요!" 그는 마부의 꾸짖는 듯한 음성이 오랫동안 귓전에 맴도는 것을 느끼며 잠 속으로 빠져들었다.

4

거미의 작업 I
The Work of Spider I

"난방 좀 하지그래!" 농부인 케레케시가 말했다. 가을 말파리가 전등의 금이 간 유리 갓 주변을 맴돌며 희미한 불빛을 배경으로 '8'자를 그리고 있었다. 그 벌레들은 자꾸만 때 묻은 유리 갓에 툭툭 부딪히고는 자석에 이끌리듯 다시금 8자 모양으로 날아다녔다. 불이 꺼질 때까지 자신들에게 소임으로 주어진, 한결같고 폐쇄적인 8자 비행을 계속할 모양이었다. 하지만 불을 끄려면 끌 수도 있을 자비로운 손은 여전히 술집 주인의 거칠한 턱만 받치고 있었다. 그는 끝없이 내리는 빗소리를 들으며 졸린 눈을 껌뻑이다 말파리들을 보고 이렇게 말했다. "싹 다 없어졌으면 좋겠군." 문 옆 구석의 덜거거리는 철제 의자에는 헐리치가 재킷 단추를 턱까지 채운 채 앉아 있었다. 방수 재킷을 입고 의자에 앉으려면 아랫배 부근에서 옷을 한 번

꺾어주어야 했다. 오랜 세월 동안 비바람을 맞은 옷은 모양도 볼품없어지고 소재도 연해지다가 마침내는 원래의 꼴이 사라져서 딱딱하게 변해버렸다. 재킷은 소란스레 내리는 빗줄기로부터 헐리치를 지켜준다기보다는—그가 자주 말하듯—"치명적인 몸속의 비"로부터 그를 지켜주는 편이었다. 그는 밤낮없이 피로한 심장에 내리는 죽음의 비가 무방비한 신체 기관들을 적신다고 말하곤 했다. 그의 장화 주위로 물이 고이고, 손에 들린 빈 잔이 무거워졌다. 헐리치는 케레케시가 품위 없고 탐욕스럽게 치아 사이로 후루룩거리며 와인을 꿀꺽꿀꺽 삼키는 소리를 듣지 않으려고 애썼다. 그는 팔꿈치를 당구대에 받치고 앉아 무심한 눈길로 술집 주인을 바라보았다. "난방 좀 하자니까." 케레케시가 다시 한 번 말하고는 대답을 들으려는 듯 고개를 약간 오른쪽으로 돌렸다. 구석에서 곰팡내가 풍겨 나는가 싶더니 뒤쪽 벽에서 바퀴벌레가 떼로 나타나 기름칠한 바닥을 기어 다녔다. 술집 주인은 케레케시의 말을 무시하며 헐리치에게 비겁한 공모의 눈짓을 보냈으나, 케레케시가 "이 돌대가리야, 바보짓 하지 마"라고 으름장을 놓자 겁에 질려 의자에 주저앉았다. 양철을 댄 바의 뒷벽에는 포스터 한 장이 붙어 있고, 빛바랜 코카콜라 광고지 옆 옷걸이에는 먼지가 앉은 모자와 작업복이 걸려 있었다. 그래서 얼핏 보면 누군가 교수형을 당한 모양새였다. 케레케시는 빈 병을 들고 술집 주인에게로 걸어갔다. 나무 바닥을 삐걱거리며 그가 천천히 걸음을 옮기자 커다란 몸집이 실내를 꽉 채우는 느낌이 들었다. 마치 울타리에 갇혀 있다가 뛰쳐나온 황소가 일순 공간을 좁게 만드는 것 같았다. 헐리치는 술집 주인이 도망쳐 사라지는 것을 보았다. 술집 주인이 저장고 문 너머로 빗장을 지르는 소리가 들렸다. 무슨 일인가 싶어 놀랐지만 그는 곧 마음을 가라앉혔다. 몇 년 동안 방치된 채 쌓여 있는 비료 자루며 정원 기구, 돼지 사료 시렁 뒤에서 악취를 참으며 얼음처럼 차가운 철문에 등을 댄 채로 숨어야 할 사람이 자기가 아니라서 다행이라고 생각했다. 그는 모든 종류의 술을 관장하는 주인이 지금 눈앞에서, 곰처럼 억세고 성질이 제멋대로인 농부의 위협을 피해 문 뒤에 숨어 안전해질 낌새를 기다리며 전전긍긍하고 있다는 사실이 재미있고 고소하기까지 했다. "한 병더!" 케레케시가 성을 내며 말했다. 그는 주머니에서 지폐를 한 다발 꺼냈는데 너무 빨리 꺼내는 바람에 그중 한 장이 팔랑 날리더니 커다란 장화 옆 바닥에 떨어졌다. 자기 돈이 바닥에 떨어졌는데도 전혀 눈치채지 못한 것 같다고 헐리치는 생각했다. 그는 자신이 다음에 어떤 행동을 취해야 할지를 떠올리며 자리에서 일어났다. 그는 혹시나 농부가 지폐를 줍는지 예의 주시하다가 헛기침을 하고는 그에게 다가갔고, 자기 주머니에서 마지막 남은 동전들을 꺼낸 다음 일부러 놓쳐서 떨구었다. 찰랑 소리를 내며 바닥에 떨어진 동전들이 잠잠해지자 그는 그것들을 줍기 위해 무릎을 굽혔다. "내 100포린트짜리도 집어줘!" 농부가 으르렁대며 말했다. '세상이 어떤 곳인데, 내 이럴 줄 알았지!' 헐리치는 스스로를 조롱하면서 하인처럼 비굴하고 순종적으로 말없이, 하지만 증오를 품은 채 농부에게 지폐를 건넸다. "100포린트짜리가 아니었는데!" 그가 불안해하며 중얼거렸다. "착각한 거겠지?" 농부가 고함을 질렀다. "이 양반은 어디 갔어?" 헐리치는 무릎을 털며 벌떡 일어나 그에게 거리를 두고 바에 기대면서, 농부가 화를 내는 상대에 자기까지 포함되지 않기를 간절히 바랐다. 케레케시는 웬일인지 무언가 망설이는 듯했고, 잠깐의 적막 속에서 헐리치의 기어드는 목소리가—주위 담을 수 없는 말소리가 늘 그렇듯—선명하게 들렸다. "얼마나 더 기다려야 되는 거야?" 곰처럼 센 사내 옆에서 짐짓 태연하게 모른 체하자니 케레케시와의 사이에 묘한 공감대가 생겨나버렸다. 비겁하게 행동하는 것은 자존심뿐 아니라 존재 자체에 상처를 내는 일이었기에, 그의 유일하게 가능한 선택으로 뜻밖의 공모가 이루어지고만 것이다. 농부가 천천히 그에게로 몸을 돌렸을 때 헐리치는 자신이 무심코 던진 말이 뭔가를 건드렸음을 깨달았고, 그러자 그의 천성이기도 한 비굴한 충성심이 묘하게 다른 감정으로 변해갔다. 뜻밖의 상황이었으나 그는 농부가 느끼는 놀라움을 재빨리 무마하려는 듯 이렇게 덧붙였다. "뭐, 나야 아무 상관없지만." 케레케시가 다시 흥분하기 시작했다. 고개를 숙이고 바 위에 씻은 와인 잔이 놓여 있는 것을 본 그가 주먹을 치켜드는 순간, 창고 문이 열리고 술집 주인이 문지방에 모습을 드러냈다. 그는 문가에 어깨를 기대고 눈을 비볐다. 몇 분 동안 퇴각해 있으면서 그는 농부가 자신을 공격하면 어쩌지, 하면서 갑작스레 겁을 집어먹었던 우스꽝스러운 일을 말끔히 털어버린 듯했다. 그저 잠깐 놀라게 했을 뿐 그를 심각하게 위협할 만한 일도 아니었다. 설령 더 심각한 위험이었다고 해도, 바닥 모를 우물에 떨어진 돌처럼 아무런 결과도 초래하지 않을 것이었다. "한 병 더!" 케레케시가 카운터에 돈을 놓았다. 술집 주인이 멀찌감치 떨어진 곳에서 바라보기만 하자 농부가 말했다. "겁먹을 거 없어. 안 잡아먹으니까! 허튼수작만 부리지 마." 그리고 그는 당구대 쪽으로 가서 누군가 자기 의자를 빼기라도 할 것처럼 조심하며 자리에 앉았다. 그러는 사이 술집 주인은 손을 바꿔 턱을 괴었다. 그의 여우같이 약삭빨라 보이는 잿빛 눈동자에 미심쩍어하며 무언가를 요구하는 기색이 어렸다. 분필처럼 하얀 얼굴에서 답답한 열기가 발산되었다. 그의 피부는 무감각해지고 손에는 땀이 찼다. 길고 부드러운 손가락과 삐쩍 마른 어깨 그리고 배 등 모든 것이 미동조차 없었고 오직 발가락만이 슬리퍼 속에서 꼼지락거렸다. 그때까지 천장에 고요히 매달려 있던 등이 흔들리기 시작했다. 등불빛은 천장과 벽 위쪽은 비추지 않아 그곳만 어둡게 남겨둔 채, 그 아래 앉은 세 남자와 마른 과자, 수프에 넣는 누들, 독주 잔과 와인 잔이 놓인 바, 테이블, 의자 그리고 맹목적으로 날아다니는 말파리들을 기운 없이 비추었다. 술집 안은 마치 황혼 무렵에 항해하는 배 같았다. 문득 케레케시가 술병을 열고 잔을 자기 쪽으로 끌어와 손에 들더니 그대로 몇 분 동안 꼼짝 않고 정지 상태로 앉아 있었다. 한 손에는 와인 병을, 다른 손에는 유리잔을 든 그는 방금 자기가 무얼 하려고 했는지 잊은 듯했다. 아니면 그가 앉은 어둠 속에서 잠시 동안 눈이 멀고 귀가 먹어 말과 소리들을 잃었는지도, 혹은 그를 에워싼 모든 것이 무게를 잃어버렸는지도 몰랐다. 그의 몸, 엉덩이, 팔 그리고 넓게 벌린 다리마저도. 어쩌면 손으로 만지고 맛을 보고 냄새를 맡는 능력도 사라져버렸는데, 그런 깊은 마비 상태 속에서도 맥박과 내장의 운동만은 살아 있어 의식을 유지하는 것인지도 몰랐다. 그의 비밀스러운 대뇌반구의 중심이 지옥과 같은 어둠과 금지된 환상의 영역으로 퇴각했다가 다시금 박차고 나오려 하고 있는지도 몰랐다. 헐리치는 어떤 상황인지 판단할 수가 없어서 불안하게 왔다 갔다 했다. 그는 케레케시가 자신을 주시하고 있다고 생각했다. 케레케시가 불현듯 동작을 멈춘 것에 대해 완만하게 화해를 제안하는 신호일 거라고 받아들이는 것은 대단한 착각일 듯싶었다. 오히려 그는 자신을 향해 공허하게 고정된 농부의 시선을 뜻 모를 위협으로 느끼며, 자기가 책임을 질 만한 잘못을 저지른 적이 있는지 기억 속을 훑었다. 이처럼 숨 막히는 순간에 괴로워하며 자기 인식의 심연으로 던져진 그가 깨달은 것은, 뇌리를 스치고 가는 그의 파란만장한 쉰두 해의 삶이 불타는 집에서 피우는 담배 연기처럼 사소하고 무의미하다는 사실이었다. 하지만 이런 짧고 공연한 죄책감은 그를 깊숙이 뒤흔들어놓기도 전에 곧 사라져버렸다(그건 과연 죄책감이었을까? 죄책감이란 한번 혜성처럼 작열하고 나면, 이후엔 여명처럼 희미한 의식의 불편함 정도만 남기는 것이다). 만일 그러지 않았다면 죄책감은 히스테리를 일으켜 입과 목구멍, 식도, 위장에 영향을 미쳤을 것이다. 추위 때문에 모든 게 더 나빠졌다. 술집 주인의 등받이 없는 의자 옆에 놓인 와인 상자를 힐끗 본 것만으로도 상상력은 마구 날뛰어 그를 삼켜버릴 것 같았다. 농부의 술병에서 와인 따르는 소리를 들은 지금이 특히 더 그랬다. 그는 유리잔에 부어진 와인에서 무성한 기포가 솟아나는 것을 넋 놓고 바라보았다. 술집 주인은 눈을 감은 채 헐리치가 걸어올 때 나는 나무 바닥 삐걱대는 소리를 들었지만, 그의 시큼한 입 냄새와 얼굴에 흘러내리는 땀 냄새를 맡을 수 있게 되었을 때도 눈을 들어 그를 바라보지 않았다. 보고 싶지도 않았을뿐더러, 세 번씩이나 부탁을 받으면 결국엔 들어줄 수밖에 없다는 것을 알고 있기 때문이다. "이보게, 이웃…." 헐리치가 뜸을 들이며 말했다. "딱 한 잔만!" 그가 진지하고, 짐짓 믿음직스러우며, 진짜로 믿어도 될 것만 같은 순수한 눈빛을 하고서 술집 주인을 바라보았다. 심지어 그는 맹세하듯이 집게손가락까지 쳐들어 보였다. "어차피 나중에 크라네르와 슈미트도 오면 말이야, 자네도 알지 않나…." 그는 눈을 감고 잔을 들어 고개를 약간 뒤로 젖힌 자세로 술을 마셨고, 잔이 빈 후에도 마지막 한 방울까지 입속으로 흘러들도록 잔에서 입술을 떼지 않았다. "좋은 와인이군." 그는 입술을 핥으며 아쉬운 얼굴로 잔을 조용히 바에 내려놓았다. 그러더니 몸을 돌리고는 "찌꺼기 맛이잖아!" 하고 중얼거리며 터벅터벅 걸어 제자리로 돌아갔다. 케레케시는 무거운 머리를 초록색 당구대 위에 올려놓은 채 곯아떨어졌고, 술집 주인은 빛이 닿지 않는 구석에 서서 허리를 문지른 다음 거미줄을 향해 행주를 휘둘렀다. "헐리치, 들어보게! 내 말 들어? 저쪽에선 뭐 하고 있으려나?" 헐리치가 영문을 몰라 쳐다보았다. "어디?" 술집 주인이 다시 말했다. "저기." "아, 문화센터 말이군! 흠, 그러니까…." 헐리치가 머리를 긁적였다. "뭐 별거 없어." "그래도 뭘 하는데?" "흠!" 헐리치는 손사래를 쳤다. "난 세 번이나 본 거더라고. 마누라만 데려다주고 나는 곧장 여기로 왔지." 술집 주인은 다시 등받이 없는 의자에 앉아 담배를 한 대 피웠다. "영화를 하나?" "아, 그게 뭐더라. 〈할렘의 수요일〉." "그래?" 술집 주인은 알겠다는 듯이 고개를 끄덕였다. 낡은 마차 바퀴 소리에 그들은 잠시 침묵했고, 말파리의 단조로운 윙윙거림을 깨트리며 바깥에서 들리는 소리에 화답하듯 헐리치 옆의 테이블이 삐걱거림과 함께, 썩어가는 술집 바도 딱 소리를 내며 한숨을 쉬었다. 그 소리는 지나간 일들을 상기시켰고, 동시에 기묘한 시간의 작용으로써 기억 속 과거의 소멸을 알려주는 성싶었다. 술집 위로 부는 바람은 삐걱거림 사이에서 생각을 가다듬고자 무기력하게 책장을 넘기는 손처럼 무언가 대답을 주려는 것 같았고, 바람은 나무와 공기와 땅을 연결시켜주며 문과 벽 사이의 보이지 않는 틈을 통해 안으로 들어오려고 했다. 헐리치가 트림을 했다. 농부는 코를 골며 잠들었고 당구대 위에다 침을 흘렸다. 케레케시의 배 속 깊은 곳에서부터 정체불명의 소리가 울렸는데, 그것은 예기치 않게 먼 곳으로부터 천천히 다가오는 소리로서 들길의 소 떼가 울부짖는 소리 같기도 했고 깃발로 치장한 통학 버스가 부릉대는 소리 같기도 했으며 심지어는 군악대 소리 같기도 했다. "창녀…" "커다래" "거기"와 같은 몇 마디의 말 외에는 알아들을 수가 없었다. 그 소리는 농부가 팔을 휘저어 누군가를, 혹은 무언가를 치려는 시늉을 할 때 끝이 났다. 유리잔이 넘어져 와인이 흐르면서 차에 치어 납작해진 개 모양으로 번지더니, 시시각각 모양이 변화하며 스며들어('스몄다'고? 아니! 와인은 테이블보의 성긴 틈으로 곧장 흘러내렸고 갈라진 마룻바닥 위에서 서로 이어지거나 만나지 못하는 형상을 만들었으며) 마지막으로 뭐라 말할 수 없는 형상을 이루면서 멈추었다. 헐리치가 야유했다. "뒈져라, 빌어먹을 술고래!" 그러고는 화난 주먹을 케레케시 방향으로 흔들어대더니, 자기가 보고 있는 광경을 도저히 믿지 못하겠다는 듯 술집 주인을 향해 무기력한 분노를 내보이며 투덜거렸다. "저놈이 술을 엎지르는군!" 술집 주인은 천천히 의미심장하게 헐리치를 쳐다보았고, 케레케시 쪽으로는 손해를 가늠하는 정도로만 힐끗 시선을 던졌다. 그는 헐리치가 고작 저런 장면에 흥분하는 것을 비웃으며 고개를 살짝 끄덕이더니 이렇게 말했다. "사람의 옷만 걸친 짐승이랄까?" 헐리치는 술집 주인의 반쯤 감긴 눈에서 조롱하는 기색을 보고는 당황해 눈을 껌뻑였고, 황소 같은 모습으로 엎드려 있는 농부를 바라보았다. "저자는 얼마나 먹어야 할까?" 그가 멍하니 물었다. "얼마나 먹겠느냐고?" 술집 주인이 긴장을 풀고 대답했다. "먹는 게 아니라 집어 처넣겠지!" 헐리치는 바로 가서 몸을 기댔다. "저자가 한 번에 돼지 반 마리를 먹는다면 믿겠나?" "그럴 거 같은데." 케레케시가 요란하게 코를 골았고, 두 사람은 침묵했다. 둘은 두렵고도 놀란 기분으로 누가 밀어도 끄떡 않을 거대한 농부의 몸을, 그리고 불그레한 얼굴과 그림자가 드리워진 당구대 아래로 삐져나온 흙 묻은 신발을 바라보았다. 꿈속에서 창살 너머 맹수를 보는 것처럼 안전한 느낌으로 두 사람은 농부를 바라보았다. 헐리치는—한순간, 아마 1분쯤?—술집 주인과 공감할 무언가를 찾은 듯이 편안한 기분이 되었다. 그것은 철창에 갇힌 하이에나와 자유롭게 그 위를 나는 독수리 사이의, 아무 일도 일어날 수 없는 그런 망연한 만남이었다. 실내가 일순 환해지더니 곧이어 하늘이 찢어지는 요란한 소리가 나 그들을 놀랬다. 번개가 번쩍하는 순간에는 거의 무슨 냄새가 나는 느낌이었다. "아주 가까운데." 헐리치가 말했다. 바로 그때, 누군가 술집 문을 힘차게 두드렸다. 술집 주인은 퍼뜩 자리에서 일어나 가만히 서 있었다. 불현듯 번개의 번쩍임과 문 두드림 사이에 무언가 연관성이 있는 것 같다는 생각이 들었기 때문이다. 밖에서 세차게 문을 두드리는 소리가 들렸고 그제야 그는 문을 열러 갔다. "여기들 모였군." 헐리치가 눈을 크게 떴다. 처음엔 술집 주인의 등에 가려져 보이지 않았지만 곧 그는 묵직한 두 짝의 장화와 방수 재킷 차림으로 흠뻑 젖은, 차장 모자를 쓴 늙은 얼굴을 알아보았다. 두 사내는 안도의 한숨을 내쉬었다. 도착한 인물은 투덜거리며 재킷의 물기를 털어 난방장치에 던지고, 문의 빗장을 지르느라 아직 등을 돌리고 있는 술집 주인에게 짜증을 냈다. "다들 귀가 먹었나? 문을 두드리는 동안에 번개에 맞아 죽을 수도 있었는데, 빌어먹을, 아무도 문을 안 열어줘!" 술집 주인은 바 뒤로 돌아가 유리잔에 독주를 한 잔 따라 노인 앞으로 밀어 주었다. "저렇게 천둥이 칠 때는 못 들을 수도 있죠." 그는 변명을 하면서 민첩한 눈빛으로 켈레멘이 이런 비를 뚫고 여기에 온 이유가 무엇인지, 왜 잔을 든 그의 손이 떨리고 있는지, 무슨 이야기를 하려고 하는 것인지를 탐색했다. 그와 헐리치는 한동안 아무것도 묻지 않았다. 밖에서 다시 천둥이 쳤고 하늘에 구멍이 뚫린 듯 비가 퍼부어 내렸다. 노인은 모자를 벗어 힘껏 쥐어짠 다음 원래 모양으로 펴 머리에 조심스레 쓰고는 술을 마셨다. 그의 눈앞에, 말을 마차에 매고 숨 쉬는 것도 잊은 채 잡초만 무성한 인적 없는 길을 내달려 온 장면들이 선하게 떠올랐다. 흥분한 말들이 어쩔 줄 몰라 하며 주인을 자꾸만 돌아보던 장면, 날뛰던 말꼬리들, 말들의 헐떡임, 부서질 듯 삐걱대는 마차를 타고 섬뜩한 웅덩이를 지나온 것, 그리고 마부석에 서서 무릎까지 빠지는 진창길을 칼날 같은 바람을 맞으며 달려온 일을 되돌아보며, 이제는 그 시간을 넘겼구나 생각했다. 이제야 비로소. 그는 알고 있었다. 그 새로운 소식이 아니었다면 무엇도 그로 하여금 이런 밤길을 달려오도록 하지는 못했을 거라는 걸. 이제 그는 자신이 진정한 위대함의 그늘 속으로 들어섰음을 확신했다. 그는 전장에서 아직 장군이 내리지도 않은 명령을 미리 감지하고 진지에서 출발한 병사와 같은 입장이었다. 또다시 소리 없는 영상이 그의 눈앞에 나타났다. 그가 기억할 가치가 있다고 여기는 모든 일들이, 마치 확고하고 독립적인 질서를 가진 것처럼 갈수록 선명하게 떠올랐다. 누군가에게 확신을 불어넣고 그의 덧없는 실존을 온전한 존재로 고양시키는 기억은, 어떤 사태로부터 기억 자체의 질서에 따라 실마리를 끄집어내고 기억과 인생 사이의 거리를 단지 그 기억을 지니고 있다는 경직된 만족감으로써 무마하도록 강제하는 것이다. 비로소 그는 모든 것을 훨씬 놀랍게 바라보게 되었는데, 얼마 안 있어 그는 벌써 어떤 기억을 소유한 자로서 그것에 집착하게 될 것이었다. 앞으로 몇 년 동안은 내밀한 밤 외딴집의 작은 북쪽 창문 옆에 서서, 홀로 잠 못 이룬 채 새벽을 기다리며 또다시 이 기억을 떠올리게 될 터였다. "어디서 오시는 길인가요?" 마침내 술집 주인이 물었다. "집에서." 헐리치가 깜짝 놀라며 다가섰다. "한나절은 걸리는 거리인데…." 노인은 말없이 담배 한 대를 물었다. "걸어서요?" 술집 주인이 망설이다 물었다. "어떻게 그러나. 마차를 타고 왔지. 옛길로 왔어." 벌써 술기운이 돌기 시작했다. 그는 눈을 깜빡이며 술집 주인과 헐리치의 얼굴을 번갈아가면서 한 번씩 쳐다보았지만, 이야기를 어떻게 꺼내야 할지 알 수 없었다. 어쩐지 생경한 것이 때가 아닌 듯했다. 딱히 정해진 적은 없으나 암묵적으로 마을의 집합소가 된 이 술집에서 (그가 전하는 놀라운 소식에 대한 보상처럼) 사람들이 격하게 환호하며 내지르는 소리가 벌써부터 귓가에 들리는 듯했었다. 그런데 이런 공허함이라니. 사방에서 뿜어져 나오는 따분함은 단지 겉모습에 불과할 뿐인데도 그는 자신이 기대하는 것을 말할 수가 없었다. 그는 지금 술집 주인과 헐리치가 보여주는 것보다는 더 나은 태도를 기대했었다. 이렇게 결정적인 순간에 하필이면 저 두 남자부터 상대해야 한다는 게 못마땅하게 여겨졌다. 술집 주인과 그의 사이에는 어떤 심연이 있었다. 그가 여객 내지는 승객이라고 부르는 사람들도 술집 주인에겐 그저 '술꾼'에 불과하다는 차이도 있었고, 펑크 난 타이어 같은 인물인 헐리치에게 '원칙이라든가 확고한 목적, 투쟁 정신 그리고 신뢰성' 같은 가치는 아무런 의미도 없고 단 한 번 있어본 적도 없었을 것이기 때문이었다. 술집 주인은 가만히 숨을 고르는 차장의 목덜미를 바라보았다. 마침내 켈레멘이 입을 열기 전까지 헐리치는 누군가 죽었나 보다고 생각했다. 술집 주인이 켈레멘이 가져온 소식을 온 마을에 알리고 다시 돌아오기까지 걸린 반 시간 동안 헐리치는 바의 와인 병에 하나같이 쓰여 있는 '리슬링RIESLING'*이라는, 다양한 연상을 불러일으키는 단어의 뜻을 심드렁하게 탐구하며 기다렸다. 그러고 나서 그는 곯아떨어진 한 사람과 꾸벅꾸벅 조는 또 한 사람을 놔둔 채, 와인에다 물을 타도 색깔이 분간될 만큼 변하지는 않을 거라는 평소의 지론을 확인해보는 시간을 가졌다. 그가 실험을 끝마쳤을 무렵, 헐리치 부인은 술집으로 오면서 방앗간 위 하늘에서 별똥별을 본 것 같다고 생각했다. 그녀는 걸음을 멈추고 한 손을 가슴에 올리며 종소리로 가득한 것 같은 밤하늘을 열심히 쳐다보았지만 결국엔 자신이 흥분하여 헛것을 본 모양이라고 인정하는 수밖에 없었다. 뭔지 모를 불확실함과 이리미아시에 관한 생각 그리고 황량한 풍경 때문에 마음이 졸아붙었다. 그녀는 집으로 돌아가 반듯하게 개어놓은 침대보 밑에서 하도 읽어 닳아빠진 성경책을 집어 품에 꼭 안고는 점점 커지는 죄책감을 느끼며 다시금 집을 나섰다. 그녀는 곧 다진 길로 들어섰고—마음속으로 구원에 대한 생각을 되새기면서—빗줄기

---

* 독일과 프랑스가 주요 산지인 포도 품종.

를 뚫고 백일곱 걸음을 걸어 술집에 도착했다. 그녀는 성경에
계시된 시대가 도래했음을 사람들에게 알리고 싶었지만, 마
음속 흥분과 혼란스러움 때문에 실수를 할 것만 같았다. 그녀
는 놀란 사람들과 대면할 준비를 하며 술집 문 앞에 우뚝 서
있었다. "부활하시리라!" 그것은 그 자체로도 충분히 주목을
끌 만한 말이었지만 그녀가 문간에 들어서며 외쳤기 때문에
마법처럼 위력이 증가했다. 그녀의 외침에 농부는 놀라 고개
를 쳐들었고 차장은 바늘에 찔린 듯 벌떡 일어섰으며 술집 주
인조차 경악하여 무너지듯 뒤로 물러섰다. 주인은 벽에 머리
를 부딪혀 눈앞이 캄캄해졌다. 모두가 헐리치 부인을 알아보
았다. "맙소사, 헐리치 부인. 대체 왜 그래요!" 술집 주인이 버
럭 소리를 지른 뒤 문에서 뜯겨 나간 나사를 다시 돌려 넣으려
고 일어섰다. 헐리치는 당황해 어쩔 줄 모르며 아내를 가까운
의자로 이끌었고(그러기도 쉽지는 않았다. "이리 와, 비가 들이치
네!") 잔뜩 흥분한 그녀를 진정시키기 위해 그녀를 향해 고개
를 끄덕여주었다. 그녀의 장황한 횡설수설과 흥분은 차장과
술집 주인이 자기를 비웃듯이 바라보는 것을 느낀 후에야 잦
아들었다. 그녀는 격노하여 소리쳤다. "웃을 일이 아니에요!
절대로 웃을 일이 아니라고요!" 마침내 헐리치는 아내를 구석
식탁의 의자에 눌러 앉힐 수 있었다. 그녀는 성경을 품에 안고
모욕을 받은 것처럼 입을 꼭 다물고는 죄인들을 쳐다보지 않
겠다는 양 환히 빛나는 천장으로 시선을 향했다. 내적 확신이

그녀의 눈앞에 베일을 드리웠다. 이제 헐리치 부인은 이전의 숙여진 머리나 구부정한 등과는 차원이 다른, 땅 위의 말뚝처럼 꼿꼿이 솟아오른 존재가 돼 있었고, 그녀가 몇 시간 동안 머물러 있을 자리는 술집이라는 닫힌 공간에 난 일종의 틈이었다. 그 틈을 통해 더운 공기가 빠져나가고 얼음처럼 차갑게 사람을 마비시키는, 살을 에는 듯한 바람이 실내로 유입될 것이었다. 팽팽한 정적 속에서 말파리의 윙윙대는 소리와 끊임없는 빗소리만 들렸다. 끝나가는 시월의 밤은 고유한 리듬을 갖고 있었는데, 그것은 말이나 상상으로는 표현할 수 없는 어떤 질서에 따라 나무들을, 비와 진창길을, 노을과 서서히 내려앉는 어둠을, 피로하게 움직이는 근육을, 정적을, 구부러진 길과 풍경을 두들겼다. 머리카락은 무리하게 움직여야만 하는 몸과는 다른 리듬을 따랐고, 성장과 몰락은 서로 다른 방향으로 나아갔다. 그럼에도 수없이 두들기고 되울리는 한밤의 소리들은 짐짓 절망을 가리는 한 가지 효과를 거두고 있었다. 한 장면 뒤로 불현듯 또 다른 것이 모습을 드러내고, 눈에 보이는 경계를 넘어서면 현상들은 서로 관련이 없어졌다. 마치 영원히 닫히지 않는 문처럼, 틈이, 균열이 있었다. 술집 주인은 썩은 문틀에서 온전한 나무 부분을 찾는 일이 헛수고라는 것을 알았다. 그는 빗장을 던져 버리고 쐐기로 문을 받쳐서 고정시켰다. 그는 짜증을 내면서 자리에 앉았다("틈이 벌어지겠다면 그러라고 해야지 어쩌겠나"). 그는 체념했다. 그는 상황이 허락지 않을 거라고, 왜냐하면 모든 것이 헛되기 때문이라고 생각하면서도, 일단은 억지로라도 진정하려고 애를 썼다. 헐리치 부인이 응징을 받았으면 좋겠다는 생각은 순식간에 캄캄한 절망으로 바뀌었다. 그는 와인과 독주가 얼마나 남았는지 탁자 위를 살펴본 뒤 자리에서 일어나 창고 문을 열고 안으로 들어갔다. 아무도 보지 않는 곳에 이르자 그는 분노를 풀어놓았다. 잔뜩 찡그린 얼굴로 위협하듯 팔을 흔들며 그는 몇 년 동안 건드리지 않은 물건들이 통행을 방해하고 눅눅한 냄새를 풍기는('사랑의 냄새…'라고 전에는 생각했었다. 호르고시의 딸이 이곳에 머물곤 하던 때의 일이다) 창고에서, 긴급한 문젯거리가 생길 때면 늘 그랬듯이 혼자 중얼거리며 걸음을 옮겼다. 그는 길에서부터 침입할지도 모를 도둑을 막기 위해 손가락 두께의 쇠기둥 두 개를 박아놓은 창문과 거기에 쳐진 거미줄, 통로에 놓인 자루들과 높이 쌓아둔 음식 재료들, 그 옆에 놓여 그가 장부를 쓰는 작은 책상과 공책들, 담배 그리고 자잘한 물건들을 보았고—그의 삶을 망치려는 신의 뜻같이 거미줄이 자욱한—작은 창문 앞을 지나, 오른쪽으로 몸을 돌려 먼지와 곡식 낱알이 흩어진 바닥을 밟고 다시 철문 앞으로 돌아왔다. 그는 부활 따위는 믿지 않았다. 그런 속임수는 그런 것에 잘 빠져드는 헐리치 부인에게 맡겨두겠다는 심정이었다. 하지만 죽었다던 사람이 살아 있다고 하면 기분이 이상해지는 것은 어쩔 수 없다. 호르고시네 아들의 주장을 의심할 만한 이유가 당시의 그에게는 없었다. 그는 소년을 데려다 놓고 자세하게 물어보기까지 한 데다 어쩐지 이야기의 앞뒤가 잘 맞지 않는다는 생각도 들었지만 그 소식이 통째로 거짓일 거라고는 상상도 못 했었다. 그런데—이제는 질문을 던져봐야만 했다—호르고시의 아들은 대체 왜 그런 어리석은 사기 행각에 끼어든 것일까? 물론 그 녀석이 원래부터 못된 녀석이라는 건 그도 알았으나, 어린 소년이 누군가가 부추기거나 시키지 않았는데도 그런 이야기를 꾸며낼 수 있을 거라고는 믿지 않았다. 그는 이리미아시와 페트리너를 시내에서 봤다는 이가 나와도 두 사람은 죽은 게 틀림없다고 믿었다. 그러나 지금 그는 이리미아시에 관해 진즉 생각하는 바가 있었기에 조금도 놀라지 않았다. 그는 두 부랑자들에 대한 이야기를 믿을 준비가 돼 있었다. 왜냐하면 그들은 원래부터 비열한 사기꾼들인 게 분명하기 때문이었다. 그는 두 사기꾼이 살아서 나타나더라도 마음이 약해지지 않겠다고, 와인은 꼭 제값을 받아야 한다고 마음을 다졌다. 설사 두 사람이 유령이라고 하더라도 그로서는 상관없었다. 다만 여기서 술을 마시면 돈을 내야 한다. 그는 술을 기부할 생각은 없었다. 그가 일평생 악착같이 일해서 이 술집을 마련한 것은 이랬다저랬다 하는 웬 무뢰한에게 공짜로 와인이나 축내게 해주려는 게 아니다. 술은 외상으로도 팔지 않는다. 어차피 넉넉한 품성 따위는 그의 장점이 아니었다. 뿐만 아니라 이리미아시와 그의 동행이 실제로 자동차에 치

인 것이 사실일 수도 있었다. 어떻게 그런 게 가능하냐고? 겉
보기에만 죽은 것 같은 상태가 있다는 걸 사람들은 왜 모르는
걸까? 누군가가 그들을 이 한심한 생±으로 다시 불러들인 것
이다. 불가능하다고? 현대 의학의 발달이라는 관점에서 보면
전혀 불가능한 얘기는 아니었다. 다만 이 경우엔 상당히 현명
치 못한 일이 되겠지만 말이다. 어찌되었건 술집 주인은 아무
래도 상관없었다. 가짜로 죽은 사람 이야기에 놀라는 건 그답
지 않은 일이었다. 그는 작은 테이블 앞에 앉아 거미줄을 닦아
내고 장부를 펼쳐보다가 종이 한 장과 몽당연필을 꺼냈다. 그
리고 알아들을 수 없게 중얼거리며 열심히 숫자들을 더해 종
이에 써나가기 시작했다.

  10 x 16 b. @ 4 x 4

  9 x 16 s. @ 4 x 4

  8 x 16 w. @ 4 x 4

  owe. 2 cases 31.50

  3 cases 5.60

  5 cases 3.00

  그는 정신없이 숫자들을 훑어보며 뿌듯해했지만, 동시에
비열한들이 자신을 더러운 계획의 목표물로 삼는 일이 일어
나는 세상에 대해 무한한 증오를 느꼈다. 대체로 그는 인생의

꿈을 이루기 위해 평소 불끈하는 자신의 성격과 경멸감을 억제할 줄 알았다. 그는 꿈을 정말로 이루려면 언제 어디서나 참을 수 있어야 한다고 생각했다. 부주의한 한마디의 말, 잘못된 한 번의 계산으로 모든 것이 수포로 돌아갈 수도 있었다. 때때로 자신의 감정을 어쩌지 못하고 휩쓸리는 때도 있었는데, 그럴 때면 어김없이 손해를 보았다. 그는 원대한 꿈을 이루는 데 있어 바탕이 되어온 자신의 타고난 기질에 만족했다. 그는 젊다 못해 어렸을 때부터 주위의 증오와 혐오로부터 취할 수 있는 이득을 세세하게 셈할 줄 알았다. 그런 이치를 알게 된 다음부터는 그도 남들과 똑같은 실수를 범할 수는 없었다. 그럼에도 때때로 그런 감정에 휩쓸릴 것 같으면 그는 창고로 퇴각하여 아무도 지켜보는 이가 없는 곳에서 흥분을 가라앉히곤 했다. 그는 용의주도함을 알았다. 이번 경우에도 그는 손상을 초래하지 않도록 주의했다. 그는 화가 치밀어 오르면 벽을 발로 차기도 했고 빈 나무 상자를 철문에 던져 큰 소리가 나게 하기도 했다. 하지만 지금은 바에서 소리를 들을까 봐 그럴 수가 없었다. 그래서 전에도 자주 그랬듯이 그는 숫자 속으로 피신했다. 숫자에는 어리석을 정도로 과소평가되는 '고귀한 단순성'이랄지, 신비로운 효력이 분명히 있기 때문이었다. 단순성과 효력 사이의 긴장으로부터 첨예한 각성이 일어났다. 그것은 '전망을 가질 수 있는 상태'를 뜻했다. 그런데 과연 이리미아시라고 하는 저 뼈만 앙상한, 잿빛 머리를 가진, 생기 없이 쳐다보는, 말상의, 쓰레기 같은, 아니 쓰레기인, 망종인, 쓰레기터의 바퀴벌레 같은 놈을 제압할 만한 숫자가 있을까? 과연 어떤 숫자가 지옥에서 곧장 온 사기꾼을 이길 수 있을까? 예측할 수도 없고 신뢰할 수도 없는 자를? 적당한 단어가 없었다. 어떤 말로 표현해도 충분치가 않았다. 그에게 제값을 치르게 하려면 말이 아니라 힘이 필요했다. 그는 자기가 쓴 것에 밑줄을 그었고 숫자들은 의미심장한 빛을 발했다. 숫자들의 역할은 상자 속에 남아 있는 포도주와 맥주, 레모네이드 병의 개수를 알려주는 것만이 아니었다. 절대로! 숫자들은 갈수록 많은 이야기를 그에게 해주었다. 그리고 그럴수록 그는 자신이 점점 커가는 걸 알 수 있었다. 숫자들이 해주는 이야기가 많을수록 그의 자아는 강대해졌다. 몇 년 전부터는 그의 탁월함에 대한 자의식이 스스로를 어색하게 만들고 있었다. 이제 그는 탄산수가 놓인 쪽으로 가서 자신의 기억이 정확한지를 확인했다. 왼손이 떨리기 시작하자 그는 불안해졌다. 이제는 어쩔 수가 없었다. 그는 마주하기 싫은 질문을 던져야만 했다. '이리미아시, 그자의 의도는 무엇일까?' 그는 구석에서 들려오는, 귀에 거슬리는 목소리에 일순 피가 얼어붙었다. 말하는 법을 배운 지옥의 거미를 상상했기 때문이다. 그는 이마의 땀을 훔치며 밀가루 포대에 기댄 뒤 담배를 꺼내 입에 물었다. "그래, 네놈이 14일 동안이나 여기서 공짜로 술을 퍼마시고 감히 다시 찾아온단 말이지! 그놈이 돌아온다고! 하지만 이번엔 생각대로 안 될걸. 그 술 취한 돼지들을 여기서 내쫓을 거야! 불을 다 꺼버리고 문에다 못질을 할 테다! 입구를 막아 못 들어오게 할 거야!" 기어이 신경이 끝까지 곤두섰다. 그는 마음속에 떠오르는 대로 지껄이기 시작했다. "뭐라더라? 그자가 황무지로 와서는 이렇게 말했었지. 돈이 필요하면 사방에 양파를 심으라고. 그 말뿐이었어. 그래서 내가 무슨 양파냐고 물었더니 붉은 양파라고 하더군. 난 그 말대로 했고, 그리고 꽤 괜찮았어. 그러고서 슈바벤 지방 출신의 어떤 사람한테서 이 술집을 샀지. 일이 잘되려면 아주 간단하게 이뤄지는 법이니까. 술집 문을 열고 나흘이 지났을 때 그 납작코 녀석이 문을 열고 들어오더니 내가 자기한테 고마워해야 한다고 주장했지. 그러더니 열나흘 동안 공짜로 술을 퍼마시고는 고맙다는 말조차 없었단 말이야! 그리고 지금 또? 그놈이 적반하장으로 자기가 챙겨갈 몫이라도 있다고 오는 걸까? 맙소사! 어느 날 개나 소나 아무나 나타나 자기가 대장이라고 우기면 어떻게 되겠어? 이 나라가 어떻게 되겠냐고? 더 이상은 신성한 것도 없다고? 아니, 아니, 이 친구야. 그렇게는 곤란하지! 세상엔 법이란 게 있다고!" 그는 눈빛이 서서히 맑아지고 마음이 차분해졌다. "그렇지!" 그는 이마를 탁 치며 소리쳤다. "네가 제정신을 잃으면 그때 문제가 생기는 거라고." 그는 장부를 꺼내고 공책을 펼쳐 다시 한 번 마지막 페이지에다 줄을 그은 다음 근엄하게 숫자를 써넣기 시작했다.

9 x 16 s. @ 4x4

11 x 16 b. @ 4x4

8 x 16 w. @ 4x4

Owe. 3 c. 31.50

2 cases 3.00

5. c 5.60

　그는 탁자 위에 연필을 던지고 장부 사이에 공책을 끼운 다음 서랍에 집어넣었다. 그리고 무릎을 비빈 후에 철문의 빗장을 열었다. 그가 창고에 얼마나 오래 있었는지 보고 있었던 건 헐리치 부인뿐이었다. 그녀는 그의 일거수일투족을 날카롭게 주시했다. 헐리치는 차장 켈레멘이 하는 믿을 수 없는 이야기에 놀라 귀를 기울였다. 그는 몸을 잔뜩 움츠리고 다리를 바싹 붙인 채 두 손은 주머니에 찔러 넣어 몸을 최대한 작게 만들었다. 마치 금방이라도 누군가 공격해올지 몰라 대비하는 듯한 자세였다. 이런 날씨에 차장이 헝클어진 머리로 잔뜩 흥분해서 나타난 것만으로도 대비 태세를 하는 이유로는 충분했다(지난여름 이후로 그가 농장에 찾아온 적은 없었다). 예전에 어떤 낯선 자들이 누더기 반코트 차림으로, 가족이 조용히 식사 중일 때 찾아온 적이 있었다. 그들은 지친 목소리로 혼란스럽고 놀라운 소식을 전해주었는데, 전쟁이 일어났다는 것이었다. 그러더니 그들은 찬장에 기대어 집에서 담근 술을 한 잔 따라 마시고는 사라졌고, 다시는 나타나지 않았다. 그리고 지금 느닷없이 열에 들뜬 부활 소식을 들었으니, 그가 과연 어떤 태도를 취해야 할까? 그는 입을 꾹 다물고 주위를 둘러보며 모든 질서가 깨진 것을 확인했다. 테이블과 의자들은 제자리에서 옮겨져 다르게 놓여 있고, 기름칠한 나무 바닥엔 사람들이 밟고 다닌 흔적이 있었다. 선반의 포도주 상자는 위치가 달라져 있었지만 카운터는 유난스레 깨끗했다. 평소에 재떨이는 한군데에 깨끗하게 쌓아 올려져 있다. 사람들이 어차피 마룻바닥 아무 데나 재를 떨기 때문이었다. 심지어 탁자에다 재를 떠는 인간도 있었다. 그런데 지금은 놀랍게도 테이블마다 재떨이가 하나씩 놓여 있었다! 문은 아직 쐐기로 받쳐진 채였는데도 구석에는 담배꽁초들이 수북이 쌓여 있었다! 도대체 어쩌라는 건지? 그뿐만 아니라 망할 놈의 거미들 때문에 잠시라도 자리에 앉아 있을라치면 옷에 들러붙은 거미줄을 떼어내기에 바빴다. '아, 될 대로 돼라! 그런데 저 망할 여자는 악마가 지옥으로 데려갔으면 좋겠구나.' 켈레멘은 술집 주인이 잔에 술을 따라줄 때까지 기다렸다가 자리에서 일어났다. "어디 허리 좀 펴볼까!" 그렇게 말하고 그는 신음을 내면서 허리를 앞뒤로 몇 번 움직였다. 그러더니 단숨에 술을 들이켰다. "내가 하려는 말은 내가 여기 서 있는 것만큼이나 틀림없는 사실이오. 갑자기 조용해졌는데, 벽난로 뒤의 개도 소리 없이 도망쳤더라고. 나는 거기 가만히 앉아서 눈을 크게 뜨고 있었지만 내가 보고 있는 걸 도저히 믿을 수가 없었지! 내가 취했나 했는데, 두 사람이 틀림없이 살아서 내 앞에 서 있더란 말이오!" 헐리치 부인이 냉랭하게 그를 쳐다보았다. "그래서 배운 게 있었겠네요?" 차장이 몸을 돌리며 짜증스럽게 물었다. "배우긴 뭘 배워요?" "그럼 배운 게 없단 얘기로군요." 헐리치 부인은 슬픈 어조로 말하며 손으로 그의 술잔을 가리켰다. "아직도 술을 퍼마시잖아요!" 켈레멘 노인이 벌컥 성을 냈다. "뭐요? 내가 '퍼마셔'? 어떻게 나한테 그따위 말을 해!" 헐리치는 술을 한두 모금 마시더니 양해해달라는 듯이 말했다. "별말 아니오, 켈레멘 씨. 이 사람이 어떤지 아시잖소." "아니 어떻게 별말이 아니란 거요! 그게 무슨 뜻인지 말해봐요!" 그가 고함을 쳤다. "대체 뭔 생각들이에요?" 술집 주인이 자기 역할을 해야 한다는 양 앞으로 나섰다. "아, 진정들 하시고 얘기 조용히 계속하세요. 어디 들어봅시다." 헐리치 부인은 분한 듯이 남편을 쳐다보았다. "당신은 아무렇지도 않아요? 저 사람이 당신 아내를 괴롭히는데? 당신이 이럴 줄은 몰랐군요!" 그녀가 너무나 통렬한 경멸의 빛을 띠며 말하는 바람에, 그녀를 무시하려던 켈레멘은 그만 말이 목에 걸려버렸다. "음, 내가 어디까지 얘기했더라?" 그는 술집 주인에게 묻더니 코를 푼 다음 손수건을 꼼꼼하게 접었다. "아, 그래. 바 뒤에 있던 여자가 무례한 말을 했지." 헐리치가 고개를 저었다. "아직 그 얘기할 차례가 아니에요." 켈레멘이 화가 나서 잔을 테이블에 탁 내려놓았다. "아 못 해먹겠네." 술집 주인이 헐리치에게 주의하라는 눈짓을 보내고 켈레멘을 향해 말했다. "신경 쓰지 마시고요!" "천만에! 기분 잡쳤어!" 켈레멘이 여전히 성을 내며 헐리치를 가리켰다. "저 사람한테 얘기하라고 해요! 저자도 거기 있었으니까, 안 그래? 그게 훨씬 낫겠네!" "저분은 신경 쓰지 말라니까요!" 술집 주인이 말했다. "저 사람들은 잘 몰라요." 그 말에 켈레멘은 누그러진 기색을 보였다. 알코올 기운이 그의 사지를 따뜻하게 했고, 퉁퉁한 얼굴을 붉게 만들었으며, 코도 부풀어 보이게 했다. "아, 그래. 바 뒤에서 술 따라주는 여자 얘기까지 했던가. 난 그때 생각했다고. 이제 이리미아시가 저 여자를 한 대 치겠구나, 금방 말이야, 하고. 그런데 웬걸. 아무 일도 없더라고. 여기 사람들하고 똑같더라니까. 아는 얼굴들이 있었소. 장작 실어 나르는 트럭 운전사가 있었고 목재소 짐꾼 둘, 근처 학교 체육 선생과 야간 식당 웨이터, 그리고 몇 명이 더 있었지. 나는 이리미아시의 인내심을 보고 놀랐다오. 하지만 우리는… 아니, 나는 그가 잘 참았다고 생각해. 그 사람들과 소동을 벌여서 좋을 게 뭐가 있겠어? 당신들이라면 그치들한테 뭐라고 하겠어? 난 그 두 사람이 럼주를 다 마실 때까지 기다렸지. 그러다가 두 사람이 테이블에 앉고 난 다음에 내가 그쪽으로 갔어. 이리미아시가 날 알아보더군. 음, 그러니까 내 말은 이리미아시가 나를 껴안으면서 말했다는 거요. '오, 여기서 보다니, 반갑군요.' 그러더니 바의 여자들을 불렀어. 그러니까 깡충거리며 뛰어오더라고. 원래는 테이블에 날라다 주는 술집이 아닌데 이리미아시는 모두에게 술을 한 잔씩 돌렸지." "모두에게 술을 샀다고?" 술집 주인이 놀라서 되물었다. "모두에게!" 켈레멘이 다시 주장했다. "왜, 그게 이상한가? 이리미아시는 별로 말할 기분이 아닌 것 같아서 나는 페트리너와 얘기를 주고받았어. 페트리너가 얘기를 다 해주더군." 헐리치 부인은 한 마디도 놓칠 수 없다는 듯 몸을 앞으로 숙이며 귀를 기울였다. "하, 하필이면 저 사람에게 모든 걸 얘기해줬다고?" 그녀가 건조하게 경멸조로 말했다. 차장이 그녀를 사나운 눈길로 쏘아보기 위해 몸을 돌리려는데, 술집 주인이 바 위로 몸을 내밀어 차장의 어깨에 손을 얹었다. "저 사람 말 신경 쓰지 말아요. 그런데 이리미아시는 그동안 뭘 하고 있었어요?" 켈레멘은 화를 참으며 돌아보는 것을 그만두었다. "이리미아시는 가끔씩 고개를 끄덕이기만 하고 별로 말을 하지 않더구먼. 뭔가 골똘하게 생각하는 것 같았어." 술집 주인이 그의 말을 그대로 따라했다. "무슨… 생각을… 하는 것 같았다고요?" "그래. 그랬지. 그러더니 '갈 시간이요. 또 만나요, 켈레멘.' 이 말만 남기더군. 그리고 조금 있다가 나도 자리를 떴지. 거기 있는 인간들을 참을 수가 없기도 했고, 루마니아인 구역에서 푸줏간을 하는 호한을 만날 일도 있었으니까. 마을로 돌아왔을 때는 벌써 날이 어두웠소. 도살장에 잠깐 들렀을 때 전에 이웃으로 지냈던 토트의 동생을 만났지. 그런데 그 친구가 이야기하길, 이리미아시가 오후에 슈타이거발트를 만났다는 거야. 사냥 도구를 팔다가 망한 친구 말이요. 둘이서 화약 얘기를 나눴다던데. 이 얘기를 슈타이거발트네 애들이 진짜라며 전해주었다더군. 거기까지 듣고 나는 집으로 돌아왔소. 엘레크 갈림길에서 방향을 틀면서 왠지는 모르겠는데 뒤를 돌아보았지. 그런데 두 사람이 보이는 거요. 아주 먼 거리였는데도 틀림없이 그 두 사람이란 걸 알 수가 있었어. 좀 더 걸어가 보니 아직 갈림길이 보이는데, 내가 생각한 대로 두 사람이 맞더라고. 난 망설이지 않고 다져진 길로 방향을 바꿔서 계속 걸었지. 그리고 집에 도착해서야 전부 알겠더군. 그들이 어디로 가는지, 왜 가는지, 무엇을 하러 가는지 말이야." 술집 주인은 몸을 앞으로 내밀고 알겠다는 표정을 지으면서도 여전히 켈레멘을 미심쩍게 쳐다보았다. 그는 지금 들은 이야기가 실제로는 일어난 일의 아주 작은 일부에 불과하고, 어떤 대목은 꾸며낸 것일 거라고 생각했다. 그는 켈레멘을 잘 알았기에, 그가 아직 하지 않은 이야기가 있을 거라 믿었다. 물론 그도 잘 알고 있었다. 누구도 자기 속을 다 드러내 보이지 않는다는 것을. 다시 말해 그는 아무도 믿지 않았다. 물론 차장의 말도 마찬가지다. 비록 열심히 들어주기는 했지만 단 한마디도 그대로 믿지는 않았다. 술집 주인은 설령 누군가가 온전한 진실을 말하고 싶어 한다고 해도 실제로 그러기는 어렵다고 믿었다. 그렇기에 어떤 이야기를 처음 들을 때면 거기에 큰 의미를 두지 않았고, 지금 들은 이야기도 마찬가지였다. "그래, 무슨 일이 일어나긴 했나 보지." 그런데 정확히 무슨 일이 일어났는지는 여러 사람이 애를 써야만 알아낼 수 있는 법이었다. 거듭해서 조금씩 다른 새로운 이야기들을 들어보아야 하기 때문에 결국은 기다리는 수밖에 없었다. 기다리다 보면 어느 순간 진실은 빛 아래서 낱낱이 드러나고, 사건들을 돌이켜 검토하면 원래 이야기에서 어떤 순서로 일들이 일어났는지를 알게 되는 것이다. '어디로 가는지, 왜 가는지, 무엇을 하러 가는지?' 그는 이마에 주름을 지으며 생각했다. "여기는 온통 해야 할 일 투성이지, 안 그래?" 차장이 말했다. "그럴지도 모르지요." 술집 주인이 선선히 말했다. 헐리치는 아내에게 바싹 다가앉았다("소름끼치는 얘기로군. 듣다 보니 머리칼이 서는 것 같아"). 그녀는 천천히 고개를 돌려 남편을 보았다. 그리고 찬찬히, 주름진 얼굴과 잿빛 눈과 튀어나온 낮은 이마를 바라보았다. 가까이서 본 헐리치의 얼굴 피부는 푸줏간에 쌓아놓은 고기의 겉면을 떠올리게 했다. 그의 회색 눈은 오랫동안 방치된 시골집의 개구리 알로 뒤덮인 연못을 연상시켰고, 낮고 튀어나온 이마는 신문에 실리곤 하는, 한번 보면 잊을 수 없는 살인자들의 이마를 닮았다. 남편에게 느꼈던 감정은 금세 다른 감정으로 바뀌고, 이 순간에 적절하다고는 할 수 없을 문장이 그녀의 머릿속에 떠올랐다. '예수님은 위대하시다!' 그녀는 남편을 사랑해야 한다는 의무감을 쫓아버렸다. 그보다는 차라리 개 한 마리가 더 명예로울 것 같았다. 하지만 그러면 그녀에게는 무엇이 남는가? 어차피 운명의 책에 쓰여 있는 정해진 일이다. 천국에는 그녀를 위한 조용한 장소가 마련되어 있을 것 같았다. 하지만 헐리치는? 그의 죄 많은 영혼을 기다리는 것은 무엇일까? 그녀는 하느님의 섭리를 믿었고 정죄의 효력에 희망을 걸었다. 그녀는 성경을 흔들면서 강경한 어조로 말했다. "당신은 이걸 읽는 게 좋을 것 같아요." 그리고 덧붙였다. "시간이 남았을 때 말예요." "나? 당신은 내가 그런 걸…" "아니, 당신, 바로 당신 말이에요. 그래야 세상이 끝날 때 조금이라도 준비가 되어 있을 테니까요." 헐리치는 그녀의 심각한 말이 별로 마음에 와닿지 않았지만, 아내와 다투고 싶지 않았기에 내키지 않는다는 듯한 씁쓸한 표정을 지으며 성경책을 받아 들었다. 그리고 고개를 끄덕이면서 묵직한 성경책의 앞 장을 펼쳤다. "창세기를 읽으란 게 아녜요, 멍청한 양반!" 그녀는 소리를 지르더니 성경을 빼앗아 익숙한 손길로 계시록을 찾아 펼쳤다. 헐리치는 첫 문장부터 이게 뭔 소린가 싶었지만 굳이 알려고 애를 쓰지도 않았다. 부인의 감시가 다소 느슨해진 덕에 책을 읽는 척하는 게 그다지 어렵지는 않았다. 책에 쓰인 말들은 이해할 수 없었지만 책에서 풍기는 냄새는 나쁘지 않았다. 그는 케레케시와 술집 주인, 차장과 술집 주인의 대화에 귀를 기울였다("아직 비가 오나?" "음" 그리고 "저치는 어떻게 된 거야?" "인사불성이구먼"). 이리미아시 얘기로 받았던 충격이 가시자 천천히 정신이 돌아와 카운터까지의 거리, 목마름, 갇힌 듯 모여 있는 술집의 광경이 파악되었다. 위험이 닥칠 것 같지 않은 이곳에서 사람들 사이에 앉아 시간을 보내는 것이 그는 마음에 들었고, 그래서 기분이 좋아졌다. '오늘밤 내가 마실 술이 여기 있다는 거지. 그것 말고는 무엇도 상관없어!' 문가에 서 있는 슈미트 부인이 눈에 들어오자 등골을 타고 또 다른 작은 욕망이 꿈틀대기 시작했다. '누가 알아? 어쩌면 저 여자한테 돈을 쓸 수 있을지도 모르잖아.' 하지만 부인의 날카로운 눈초리 아래서 계속 꿈만 꾸고 있을 수는 없었다. 그는 시험에 떨어진 학생처럼 성경책 위로 몸을 숙였다. 그는 한눈파는 걸 용납하지 않는 엄마의 감시와 저 너머 뜨거운 여름의 유혹 모두에 저항하고 있었다. 헐리치의 눈에 슈미트 부인은 바로 저 여름의 현신이었기에, 살인적인 가을과 아무런 희망도 없는 겨울 그리고 요란하지만 충족을 주지 않는 봄만을 알고 있는 그에게는 닿을 수 없는 계절이나 마찬가지였다. "오, 슈미트 부인!" 술집 주인이 후다닥 일어서며 입가에 미소를 띠었고, 켈레멘은 문을 고정시켜놓았던 쐐기가 어디로 갔나 바닥을 훑어 찾았다. 술집 주인은 단골손님을 위한 자리로 슈미트 부인을 안내하고는 그녀가 앉기를 기다렸다. 그는 그녀의 머리에서 풍겨 나는 진한 향수 냄새를 맡기 위해 그녀의 귓가에 코를 댔다. 향수도 그녀의 두피에서 나는 시큼한 냄새를 사라지게 하지는 못했지만 술집 주인은 사실 어느 쪽이 더 좋은 것인지, 향수인지 아니면 봄날의 황소처럼 돌진하라고 그를 충동하는 자극적인 체취인지 알 수 없었다. "헐리치 부인은 남편이 어딜 보는지 아직 모르는군요. 뭘 주문할 거죠?" 슈미트 부인이 새침하게 팔꿈치로 그를 밀어내면서 실내를 둘러보았다. "체리주?" 그가 여전히 미소를 거두지 않은 채 물었다. "아뇨." 그녀가 대답했다. "아니, 그게 괜찮겠네요. 작은 걸로요." 헐리치 부인은 상기된 얼굴을 하고 입술을 부들부들 떨며 분노가 이글거리는 눈빛으로 술집 주인의 행동을 지켜보았다. 분노가 그녀의 마른 몸 전체를 휘감았다가 가라앉기를 반복하고 있었다. 너무나 격렬한 감정이어서 그녀는 무슨 행동을 해야 좋을지 알 수가 없었다. 이 악의 소굴에서 걸어 나갈지, 아니면 음란한 돼지 같은 술집 주인이 순진한 영혼에게 술을 권하며 교묘하게 유혹한 것에 대한 벌로 따귀를 올려붙여야 할지를. 헐리치 부인은 슈미트 부인을 자신의 품에 보듬어 안고 술집 주인의 뻔뻔한 행동으로부터 지켜주고 싶었지만 막상 아무런 행동도 하지 못했다. 그러면 오해를 살 게 분명하므로 자신의 감정을 노출시켜서는 안 된다고, 그녀는 생각했다. 사람들은 언제나 그녀의 등 뒤에서 수군거리지 않던가? 하지만 헐리치 부인은 저 가엾은 여자가 희롱당하는 것을 보기가 괴로웠고, 저 여인을 기다리고 있을 결말이 무엇일지 상상하기가 두려웠다. 눈에서 눈물을 흘리며, 그녀는 어깨에 무거운 십자가 짐을 진 채 그렇게 앉아 있었다. "그 얘기 들었어요?" 술집 주인이 슈미트 부인 앞에 술잔을 내려놓으며 물었다. 튀어나온 배를 한 껏 집어넣은 채였다. 헐리치 부인이 사납게 끼어들었다. "물론 들었지요. 당연히 들었겠지요." 술집 주인은 음울한 표정으로 입술을 꼭 다물고서 등받이 없는 의자에 앉았고, 슈미트 부인은 우아하게 손가락 두 개만을 써서 유리잔을 입술에 가져다 댔다. 그러더니 갑자기 생각이 바뀌었다는 듯 남자처럼 단숨에 꿀꺽 술을 마셔버렸다. "그런데 정말 두 사람이 맞아요?" "그렇다니까요!" 술집 주인이 왠지 의기양양하게 대답했다. "틀림없어요!" 슈미트 부인은 마음속 깊이 동요를 느꼈다. 피부가 떨렸고, 머릿속이 갑작스레 온갖 생각들로 가득 차 어지러워졌다. 그녀는 자신이 느끼는 기쁨 비슷한 흥분을 들키지 않으려고 왼손으로 테이블 가장자리를 꼭 잡았다. 그녀는 군인처럼 침착하게, 필요한 생각만을 해야 했다. 만일 그들이 내일 아침 일찍—아니, 어쩌면 오늘 밤 벌써?—출발해 이곳으로 온다면 그들에게 필요한 것이 무엇일지를. 이리미아시의 뜻밖의—뜻밖이라고? 환상적이라고 해야겠다!—방문('방문'이라니. 얼마나 그에게 잘 어울리는 말인가? 그녀는 흐뭇하게 생각했다)은 결코 우연히 아니다. 그녀, 슈미트 부인은 그가 한 말을 고스란히 기억하고 있었다. 아, 어떻게 잊을 수 있겠는가? 우연치 않은 방문! 그것도 바로 이런 시점에! 그가 죽었다는 끔찍한 소식을 들은 이후 보내온 시간들은 그녀에게서 모든 믿음을 앗아갔다. 그녀는 모든 희망을 버렸고, 마음에 두었던 모든 계획을 포기했으며, 하마터면 마을을 떠나 도망치는 가련한 선택으로 만족할 뻔했다. 어리석은 불신이여! 이 빌어먹을 인생이 자신에게 빚진 것이 있음을 그녀는 알고 있었다. 그녀는 기다리고 희망을 품을 자격이 있었다! 괴로움이 끝나기를 더는 기다릴 수 없었다! 얼마나 자주 꿈꿔온 일이었는지! 그리고 이제 때가 되었다. 엄청난 순간이 다가오고 있다! 그녀는 이미 깊이 배어버린 경멸과 미움이 담긴 눈으로 술집의 얼굴들을 죽 둘러보았다. 흥분을 가누기가 어려웠다. '난 떠날 거야. 당신들은 지금처럼 죽치고 살다가 죽어버리든가 해. 악마한테 끌려가거나 벼락이라도 맞으라고. 당장 말이야.' 그녀는 밑도 끝도 없는 화려한 계획으로 마음이 들떴다. 불빛들, 환한 진열창들, 유행하는 음악, 비싼 속옷, 스타킹, 모자('모자들!')가 눈앞에 선했다. 부드럽고 서늘한 감촉의 모피 코트, 조명이 화려한 호텔들, 푸짐한 아침 식사 그리고 저녁 시간에는, 댄스…. 그녀는 눈을 감았다. 그리고 감은 눈꺼풀 아래서 소녀 시절부터 꿈꿔왔던, 하지만 빈민촌으로 처박혀버리고 만 마법 같은 꿈('살롱에서 티타임을 갖는, 수천 번 꾸어본 꿈')을 기억해냈다. 하지만 그와 동시에 모든 걸 놓쳐버렸다는, 오래전부터 품고 있던 낡고 익숙한 절망이 그녀의 부푼 가슴 속에 퍼져나갔다. 이제 와서 어떻게 다른 인생을 살아갈 수 있을까? 닥쳐올 삶 속에서 어떤 태도를 취하면 되는 걸까? 포크와 나이프로 식사하는 건 아직 할 수 있을지도 모른다. 하지만 이제부터 수없이 하게 될 메이크업은, 파우더와 로션은 어쩌면 좋단 말인가? 지인들의 인사와 사람들의 찬사에는 어떻게 응대하면 좋을까? 옷은 어떻게 고르고 입으며, 만일 자가용을 갖게 된다면―하, 맙소사!―어떡한다지? 그녀는 오직 자신의 본능을 따르면서 그 밖의 모든 것은 일단은 그저 잘 지켜보자고 마음먹었다. 홍당무처럼 보기 싫은 얼굴에다 얼뜨기인 남편 슈미트와도 살았는데, 이리미아시와 함께라면 어떤 인생사라도 헤쳐 나가지 못할 리 없었다. 침대에서나 일상에서나 이리미아시처럼 그녀를 재미있게 해준 사람은 없었다. 온 세상 남자들을 다 합쳐도 이리미아시의 새끼손가락 하나에도 미치지 못했다. 그래, 남자들! 이리미아시 말고 어디에 또 남자가 있나? 발 냄새 나는 슈미트? 다리를 절고 오줌을 지리는 후터키? 아니면 술집 주인? 배 나오고 이는 누런 데다 입 냄새까지 나는? 그녀는 침대 위에서 많은 남자들을 섭렵해보았지만 이리미아시 같은 남자는 지금까지 단 한 명도 없었고 앞으로도 없을 것이었다. '저 쌍판들을 봐. 여기 있는 내가 다 한심하네. 벽에서는 악취가 진동을 하고, 어쩌다 내가 이런 데서 살았을까? 더러워. 온통 쓰레기 같아. 냄새나는 짐승들!' "아" 하고 헐리치는 탄식했다. "누가 뭐래도 슈미트야말로 운이 좋은 녀석이군." 헐리치는 입맛을 다시며 슈미트 부인의 넓은 어깨와 튼실해 보이는 허벅지, 검은 머리, 그리고 외투로도 숨길 수 없는 풍만한 가슴을 바라보았다. 그러고는 상상의 나래를 펼쳐…(그가 자리에서 일어나 술 한 잔을 건넨다. 그러고 나서는? 대화를 나눈다. 그녀의 손을 잡고… 아, 그러면 그녀는 뭐라고 할까? 그녀나 그나 모두 결혼한 사람들이 아닌가. 그런 건 상관없소, 라고 그가 말한다). 술집 주인이 새로 술 한 잔을 주어 슈미트 부인이 홀짝거리며 마시는 동안, 헐리치의 입안에 침이 고였다. 헐리치 부인은 소름이 돋는 걸 느꼈다. 술집 주인이 슈미트 부인에게 주문도 하지 않은 술을 가져다주고 또 그녀는 마치 주문한 것처럼 그 술을 받아 마시는 걸 보면서, 헐리치 부인은 자신의 생각이 맞았다고 확신했다. '슈미트 부인은 그의 애인이 된 거야!' 헐리치 부인은 사람들에게 들키지 않도록 눈을 내리떴다. 심장에서 폭발한 분노가 핏줄을 타고 발끝까지 달렸다. 그녀는 정신을 놓을 지경이었다. 그런데 아무런 행동도 할 수 없다니, 덫에 걸린 기분이었다. 사람들이 뭐라고 수군거리는 건 아니었지만, 자기가 이토록 무기력하게 앉아 있는 동안에 저들이 사악한 짓거리를 벌인다는 것을 그녀는 참아내기가 힘들었다. 그런데 갑자기―맹세코 하늘에서 내린 영감처럼―캄캄한 암흑에 갇힌 영혼인 그녀에게 순수한 빛 한 줄기가 뻗쳐왔다. '저는 죄인입니다!' 그녀는 긴장한 손가락으로 성경을 움켜쥐고 입을 꾹 다물었지만, 마음속으로는 절규하고 있었다. 그녀는 한 마디 한 마디 힘을 주어 소리 없이 주기도문을 외었다. "아침이 돼야 올 거라고?" 차장이 외쳤다. "내가 두 사람을 갈림길에서 본 게 7시쯤, 아무리 늦어도 8시는 넘기지 않았을 때야. 거기서부터 온다고 하면, 아무리 천천히 와도 자정까지는 와야 한다고. 내 걸음으로 따져보면 그래." 그가 몸을 숙이며 말을 이었다. "여기까지 오려면 한 시간 반이나 두 시간이면 충분한데. 아, 그래, 뭐 서너 시간 걸린다고 치자. 말을 타고 오면 진창길에서 속도를 통 못 낼 테니까. 그들이 여기까지 오는 데는 아무리 오래 걸려도 네 시간, 다섯 시간이면 되겠지?" 술집 주인이 집게손가락을 추켜올렸다. "내일 도착할 거예요. 내 말이 맞을걸! 길은 패고 웅덩이투성이니까. 옛길로 서너 시간 걸린다는 말을 할 필요는 없어요. 그 길은 여기까지 직선으로 이어지긴 하지요. 하지만 그 사람들은 다진 길로 온다니까요! 그 길은 멀리 돌아오는 길이에요. 바다만큼 돌아와야 하는 길이라고요. 내가 모를까 봐 설명할 필요는 없어요. 나도 여기서 자란 사람이니까." 켈레멘은 이제 눈을 뜨고 있기도 힘들 정도였다. 그는 알았다는 듯 손짓을 하고는 테이블에 머리를 박고 잠에 빠졌다. 뒤쪽에서는 밀려드는 피곤에 굴복해 당구대에서 잠이 들었던 케레케시가 서서히 그의 짧게 자른, 오래된 흉터가 남아 있는 머리를 치켜들었다. 그는 몇 분 동안 빗소리만 들으면서 앉아 있더니, 무감각해진 허벅지를 문지르다 오한이 드는 양 몸을 떨고는 술집 주인에게 외쳤다. "멍청하긴! 왜 아직도 난방을 안 한 거야?" 그의 욕설은 효과가 없지 않았다. "맞아요. 좀 따뜻하면 좋을 텐데요." 헐리치 부인이 거들었다. 술집 주인이 참을성을 잃고 대꾸했다. "무슨 헛소리예요? 여기가 무슨 응접실이라도 돼요? 여긴 술집이라고!" 그러자 케레케시가 응수했다. "10분 안에 난방하지 않으면 모가지를 꺾어버릴 테니까!" "알겠으니까 소리 좀 그만 질러요." 그는 슈미트 부인에게 위선적인 미소를 지어 보였다. "몇 시죠?" 술집 주인이 시계를 보았다. "11시. 아직 12시도 안 됐어요. 누가 도착하면 알게 될 거예요." "누가 와?" 케레케시가 물었다. "그냥 아무나." 농부 케레케시는 당구대에 팔꿈치를 대고 하품을 하며 유리잔으로 손을 뻗었다. "내 술 어디 갔어?" 그가 물었다. "댁이 흘렸지요." "거짓말하지 마." 술집 주인은 픽 웃으며 어깨를 으쓱했다. "정말로 댁이 흘렸다니까요." "그럼 새로 가져와." 테이블 위로 담배 연기가 퍼졌다. 멀리서 성난 개 짖는 소리가 들려왔다. 소리는 돌연 시작되었다가 돌연 멎곤 했다. 슈미트 부인이 코를 킁킁거렸다. "이게 무슨 냄새예요? 아까는 안 나던 냄샌데." 그녀는 좀 놀란 것 같았다. "거미 냄새거나, 석유 냄새거나." 술집 주인은 부드러운 음성으로 말하고는 석유난로 앞에 무릎을 꿇고 앉아 불을 때려고 했다. 슈미트 부인은 고개를 저으며 자신의 방수 외투 냄새를 맡아보고 이어서 몸을 숙이고 의자 쪽으로 코를 킁킁거리다가 마침내는 쪼그리고 앉아 냄새가 나는 곳을 계속 찾았다. 얼굴이 거의 바닥에 닿을 지경이 되었을 때, 갑자기 그녀가 몸을 일으켜 세우며 말했다. "흙냄새예요."

5

실타래가 풀리다
Unraveling

쉽지 않았다. 전에는 집 뒤쪽 처마 밑에 판자가 몇 장 비는 곳, 한눈에 봐도 너무나 비좁은 구멍으로 빠져나가기 위해 발로 어디를 딛고 손으로는 어딜 붙잡아야 하는지 알아내는 데만 꼬박 이틀이 걸렸다. 물론 이제는 30초면 충분했다. 교묘하고 대담한 동작으로 소녀는 검은 덮개가 덮인 나무 더미 위로 올라가 구멍에 왼쪽 다리를 집어넣고 몸을 옆으로 옮긴 다음 머리를 앞으로 내미는 동시에 다른 쪽 다리로는 뒤를 박차고 나아가, 비둘기들이 머물곤 했던 천장으로 올라갔다. 지붕과 천장 사이에 있는 다락방인 그곳은 소녀만의 비밀스러운 공간이었다. 그곳에 있으면 오빠의 느닷없고 이유 없는 괴롭힘을 겁낼 필요가 없었다. 소녀는 너무 오랫동안 눈에 띄지 않아 엄마나 언니들이 짜증을 내지 않도록 조심했다. 만일 그들이 이곳에 대해 알게 되면 소녀가 여기에 와 있는 걸 금지할 테고, 그러면 다른 일들도 수포로 돌아갈 것이다. 소녀는 젖은 운동복을 벗고 가장 좋아하는 흰 옷깃이 달린 분홍색 옷을 입은 뒤, 밖으로 뛰어내릴 것처럼 창문 앞에 앉아 몸을 떨면서 눈을 감은 채로 빗줄기가 지붕을 때리는 소리를 들었다. 엄마는 아래층에서 잠들어 있었고, 언니들은 오늘도 점심때 집에 오지 않았다. 낮 동안에는 식구들이 소녀를 찾지 않을 가능성이 컸다. 물론 평소에 어딜 돌아다니는지 알지 못하는 오빠가 아무 때나 불쑥 나타날 수도 있었다. 오빠는 농장에서 무슨 비밀을 밝히려고 여기저기 찾아다니는 것 같았다. 사실 소녀는 별로 걱정할 필요가 없었다. 소녀를 찾기는커녕 집에 누가 찾아오기라도 하면 어디 멀리 가 있으라고 하는 게 가족이었다. 문 가까이에 있으면서 어디 멀리 가 있는 일을 소녀는 할 수가 없었다. 소녀는 두 가지 명령을 동시에 따를 수는 없었기 때문에, 결국 아무도 살 수 없는 나라에 사는 셈이었다. 누군가 소녀를 불러, 가서 술 한 병 가져와, 담배 세 갑 가져와, 코슈트로 사와야 해, 잊으면 안 돼, 라고 외치는 건 아무 때나 일어날 수 있는 일이었다. 슬프게도 그럴 때마다 소녀는 자리에 없었고, 그녀는 집에서 곧 쫓겨날 것이었다. 그 길밖에 없기 때문이다. 어머니는 시내 특수학교에 다니던 소녀에게 집에서 같이 지내자고 한 뒤 부엌일을 시켰는데, 소녀는 야단을 맞을까봐 주눅이 들어—접시를 떨어뜨렸고, 냄비의 에나멜이 벗겨졌으며, 구석의 거미줄도 그대로 있었고, 수프는 맛이 없는 데다, 굴라시는 짰다—나중엔 간단한 일조차 할 수 없는 상태가 되었고 결국 부엌에서 쫓겨나고 말았다. 이후로 소녀의 일과는 잔뜩 긴장된 상태에서 기다리는 것이 전부였다. 비가 오면 소녀는 헛간이나 집 뒤편 처마에 가 있었다. 거기서는 들키지 않게 부엌 쪽을 볼 수 있고, 또 누가 부르면 금방 달려갈 수 있기 때문이었다. 무한정 기다리기만 하다 보니 소녀의 감각 기관이 이상해지기 시작했다. 소녀의 시력은 부엌문을 중심으로 한정된 범위만 볼 수 있게 되어버렸는데, 물체가 고통스러울 정도로 선명하게 보였다. 소녀는 부엌의 모든 세세한 부분들을 한눈에 파악했다. 위쪽에는 두 개의 부엌 창유리가 있고 그 너머 압핀으로 고정한 레이스 커튼에는 진흙이 튀어 말라붙은 자국이 있었다. 소녀는 문손잡이가 돌아가는 궤적도 알고 있었다. 한마디로, 신호처럼 다가오는 형태와 색 그리고 선들 전부를 소녀는 세밀하게 볼 수 있었다. 잘게 쪼개진 시간 속에서 소녀는 부엌문의 여러 상태에 따른 위험성과 가능성을 감지했다. 부엌문이 홱 열리면 무슨 일이 일어날지 몰랐다. 집의 담장과 처마가 소녀의 곁을 스쳐 갔고 창문의 위치가 바뀌면서 돼지우리나 방치된 화단도 왼쪽에서 오른쪽으로 지나갔다. 머리 위 하늘이 들썩이고 발밑의 땅이 꺼졌다. 부엌문이 어떻게 열렸는지는 모르지만, 다음 순간 어머니나 언니가 앞에 서 있었다. 눈을 내리뜨는 몇 초의 시간이면 충분했다. 소녀에게 더 긴 시간은 필요치 않았다. 그리고 그때부터 한참동안 어머니나 언니들의 불분명한 윤곽이 공간을 가득 채웠다. 소녀는 쳐다보지 않고도 감지할 수 있었다. 그들은 거기에 있고 자기는 여기 아래에서, 그렇게 서로 마주 서 있다는 것을. 소녀는 그들이 무척이나 거대하다는 것도 알았다. 한 번이라도 올려다본다면 소녀가 상상하던 그들의 모습은 깨지고 말 것이다. 탑처럼 우뚝 설 수 있는 그들의 권한은 너무나 강력한 것이어서, 소녀가 눈으로 보는 모습이 그동안 그녀가 마음에 품었던 모습을 파괴할 것이기 때문이었다. 움직이지 않는 문까지는 정적만이 있었다면 그 너머에서 소녀는 요란한 소음과 어머니 또는 언니들의 날카로운 명령을 구별하기 위해 안간힘을 써야 했다("너 때문에 심장 내려앉겠다, 애" "왜 그렇게 뛰어 들어오는 거야? 필요 없으니까, 어서 아무 데나 나가서 놀아, 좀!"). 소녀가 처마 밑이나 창고로 물러서면 거리에 따라 소음이 줄어들고 두려움보다 안도감이 커졌지만 그렇다고 마냥 안심할 수만도 없었다. 이런 일은 언제든 다시 시작되어 되풀이됐기 때문이다. 소녀는 노는 일이 없었다. 인형이나 동화책이 없어서라거나, 또는 누가 마당으로 지나가거나 집 안에서 창 너머로 내다보았을 때 노는 척이라도 할 수 있을 공깃돌 따위가 없어서가 아니었다. 언제나 대기 상태에 있다 보니 언제부턴가 놀이를 할 정신이 없게 되었을뿐더러, 어떤 물건들을 가지고 얼마나 오래 놀 수 있는지가 그날의 오빠의 기분에 따라 가차 없이 결정되기 때문이기도 했다. 소녀는 단지 어머니와 언니들의 기분을 맞춰주려고 의무적으로 노는 시늉을 했다. 어머니와 언니들은 소녀가 날마다 "얼쩡거리고 자꾸만 엿들으면서" 괴상하게 구는 것보다는 "나이에 맞지 않더라도" 놀이를 하는 것을 낫게 여긴다는 사실을 그녀도 잘 알고 있었다. 예전에는 비둘기들이 모여들던 장소인 이곳에 올라와 있는 동안에만 소녀는 마음이 놓였다. 여기서는 억지로 노는 시늉을 할 필요가 없었고, 누군가 열고 들어올 문도 없었다(문은 소녀가 영영 알 수 없는 어떤 이유로 그녀의 아빠가 못을 박아 고정시켜버렸다). 누군가 들여다볼 창문도 없었다. 천장의 유리창엔 소녀가 직접 잡지에서 찢어낸 컬러사진을 보기 좋게 붙여두었다. 하나는 해가 지는 바닷가의 풍경을 찍은 사진이었고 다른 하나는 눈 덮인 산봉우리를 배경으로 사슴이 귀를 쫑긋하고 있는 장면을 찍은 사진이었다. 어쨌든 그런 건 지금은 전혀 중요하지 않았다! 아래쪽 계단에서 찬바람이 새어 들어와 소녀는 몸을 떨었다. 운동복 재킷을 만져보았지만 아직 마르지 않아 축축했다. 소녀는 부엌의 잡동사니 더미에서 찾아낸, 보물처럼 여기는 하얀 커튼 조각을 펼쳐 몸을 감쌌다. 그러는 편이 아래층으로 내려가 어머니를 깨워 마른 옷을 달라고 하는 것보다 훨씬 나았다. 이런 용기를 내는 것은 어제만 해도 불가능한 일이었다. 만일 어제 지금처럼 몸이 젖었더라면 곧바로 옷을 갈아입었을 것이다. 병들어 침대에 누워 있으면 아마 틀림없이 울게 되었을 테고, 그러면 어머니와 언니들은 또다시 견디지 못할 것이기 때문이었다. 어제 아침만 해도 상상이나 할 수 있었을까, 소녀가 밖에서 가해진 것이 아니라 내부에서 어떤 폭발이 일어난 양 오늘 저녁 이렇게 맑은 기분으로 '자존심에 대한 믿음'을 품고서 잠자리에 들 거라는 사실을? 며칠 전부터 소녀는 오빠에게 무슨 일이 일어났음을 알았다. 오빠는 보통 때와 다르게 숟가락을 쥐었고, 보통 때와 다르게 문을 닫았으며, 부엌에서 그리고 소녀 옆자리 침대에서 화들짝 놀라는 모습을 보이고, 하루 종일 무슨 말인가를 중얼거렸다. 어제는 아침을 먹고서 창고로 오더니 평소처럼 소녀의 머리카락을 잡아당기거나—더 심한 장난으로—소녀가 울 때까지 뒤에서 가만히 서 있는 대신, 주머니에서 초콜릿 반 토막을 꺼내 소녀의 손에 쥐여주기까지 했다. 소녀 에슈티케는 어찌된 영문인지 몰랐지만 무언가 나쁜 일이 생길 거라고 생각했는데, 오후에 서니가 "들어본 적 없는 엄청난 비밀"을 이야기해주었다. 소녀는 그것에 대해 뭐라고 해야 할지 몰랐다. 소녀는 감히 오빠의 말을 의심하지는 않았지만 그가 하필이면 자기에게 비밀을 털어놓았다는 사실이 도저히 믿기지가 않았고 풀 수 없는 수수께끼처럼 여겨졌다. 그가 "생각할 능력이 떨어지는" 자기에게 도움을 청하다니, 이번만큼은 골탕을 먹이려는 새로운 수법이 아닐지도 모른다는 희망이 불안보다 컸다. '어쩌면 이번에는….' 그래서 소녀는 진실이 드러나기 전에, 덫에 걸려들기 전에, 오빠가 하는 모든 말에 그러겠노라고 대답했다. 안 그러면 또 어쩌겠는가. 어차피 서니는 여동생에게 자기가 원하는 걸 강요했을 것이다. 서니는 소녀에게 비밀의 '돈나무' 이야기를 털어놓으면서 단숨에 그녀의 믿음을 얻어냈다. 마침내 서니가 이야기를 끝마치고 소녀의 연약한 얼굴에서 자기 말에 대한 반응을 살피는 동안 그녀는 느닷없는 행복감에 거의 울음을 터뜨릴 뻔했다. 하지만 소녀는 경험에 의해 울어서는 안 된다는 것을 알고 있었다. 소녀는 얼떨떨한 기분으로 부활절 때부터 모아온 돈을 건네주었다. 손님들이 주고 간 2포린트짜리 동전들은 어차피 서니에게 갈 것이었지만, 몇 달 동안 그 돈을 숨기느라 얼마나 애를 썼는지를 그에게 말할 수는 없었다. 하지만 서니는 별로 궁금해하지 않았고, 소녀 또한 오빠의 비밀스러운 모험에 끼게 되었다는 기쁨으로 혼란스럽던 마음을 금세 눅였다. 물론 소녀는 여전히 오빠가 왜 위험을 무릅쓰고 자신을 신뢰하기로 한 것인지, 필요한 만큼의 용기와 인내력 그리고 성공에 대한 의지가 자신에게 있는지 알 수 없는데도 불구하고 어째서 그러는지 이해할 수 없었다. 하지만 돌이켜보면 잊지 못할 일도 있기는 했다. 그토록 잔인하게 소녀를 괴롭히곤 했던 오빠였지만 한번은 그녀가 아플 때 부엌 침대에서 자기 곁에 눕도록 해준 적이 있었는데, 심지어 자기를 꼭 껴안고 잠드는 것까지 허락했었던 것이다. 그것으로 설명이 될 터였다. 또 몇 년 전 아버지의 장례식 때는 천사들에게 갈 수 있는 유일한 길인 죽음이라는 것이 오직 신의 뜻에 의해서만 이루어지는 게 아니라 스스로 선택할 수도 있다는 것을 알게 되었는데, 어떻게 하면 그럴 수 있는지 꼭 알아내고야 말겠다는 소녀에게 그 방법을 알려준 것도 오빠였다. "쥐약을 먹는 방법도 있다"는 걸 소녀가 스스로 알아내지는 못했을 것이다. 그리고 어제, 잠에서 깬 소녀가 이제는 상상만이 아니라 어떻게 천상의 힘으로 공중에 높이 떠올라 점점 지구로부터 멀어져서 모든 것이, 집들과 나무들이, 들판과 수로가, 온 세상이 점점 작아져 보일지를, 그리하여 결국엔 천국의 문 앞에 이를 것인지를 직접 느끼고 싶어져서 마침내 두려움을 극복하고 더는 기다리지 말자고 결심했을 때, 돈나무에 관한 비밀스러운 이야기를 꺼내 소녀가 생각하던 신비롭고도 두려운 비행 계획을 멈추게 한 것도 바로 오빠 서니였다. 저녁 무렵 둘은 함께―함께!―수로로 향했다. 소년은 어깨에 삽을 메고 즐거운 듯 휘파람을 불었고, 소녀는 손수건으로 싼 돈을 배에 꼭 붙여 쥔 채 들뜬 마음으로 몇 걸음 뒤에서 그를 쫓아갔다. 수로의 가장자리에서 서니는 아무 말 없이 능숙하게 삽을 들었고, 소녀를 쫓아버리기는커녕 직접 구덩이에 돈을 넣는 것도 허락해주었다. 오빠는 엄숙한 목소리로 지금 파묻은 '돈씨앗'에 하루에 두 번, 아침저녁으로 물을 충분히 주어야 한다고 말했다("안 그러면 돈이 말라버리니까!"). 그런 뒤 서니는 소녀를 집으로 돌려보냈다. 소녀더러 한 시간 뒤에 물 주전자를 들고 다시 오라며, 그동안 자기는—고독하게!—구덩이에다 마법의 주문을 외우고 있을 거라고 했다. 에슈티케는 오빠의 말을 그대로 따랐다. 그날 밤 소녀는 개들에게 쫓기는 꿈을 꾸었고 잠을 설쳤다. 아침이 되자 소녀는 간밤에 비가 내린 것을 보았다. 사방이 온통 어둑했다. 소녀는 당연히 수로로 갔고, 비로는 충분치 않았을지도 몰라서, 마법의 씨앗에 다시 물을 주었다. 점심 때 소녀는 오빠에게—밤 새워 일한 어머니가 깨지 않도록 작은 소리로—아직 아무것도 없다고, 돈이 하나도 보이지 않는다고 말했다. 그러자 그는 물을 충분히 주고서 사나흘은 지나야 땅에서 솟아나온다고, 그 전에 나오는 경우는 없다고 대꾸했다. "네가 하루 종일 거기서 지켜보고 있을 필요는 없어." 오빠가 불편한 기색으로 엄격하게 덧붙였다. "그건 씨앗에도 좋지 않고, 아침 저녁으로 한 번씩만 봐주면 되는 거야. 내가 하는 말 알아듣겠니, 바보야?" 말을 마친 그는 씩 웃으며 자리를 떴고, 에슈티케는 다락방에 있으면서 꼭 필요할 때만 가봐야겠다고 생각했다. "많이 자라면 가봐야지!" 소녀는 눈을 감고 나무가 자라는 모습을 상상했다. 두껍고 무거운 잎사귀들을 단 황금빛 가지들이 드리워져 어느 날 드디어 소녀가 낡은 바구니 가득, 아주 한가득 돈을 따 담고 집으로 돌아와 식탁에다 쏟아놓는 장면을! 그러면 모두들 얼마나 놀랄까! 이제부터는 멋진 방의 커다란 침대에서 솜털 이불을 덮고 잠들게 될 것이었다. 그리고 매일 아침 수로에 가서 바구니 가득 돈을 따 오는 것 말고는 아무 일도 할 필요가 없을 터였다. 그저 춤추고, 마음껏 코코아를 마시면서, 천사들이 찾아오면 함께 부엌 식탁에 앉는 날들이리라. 소녀의 이마에 주름이 졌다("가사가 뭐였지?"). 소녀는 몸을 앞뒤로 가볍게 흔들며 노래를 부르기 시작했다.

어제는 하루,
오늘은 하루 더하기 하루
내일은 하루 더하기 셋
내일 다음에 내일은 넷이라네!

"이제 이틀만 더 자면 되나?" 소녀는 흥분해서 생각했다. "아니! 그렇게 되는 게 아니지!" 소녀는 입에서 손가락을 빼고 커튼 조각 속에 넣고 있던 다른 손을 꺼내 양손의 손가락을 헤아려보았다.

어제는 하루
오늘은 하루가 둘
둘 더하기 하루는 세 날
내일은, 아, 내일은
세 날 더하기 셋, 넷이라네

"그래, 맞아! 어쩌면 오늘 밤일지도 모르겠네! 오늘 밤이야!" 밖에는 빗줄기가 기와로, 담장으로 직선을 그으며 매섭게, 끊임없이 내렸다. 집 주변의 땅을 깊이 패며 내리는 비는 호르고시의 집과 그 집에 사는 사람들을 세상으로부터 격리시킨 다음 1밀리씩 진흙 속 깊숙이 집의 기초까지 스며든 뒤에 모든 것을 씻어버리려는 의도를 가진 것처럼 보였다. 길지도 않은 비정한 시간이 지난 뒤에, 벽에는 금이 가고 창문과 문은 틀에서 이탈하고 굴뚝은 기울어져 무너지고 벽에 박은 못은 빠져 걸어놓았던 거울이 깨지고 마지막에는 엉망으로 망가진 건물이 침수된 배처럼 가라앉도록. 그리하여 영락^{零落}한 인간이 비와 땅을 상대로 벌이는 가련한 싸움의 덧없음을 깨닫게 해주려는 듯이. 지붕은 방어막이 되어주지 못했다. 지붕 밑은 이제 캄캄했다. 오직 문틈으로만, 어스름한 빛이 안개처럼 새어 들었다. 소녀의 주위는 조용했다. 소녀는 기둥에 등을 기대고, 아직 남아 있는 좋은 기분의 여운에 취해 눈을 감았다. "지금이야!" 아버지가 처음으로 소녀를 시내에 데려가 가축시장을 보여주었을 때가 일곱 살 무렵이었다. 소녀는 천막들 사이를 돌아다니다가 코린을 만나게 되었다. 코린은 지난 전쟁에서 두 눈을 실명하고 장터나 커다란 술집에서 하모니카를 불어서 번 돈으로 근근이 살아가는 사람이었다. "눈이 먼다는 건 아주 멋진 일이란다, 애야" 하고 알려준 것이 그였다. 그는 영원한 어둠은 우울하기는커녕 행복하고 감사한 일이기에, 사람들이 이 비루한 세상의 색깔을 알려주려고 할 때면 자기는 웃고 만다고 했다. 에슈티케는 홀린 듯이 그가 하는 말에 귀를 기울였고, 다음번에 시장에 갈 때는 그에게로 먼저 다가갔다. 그러자 그는 소녀에게, 너에게도 이 놀라운 세계가 열려 있단다, 하고 알려주었다. 그가 알려준 방법은, 그저 오래 눈을 감고 있기만 하면 되는 것이었다. 하지만 막상 시도하자 소녀는 겁에 질리고 말았다. 소녀가 본 것은 타오르는 불길, 현란하게 흐르는 색깔들, 도망치는 형체 모를 짐승들이었고, 바로 곁에서는 윙윙거리고 덜커덩거리는 소리가 끊임없이 들려왔다. 소녀는 가을부터 봄까지 카페에 죽치고 앉아 시간을 때우는 케레케시에게 뭔가를 물어볼 엄두도 내지 못했고, 훨씬 나중에야 직접 알아낼 수 있었다. 소녀가 심각한 폐병에 걸려 의사가 밤을 지새우며 그녀를 보살폈을 때였다. 뚱뚱하고 체구가 큰 의사가 곁에 있으니 소녀는 마음이 든든했다. 열 때문에 감각이 마비되었는데도 무언가 기쁜 떨림이 그녀를 통과해가는 것 같았다. 소녀는 눈을 감았고 마침내 코린이 말한 게 무언지를 알게 되었다. 소녀는 환상의 세계에서 아빠를 보았다. 모자를 쓰고 긴 외투를 걸친 그는 말을 몰아 마당에 당도한 뒤 마차에서 설탕 단지와 꿀 과자 그리고 많은 물건들을 내려 식탁에 올려놓았다. 소녀는 이 환상의 세계가 문을 여는 건 열이 나고 몸이 떨리며 눈꺼풀이 뜨거울 때뿐이라는 것을 알아차렸다. 한번 환상의 세계를 맛본 소녀는 시시때때로 죽은 아빠를 눈앞에 생생하게 그렸다. 그가 다져진 길 위로 천천히 멀어져가고, 그런 그의 앞과 뒤에서 낙엽들이 소용돌이치는 장면을. 오빠의 모습도 자주 보게 되었다. 오빠는 소녀에게 눈을 찡긋하거나 소녀 옆 철제 침대에서 잠을 잤다. 조용히 잠을 자는 오빠의 얼굴. 머리카락이 눈까지 내려온 오빠는 한 팔을 침대 밖으로 뻗은 채 잠을 자다가 갑자기 움찔할 때도 있었다. 무언가를 잡으려고 손가락을 움직이기도 했고 갑자기 반대쪽으로 돌아눕는 바람에 담요가 벗겨지기도 했다. "어디에 있는 거지?" 마법의 나라는 눈을 뜨는 순간 윙윙거리고 덜커덩거리는 소리를 내며 사라져갔다. 머리가 아팠다. 몸에서는 열이 났고 팔다리가 무거웠다. 그러다 소녀는 창밖을 바라보던 중에, 아무런 시도나 행동 없이 치유 불가한 어둠이 가시기를 바라서만은 안 된다고 홀연 깨달았다. 영문 모를 일이었지만 오빠가 자신을 친절하게 대하는 만큼 소녀도 스스로 그럴 가치가 있는 사람이라는 것을 증명해야 한다고, 그러지 않으면 오빠의 신뢰를 영영 잃고 말 거라고 생각했다. 이것은 다시는 주어지지 않을 단 한 번의 기회였다. 서니는 혼란스럽고 모순되며 늘 이기고 마는 세상의 본질을 알고 있기 때문에 그런 오빠가 없다면 소녀는 그저 맹목적으로, 분노와 잔인한 동정 그리고 수많은 위험들 사이에서 눈먼 존재로 살아가게 될 것이었다. 소녀는 무서웠지만 이제는 무언가를 해야만 했다. 전에는 알지 못했던 감정, 즉 느닷없고 혼란스러운 야심이 이 깨달음을 세차게 밀어 올렸다. 오빠의 인정을 받는다면 소녀는 그의 곁에서 세상을 정복할 터였다. 언제부턴가 손잡이가 망가진 바구니와 돈이 열리는 황금 가지가 품고 있던 마법의 힘은 오빠에게 인정받기 위한 노력을 다짐하는 소녀의 좁은 관심 범위에서 밀려나게 되었다. 어제까지만 해도 두려워했던 일이 저 너머에 보이는 다리 위에서 자신을 향해 손짓하는 기분이었다. 소녀가 할 일은 오빠가 조바심치며 자신을 기다리는 저편으로 건너가는 것뿐이었다. 그러고 나면 소녀가 이해할 수 없었던 일들이 비로소 설명될 것이었다. "이겨야 해. 알겠어, 멍청아?" 오빠가 그렇게 말했을 때 뜻한 바가 무엇이었는지를 소녀는 이제야 이해했다. 이제 소녀에게도 승리에 대한 소망이 펄럭이기 시작했기 때문이다. 어떤 일이든 끝이 없기 때문에 최후에 누군가가 이기는 일도 일어나지 않는다는 것을 소녀는 그동안 알고 있었지만, 어제 서니가 한 말을 듣자 ("여기 사람들은 하나같이 일을 망치지. 그러기만 반복할 뿐이야. 하지만 우리는 잘할 수 있어. 안 그래, 바보야?") 승리의 모순은 사라지고 패배조차도 영웅적인 것이 되었다. 소녀는 입에서 손가락을 빼고 레이스 커튼을 단단히 여민 다음 추위를 이겨내기 위해 좁은 곳을 왔다 갔다 했다. 소녀가 해야 할 일은 무엇이었을까? 소녀도 '이길 수 있다'는 것을 어떻게 증명할 수 있단 말인가? 좋은 생각이 떠오르지 않아 소녀는 주위를 둘러보았다. 기둥이 위압적으로 소녀를 내려다보고, 여기저기 나무에서 꺾쇠와 못이 솟아 나와 있었다. 심장이 뛰었다. 갑자기 아래쪽에서 어떤 소리가 들려왔다. 서니인가? 아니면 언니들인가? 소녀는 조용하고 조심스럽게 나무판자 더미를 밟고 내려가 벽을 따라 재빨리 움직여서 차가운 부엌 창문 가까이 얼굴을 댔다. "미추르!" 검은 고양이가 부엌 식탁 위에 앉아 붉은 냄비에 남은 굴라시를 맛있게 핥아 먹고 있었다. 냄비 뚜껑은 마루 구석까지 굴러가 있었다. "아, 미추르!" 소녀는 소리 없이 부엌문을 열고 들어가 식탁에서 고양이를 쫓은 다음 재빨리 냄비에 뚜껑을 덮었다. 그런데 그때, 어떤 생각이 떠올랐다. 소녀는 천천히 주위를 살피며 미추르를 찾았다. "난 미추르보다 강하지." 소녀는 생각했다. 고양이가 달려와 소녀의 다리에 몸을 비벼댔다. 소녀는 발끝으로 옷걸이까지 걸어가 거기에 걸려 있던 초록색 나일론 그물을 가지고 조용히 고양이에게로 돌아갔다. "이리 와, 미추르, 이리로!" 미추르는 소녀의 말에 따랐고, 소녀가 자기를 가방에 넣을 때도 가만히 있었다. 하지만 더 이상 고양이는 태연할 수가 없었다. 그물코로 내민 발이 바닥에 닿지 않자 고양이는 곧 우는 소리를 냈다. "무슨 소리냐?" 방에서 큰 소리로 누군가가 물었다. 에슈티케는 깜짝 놀라 더듬거리며 대답했다. "나… 그냥 나예요." "빌어먹을 것, 거기서 뭐 하느라고? 가서 놀기나 해, 어서!" 소녀는 말 한마디 못 하고 숨도 쉬지 못한 채 마당으로 나갔다. 손에는 고양이를 넣은 그물을 든 채였다. 집 모퉁이에 와서야 소녀는 멈춰서서 숨을 고른 다음, 다시 달리기 시작했다. 온 세상이 그녀

를 덮칠 것만 같았기 때문이다. 뛰어서 다시 은신처로 도망쳐
온 소녀는 기둥에 기대 숨을 헐떡였다. 소녀는 뒤를 돌아보지
않았지만, 나무판자 더미 주변에서 헛간과 마당, 진흙과 어둠
이 먹이가 사라져 이빨을 드러낸 개처럼 사납고 절망적으로
서로를 덮치며 요동치고 있는 게 느껴졌다. 소녀는 그물에서
고양이를 꺼내주었다. 그러자 검은 고양이는 털을 반짝이며
입구로 달려갔다가 돌아서서 바닥의 냄새를 맡았고, 고개를
들고는 정적에 귀를 기울이다 소녀에게 다가와 그녀의 다리에
몸을 비비며 기분 좋은 듯이 꼬리를 추켜올렸다. 소녀가 창가
에 앉자 고양이는 그녀의 무릎에 자리를 잡고 앉았다. "너와
는 끝이야." 소녀가 속삭였다. 고양이는 아양을 떨듯 "구르륵"
하는 소리를 냈다. "내가 미안해할 거라고 생각하지 마! 할 수
있으면 반항해봐, 소용없겠지만!" 소녀는 고양이를 무릎에서
쫓아내고 입구로 가서 나무판자로 구멍을 막았다. 눈이 어둠
에 익숙해질 때까지 기다렸다가 소녀는 조용히 고양이에게 다
가갔다. 고양이는 아무런 의심 없이 소녀가 자기를 들어 올려
도 가만히 있다가, 바닥에 내던지고서야 이쪽 구석에서 저쪽
구석으로 도망쳤다. 소녀는 고양이의 목을 동그랗게 감아쥐
고 빠르게 들어 올렸다가 바닥에 메쳤고, 고양이는 뜻밖의 위
험에 놀라서인지 한순간 아무런 반항도 하지 못했다. 싸움은
오래가지 않았다. 고양이는 번개처럼 빠른 속도로 소녀의 손
에다 발톱을 박아 넣었다. 그러자 에슈티케는 자신감이 사라

져버렸지만, 곧 맹렬하게 고양이에게 소리를 쳤다("해봐! 해보라고! 공격해봐! 공격해!"). 고양이는 소녀와 싸울 뜻이 전혀 없었고, 소녀도 실은 고양이가 손 밑에서 질식하지 않도록 조심하고 있었다. 소녀는 고양이를 바라보았다. 고양이는 구석에서 털을 곤두세우고 언제든 뛸 태세로 눈을 빛내며 이쪽을 보고 있었다('이제 어떡하지? 한 번 더 해볼까? 하지만 어떻게?'). 소녀는 고양이를 공격할 것처럼 사나운 표정을 지어 보였다. 고양이가 재빨리 다른 구석으로 도망쳤다. 소녀는 손을 번쩍 치켜들고 발을 들어 고양이에게 다가가는 시늉을 했다. 그 정도로도 충분해서, 고양이는 기겁을 하고 구석으로 도망쳐 절망적으로 몸을 도사렸다. 고양이는 삐져나온 못과 꺾쇠에 긁히고 찔리는 것도 상관하지 않고 입구를 막은 나무판자에 몸을 들이박았다. 둘은 상대방이 어디에 있는지를 정확히 알고 있었다. 소녀는 빛나는 짐승의 눈과 바닥을 스치는 소리, 뛰어내릴 때 바닥에 부딪는 미약한 소음으로 고양이의 위치를 알았다. 고양이는 소녀가 팔을 휘저을 때 공기가 움직이며 만들어내는 변화만으로도 그녀의 위치를 알 수 있었다. 소녀의 마음에 기쁨과 자부심이 물결치며 그녀의 상상을 북돋았다. 이제 소녀는 자신의 권력이 묵직하게 고양이를 내리누르고 있기 때문에 굳이 몸을 움직일 필요도 없다고 생각했다. 처음에는 이런 권력('난 네게 뭐든지 다 할 수 있어. 뭐든지 다…')의 무한한 충만함이 놀랍고 생소했지만 이제 소녀는 자신의 앞에 열린 완전히 새로운 우주를 보았고, 그리고 그 우주의 한가운데서 무엇을 할지 모르는 채로 서 있었다. 하지만 아무것도 하지 않으면서 만족스럽기만 한 상태는 곧 깨져버렸다. 소녀는 겁을 집어먹고 불길한 빛을 띤 눈으로 자기를 바라보는 미추르를 마주하며, 고양이의 앞발을 거칠게 잡아채거나 끈으로 묶고 못에 걸어 매달아놓는 상상을 했다. 그녀는 이상하게 몸이 무거워지면서 낯선 자신감에 빠져들었다. 승리에 대한 격렬한 욕망이 소녀의 낡은 자아를 점령했다. 하지만 소녀는 자신이 어디로 내딛건 발이 걸리고, 마지막 순간엔 자신의 결정력과 우월감에 깊은 상처를 입을 것이라는 사실을 예감하고 있었다. 소녀는 고양이 눈의 인광을 보며 그 자리에 우두커니 서 있었다. 그러다 갑자기 전에는 알지 못했던 것을 깨달았다. 소녀는 고양이의 눈에서 공포와, 무력한 짐승의 고통을 보았다. 절망적인 고양이에게 있어서 마지막 희망은, 자신을 먹이로 내줌으로써 어쩌면 도망칠 수 있을지도 모른다는 것이었다. 고양이의 두 눈은 어둠을 가르는 스포트라이트처럼 지난 몇 분의 시간을 떠올리게 했다. 소녀와 고양이가 한데 엉켰다 떨어졌다를 거듭한 싸움의 순간들을. 소녀는 자신이 천천히 고통스럽게 쌓아 올린 것이 한순간에 무너져 내리는 광경을 무력하게 바라보았다. 기둥과 창문, 나무판자와 기와, 꺾쇠와 막아놓은 바닥의 입구가 다시 소녀의 시야에 들어왔다. 하지만 저 사물들은 명령만 기다리는 규율 없는 군대같이, 제자리를 지키지 않고 흩어져 있는 것처럼 보였다. 가벼운 물체들은 서서히 물러났고 무거운 것들은 이상하리만치 가까이 다가왔다. 마치 모든 것이, 빛이 닿지 않는 깊은 호수의 바닥으로 가라앉아 오직 무게만으로 이동하는 것 같았다. 미추르는 긴장한 채 썩은 나무판자 위에 즐비한 마른 비둘기 똥 위에 앉아 있었다. 주위가 어두운 탓에 몸의 윤곽을 잘 가늠할 수 없는 고양이마저도, 무거운 공기를 가르며 소녀에게로 다가오는 것 같았다. 소녀는 고양이의 따스한 배와 뛰는 맥박을 느끼고 여기저기 찢긴 상처에서 솟은 피를 보고서야 자기가 한 일이 무엇인지를 깨달았다. 수치와 후회로 목이 메었다. 소녀는 그 무엇으로도 자신의 승리를 원래대로 복구할 수 없다는 것을 알았다. 소녀가 다가가려는 몸짓만으로도 고양이는 도망칠 것이었다. 그리고 앞으로도 내내 그럴 것이다. 불러도 소용없고 꾀어낼 수도 없으며 껴안지도 못할 것이다. 미추르는 끔찍했던 죽음의 모험을 두 눈에 간직할 것이고, 언제든 도망갈 채비를 갖추고 있을 것이다. 지금까지 소녀는 패배만이 견딜 수 없는 것이라고 생각했지만 이제는 승리도 그렇다는 걸 알게 되었다. 이 잔인한 싸움에서 부끄러운 점은 그녀가 이겼다는 것이 아니라, 질 가능성이 처음부터 없었다는 것이다. 다시 한 번 해보면 어떨까 하는 생각이 스쳤지만('만일 고양이가 발톱으로… 만일 고양이가 나를 문다면…') 변명의 여지는 없었다. 처음부터 더 강한 것은 자기였다. 몸에서 열이 나고 이마에서 땀이 났다. 그때 무

슨 냄새가 났다. 처음엔 다락에 다른 누군가가 있는 줄 알고
화들짝 놀랐다('무슨 냄새지?'). 소녀는 무슨 일인가 싶어 창가
로 가만히 다가갔지만, 고양이는 또 공격받는 줄 알고 먼 구석
으로 도망쳤다. "똥을 쌌잖아!" 소녀가 비난조로 사납게 소리
쳤다. "감히 여기서 똥을 쌌어!" 순식간에 다락방 가득 냄새
가 퍼졌다. 소녀는 숨을 참으면서 자세히 보려고 몸을 숙였다.
"거기다 오줌까지 쌌구나!" 소녀는 입구로 달려가 숨을 깊이
들이마신 뒤 현장으로 돌아와 나뭇조각으로 똥을 긁어 신문
지에 올려놓은 다음 그걸 내밀며 고양이에게 야단을 쳤다. "이
건 원래 네가 먹어야 하는 거야!" 그렇게 말하면서 무슨 생각
이 떠올랐는지 그녀는 잠시 가만히 있다가, 입구로 달려가 막
아놓았던 판자를 옆으로 치웠다. "난 네가 무서워하니까 불
쌍하다고 생각했거든!" 도망갈 틈을 주지 않기 위해 소녀는
번개같이 나무판자를 치우고 냄새나는 종이 뭉치를 어둠 속
으로 던졌다. 먹이를 노리면서 어슬렁거리는, 눈에 보이지 않
는 유령이 있다면 이거나 먹으라며. 소녀는 다락방 아래 부엌
으로 조심조심 들어갔다. 어머니는 방에서 요란하게 코를 골
고 있었다. '난 용기가 있어. 물론이지. 난 용기가 있다고.' 소녀
는 따뜻한 실내에서 몸을 떨었다. 머리가 무겁고 다리에서 기
운이 빠졌다. 소녀는 조용히 찬장 문을 열었다. '더러운 짐승!
네가 한 짓을 알아!' 소녀는 선반에서 우유 냄비를 꺼내 대접
한가득 따른 다음 그걸 들고 발끝으로 살금살금 걸어 부엌으

로 돌아왔다. '이젠 아무 소용없어.' 소녀는 옷걸이에 걸려 있던 어머니의 카디건을 내려 소리 내지 않고 마당으로 나왔다. '우선 윗도리부터.' 소녀는 옷을 편하게 입기 위해 일단 대접을 바닥에 내려놓으려고 했는데, 몸을 숙이자 옷자락이 진흙 바닥에 끌렸다. 소녀는 재빨리 몸을 일으켜 세우고 한 손엔 옷을, 다른 손에는 대접을 든 채 이젠 어쩌지, 하고 생각했다. 세찬 비가 처마 밑으로 들이쳤고 소녀가 몸에 두른 커튼은 오른쪽이 이미 젖어 있었다. 우유를 쏟지 않으려고 조심하면서 소녀는 뒷걸음질을 쳤다('이 옷을 장작더미에 걸어놓고 대접은…'). 그러다 문지방 옆에 있는 고양이 밥그릇을 떠올리고 소녀는 멈춰 섰다. 부엌으로 되돌아가다가 문가에 이르렀을 때, 소녀는 어떻게 해야 하는지를 깨달았다. 우유 대접을 내려놓을 땐 카디건을 머리 위에 쓰고, 그런 다음 고양이 밥그릇을 한 손에, 다른 손에는 우유 대접을 들고 장작더미를 밟고 올라가면 되었다. '아주 쉬워'. 곤란한 상황을 해결하는 동안 소녀는 눈앞의 사태를 헤쳐갈 수 있을 거라는 믿음이 생겼다. 소녀는 다락에 고양이 밥그릇을 우선 올리고, 그다음 대접을 올린 뒤에 입구를 막고는 어둠 속에서 고양이를 부르기 시작했다. "미추르! 미추르! 어디 있니? 이리 와, 좋은 걸 줄게!" 고양이는 멀찍한 구석에서 에슈티케가 기둥 뒤 창문 아래에 대접을 놓고 봉지에서 무언가를 꺼내 거기에 넣더니 뒤이어 우유를 붓는 것을 관찰했다. "기다려." 소녀는 입구를 조금 열었으나 ―고양이는 몸을 도사렸다—별로 소용이 없었다. 밖은 이제 실내보다 밝지 않았다. 지붕을 두들기는 빗방울 소리와 멀리서 들려오는 개 짖는 소리가 다가드는 어둠을 마중하는 것 같았다. 소녀는 무릎까지 내려오는 카디건을 걸친 채 그저 망연자실하여 서 있었다. 그녀는 어둠을 깨뜨리고 밖으로 나가고 싶었다. 압박해오는 어둠으로부터 탈출하고 싶었다. 이곳도 더 이상은 안전하게 느껴지지 않았다. 두려움이 엄습했다. 금방이라도 어느 구석에서 무언가가 덮쳐올 것 같았다. 또는 느닷없이 뻗쳐온 차가운 손에 뺨이 닿을 것 같았다. "어서 서둘러!" 소녀는 크게 소리치며 자신의 목소리에 의지하는 것처럼 고양이 쪽으로 걸음을 옮겼다. 고양이는 움직이지 않았다. "왜 그래? 배 안 고파?" 소녀는 구슬리듯 말을 걸어 고양이가 도망가지 않도록 하는 데 성공했다. 그렇게 기회가 왔다. 소녀는 고양이 곁에까지 간 다음 순식간에 덮쳐서 잡아 누른 뒤, 발톱으로 할퀼 수 없도록 고양이를 들어 올렸다. 소녀는 고양이를 창가의 밥그릇이 있는 곳까지 들고 갔다. "자, 어서 먹어! 맛있는 거야!" 그렇게 말하며 소녀는 고양이의 머리를 우유가 담긴 그릇으로 밀어 넣었다. 고양이는 몸부림치며 빠져나오려 했지만 이내 그래봐야 소용없다는 걸 알았는지 가만히 있었다. 마침내 그녀가 놔주었을 때 고양이는 움직이지 않았고, 소녀는 고양이가 숨이 막혀 죽었는지 아니면 그저 죽은 것처럼 보이는 것인지 분간할 수가 없었다. 고양이는 생명이 빠져나간 것처럼 밥그릇 옆에 길게 누워 있었다. 소녀는 천천히 구석까지 물러나 앉아 두 손으로 눈을 가리고 자신을 위협하는 치명적인 어둠을 보지 않으려 했다. 손가락으로는 귀를 막고 있었는데도 정적 가운데 댕그랑 소리와 탁탁거리는 소리 그리고 날카로운 목소리가 들려왔다. 하지만 소녀는 조금도 놀라지 않았다. 시간은 소녀의 편이었다. 기다리다 보면 소음은 저절로 잦아들어, 지휘관을 잃은 허름한 군대처럼 전장에서 물러나거나 혹은 승자의 자비를 빌게 되리라는 것을 그녀는 알고 있었다. 꽤 긴 시간이 지나고 다시 정적이 찾아들었다. 소녀는 망설이지도 허둥대지도 않았다. 무얼 해야 할지 더 이상 생각할 필요가 없었기 때문이다. 그녀는 어디로 가야 할지 정확히 알고 있었다. 소녀는 이제 자로 잰 듯 정확하게 목적에 따라 움직였고, 마치 전장에서 적을 밟고 솟아난 것 같은 모습이었다. 소녀는 뻣뻣하게 굳은 고양이를 들고 열에 들떠 발갛게 된 얼굴을 한 채 마당으로 내려갔다. 그리고 주위를 한 번 둘러본 뒤 의기양양하게 수로를 향해 걸어가기 시작했다. 소녀의 본능이, 그곳에 가면 오빠를 만날 수 있을 거라고 말해주고 있었다. 어느새 차갑게 식은 시체를 손에 들고 나타나면 오빠가 어떤 얼굴을 할지, 소녀는 상상해보았다. 영원히 죽은 미추르의 다리를 움켜쥐고 떠나가는 자신을, 농장을 둘러싼 포플러 나무들이 죽 늘어서서 마치 새 신부를 질시하는 늙은 여자들처럼 바라보는 듯해 소녀는 기쁨에 가슴이 눌리는 기분이었다.

수로까지 먼 길은 아니었지만 세 걸음에 한 번씩 진창에 발이 빠지다 보니 평소보다 시간이 오래 걸렸다. 큰언니의 크고 무거운 장화를 신은 탓에 발이 신발 안에서 이리저리 미끄러졌고, 고양이의 시체는 갈수록 무거워져서 양손으로 번갈아가며 들어야 했다. 하지만 소녀는 기가 꺾이기는커녕 퍼붓는 비마저도 무시했다. 다만 한시라도 빨리 오빠에게 날아가지 못하는 게 답답할 뿐이었다. 마침내 수로에 도착한 소녀는 그곳에 아무도 없는 것을 보고 스스로를 탓했다. '대체 어디에 있는 거지?' 소녀는 고양이 시체를 비를 맞아 물러진 땅 위로 던지고 아픈 팔을 비볐다. 그러고는 주위의 모든 것을 잊은 듯이 숨을 죽이고 몸을 가만히 숙여서 돈이 묻힌 곳을 내려다보았다. 소녀는 이해할 수가 없었다. 그리고 잘못 날아온 총알에 심장을 맞은 것처럼 외로움을 느꼈다. 돈을 심었던 마법의 구덩이는 흐트러져 있었고, 구덩이를 표시해놓았던 막대기는 부러진 채 빗물에 쓰러져 있었다. 흙으로 잘 덮고서 소녀가 간절한 마음으로 지켜보았던 구덩이는 이제 퀭한 눈처럼 패어 물이 괴어 있었다. 소녀는 절망적인 심정으로, 잔인하게 팬 구덩이를 파헤치기 시작했다. 그러다가 자리에서 벌떡 일어서서 온 힘을 다해 눈앞에 버티고 선 어둠을 향해 외쳤다. "서니! 서니이! 여기로 와!" 소녀의 목소리는 윙윙거리는 바람과 빗소리에 섞여 스러질 뿐이었다. 소녀는 가슴이 무너진 듯한 모습으로 수로에 서 있었다. 이제 어디로 가야 할지 알 수 없었다. 소녀는 비틀거리며 수로를 따라 몇 걸음 걷다가 뒤돌아서 급하게 반대편으로 가더니, 다시 멈춰 섰다가 다져진 길 쪽으로 걷기 시작했다. 소녀는 지친 듯이 갈수록 걸음이 느려졌고, 이따금 웅덩이에 발목까지 빠뜨리곤 했다. 가다가 멈춰 서서 한 발로 균형을 잡으며 두 손으로 진창에서 신발을 건져 올려야 할 때도 있었다. 소녀는 기진맥진하여 다져진 길에 이르렀고, 몸을 돌려 자신이 빠져나온 들판을 돌아보자―마침 달이 보였고― 어쩐지 방향을 잘못 잡은 것 같은 기분이 들었다. 오빠를 찾기 위해서라면 차라리 집으로 가는 것이 현명할지도 몰랐다. 하지만 어떤 길로 가야 하지? 소녀는 호르고시네 집 쪽 들판을 지나왔는데, 만일 서니가 호흐마이스 들판을 가로질러 이쪽으로 온다면? 아니면 서니가 읍내에 있다면? 서니가 술집 주인의 자동차를 얻어 탔다면? 서니 없이 대체 뭘 할 수 있을까? 소녀는 망설이다가 술집을 향해 걷기 시작했다. 만일 술집에 자동차가 세워져 있다면, 그러면…. 소녀는 열 때문에 심하게 지쳐서, 실은 멀리 있는 창문의 불빛에 이끌리고 있을 뿐이라는 걸 차마 인정하지 못했다. 그런데 소녀가 몇 걸음을 채 걷기도 전에 어떤 목소리가 울려 퍼졌다. "돈 아니면 네 목숨이야!" 소녀는 놀라 비명을 지르며 뛰기 시작했다. "그래, 어땠어? 주머니는 채웠니? 내 새끼 양아!" 어둠 속에서 계속 들려오던 목소리가 거친 웃음소리로 변했다. 그 소리를 들은 소녀는 마음이 놓였고 뒤돌아 걷기 시작했다. "어서, 어서 돌아

와! 돈… 돈나무!" 서니가 다져진 길로 걸어오면서 기지개를
켜고 씩 웃었다. "엄마 옷을 입었네! 얻어맞게 생겼는걸? 일주
일은 침대에 앓아누울 정도로 말이야! 이 멍청한 애야!" 서니
는 왼손은 바지 주머니에 찌르고 오른손으론 불이 붙은 담배
를 들고 있었다. 에슈티케는 당황한 웃음을 띠며 고개를 숙였
다. "돈나무! 누가 그걸…." 에슈티케는 고개를 들 생각도 하지
못했다. 서니는 에슈티케와 눈이 마주치면 무척 화를 냈다. 그
는 여동생을 훑어보며 그녀에게 담배 연기를 뿜었다. "그래,
빈민촌에 무슨 새 소식이 있나?" 소년은 웃음을 참기 어렵다
는 듯 볼을 불룩하게 만들더니, 갑자기 돌처럼 굳은 표정을 지
었다. "지금 당장 내 눈앞에서 꺼지지 않으면 한 대 갈겨줄 거
야. 그러면 네 대가리가 땅에 떨어져 데굴데굴 구를 테지. 사
람들이 우리가 같이 있는 걸 보면 뭐라고 하겠니? 아마 날 일
주일은 비웃어댈걸? 가, 어서 꺼지라구!" 그는 고개를 돌려 어
둠 속으로 이어지는 길을 가늠하듯 바라보았다. 이미 이곳에
여동생 따위는 없다는 양 그의 시선은 에슈티케의 머리 너머
밝은 술집 창문을 향했고, 그러더니 그는 뭔가를 생각하는 얼
굴이 되었다. 소녀는 가슴이 철렁 내려앉았다. 대체 무슨 일이
지? 무슨 일이 있었기에 오빠가 돌변하여 저렇게…. 내가 무
슨 잘못을 저질렀을까? 소녀는 다시 한 번 말을 붙여보았다.
"그런데 돈씨앗이 도둑맞았는데…." "도둑맞았다고?" 소년이
꽥 소리를 질렀다. "하, 그럴 수가! 도둑맞았다고! 그럼 누가

훔쳐갔을까?" "난 모르겠어. 누군가가….." 서니가 여동생을 냉혹하게 쳐다보았다. "감히 네가 나한테 건방지게 굴어?" 소녀는 당황해서 고개를 저었다. "좋아. 이미 생각해뒀지." 서니는 담배를 꺼내 들더니 등 뒤 저편으로 길이 구부러지는 부근을 마치 누군가를 기다리는 것처럼 열심히 바라보았다. 그러다가 다시 여동생에게로 시선을 돌렸다. "똑바로 서지도 못하니?" 그 말에 에슈티케는 몸을 얼른 곧추세웠지만 고개를 들지는 못했다. 진흙에 파묻힌 장화를 내려다보는 얼굴을 지푸라기 빛깔의 머리칼이 가렸다. "내가 뭘 기다리는 것 같아? 어서 당장 꺼지지 못해? 악마한테나 가보라고. 알겠어?" 서니는 여드름과 솜털이 난 턱을 쓰다듬었고, 그래도 소녀가 자리에 꼼짝 않고 있자 짜증이 난 듯 말했다. "좋아, 바로 내가 그 돈이 필요했다고! 그래서 네가 어쩔 건데?" 그가 말을 잠깐 멈춘 사이에도 에슈티케는 얼어붙은 양 꼼짝하지 않았다. "그리고 말이 나온 김에, 그 돈은 어차피 내 거였어. 알아들어?" 에슈티케는 겁에 질려 고개를 끄덕이고는 간신히 말했다. "그건… 내 돈이었어! 어떻게 그걸 가져갈 수가 있어?" 오빠가 히죽거렸다. "그 정도인 걸 다행으로 생각해. 그냥 뺏어갈 수도 있었으니까." 에슈티케는 알겠다는 듯 고개를 끄덕거리며 오빠가 때리려는 줄 알고 뒤로 물러섰다. "아, 그리고 여기." 서니가 공모자의 웃음을 띠면서 말했다. "좋은 와인이 한 병 있거든. 한 모금 마셔볼래? 마시게 해줄게. 아니면 이거 한 모금?" 서니는 소녀에게 거의 다 타버린 담배를 내밀었다. 에슈티케는 얼떨결에 손을 내밀었다가 재빨리 거둬들였다. "싫어? 그럼 관두든지. 내 말 잘 들어. 넌 뭘 해도 안 되는 애야. 넌 바보로 태어났고 앞으로도 바보로 살 거란다." 소녀는 온 힘을 쥐어짜서 말했다. "알고… 있었어?" "알아? 뭘 알아?" "그러니까, 음… 음… 돈을 심어도 절대 돈이 열리진 않는다는 걸…." 서니의 짜증이 폭발했다. "제발 날 멍청이로 생각하지 말아줄래? 넌 더 일찍 일어나야 했다고. 네가 아무것도 모른다고, 내가 그렇게 생각했을 것 같아? 너도 그 정도로 바보는 아니잖아." 서니는 성냥을 꺼내고는 담배를 입에 물었다. "하, 대단하군! 그래서 화가 났어? 내가 관심 좀 가져줬더니 고마워하기는커녕?" 그는 담배 연기를 뿜어내고 이마를 찡그렸다. "자, 이제 입 닥쳐. 난 여기서 멍청이하고 떠들 시간 없거든. 어서 꺼져, 이 계집애야. 꺼지라고!" 그의 집게손가락에 찔린 소녀가 걸음을 옮기려는데, 그가 다시 불러 세웠다. "어이, 잠깐! 이리 와봐! 내 앞에 똑바로 서. 가까이 와보라고 했다! 그래. 너, 그 주머니에 든 게 뭐야?" 그는 카디건의 주머니로 손을 뻗어 손가락 두 개로 봉지를 잡아당겼다. "아! 이게 뭐야?" 그는 봉지에 쓰인 글자를 읽기 위해 그걸 눈앞으로 들어 올렸다. "이런, 맙소사! 쥐약이네! 이거 어디서 났어?" 소녀는 아무 말도 하지 못했다. 서니는 입술을 깨물었다. "하, 알겠네! 찬장에서 훔친 거지! 맞지?" 그는 봉지를 주물러 바스락바스락 소리를 냈다. "이걸로 뭘 하려고 했니? 어서 말해봐." 에슈티케는 꼼짝도 하지 않았다. "집에 가면 시체들이 널려 있을까?" 그가 소리 내 웃으면서 계속 말했다. "그리고 이제 내가 죽을 차례인가? 뭐, 좋아. 너한테 용기가 있는지 어디 두고 보지. 자!" 그는 봉지를 다시 소녀의 카디건 주머니에 집어넣었다. "하지만 조심해! 내가 언제나 널 보고 있을 테니까!" 에슈티케는 비틀거리며 그곳을 벗어나 술집을 향해 걷기 시작했다. "그리고 조심해라, 조심해!" 서니가 뒤에서 소리쳤다. "한 봉지를 다 쓰지는 말고!" 그러고 나서 한동안 어깨를 움츠리고 빗속에 서 있었다. 그는 머리를 숙이고 숨을 멈춘 채 밤의 소리에 귀를 기울였다. 그리고 멀리 떨어진 창문을 잠시 바라보더니, 여드름 한 개를 터뜨리고는 곧 자리를 떴다. 청소부가 사는 집 근처에서 그는 방향을 꺾었고, 이윽고 어둠이 그를 삼켜버렸다. 몇 번이나 뒤를 돌아보던 에슈티케가 마지막으로 본 것은 빨간 담뱃불이었다. 그것은 하늘의 혜성처럼 잠깐의 흔적을 남긴 뒤에 그 궤적마저 밤의 암흑 속으로 스러져버리는, 별이 최후에 발하는 희미한 빛과도 같았다. 에슈티케를 내리누르는 어둠은 그녀의 발밑에도 펼쳐져 있어서, 소녀는 지탱할 곳도 없고 중력도 없이 다만 어둠 속을 헤엄치도록 자신이 내버려진 것 같다고 느꼈다. 소녀는 술집에서 흘러나오는 불빛이 마치 오빠의 사그라든 담뱃불 대신인 것처럼 그곳을 향해 걸었다. 마침내 술집에 도착해서는 창턱에 매달리듯 붙어 섰다. 소녀는 비를 맞아 완전히 젖어 있었다. 열이 펄펄 나는 몸에 달라붙은 커튼 조각이 얼음처럼 차갑게 느껴졌다. 소녀는 발뒤꿈치를 들었지만 술집 안을 들여다보려면 팔짝 뛰어야 했다. 하지만 유리창에 성에가 끼어 있는 탓에 둔하게 뭉개진 말소리, 유리컵이 딸그락거리는 소리, 술병 내려놓는 소리, 간간이 터지는 웃음소리, 그리고 다시 이어지는 말소리만 들릴 뿐이었다. 소녀의 머릿속이 윙윙 울렸고 마치 눈에 보이지 않는 새가 날카로운 소리를 내며 주위를 맴도는 것 같았다. 소녀는 창틀에서 물러나 벽에 등을 기댄 채 안에서 흘러나온 불빛이 땅 위에 그리는 무늬를 멍하니 바라보았다. 정신을 놓고 바라보던 소녀는 길에서 누군가가 무거운 발걸음으로 숨을 헐떡이며 다가오는 것도 거의 눈치채지 못했다. 도망칠 시간조차 없었기에 소녀는 땅에 뿌리를 박은 듯 그 자리에 서서 눈에 띄지 않기만을 바랄 따름이었다. 그러다가 소녀는 방금 도착한 사람이 의사 선생님인 것을 알자 벽에서 몸을 떼고 그에게로 미친 듯이 달려갔다. 소녀는 의사의 젖은 외투를 꼭 붙들었고, 그 안으로 숨어들고 싶어 했다. 소녀가 울음을 터뜨리지 않은 것은 의사가 안아주지 않아서였다. 소녀는 의사 앞에서 고개를 푹 숙이고 서 있었다. 가슴이 뛰었고 귀에서 맥박 소리가 들렸다. 소녀는 의사가 뭐라고 계속 말하는 걸 알아듣지 못했다. 소녀는 다만 의사의 말에서 안절부절못함과 짜증이 담긴 거절의 기운만을 감지했다. 그가 하는 말의 의미를 소녀는 이해하지 못했다. 처음에

의사를 보고 안도했던 마음이 이후의 이해할 수 없는 반응과
실망스러운 느낌 때문에 사라져갔다. 의사는 소녀를 안아주기
는커녕 밀어내려 하고 있었다. 어떻게 의사 선생님이 자기를
그렇게 대할 수 있는지 소녀는 믿기지가 않았다. 소녀 곁에서
밤을 꼬박 새우며 이마의 땀을 닦아주던 그였는데, 지금은 자
기를 밀쳐내지 못하도록 온 힘을 다해 매달려야만 했다. 소녀
는 의사의 외투를 놓을 수 없었다. 그럼에도 결국 놓고 만 것
은 갑자기 주변의 모든 것이 와르르 무너지고 부풀어 오르는
것처럼 느껴졌기 때문이었다. 소녀는 의사를 붙들려고 애를
쓰다가 마지막엔 포기해버렸다. 소녀는 공포에 질린 채 의사
의 등 뒤에서 땅이 갈라지고 그가 바닥없는 심연으로 추락하
는 것을 보았다. 그녀는 뛰어서 도망치기 시작했다. 하지만 사
나운 개가 짖어대는 듯한 목소리들이 금방 그녀의 발목을 잡
을 것처럼 쫓아와 소녀는 이제는 끝이다, 더 이상은 어쩔 수가
없다, 라고 생각했다. 금방이라도 저 울부짖는 목소리들이 그
녀를 덮치고, 땅바닥에 팽개쳐버릴 것만 같았다. 갑자기 주위
가 조용해졌다. 바람 소리와, 수많은 빗방울들이 발치에 떨어
져 부딪는 소리만이 들렸다. 소녀는 호흐마이스 들판에 다 와
서야 걸음을 늦추었다. 하지만 멈출 수는 없었다. 세찬 바람이
빗방울과 함께 얼굴에 들이쳤다. 소녀는 자꾸만 기침을 했다.
서니의 잔인한 말들과 의사 선생님과의 불행한 만남이 그녀
의 마음을 짓눌렀지만, 그럴수록 소녀는 아무것도 자각하지

못했다. 소녀는 사소한 것들에 마음이 붙들렸다. 신발 끈이 풀렸고, 옷이 여며지지가 않았다. 주머니 속 봉투는 아직 그대로 있을까. 수로에 도착해 구덩이를 보자 소녀는 이상하게 마음이 가라앉았다. '그래…, 천사님이 보시면 다 알아주실 거야.' 소녀는 돈씨앗이 싹을 틔우고 자라나기로 돼 있던 부드러운 흙바닥을 내려다보았다. 빗물이 이마를 타고 눈으로 흘러들었다. 그러자 눈앞의 땅이 더 부드럽게 물결치는 것처럼 보였다. 소녀는 신발 끈을 묶고 카디건의 단추를 채운 다음, 발로 흙을 밀어 구덩이를 메우려고 했다. 그러다 동작을 멈춘 소녀는 옆에 놓인 고양이 시체를 바라보았다. 죽은 고양이는 털이 빗물에 흠뻑 젖었고, 눈알은 초점 없는 유리 같았으며, 배는 이상할 정도로 홀쭉했다. "나하고 가." 소녀는 그렇게 말하며 고양이 시체를 집어 올려 품에 꼭 안고는 차분하고 결연하게 걸음을 옮기기 시작했다. 소녀는 수로를 따라 꽤 걸어서 케레케시 농가를 지나, 이리저리 굽어지며 길게 이어지는 포스텔레키 들길로 접어들었다. 그 길은 바인카임 성을 지나 계속 가면 시에 도달하는 시골길이었다. 소녀는 장화의 안감이 뒤꿈치에 닿아 아프지 않게 주의해서 걸었다. 가야 할 길이 멀다는 걸 소녀는 알고 있었다. 해가 뜰 무렵에는 성에 도착할 것이다. 소녀는 혼자가 아니라서 다행이라고 느꼈다. 고양이가 소녀의 배를 따뜻하게 해주었다. "그래." 그녀가 작은 소리로 중얼거렸다. "천사님이 보시면 알아주실 거야." 소녀는 마음에 평화를 느꼈다. 나무들과 길, 비와 밤 모두 평온해 보였다. "무슨 일이 일어나건, 그건 좋은 거야." 소녀는 생각했다. 모든 것이 간단해졌다, 영원히. 소녀는 길 양편에 늘어선 앙상한 아카시아 나무들의 가지를 보았고, 어둠 속에 잠긴 풍경을 바라보았으며, 비와 진흙의 냄새를 맡았다. 소녀는 자기가 정말로 옳다고 느꼈다. 지난 며칠 동안 일어난 일들을 돌이켜보면서 일들이 서로 어떻게 얽혔는지를 생각하고 그녀는 웃었다. 모든 일이 서로 무관하지 않았고 말할 수 없이 아름다운 의미로 연결돼 있었다. 소녀는 자기가 혼자가 아님을 알고 있었다. 왜냐하면 모든 것―천국의 아버지와 어머니, 언니들과 의사 선생님, 고양이와 아카시아 나무들, 진창길, 저 위의 하늘과 그 아래의 밤―이 자신에게 의지하며, 소녀 자신도 저 모든 것들에 의지하기 때문이었다. '서니는 뭐든지 할 수 있지. 그런데 난 아니야. 난 서니에게 방해만 될 거야.' 소녀는 고양이 시체를 더 꼭 품에 안고 고요한 하늘을 올려다보았다. 그러다 갑자기 걸음을 멈추었다. '내가 하늘에 가서 오빠를 도와줘야지.' 벌써 동쪽 하늘이 밝아오기 시작했다. 떠오르는 태양의 첫 빛줄기가 바인카임 성의 폐허에 도달해 창문의 벌어진 틈으로 들어가선 이제는 화재로 타버린 잡초들만 무성한 실내를 비추었을 때, 에슈티케는 이미 모든 것을 준비해놓고 있었다. 소녀는 오른쪽 바닥에 고양이 시체를 내려놓고 왼쪽의 썩은 나무판자 위에다 쥐약의 절반을 덜어낸 다음 빗물과 함께 그것을 억지로 삼키고는 남은 봉지를 내려놓았다. 오빠가 자기를 잘 찾을 수 있도록 확실히 해두고 싶었다. 소녀는 한가운데 누워서 다리를 쭉 폈다. 머리카락을 쓸어 이마를 드러내고 엄지손가락은 입에 문 채로 두 눈을 감았다. 소녀는 이제 걱정할 필요가 없었다. 천사들이 데리러 오는 중이라는 걸 소녀는 분명히 알고 있었다.

6

거미의 작업 II 악마의 젖꼭지, 사탄탱고
The Work of Spider II

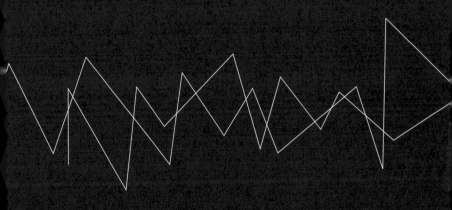

"이미 벌어진 일이 아직도 안 끝났다니, 좀 쉴 수는 없나?" 후터키가 울적하게 중얼거렸다. 그는 고양이 같은 걸음으로 지팡이에 의지해 카운터 오른편의 지정석처럼 앉곤 하는 테이블 쪽으로 갔다. 한사코 침묵하는 슈미트와 말이 없다가도 크게 웃음을 터뜨리는 그의 부인이 앉은 테이블에 털썩 무겁게 주저앉고는 슈미트 부인이 하는 말을 건성으로 들어넘겼다. "취한 거 같네요! 나도 취기가 좀 올라오는 거 같아요. 술을 섞어 마시지 말아야겠어요. 그래도 그쪽은 무척 신사분이니까…." 그는 멍청한 얼굴로 앞만 바라보며 새 포도주 한 병을 테이블 한가운데로 밀어놓았다. 아무런 이유도 없이 왜 갑자기 우울한 기분이 드는지 스스로도 알 수 없었다. 오늘은 아무 날이 아니라 특별한 날이었다. 술집 주인의 말대로 이제 몇 시간만 지나면 이리미아시와 페트리너가 도착해 몇 년 동안 계속되어온 비참과 불행에 종지부를 찍을 것이었다. 음습한 정적과 아침에 그가 들었던 괴상한 종소리, 그로 하여금 황망히 침대에서 일어나 땀을 흘리며 창밖을 무력하게 바라보도록 만든 그 죽음의 종소리 또한 사라질 것이다. 술집에 들어온 후로 한마디도 하지 않던 슈미트는 고개를 쳐들고(그는 크라네르와 자기 아내가 시끄러운 술집에서 돈을 나누는 동안 사람들에게 등을 돌린 채로 앉아 있었다) 벌써 술에 취해 흔들거리는 아내에게 타박을 했다("머리까지 취했다더니! 술에 곯은 건 당신이로군!"). 그러더니 그녀의 잔을 막 채우려는 후터키를 향해 말했다. "더 이상은 술 주지 말라고, 빌어먹을! 이 사람 취한 게 보이지도 않나?" 후터키는 대답하지 않았고 변명도 하지 않았다. 그저 손으로 알았다는 시늉만 하고는 재빨리 술병을 다시 테이블에 내려놓았다. 후터키가 몇 시간 동안 설득하려 했지만 슈미트는 고집스레 고개만 저을 뿐이었다. 슈미트의 생각으로는 그냥 술집에 얌전히 앉아서 상황을 주시하는 것이 유일하게 가능한, 선물처럼 주어진 선택이었다. 이리미아시가 도착하기 전의 혼란을 틈타 돈을 챙겨서 (가능하면 크라네르도 따돌리고) 농장을 뜨는 것보다는 그게 낫다는 것이었다. 후터키는 내일부터 모든 게 달라질 수 있다, 인생에 딱 한 번 찾아오는 운이 트이려는 순간인데 왜 그러나, 그저 조용히 내 말대로 따라주기만 하면 된다고 슈미트를 열심히 설득했지만,

그는 비웃는 표정으로 묵묵부답이었다. 결국 후터키는 의견의 일치를 볼 수 없음을 인정할 수밖에 없었다. 이리미아시가 마을로 온다는 건 그들에게 주어진 유일한 기회일 터인데, 슈미트는 전혀 그렇게 생각하지 않을뿐더러 다른 선택이 가능하다는 것조차 믿지 않았다. 이리미아시와 페트리너 두 사람이 없다면 지금까지 살아온 대로 모두가 앞을 못 보고 무기력하게 곤궁에 찌든 채로 마치 도살장에서의 죽음을 앞둔 가축처럼 우왕좌왕하는 삶을 살 수밖에 없을 거라는 것이 슈미트의 생각이었다. 불행은 너무나 오랫동안 그들을 비켜 가는 법이 없었기 때문에 후터키 역시 마음속 깊은 곳에서는 슈미트의 요지부동한 태도를 이해할 수 있었다. 이리미아시가 모든 상황을 감당할 수 있으리라고 믿는 맹목적인 희망 자체가 그 어떤 가능성들보다 더 값지다고 생각했다. 왜냐하면 오직 이리미아시에게만 농장 사람들이 포기하여 내버린 일들을 다시 건져 올릴 능력이 있기 때문이었다. 어차피 얼마 되지도 않는 돈인데, 그걸 갖지 못하게 된 게 무슨 대수랴? 그가 원하는 것은 건물에서 석회가 떨어지고 벽들은 금이 가고 지붕이 함몰되는 광경을 무력하고 쓰디쓰게 바라보지 않아도 되는 나날이었다. 심장이 갈수록 느리게 뛰고 사지가 무기력해지는 것을 참아내지 않아도 된다면 말이다. 한 주 두 주가 가고 한 달 두 달이 지나는 동안 거듭해서 패배를 겪고 계획들은 혼란에 빠져 사그라지며 해방에 대한 소망은 끝없이 쪼그라드는 것,

가장 두려운 위험은 그런 것들이 아니다. 그럴 때 사람들은 오히려 똘똘 뭉치고 의지력을 발휘하기도 하니까. 그런데 소멸에 이르기까지는 불운의 길이 아직 남았는데, 이미 막장에 다다른 이곳 사람들에게는 패배조차 더 이상 가능하지가 않았다. 위험은 땅 밑에서 솟아나 사람들을 덮치는 듯했으나 그 근원이 무엇인지는 분명치가 않았다. 어떤 때는 적막감에 화들짝 놀라 구석으로 숨어들어 안전을 바라면서 꼼짝도 하지 않는다. 음식을 씹는 게 고통이 되고 삼키는 일도 마찬가지며 주위의 모든 것이 점점 느려지고 공간은 갈수록 좁아진다. 이런 퇴화의 결말은 바로 가장 두려운 마비라는 것을 사람들은 깨닫지 못했다. 후터키는 두려움에 찬 눈으로 주위를 둘러본 뒤 손을 떨며 담배를 꺼내 물고는 기갈이 난 듯 술잔을 비웠다. "술 마시면 안 되는데." 그는 자신을 만류하듯 중얼거렸다. "술을 마실 때마다 관이 떠오른단 말이야." 그는 다리를 쭉 뻗고 의자에 편히 몸을 기대며, 두려운 생각에 붙들리지 말자고 다짐했다. 그는 눈을 감았고, 온기와 술기운 그리고 소음에 자신을 내맡겼다. 그러자 그에게 엄습했던 공포가 아무렇지도 않게 사라져갔다. 그는 오직 주위의 명랑한 목소리들에만 마음을 열었다. 그러자 격한 안도감에 눈물이 날 것 같았다. 두려움이 덮쳤다 사라지자 이번에는, 그 수많은 고통을 경험하고 이제는 떠들썩한 이곳에서, 두 눈으로 목도해야 했던 것들로부터 보호받으며 안전하고 흥겹게 앉아 있을 수 있다는 사실이 고마울 뿐이었다. 여덟 잔 반이나 마시고도 아직 기운이 남았다면, 그는 아마 땀을 흘리면서 손짓 몸짓을 하고 있는 눈앞의 동료들을 차례로 껴안았을 것이다. 마음속 깊은 감동을 표현하고픈 욕구에 저항할 수가 없었기 때문이다. 그러나 느닷없이 두통이 오고 몸에서 열이 났으며, 속이 메슥거리면서 이마에 땀이 맺혔다. 후터키는 기운을 잃고 자리에 주저앉았다. 그는 심호흡을 하며 진정해보려고 안간힘을 쓰느라 슈미트 부인이 자기에게 하는 말을 듣지 못했다("왜 그래요, 후터키 씨. 몸이 안 좋아요? 안 들려요?"). 슈미트 부인은 후터키가 창백한 얼굴을 찡그리며 배를 문지르는 걸 보자 알 만하다는 듯 손사래를 치며('하, 저 사람도 어쩔 수가 없네'), 자신을 욕망에 찬 눈으로 지켜보던 술집 주인에게로 고개를 돌렸다. "아, 너무 덥잖아요. 야노시. 어떻게 좀 해봐요!" 하지만 술집 주인은 시끄러운 소리 때문에 무슨 말인지 모르겠다는 양 두 손을 펼쳐 보이며 그저 평온히 그녀를 바라만 볼 뿐이었다. 슈미트 부인은 자기가 한 말이 소용이 없음을 알자 화를 내며 노란색 블라우스의 맨 위 단추를 풀었다. 술집 주인은 자신의 고집이 소기의 목적을 달성하는 순간을 흐뭇하게 바라보았다. 벌써 몇 시간 전에 술집 주인은 눈에 띄지 않게 기름 난로의 다이얼을 고온으로 돌리고 재빨리 그걸 뽑아낸 다음 숨겨놓았다. 부산한 통에 그런 계략을 눈치챈 사람은 없었다. 그는 이런 방법으로 오늘따라 유난히 매력을 발산하는 슈미트 부인을 외투에서, 그다음엔 카디건에서 '해방'시키고자 했다. 지금까지 슈미트 부인은 알 수 없는 이유로 술집 주인을 오만하게 거절하곤 했다. 그녀에게 접근하고자 했던 그의 모든 시도들—그는 결코 포기하지 않았고, 포기하고 싶어도 할 수가 없었다—은 실패했고, 그녀가 벌이는 이런저런 행각을 전해 듣는 고통만 커져갔다. 하지만 그는 인내심을 가지고 자기 차례가 오기만을 기다렸다. 몇 년 전 슈미트 부인이 방앗간에 젊은 트럭 운전사와 함께 있는 걸 발견했을 때, 그녀는 깜짝 놀라 도망가기는커녕 다른 남자의 품 안에서 자신이 희열을 만끽하는 모습을 그가 내내 지켜보도록 놔뒀었다. 그때부터 그는 승리의 길은 꽤나 멀리라는 사실을 알고 있었다. 며칠 전 후터키와 슈미트 부인의 관계가 느슨해지고 있다는 소식을 들었을 때 그는 기쁨을 억제할 수가 없었다. 다시 오지 않을 기회라고, 자기 차례가 왔다고 믿었기 때문이다. 자신의 목전에서 두 손가락으로 젖가슴 위 블라우스를 잡아당겨 공기가 들어가도록 하는 슈미트 부인의 모습에 그는 정신이 아뜩해지며 두 손이 떨리고 눈앞이 캄캄해졌다. '저 어깨! 꼬고 앉은 저 허벅지! 저 엉덩이! 저 젖꼭지, 오, 하느님….' 그는 그녀의 모든 신체 부위를 한꺼번에 눈에 담고 싶었지만, 흥분한 상태에서도 자기를 '미치게 만드는' 세부들을 순서대로 감상할 수밖에 없었다. 그의 얼굴에서 핏기가 가시며 현기증이 일었다. 그는 간절히 슈미트 부인의 무관심하고 멍한 시선을 붙들고 싶었다. 생의 크고 작은 진실들을 짧은 문장으로 압축하는 평소의 습관대로 그는 황홀감에 사로잡혀 하나의 물음을 떠올렸다. '저런 여자를 두고 난방 기름을 아낄 인간이 있을까?' 만일 그가 자신의 수고가 헛된 것임을 알았다면 분명 창고로 퇴각하여 그에게 적대적이거나 심술 맞게 고소해하는 시선을 피해 아픈 마음을 달랬을 것이다. 하지만 그가 꿈에도 모르는 사실이 있었으니, 그것은 도발적인 추파를 던지며 팔다리를 늘쩍지근하게 펴고 크라네르와 헐리치, 교장 선생 그리고 술집 주인까지 아슬아슬한 정욕에 사로잡히도록 만든 저 슈미트 부인이 지금 생각하는 것은 그저 시간을 어떻게 죽일까 하는 것이며, 그리고 그녀의 마음을 구석까지 차지한 자는 바로 이리미아시라는 사실이었다. 그녀의 마음속에서 바위 많은 해변에 파도가 치듯 추억의 영상이 출렁였고, 아울러 이리미아시와 함께할 미래의 짜릿한 영상을 침범하며 자신을 둘러싸는, 조만간 작별을 고할 세상에 대한 미움과 혐오도 그 안에서 증폭되고 있었다. 이따금 그녀가 엉덩이를 좌우로 움직이거나 자신의 풍만한 가슴을 향한 탐욕스러운 눈길을 용인하는 듯이 보여도 그것은 단지 지루한 시간을 때우려는 것일 뿐, 결국은 이리미아시와의 재회를 준비하는 과정에 불과했다. 크라네르와 헐리치는(그리고 교장까지도) ─ 술집 주인과는 달리 ─ 자기들에게는 가망이 없다는 걸 분명히 알고 있었다. 그들의 욕망의 화살은 슈미트 부인에게 부딪힌 다음 그녀 발치에 떨어졌다. 그럼에도 그들이 아무런 희망도 없는 갈망에 자신을 내던진 건, 그럼으로써 그나마 생생한 감정을 느낄 수 있었기 때문이다. 케레케시의 뒤편 한쪽 구석에는 교장이 두 병째 술을 마시며 앉아 있었다. 대머리인 그는—키가 크고 야위었지만 근육질이었는데— 유난히 머리가 작았다. 늘 취해 있는 의사를 제외하면 이 일대에서 가장 많이 배운 인물인 그가 이리미아시와 페트리너가 오는 중이라는 이야기를 들은 것은 순전히 우연이었다. 이 사람들은 대체 자기가 누구라고 생각하는 걸까? 대체 어쩌자는 건가? 만일 그가 슈미트와 크라네르의 용납하기 힘든 부정확함에 질려서 문화센터의 문을 닫고 규정대로 영사기를 보관한 다음 직접 '소문을 파악하기 위해' 술집에 오지 않았더라면, 그는 이리미아시와 페트리너가 돌아온다는 것도 까맣게 모르고 있을 뻔했다. 나 없이 저들은 대체 어쩌려고 그랬을까? 도대체 누가 자기들의 이해를 대변해줄 수 있단 말인가? 이리미아시가 무슨 제안을 하든 내가 받아들일 거라고 생각한 걸까? 나 말고 또 누가 이런 어중이떠중이를 지도할 수 있겠는가? 누군가는 계획을 준비하고 필요한 일들을 조직해 일목요연하게 정리하는 일에 총대를 메야만 했다! 불끈 솟았던 노여움이 가라앉자 ("이 사람들은 정말 미숙하기 짝이 없다! 뭘 어떻게 할 건데? 일은 절차대로 진행돼야 하고 하루아침에 갑자기 이루어질 수는 없는 법인데…") 두 가지 관심사, 즉 슈미트 부인 그리고 어떻게 주도면밀한 계획을 세울 것인가 가운데 하나를

200

선택해야 했는데, 기어이 그는 후자를 밀어내고 말았다. 오랜 경험을 통해 그는 '한 번에 한 가지에만 집중하는 것'이 옳다고 확신했기 때문이었다. 교장은 슈미트 부인이 다른 사람들과는 다르다고 믿었다. 그가 술집에 온 다른 남자들의 조악하고 동물적인 들이댐을 하나같이 거절한 건 우연이 아니었다. 그가 보기에 슈미트 부인에겐 결코 슈미트 같은 사내가 아니라 '진지하고 속이 꽉 찬 남성'이 필요할 터였다. 슈미트 같은 상스러운 남자가 사려 깊고 소박하며 순수한 영혼을 지닌 그녀에게 어울릴 리 없었다. 그녀가 교장인 자신에게 마음이 끌리는 건—의심의 여지없이—조금도 이상한 일이 아니었다. 그녀는 학교가 문을 닫은 뒤에도 그가 계속 '교장'이라는 직함을 유지하려 했을 때 웃거나 조롱하지 않은 유일한 사람이기도 했다. 이 여성은 그에 대해서—자연스러운 호감 이상의—명백한 존경심을 표시해왔으며, 그 이유는 그가 건물을 수리해 정력적으로 수업 활동을 다시 시작할 기회를 노리고 있다는 걸 알았기 때문일 것이다(인격이나 전문적 역량에서 흠잡을 데 없는 인사들이 시市의 관청에서 그들에게 적당한 직위로 옮겨갈 때 지금의 변변찮은 자리에서 물러나는 것은 주도면밀한 계산의 결과일 터이다). 슈미트 부인은 물론—부정할 까닭이 있을까?—외모가 아주 출중한 여성이었다. 그녀의 사진들은(몇 년 전에 샀지만 성능은 믿을 만한 카메라로 그가 직접 찍었다) 그가 끝없는 불면의 밤을 쫓아버리려고 애쓸 때 보던, 게임과 퍼즐이 들어 있는 잡

지에 실리곤 하던 '매우 선정적인' 사진들을 능가했다. 술병을
여럿 비웠을 때 일반적으로 나타나는 현상으로, 그의 평상시
투명하고 조직적이며 용의주도하던 사고가 갑자기 마비되었
다. 그의 위가 요동치고 머릿속 혈관이 쿡쿡 찔러대기 시작했
다. 그는 자리에서 벌떡 일어나—잘 씻지도 않는 더러운 농부
나부랭이들의 시선은 무시하고—그녀를 자기 테이블로 초대
하러 갈 뻔했다. 당구대 위에 엎드려 코를 고는 케레케시의 어
깨 너머로 그녀의 탐스러운 몸을 더듬던 그의 시선이, 무관심
해 보이지만 실은 상대의 의표를 가차 없이 발가벗기고 마는
그녀와 시선과 마주쳤다. 교장은 얼굴을 붉히며 고개를 숙이
고 농부의 커다란 몸통 뒤에서 다시 몸을 수그렸다. 그렇게 하
면 적어도 수치심을 혼자서 견디거나, 혹은 잠시나마 체념의
상태를 유지할 수가 있었다. 헐리치의 사정은 어땠는가 하면,
슈미트 부인은 그와 대각선으로 마주 앉아 있었는데 그가 말
할 때 그를 쳐다보지도 않았고 그의 지루한 가족사에 대한 이
야기는 더더욱 듣고 싶어 하지 않았다. 그는 말을 하다가 끊고
는 크라네르가 화를 내는 차장과 소리를 지르면서 다투도록
내버려두었다. 물론 그는 휩쓸릴 생각이 전혀 없었다. 그는 옷
에 묻은 거미줄을 떼어내고 술집 주인이 살찐 얼굴로 희희낙
락하며 슈미트 부인에게 추파를 던지는 꼴을 울적하게 바라
보았다. 그는 곰곰이 생각을 해본 끝에 거미줄이 이렇게나 많
은 것은 술집 주인이—세상에 저런 쓰레기도 또 없기 때문

에 — 꾸며낸 음모라고 결론을 내렸다. 음험한 사기꾼 자식! 그 정도로는 충분치 않았는지 이제 술집 주인은 유치하고 어리석게도 슈미트 부인에게 그물을 던져보고 있었다. 그런데 진실을 밝히자면, 슈미트 부인은 헐리치 자신의 여자였던 것이다. 눈이 먼 자라도 알 터였다. 그녀는 자기에게 웃음을 지어보였고, 그것도 두 번씩이나, 그래서 자신도 그녀를 보고 마주 웃어주었다! 그런데 이 약탈자가, 탐욕스러운 장사꾼, 구두 수선을 하다 망해먹은 자가 나타나 산통을 깨고 있다! 매의 눈을 가진 그녀는 눈치챘을 것이다, 술집 주인에게 돈이 많다는 것을. 창고에는 와인과 독주가 가득한 데다가, 그는 이 술집과 자동차까지 소유하고 있다. 그런데! 그런데 심지어! 그것으로도 모자라서 이제는 슈미트 부인까지 차지하려 하고 있다! 그건 안 될 말이지! 이런 파렴치한 행동을 말없이 보고만 있을 만큼 속없는 인간이 아니란 말이다, 나 헐리치란 사람은! 여기 모인 사람들은 나를 수줍어하는 꽁생원으로 보는 모양이지만, 그건 오산이고 겉모양만 그럴 뿐이다! 이리미아시와 페트리너가 온다고 뭐가 다를까! 내면의 힘을 비교할 때 헐리치 자신은 저 둘이 꿈도 못 꿀 일을 할 수 있는 인물이다! 그는 잔을 비운 뒤에 꼼짝 않고 앉아 있는 슈미트 부인을 넋을 놓고 바라보았다. 그는 다시 술을 따라 마시려고 했는데, 놀랍게도 술병이 어느새 비어 있었다. 그가 기억하기로는 분명 두 잔을 따라 마실 만큼의 술이 남아 있었다. "누가 내 술을 훔쳐갔어!" 그가 울부짖으며 벌떡 일어섰다. 그리고 위협적으로 사방을 두리번거렸지만 놀라거나 또는 내가 마셨소, 하고 시인하는 눈빛은 찾지도 못한 채 투덜거리며 도로 자리에 앉았다. 자욱한 담배 연기로 시야가 부옇게 흐려져 있었고, 기름 난로는 벌겋게 달아올라 술집 안에 있는 모두가 땀을 뚝뚝 흘리고 있었다. 갈수록 시끄러워지는 술집에서 가장 요란한 인물들은 크라네르, 켈레멘, 크라네르 부인 그리고 다시 기운을 차린 슈미트 부인이었다. 그들 모두 야단법석을 떨며 고함을 쳐댔고 그 와중에 케레케시가 잠에서 깨 또다시 술집 주인에게 큰 소리로 술을 주문했다. "그건 자네 생각일 뿐이지, 이 친구야!" 크라네르가 소리치며 몸을 앞으로 숙였다. 그는 술잔을 든 채로, 잔뜩 성이 나 이마에 핏줄이 돋고 잿빛 눈동자가 번뜩이는 켈레멘에게 팔을 흔들어가며 무언가를 이야기하고 있었다. 차장이 발끈했다. "난 자네 친구가 아니야. 난 누구하고도 친구 먹은 적 없어. 알겠냐?" 카운터 뒤에 있던 술집 주인이 두 사람을 말렸다("그만 좀 해! 시끄러워서 머리가 터질 것 같아!"). 켈레멘이 후터키의 테이블을 돌아서 카운터로 가 말했다. "좋아, 그럼 당신이 저자에게 말해보시지! 누군가 얘기해줘야 해!" 술집 주인이 턱을 쳐들었다. "무슨 말을 하라는 거지? 그냥 잊어버리면 안 되나? 보라구, 저 사람은 아무한테나 시비를 걸잖아!" 켈레멘은 진정될 기미를 보이기는커녕 갈수록 성질을 더 냈다. "여기도 말이 안 통하네! 다들 바보 멍청이야?"

그가 꽥 소리를 지르며 카운터를 주먹으로 치기 시작했다. "내가―그래, 내가 말이야!―이리미아시와 친구가 되었을 때, 노보시비르스크에, 갇혀 있을 때는 말이야, 그때는 페트리너라는 자가 없었어! 알겠어? 없었다고, 아예!" "아예 없기는 뭐가 아예 없어? 어딘가에는 있었겠지, 안 그래?" 켈레멘은 입에 거품을 물며 이젠 발로 카운터를 차기 시작했다. "내가 없었다면 없는 거야. 아예 없었다면 어디에도 없었던 거라고! 간단히 말해서… 아무 데도!" "그래, 그래, 알겠어요." 술집 주인이 달래듯이 말했다. "당신 말이 맞으니까, 이제 자리에 좀 앉으쇼. 그리고 카운터 좀 괴롭히지 말아줄래요?" 크라네르가 후터키의 머리 너머에서 씩 웃었다. "어디 있었다고? 노보시비르스크라고 했나? 맞아? 이 양반, 감당 못 하겠으면 술 좀 그만 마시라고!" 켈레멘은 일그러진 얼굴로 술집 주인을 보았고 그다음 크라네르를 쳐다보았다. 그러더니 이해받지 못해서 노엽고 쓰디쓴 기분이 된 듯 고개를 저었다. 그는 심하게 비틀거리면서 자리로 돌아가 앉으려다 의자의 위치를 잘못 가늠하는 바람에 그만 의자와 함께 나둥그러지고 말았다. 크라네르는 더 이상 참지 못하고 배를 잡고 웃어댔다. "도대체가, 이 친구야! 정말 못 들어주겠네. 전쟁 포로였다니…. 하, 아이고 하느님!" 그는 부어오른 눈을 하고 손은 허리에 올린 채 슈미트 부인에게로 가더니, 스스럼없이 그녀를 뒤에서 팔로 안았다. "저 사람이 하는 말 들었어요?" 그는 말하면서도 웃음을 멈추지 못했다. "나보고 자기를 믿으라니. 들었어요?" "아뇨, 안 들었어요. 어쨌거나 관심도 없고요!" 슈미트 부인이 크라네르의 두툼한 손을 밀쳐냈다. "지저분한 앞발 좀 치워요!" 크라네르는 무시하고 몸 전체를 슈미트 부인의 몸에 기대듯 밀착시킨 다음 일부러 그러는 게 아닌 척 오른손을 열려 있는 블라우스 속으로 집어넣었다. "오, 따뜻하네!" 그가 웃었다. 화가 머리끝까지 난 슈미트 부인이 몸을 돌려 매섭게 따귀를 올려붙였다. "여보!" 크라네르가 계속 실실 웃는 걸 보고 슈미트 부인이 남편을 불렀다. "당신, 보고만 있을 거예요? 나한테 집적거리는 데 가만히 있을 거냐고요." 가까스로 머리를 치켜든 슈미트는 그러나 기력이 다했다는 양 다시 테이블에 머리를 처박았다. "자, 그러지 말고." 크라네르가 딸꾹질을 참으며 웅얼거렸다. "그냥 가만히 좀 만지게 두라고! 그럼 적어도 당신한테 뭔가 얻어가는 사람이 생기고…." 어느새 술집 주인이 나서서 크라네르를 말리고 있었다. "도대체 뭐 하는 거요? 여기가 매음굴이야? 감히 여기가 어딘 줄 알고!" 하지만 크라네르는 비키지 않고 떡 버티고 서서 주위를 둘러보다가 갑자기 환해진 얼굴로 외쳤다. "매음굴! 그래, 바로 그거야, 친구!" 그는 술집 주인의 어깨를 안고 문가로 이끌었다. "가세, 친구! 이 더러운 곳에서 나가 방앗간으로 가자고. 거기 가서 우리 한번 제대로…. 자, 빼지 말고, 어서 가자고!" 하지만 술집 주인은 그에게서 몸을 빼내고 카운터로 돌아가 느긋하게, 크라네르 부인이 엉망으로 취한 황소 같은 남편을 발견할 때까지 기다렸다. 크라네르 부인은 벌써 눈에서 불꽃을 튕기며 팔짱을 긴 채 문가에 말없이 서 있었다. "잘 안 들리네요! 어디 한 번 더 말해봐요!" 그녀가 비틀대며 걸어온 남편의 귀에다 대고 살기등등하게 말했다. "망할, 어디로 간다고요?" 그 말에 크라네르는 정신이 번쩍 들었다. "나?" 그는 멍청한 얼굴로 아내를 바라보았다. "내가 가긴 어딜 간다고 그래? 나 아무 데도 안 가. 귀염둥이 당신을 두고 내가 어딜 가겠어?" 크라네르 부인은 그의 팔을 뿌리치고 비수처럼 말을 쏟아냈다. "내일 귀염둥이의 맛을 보여주지, 당신 술만 깨면! 더 이상 앞을 못 보게 해줄 거야!" 그녀는 자기보다 머리 두 개는 더 큰 크라네르를 거칠게 의자에 앉혔다. "한 번이라도 내 허락 없이 의자에서 일어나면, 그땐 어떤 불행이 닥칠지 몰라!" 그녀는 잔에다 포도주를 따라 단숨에 비우고는 화난 얼굴로 주위를 둘러보더니 땅이 꺼지게 한숨을 쉰 다음 헐리치 부인을 쳐다보았다. 그녀는 고소하다는 표정으로 이 모든 장면을 보고 있었다('참 재미있는 죄악의 소굴이라고 해야겠네! 하지만 예언자의 말씀대로 곧 비탄과 절망의 시간이 찾아올 거야'). "어디까지 얘기했죠?" 크라네르 부인은 계속 말하면서, 다시 술잔을 집으려는 남편에게 손짓으로 금지 신호를 보냈다. "아, 네! 제 남편은 아주 훌륭한 양반이지요. 저는 아무것도 불평할 게 없어요, 정말요! 그저 한 가지, 술이요. 폭음을 하는 게 죄예요! 그렇지 않다면 제 남편을 으

깨서 빵에 바른대도 할 말이 없어요. 빵에다가요! 이 사람은 마음만 먹으면 아주 좋은 사람이 될 거랍니다! 게다가 일도 잘해요. 남자 두 사람 몫을 혼자서 한다니까요? 그런 사람한테 옥에 티 한두 개쯤 있는 건 봐줄 수 있지 않나요? 흠 없는 사람이 어디 있다고. 헐리치 부인, 말해보실래요? 그런 사람이 있나요? 어디 있나요? 이 사람도 누가 자길 욕하면 참지 못하죠. 그런 면에선 아주 예민하답니다. 그래서 이이가 의사 선생과 상종을 안 하는 거예요. 그분이 어떤지는 아실 거예요. 사람을 자기 개처럼 취급하잖아요! 하지만 많이 배운 게 벼슬이라고, 인정할 건 해야겠죠. 어쨌거나 그분은 의사니까요. 그것 말고는 별 유감 없어요. 그냥 다 꿀꺽 삼킬 만한 일들이죠. 더 이상 얘기 안 할래요. 또 알고 보면 그분도 보기보다 나쁘지 않은 사람이에요. 몇 년 겪어보니 알게 됐죠. 헐리치 부인, 별의별 일이 다 있었지만요." 후터키가 지팡이를 짚고 다른 손은 앞으로 내밀어 만일을 대비하는 듯한 자세로 문 쪽을 향해 조심스럽게 다가갔다. 머리칼은 흐트러졌고 셔츠는 바지에서 삐져나와 있었으며 안색이 분필처럼 창백했다. 어렵사리 문을 열고 밖으로 나간 그는 차가운 바람에 밀려 그 자리에 쓰러지고 말았다. 비는 여전히 세차게 내리고 있었다. 빗방울 하나하나가 저항할 수 없는 위협적인 전언처럼 이끼 덮인 술집 지붕을 두들겼고, 아카시아 나무의 줄기와 가지를 때렸으며, 울퉁불퉁한 저 너머 어둠 속의 길과 지금 이곳 술집 문 앞에 누운 후터키의 몸을 적시면서 쏟아졌다. 그는 얼마간 몸을 구부리고 꿈틀대며 진창길에서 안간힘을 쓰다가 몇 분인가 그대로 누워 있었다. 그러다 속에 든 걸 게워낸 뒤에는 걷잡을 수 없이 잠이 쏟아졌다. 만일 술집 주인이 반 시간쯤 지나 후터키가 돌아오지 않는 걸 이상하게 여겨 그를 찾아 나서지 않았더라면, 그를 흔들어 깨우지 않았더라면("어이! 정신 나갔어? 어서 일어나요! 폐렴 걸리기 딱 좋겠군"), 그는 아침까지 그 자리에 그대로 쓰러져 있었을 것이다. 그는 비틀대며 벽에 기댔다가 술집 주인의 도움("나한테 기대게. 여기 밖에 있으면 뼛속까지 젖겠어. 자, 어서…")을 거절하고 사납게 부는 비바람 속에서 멍하니 위태롭게 버티고 섰다. 그는 쉼 없이 동요하는 눈앞의 세상을 아무런 생각 없이 바라보았다. 그러다가 반 시간쯤 더 지나자 빗물에 흠뻑 젖어 어느 순간 맑은 정신으로 돌아왔다. 그는 술집 모퉁이를 돌아가 앙상한 아카시아 나무 아래서 오줌을 누면서 하늘을 올려다보았다. 자신이 말할 수 없이 작고 무력하게 느껴졌다. 그는 오줌 줄기가 찰박이는 소리를 들었고 또다시 정체모를 슬픔을 느꼈다. 그는 계속 하늘을 올려다보며 '언제까지나 머리 위에 펼쳐져 있을 거대한 천구天球도 결국은 어딘가에서 끝이 나겠지. 이곳의 모든 것이 유한한 운명을 가진 것처럼' 하고 생각했다. '우리는 이 세계라는 돼지우리 속에서 태어나 갇혀 있지.' 그는 여전히 지끈거리는 머리로 이렇게 생각했다. '그리고 오물 속에 뒹구는 돼지들처럼 뭐가 어찌된 건지도 모르고 눈앞에 어른거리는 젖꼭지를 향해 아우성치지. 사료 통으로 빨리 가려고, 밤이 되면 침대로 돌아가려고 허둥대는 거야.' 그는 바지의 단추를 잠그고 채찍질하듯 퍼붓는 빗줄기 속으로 들어갔다. "내 낡은 뼈다귀를 씻어다오!" 그가 비통하게 말했다. "내 늙은 거시기도 잘 씻어줘. 어차피 오래가지도 못할 테니." 그는 움직이지 않고 한참을 눈을 감은 채, 고개를 뒤로 젖힌 그대로 서 있었다. 그는 끈질기게 찾아오고 또 찾아드는 욕망에서 간절히 해방되고 싶었다. 이제는 나이도 들었으니 대체 후터키란 작자가 무엇을 원하는지 그 답을 찾을 때도 되었다. 지금쯤 체념을 알게 된다면 그로서는 최상일 것이다. 이 세상에 왔을 때 말없이 모든 것에 따랐듯이 그렇게 무덤으로 갈 수 있다면 말이다. 그는 다시 돼지우리와 돼지들을 떠올렸고, 물기 없이 바짝 마른 입으로 차마 소리 내어 말하기 어려운 어떤 생각을 떠올렸다. 그것은 나날의 삶 속에서 반복되며 우리를 안심시키는 명백함이라는 것이 ('어떤 불가피한 황혼 무렵에') 실은 도살자의 칼에서 번쩍이는 섬광에 다름 아닌데도, 우리는 우리가 어떤 의심도 품지 않고 따라서 이해할 수도 없는 저 두려운 작별에 대해서 아무것도 알지 못한다는 것이었다. 구원의 손길, 도망칠 가능성 같은 건 없었다. 그는 부스스한 머리를 흔들어 두려운 생각을 떨쳐내려 했다. '죽지 않고 영원히 살 수도 있을 것 같은데, 어째서 어느 날 돌연히 땅에 얼굴을 처박고 어둠 속 냄새나는 늪에서 벌레들과 함께 영원을 보내야 하는 걸까? 대체 누가 그런 생각을 납득할 수 있을까?' 후터키는 젊었을 때부터 '기계광'이었고, 오물을 묻히고 토하기까지 한 젖은 허수아비의 몰골을 한 지금도 그랬다. 간단한 펌프에조차 어떤 규칙성과 질서가 들어 있는지 아는 그는 이 혼란스러운 세계에도 ('기계가 그렇듯이') 희미하게나마 어떤 의미가 있어야 할 것이라고 믿었다. 그는 빗속에 망연히 서 있다가 스스로에게 화를 내기 시작했다. '후터키, 이 바보 같은 놈! 처음엔 돼지처럼 진흙에서 뒹굴더니 이제는 길 잃은 양처럼 여기 서 있구나. 백치가 돼버린 거냐? 마시면 안 되는 걸 알면서도 그렇게 술을 퍼마시다니! 그것도 빗속에!' 그는 짜증난 듯 고개를 젓고 자신의 몰골을 살펴보았다. 그러고는 한심해하며 옷을 단정히 하려 했으나 바지와 셔츠가 온통 더러워져 있어서 소용이 없었다. 그는 서둘러 지팡이를 찾아 짚고 남들 눈에 띄지 않게 술집으로 돌아가 술집 주인에게 도움을 청했다. "이제 좀 괜찮나?" 술집 주인이 이마에 주름을 지으며 물었다. 그는 후터키를 창고로 안내했다. "여기 대야가 있고 비누도 있어. 그리고 저걸로 닦으면 되겠네." 그는 후터키가 씻는 동안 팔짱을 끼고 뒤에 서서 기다렸다. 물론 후터키를 혼자 놔둬도 되겠지만, 같이 있어주는 편이 낫겠다고 생각했다. 왜냐하면 '악마는 결코 잠을 자지 않기 때문'이었다. "바지는 솔로 털고 셔츠는 빨아서 난로에 말리면 되지. 마르는 동안은 이걸 입게나." 후터키는 고맙다고 말하며 거미줄이 묻은 낡은 재킷을 받아 걸치고 머리를 빗은 다음 술집 주인을 따라 창고에서 나갔다. 그는 다시 슈미트의 테이블로 가지 않고 난로 쪽으로 갔다. 셔츠를 의자 등받이에 걸치고 뭔가 먹을 게 있는지 물었다. "밀크 초콜릿하고 소금 막대 과자가 있고…." 술집 주인이 대답했다. 그가 소금 막대 과자를 쟁반에 받쳐 들고 왔을 때, 몸이 따뜻해진 후터키는 이미 잠들어 있었다. 밤이 깊었다. 크라네르 부인과 교장 선생, 케레케시, 그리고 당연하게도 헐리치 부인은 아직까지 깨 있었다(헐리치 부인은 다들 피곤해서 신경 쓰지 않는 분위기를 틈타 남편이 마시던 리슬링 포도주를 조금씩 마시기 시작했다). 소금 막대 과자를 내왔다가 나지막한 잠꼬대만 대답으로 들은 술집 주인이 투덜거렸다. "아하, 이 사람들 보게! 반 시간이면 일어나겠지?" 그는 기지개를 켜며 번개같이 머릿속으로 계산을 해보았다. "어디, 얼마나 나갔으려나?" 매상이 그다지 좋지 않았다. 애초에 그가 계산했던 것보다 훨씬 적었고, 커피라도 먹여야 사람들이 다시 정신을 차릴 것 같았다. 재정적인 손실 외에도('수입이 적은 것은 이미 손실이라고 할 수 있지') 그는 잘되다가 만 일이 못내 아쉬웠다. 조금만 더 있었으면 슈미트 부인을 그의 창고로 끌어들일 수 있었을 텐데, 그녀는 조금 전에 갑자기 마취된 듯 잠에 빠지고 말았다. 그는 다시 이리미아시를 떠올릴 수밖에 없었다. 비록 그는 '어떤 일이 닥치더라도 태연하게 맞이할 테다'라고 다짐했지만, 이리미아시가 도착하기까지 이제 얼마 남지 않았고, 그러면 만사가 수포로 돌아갈 터였다. "기다리고 기다리고 또 기다리는군…." 그가 한숨을 쉬었다. 그러다 갑자기 화들짝 놀라 자리에서 일어났다. 소금 막대 과자 쟁반을 제자리에 도로 갖다놓긴 했지만 비닐로 덮어놓지 않은 게 생각났기 때문이다. 거미가 거미줄을 치는 데는 2분이면 족할 터였다. 그렇게 되면 그는 몇 시간이나 들여서 과자를 닦아야 할 것이다. 그는 언제나 즉각 출동할 태세를 하고 지내는 데 이골이 나, 이 술집을 사고 난 직후에(속은 걸 깨닫고서) 느꼈던 분노 따위는 이미 사라진 지 오래였다. 그는 이전 주인인 저 빌어먹을 슈바벤 사람에게 왜 거미에 관한 얘기를 해주지 않았냐며 따질 생각을 더는 하지 않았다. 술집 문을 열기 이틀 전부터 거미는 벌써 골칫거리였다. 그는 생각해낼 수 있는 모든 수단과 방법을 동원해 거미를 없애려고 시도했으나 도저히 불가능하다는 것을 결국엔 인정할 수밖에 없었다. 그에게 남은 선택지는 단 하나, 술집을 판 사람에게 값을 내려달라고 요구하는 것뿐이었는데, 상대방은 대놓고 창궐하는 거미와는 정반대로 땅속으로 꺼지기라도 한 것처럼 아예 종적을 감추고 말았다. 그는 체념하는 수밖에 없었고, 기어코 사는 날이 다할 때까지 행주를 들고 거미들을 쫓아 이리 뛰고 저리 뛰는 처지가 되고 말았다. 그는 한밤중에 침대를 박차고 일어나 도저히 놔둘 수 없는 거미줄만이라도 치우는 데 익숙해졌다. 다행히 소문이 퍼지지 않은 것은 술집이 문을 연 동안은 거미들의 활동이 수

그러들기 때문이었다. 움직이는 대상에 거미줄을 치기는 쉽지 않은 모양이었다. 그러다가 마지막 손님이 가고 주인이 문을 걸어 잠그는 순간부터는 거미들은 활약을 재개했다. 유리잔을 씻어놓고 청소를 하고 장부를 덮은 다음이면 그는 다시 청소를 시작해야 했다. 가느다란 거미줄은 구석과 테이블, 의자 다리와 창틀, 난로와 쌓아놓은 상자들, 그리고 때로는 카운터에 놓은 재떨이에까지 그물을 쳤다. 상황은 갈수록 나빠졌다. 간신히 할 일을 마치고 창고에서 욕을 하며 잠을 청할 때도 거미들은 절대, 한시도 봐주지 않는다는 것을 알고 있었기에 그는 결코 편히 쉴 수가 없었다. 그러니 거미줄을 연상시키는 것이면 무엇이든 그가 거부반응을 일으키는 것도 놀라운 일은 아니었다. 몇 번인가 그는 더 이상 참을 수 없다고 생각하며 광분하여 창문의 쇠창살을 쥐고 흔든 적도 있었다. 물론 맨손으로 창살을 어떻게 할 수 있는 것도 아니었지만. "그 정도는 아무것도 아니야." 한번은 아내에게 이렇게 하소연하기도 했다. 가장 기분 나쁜 것은 한 번도 거미를 직접 목격한 적이 없다는 것이었다. 카운터 뒤에 도사리고 앉아 밤을 꼬박 새우며 지켜본 적도 있었지만, 그럴 줄 알고 있다는 듯이 그날 거미는 모습을 드러내지 않았다. 어쨌든 그는 거미를 박멸할 수 없다는 사실을 받아들이고 말았다. 하지만 대체 어떤 놈의 거미인지 언젠가 한 번은 두 눈으로 보고야 말겠다는 생각을 계속 품고는 있었다. 그는 술집에서 일을 하면서도 시시때때로 주위를 둘러보았다. 지금도 그는 구석을 살피고 있었다. 아무것도 없었다. 그는 한숨을 쉬며 카운터를 한 번 훔치고 테이블을 돌며 빈 병을 걷어 온 다음 나무 아래로 소변을 보러 나갔다. "저기 누가 오는군요." 잠시 후 돌아온 그가 의전을 진행하듯 큰 소리로 알렸다. 그 말을 듣고 모두 자리에서 일어섰다. "'누가' 온다니요?" 크라네르 부인이 물었다. "한 사람이라는 거예요?" "그래요." 술집 주인이 대답했다. "그럼 페트리너는?" 헐리치가 이상하다는 듯이 물었다. "한 사람만 온다고 말했잖아요. 나보고 뭐라고 그러지 말아요." "그럼 그 사람이 아닌 게지." 후터키가 단정하듯 말했다. "분명 아니겠지." 다른 사람들도 웅성거렸다. 사람들은 다시 자리에 앉아 실망한 기색으로 담배를 피우거나 술잔을 들어 한 모금씩 홀짝였고, 막상 비에 흠뻑 젖은 호르고시 부인이 들어왔을 때는 건성으로 훑어보고는 금방 시선을 거두었다. 노인은 아니었지만 그에 못지않게 추레해 보이는 과부를 농장 사람들은 별로 좋아하지 않았다("별 볼 일 없는 여자"라고 크라네르 부인은 몇 번이나 말하곤 했다). 호르고시 부인은 방수 재킷에서 물을 털어낸 뒤 말없이 카운터로 가 팔꿈치를 대고 기댄 채 실내를 둘러보았다. "무얼 드릴까요?" 술집 주인이 담담한 어조로 물었다. "맥주 한 병 주세요. 속이 타네요." 호르고시 부인이 목쉰 소리로 말하며 날카로운 눈초리로 계속 여기저기를 둘러보았다. 그저 궁금해서가 아니라 그곳의 있는 모든 이들의 작태를 까발리기 위해서 찾아온 듯한 모습이었다. 마지막으로 그녀는 헐리치를 바라보았다. 그리고 이가 다 빠진 잇몸을 드러내며 술집 주인에게 말했다. "아주 살 만들 하구먼요!" 잔뜩 주름진 얼굴은 화가 나 달아올랐고, 물방울이 뚝뚝 떨어지는 재킷은 등 쪽이 부풀어 있어서 그녀를 꼽추처럼 보이게 만들었다. 그녀는 병을 입에 대고 꿀떡꿀떡 술을 마셨다. 맥주가 그녀의 턱을 타고 목까지 흘러내리는 것을 술집 주인은 가만히 바라보았다. "내 딸 봤어요?" 그녀가 입술을 닦으며 물었다. "막내 말예요." "아뇨." 술집 주인은 무심하게 대답했다. "여기 안 왔는데요." 호르고시 부인은 콜록거리고 바닥에 침을 뱉더니 재킷 주머니에서 담배를 꺼내 불을 붙이고 술집 주인의 얼굴을 향해 연기를 뿜었다. "참 그렇네요." 그녀가 말했다. "어제 헐리치와 작은 파티를 했는데 지금은 본 척도 안 하네요, 망할 자식. 난 하루 종일 잠을 잤어요. 그러고서 저녁이 돼서 깼는데 아무도 없더라니까. 머리도 없고 율리도 없어. 서니도 없고 말이죠. 그건 그런가 보다 했는데, 막내 아이까지 안 보이다니. 집에 오면 다리를 분질러놔야지. 이럴 수도 있는 건가요?" 술집 주인은 아무 대꾸도 하지 않았다. 그녀는 술 한 병을 다 마시더니 한 병을 더 달라고 했다. "여기도 안 왔다니." 그녀가 노여워하며 중얼거렸다. "어딜 싸돌아다니는 거야." 술집 주인이 발가락을 꼼지락거리며 물었다. "어디 헛간 같은 데 있겠지요. 도망갈 애는 아닌 걸로 아는데요." "그렇고말고요! 아, 망할 계집애,

악마가 물어 갈 년! 금방 아침일 텐데 빗속을 돌아다니려나. 개가 그러니 내가 맨날 누워서 앓지." 크라네르가 그녀에게 소리쳤다. "대체 자기 딸을 어디다 놔두고 온 거요?" "그쪽이 무슨 상관이람?" 호르고시 부인이 쏘아붙였다. "걘 내 아이예요!" 크라네르가 피식 웃었다. "아, 알았어요. 무섭게 쏴붙이기는!" "댁들을 물어뜯을 생각 없으니까, 자기 일에나 신경 쓰면 좋겠구먼요." 그리고 조용해졌다. 호르고시 부인은 사람들에게 등을 돌리고 바에 손을 올려 기댄 채로 목을 젖혀가며 술을 마셨다. "지금은 술을 마셔야겠어요. 이게 유일한 약이야." "그럼요. 알죠." 술집 주인이 고개를 끄덕였다. "커피 좀 드시면 어때요?" 그 말에 그녀는 고개를 저었다. "그럼 난 밤새도록 토할 텐데. 커피는 마셔봐야 좋을 게 아무것도 없어요." 그녀는 새 술병을 기울여 마지막 한 방울까지 마셨다. "자, 그럼 좋은 시간들 보내세요. 난 집에 갈 테니까. 혹시 내 아이를 보거든 얼른 집으로 오라고 해줘요. 난 밤새도록 여기 못 있어요. 내 나이엔 그러기 힘들다우." 그녀는 술집 주인에게 지폐를 한 장 건네고 거스름돈을 받아 집어넣고는 문 쪽으로 걸어갔다. "딸애들한테 느긋하게 기다려달라고 전해주쇼!" 그녀 뒤에서 크라네르가 소리 내 웃으며 말했다. 호르고시 부인은 뭐라고 중얼거리더니, 술집 주인이 문을 잡아주자 작별 인사를 하듯 바닥에다 침을 한 번 퉤 뱉고는 밖으로 나갔다. 호르고시 부인을 자주 찾아가는 헐리치는 그녀가 가는

데도 눈길 한 번 주지 않은 채, 자다 깬 후부터는 눈앞의 빈 술병만 노려보며 자길 놀리려고 누군가 술을 훔쳐갔다고 계속 투덜거리고 있었다. 주위를 둘러보던 그의 성난 눈길이 마침내 술집 주인에게서 멈췄다. 헐리치는 저 사기꾼의 정체를 폭로하기로 마음을 단단히 먹었다. 그는 눈을 감고 고개를 숙이더니 이윽고 머리를 끄덕였다. "곧 날이 밝겠어요." 크라네르 부인이 말했다. "그 사람들, 안 올 모양이네요." "난 그래도 상관없어요!" 술집 주인이 커피가 든 보온병을 들고 테이블을 옮겨 다니며 심드렁하게 말했다. 그가 이마의 땀을 닦았다. "걱정할 것 없어!" 크라네르가 아내에게 말했다. "시간이 되면 분명 나타날 테니까." "그럼." 후터키가 맞장구쳤다. "오래 안 걸릴 거예요. 곧 보게 될 거라고." 그는 뜨거운 커피를 홀짝거리며 셔츠가 잘 마르는지 만져보고는 담배에 불을 붙였다. 그는 담배를 피우며 이리미아시가 도착하면 무슨 일부터 착수할지 생각해보았다. 한 가지는 분명했다. 펌프와 발전기를 철저히 조사해서 손봐야 했다. 그게 무엇보다 중요한 사안이었다. 그다음엔 펌프하우스를 전부 흰색 도료로 칠해야 한다. 창문과 문도 수리해서 외풍을 막아야 사람들이 아침마다 두통에 시달릴 일이 없을 것이다. 물론 쉽지는 않은 일이다. 집들은 새로 지어야 할 만큼 낡았고 마당엔 잡초가 무성하다. 낡은 산업회관은 쓸 만한 물건들을 다 빼내 간 통에 담장만 앙상하게 남아 있다. 농장마을은 마치 폭격을 맞은 것처럼 보였다.

하지만 이리미아시라면 능히 하고도 남을 것이다! 물론 운이 따라주기는 해야 할 것이다. 운이 없으면 아무 일도 되지 않는다. 그리고 이성理性도 필요할 터인데, 그것이 바로 이리미아시가 가진 것이었다. 그것도 칼날처럼 예리한! 한때 그가…, 후터키는 얼굴에 미소를 띠며 회상했다, …공장에서 한자리를 맡게 되었을 때 관리자들부터 총책임자까지 사람들이 떼로 몰려가서 그를 만나려고 했을 정도였다. 왜냐하면, 페트리너가 전에 말했듯이, 이리미아시는 "희망 없는 사람들의 가망 없는 상황을 구제해줄 목자"였기 때문이다. 그러나 바닥없는 어리석음에는 어찌할 도리가 없는 법, 그가 결국은 자리에서 스스로 물러난 것도 이해 못 할 일은 아니었다. 그가 자취를 감추자마자 상황은 비탈길을 내리구르듯 나빠졌고, 농장은 점점 더, 갈수록 어려운 형편으로 내려앉았다. 냉해가 덮쳤고, 구제역이 발생해 양들이 하나둘 쓰러져 죽었으며, 돈이 없어 급료가 한 주씩 뒤로 미뤄지기 시작했다. 사람들은 더 이상 버티지 못하겠다며 가게 문을 닫아야겠다고 말했다. 그리고 실제로 그렇게 되었다. 그다음에 어떻게 되었냐고? 어딘가 갈 데가 있는 자들은 가능한 한 빨리 짐을 꾸려서 떠나고, 갈 데가 없는 자들은 농장에 남았다. 남은 자들은 다툼을 벌였고, 온갖 주장과 비현실적인 계획들이 횡행했으며, 뭘 해야 할지 남들보다 자기가 더 잘 안다고 누구나 나섰는가 하면, 마치 아무 일도 일어나지 않은 것처럼 구는 사람들도 있었다. 모두가 무력감에 사로잡혀 기적이 일어나기를 바라면서 한 시간, 한 주, 한 달이 가는 것을 초조하게 바라보았다. 그러다 어느 순간 더 이상 그런 것이 중요하지 않게 되었다. 이제 사람들은 종일 정든 부엌에 웅크리고 앉아 시간을 보냈고, 어쩌다 돈이 조금 생기면 채 하루가 지나기도 전에 술을 마시는 데 써서 없애버렸다. 최근에는 그도 기계실에 거의 꼼짝 않고 들어앉아 지냈고, 기껏해야 술집에 가거나 슈미트 부인을 만나러 가는 정도였다. 그는 이 마을에 어떤 변화가 생길 거라고 도저히 믿을 수가 없었다. 그저 죽을 때까지 이 마을에 머무를 뿐, 달리 어떤 수도 보이지 않았다. 과연 지난날들 위에다 새로운 날을 쌓아 올리는 것이 가능할까? 그런데 이제, 모든 게 달라 보였다. 이리미아시가 돌아온다지 않는가. 그는 마음이 동요되어서인지 자꾸만 누가 문을 두드리는 것 같아 의자에서 몸을 들썩였다. 그러다가 마음을 다잡고("침착, 침착하자") 술집 주인에게서 커피를 받아 마셨다. 후터키만 흥분한 게 아니었다. 다른 이들도 비슷했다. 특히 크라네르는 문에 달린 유리 너머를 바라보다 소리를 치기까지 했다("저기 하늘 밑은 벌써 훤하구먼!"). 그러면 술집 안에 생기가 감돌았고, 사람들은 또다시 술을 주문했다. 크라네르 부인은 덩달아 호기롭게 외치며("여기 뭐예요, 무슨 장례식장이예요?") 커다란 엉덩이를 흔들면서 실내를 한 바퀴 돌아 케레케시 앞에 가 섰다. "잠 좀 그만 자면 어때요? 아코디언으로 뭐 좀 연주해봐요!" 케레케시는 고개를 쳐들더니 크게 트림을 했다. "주인장에게 말해요. 내 것도 아니니까." "이봐요, 사장님!" 크라네르 부인이 외쳤다. "아직도 그 아코디언 갖고 있나요?" "물론이죠. 가서 가져오죠." 그렇게 대답하고 그는 창고로 사라졌다. "술도 더 마시겠군!" 그는 식료품을 보관하는 뒤쪽으로 들어가 거미줄이 앉은 악기를 꺼내 와서 대충 닦아 케레케시에게 가져다주었다. "음, 잘 아시겠지만 조심해주세요! 아주 민감한 악기니까요!" 케레케시는 알았으니 가보라는 듯 손을 내저은 뒤 악기에 달린 끈을 어깨에 걸고 건반 몇 개를 눌러보더니, 일단 술을 한 잔 마셨다. "술이 모자라!" 크라네르 부인은 술집 중앙에서 눈을 감은 채 몸을 흔들고 있었다. "알겠어요. 저분에게 술 좀 갖다줘요!" 그녀가 술집 주인에게 재촉하며 안달이 난 듯 발을 굴렀다. "여봐요, 늘어진 양반들! 자지 말아요!" 그녀는 허리에 손을 올리고 자기를 보고 웃는 남자들을 향해 비난조로 소리쳤다. "소심하긴! 날 상대할 자신이 없어요?" 그녀가 남자들을 싸잡아서 소심하다고 하는 것을 헐리치는 받아들일 수 없었다. 그는 자리를 박차고 일어나 아내의 만류를("당신은 자리에 가만히 있어요") 무시하고 크라네르 부인에게 다가갔다. "탱고 한 자락!" 그렇게 외친 뒤 그는 등을 곧추세워 춤추는 자세를 취했다. 케레케시가 그들을 쳐다보지도 않자 헐리치는 크라네르 부인의 허리를 잡고 춤을 추기 시작했다. 사람들이 박수를 치고 환호하며 두 사람에게 자리를 내주었다. 춤추는 두 남녀의 모습이 너무나 가관인지라 심지어 크라네르조차 웃음을 참을 수가 없었다. 헐리치는 크라네르 부인보다 머리 하나는 작은 데다가 크라네르 부인이 엉덩이만 흔들며 제자리에서 발을 구르는 동안 폴짝폴짝 뛰면서 그녀의 주위를 맴돌았다. 그 모습이 마치 옷 속에 벌이 들어가 쫓아내려는 몸짓 같았다. 첫 번째 차르다시*가 끝나자 헐리치는 가슴을 자랑스럽게 내밀고 요란한 박수를 받으며 절을 했고, 웃음을 터뜨리며 만세를 외치는 사람들에게 "봤지? 헐리치가 이 정도요!"라고 외치고 싶은 것을 간신히 참았다. 두 번째, 세 번째 곡에 맞춰 춤을 출 때 그의 기량은 첫 번째 춤을 능가했다. 그는 누가 흉내 내기는 커녕 믿기도 어려울 정도로 복잡한 동작을 선보였고, 몇 차례 동상처럼 정지된 포즈를 취하기도 했다. 그럴 때면 그는 왼팔이나 오른팔을 머리 위로 구부려 치켜들었고, 특별한 영광의 순간에 이를 때면 숨을 헐떡이는 크라네르 부인의 주위를 좀 더 마력적인 깡충거림으로 맴돌았다. 한 곡이 끝날 때마다 헐리치는 점점 더 정력적으로 새로운 탱고 곡을 주문했고, 마침내 케레케시도 그의 소원에 부응하여 자신의 큰 발로 열정적으로 박자를 맞추면서 유명한 곡조를 연주해주었다. 이쯤 되자 교장도 더는 참지 못했다. 그는 뭇 사람들의 환호를 받아 생기가 넘치는 슈미트 부인에게로 다가가 귀에 대고 속삭였다. "한 곡 출

---

* 헝가리 민속 춤곡.

까요?" 향수 냄새가 훅 끼쳐와 그의 마음을 사로잡았다. 슈미트 부인의 등에 오른손을—마침내!—갖다 댈 수 있게 되고 춤이 시작되자, 그는 그녀의 몸과 일정한 거리를 유지하기 위해 안간힘을 써야 했다. 왜냐하면 그녀를 끌어안고서 그 뜨거운 젖가슴 사이로 사라져버리는 것이야말로 진정 그가 바라는 것이었기 때문이다. 상황이 절망적이지만은 않았으니, 슈미트 부인이 감미로운 시선으로 그에게 밀착해 온 것이다. 음악이 점점 달콤한 곡으로 바뀌자 그녀는 눈물을 글썽거리며 그의 어깨에 머리를 기대고("저는 춤이라면 정말 죽고 못 살아요") 몸 전체로 안겨 왔다. 교장은 달리 어찌할 수가 없어서 어색하게 그녀의 목에 키스를 했다. 하지만 곧 정신을 차리고 다시 처음의 거리를 유지했으나 그녀에게 사과할 생각은 들지 않았다. 그녀도 그를 꽤 대담하게 끌어안았기 때문이었다. 맹렬한 분노에서 말 없는 경멸로 감정이 옮겨 간 헐리치 부인은 당연히 이 모든 것을 주시하고 있었다. 그녀의 눈앞에서 감춰질 수 있는 것은 아무것도 없었다. "주님은 나의 목자시니, 나와 함께하심이라!" 그녀는 결연히 중얼거리며, 어째서 불속에 이 모든 것을 처넣을 최후의 심판이 당장 이루어지지 않는지 의아하게 생각했다. "하늘에선 무얼 더 기다리시는 걸까? 어째서 이 소돔과 고모라를 가만히 보고 계시기만 할까?" 그녀는 최후의 심판을 믿었고 자신의 죄 사함을 믿었기에 끈기 있게 기다렸다. 물론 그녀도 간혹가다 몇 분 정도는 악의 유혹을 받아 믿음이 흔들릴 때가 있다는 걸 인정했다. 이를테면 사악한 와인 한 잔의 유혹이라든지, 아니면 사탄에 사로잡힌 슈미트 부인의 육감적인 몸을 부정不貞한 욕망을 품고서 바라본 일이 그랬다. 하지만 신께서 그녀의 영혼을 지켜주실 테고, 필요하다면 그녀가 직접 사탄과 맞설 것이었다. 그렇다 해도 부활한 이리미아시가 제발 제시간에 도착해 그녀를 도와주기를. 이런 모욕적인 공격을 그녀 혼자서 막아내기란 쉽지 않았다. 잠시 동안에 불과하겠지만—그리고 그것이 목적일 수도 있겠지만—악마가 이 술집 안에서 승리를 거두고 있음을 그녀는 인정할 수밖에 없었다. 어느새 후터키와 케레케시를 제외한 남자들 모두가, 크라네르 부인이나 슈미트 부인과 춤을 추려고 자리에서 일어나 차례를 기다리고 있었기 때문이다. 케레케시는 당구대 뒤에서 끊임없이 발로 바닥을 구르며 박자를 맞추었는데, 춤추는 사람들은 그가 곡과 곡 사이에 느긋하게 와인 한 잔을 마시는 것조차 허용하지 않았다. 그러면서도 그에게 자꾸만 새로운 술을 주문해주어 그가 흥을 잃지 않도록 했다. 케레케시도 굳이 마다하지 않고 한 곡 또 한 곡 연주를 계속했고, 그러다가 어느 순간부터는 같은 멜로디만 반복해서 연주했지만 아무도 알아채지 못했다. 크라네르 부인은 계속 춤을 출 수가 없었다. 그녀는 숨을 헐떡이고 땀으로 목욕을 한데다 발바닥까지 화끈거렸다. 그녀는 춤이 끝나기를 기다리지 않고 방심한 교장을 등진 채 의자로 가 푹 주저앉았다. 헐리치가 그녀를 쫓아가 비난과 간청의 빛이 반반씩 섞인 얼굴로 말했다. "이봐요, 사랑스러운 로지카! 이제 내 차례인데 설마 날 버려둘 생각은 아니겠죠?" 크라네르 부인은 냅킨으로 땀을 닦으면서 손을 내저었다. "내가 뭐라고 생각해요? 난 더 이상 스무 살이 아니라고요." 헐리치는 재빨리 잔을 채워 그녀의 손에 쥐여주었다. "어서 마셔요, 그럼…." "그럼이 아니고요!" 크라네르 부인이 소리 내 웃으며 말을 끊었다. "난 팔팔한 당신들처럼은 더 이상 못 하겠어요." "그 얘기라면, 사실 나도 더 이상 청춘은 아니지." 그는 오르락내리락 하는 그녀의 가슴을 보느라 말을 더 이을 수가 없었다. 그는 침을 삼키고 쉰 목소리로 말했다. "소금 막대 과자를 좀 가져오겠어!" "아, 그게 좋겠네." 크라네르 부인이 그에게 부드러운 목소리로 말하고 다시 이마의 땀을 닦았다. 헐리치가 쟁반을 들고 돌아올 때까지 그녀는 지칠 줄 모르는 슈미트 부인을 바라보고 있었다. 그녀는 이 남자에서 저 남자로 바뀌가며 꿈속을 헤매듯 탱고를 추고 있었다. "이제 춰요, 로지카!" 헐리치가 말하며 그녀 곁에 바짝 다가앉아 등을 뒤로 빼더니 오른팔을 그녀의 어깨에 둘렀다. 아내는 이미 잠에 빠져 있었기 때문에 위험은 없었다. 두 사람은 말없이 소금 과자를 하나씩 집어 먹기 시작했다. 그러다 몇 분 뒤에 동시에 과자를 집으려다 두 사람은 과자가 하나만 남은 것을 알고 어리둥절해서 서로를 쳐다보았다 "여기 외풍이 드네요. 안 느껴져요?" 크라네르 부인은 그렇게 말하고는 불안정하게 몸을 이리저리 돌려댔다. 헐리치는 술기운에 풀린 눈으로 그녀의 눈을 깊이 들여다보았다. "그럼 우리 한 번, 로지카?" 그는 그녀의 손에 마지막 남은 소금 과자를 쥐여 주며 말했다. "동시에 먹읍시다! 난 이쪽부터 먹고 당신은 저 쪽부터 먹고. 중간에서 먹는 걸 멈추는 거예요. 그리고 남은 부분으로 문틈을 막읍시다!" 크라네르 부인이 웃음을 터뜨렸 다. "맨날 농담도 잘하시네요! 언제 철들래요? 문을… 문틈을 막는다니. 말도 안 돼!" 하지만 헐리치는 고집을 부렸다. "로지 카, 바람이 새어 들어온다고 당신이 말했으니까요. 난 농담하 는 게 아녜요! 자, 어서 물어요!" 그러고는 그녀의 입에 소금 과자 한쪽 끝을 물려주고 자기도 다른 쪽 끝을 물었다. 소금 과자는 중간에 부러져 무릎에 떨어졌지만, 둘은 그대로 앉아 있었다. 입술에 입술을 대고! 헐리치는 현기증이 났다. 그는 정신을 모아 크라네르 부인에게 영웅적으로 키스를 했다. 그 녀는 당황한 듯한 눈짓을 하며, 한껏 달아오른 그를 밀쳐냈다. "이러면 안 돼요! 날 바보로 만들지 마세요! 무슨 생각으로! 사람들이 보잖아요!" 그녀는 치마를 단정히 매만졌다. 창유리 와 문가가 빛으로 훤히 물들고 나서야 춤은 끝이 났다. 사람 들은 잠에 빠져들었다. 술집 주인과 켈레멘은 카운터에서 마 주한 채 잠이 들었고, 교장은 슈미트 옆에서, 슈미트 부인은 테이블에 엎드린 채, 후터키와 크라네르는 연인처럼 고개를 숙이고 서로에게 기대어, 헐리치 부인은 고개를 푹 숙인 채로 잠이 들었다. 크라네르 부인과 헐리치는 좀 더 속삭임을 주고받았지만, 찬장에서 술을 꺼내 올 만큼의 기력도 남지 않은 그들이었기에 숨을 몰아쉬다 곧 잠에 빠져들고 말았다. 오직 케레케시만이 깨어 있었다. 그는 수군대는 소리가 멈추기를 기다렸다가 자리에서 일어나 기지개를 켠 다음 말없이 테이블에서 테이블로 조심스럽게 걸음을 옮겼다. 그는 와인 병을 하나씩 들어서 살펴보았고, 아직 술이 남은 병들은 당구대로 옮겨놓았다. 그는 유리잔들 또한 살펴보고 남은 술이 있으면 마셨다. 그의 커다란 그림자가 유령처럼 벽을 따라 움직이다 바닥으로 깔리고 천장으로 올라갔다가 다시 가라앉았다. 그가 자리에 앉자, 그림자는 구석으로 물러났다. 케레케시는 곤궁과 근심과 오래된 흉터와 새로 생긴 생채기가 새겨진 얼굴에 묻은 거미줄을 떼어내고, 모아 온 병들에 남은 술을 잔에 가득 따른 다음 벌컥벌컥 들이켜기 시작했다. 그는 쉬지도 않고 들이붓듯이 술을 마시고 또 마셨다. 마치 감정 없는 기계처럼 마지막 한 방울이 사라질 때까지 배 속으로 부어 넣었다. 그러더니 등을 뒤로 기대고 입을 벌려 딸꾹질을 하려다가 잘 나오지 않자 두 손으로 배를 짚고 일어나 비틀거리며 구석으로 걸어갔다. 그리고 목구멍에 손가락을 집어넣어 토하기 시작했다. 다시 무릎을 펴고 일어나 손으로 입가를 훔쳤다. "이제 됐군." 그렇게 중얼거리고 그는 당구대로 돌아갔다. 그런 다음 아코디언을 들고 감상적인 곡조를 켜면서 무거운 몸을 여린 음악에 맞춰 흔들거렸다. 그러다 곡 중간쯤에 이르자 멍한 눈에서 눈물을 흘렸다. 만약 그 순간 누군가가 그에게 이유를 물었더라도 그는 대답하지 못했을 것이다. 그는 나지막이 흥얼거리며 혼자 깨어 있었다. 느린 병사의 노래가 그를 감싸고 사로잡았다. 무거운 곡이 끝났지만 멈추고 싶지 않았던 그는 간격을 두지 않고 다시 처음부터 연주하기 시작했다. 잠자는 어른들 사이에 있는 어린아이처럼 그는 자기만이 자신의 연주를 들을 수 있다는 데 뿌듯함을 느꼈다. 아코디언의 비단결 같은 곡조를 타고 거미들이 마지막 공격을 감행했다. 거미들은 술병과 유리잔, 찻잔과 재떨이에 느슨하게 거미줄을 드리웠고, 테이블 다리와 의자 다리를 가느다란 실로 은밀히 연결했다. 마치 눈에 띄지 않게 그물망을 쳐서 미세한 움직임과 소리라도 즉각 감지되도록 하는 것이 가장 중요한 일이라는 것처럼. 거미들은 잠자는 사람들의 얼굴과 다리 그리고 손에도 거미줄을 쳤고, 그런 뒤에 번개같이 은신처로 퇴각하여 거미줄이 미세하게라도 흔들릴 때를 기다리다가, 그러다 다시 거미줄을 칠 채비를 했다. 말파리들은 거미줄과 밤으로부터 피신하여 기운 없이 빛나는 불빛 속에서 끊임없이 8자를 그리며 날아다녔다. 케레케시는 반쯤 잠에 빠져서 아코디언을 연주했다. 그의 몽롱한 의식 속으로 폭탄과 추락하는 비행기, 들판을 가로질러 도망치는 병사들, 불타는 도시들의 영상이 순식간에 쏟아져 들어왔다. 그리고 이리미아시와 페트리너가 술집에 들어와 자신들의 눈앞에 펼쳐진 광경을 보고 놀라 서 있을 때, 그는 그들이 도착한 것을 알았다기보다는 그저 어렴풋이 느꼈을 뿐이었다.

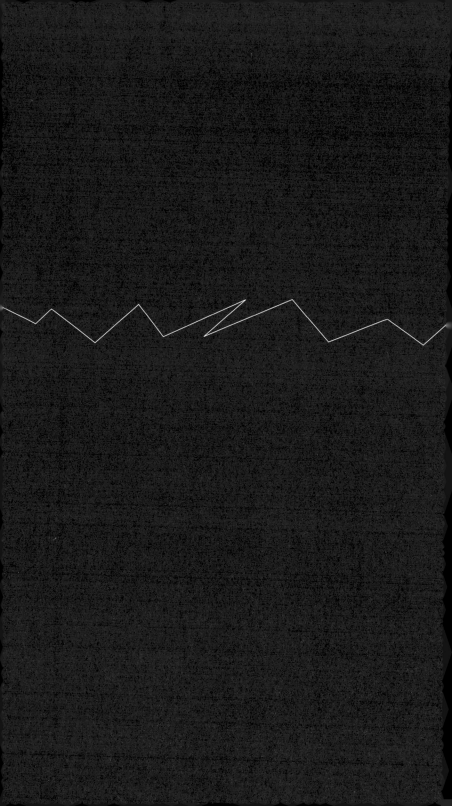

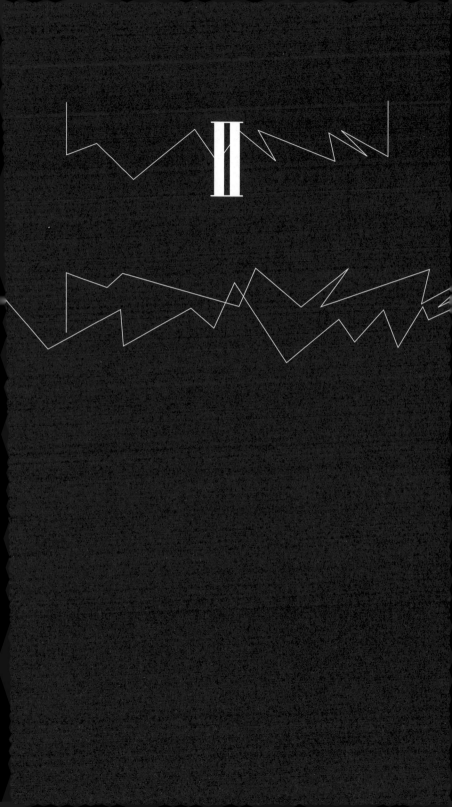

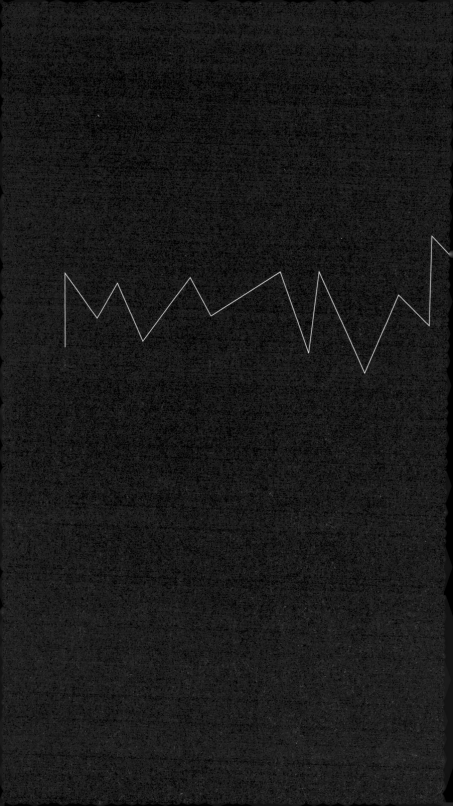

6

이리미아시가 연설을 하다
Irimiás Makes a Speech

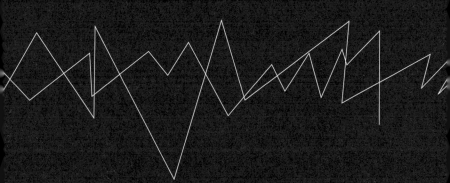

친애하는 여러분! 제가 어려운 시기에 도착했다는 걸 부인할 수 없군요. 제 눈이 착각을 일으킨 게 아니라면, 한 분도 빠짐없이 이 운명적인 만남의 자리에 와 주신 것 같습니다. 이 말할 수 없이 슬픈 비극에 대해 제가 무슨 말인가를 할 것이라는 믿음으로 많은 분들이 어제 약속했던 시간보다 훨씬 이른 시각에 오셨습니다. 하지만 여러분께 제가 무슨 말을 할 수 있겠습니까? 무슨 말을…. 저는 충격을 받았고, 절망했다는 말씀밖에는…. 저는 완전히 혼란에 빠져 있습니다. 그러니 제가 드리는 말에 부족한 점이 있더라도 양해를 해주시기 바랍니다. 목이 잠기고, 아무 말도 할 수 없을 것 같습니다. 그러니 우리 모두 힘들어하는 오늘 아침에, 제가 말을 더듬더라도 놀라지 말아주시기를 간곡히 부탁드리겠습니다. 어젯밤 저는 몸부림치다가 죽은 가엾은 아이의 딱딱하게 굳은 시신을 앞에 두고서 여러분께, 차라리 일단 잠을 자고 아침에 다시 모이는 게 좋겠다고 말씀드렸습니다. 맑은 정신으로 사건을 다시 한 번 바라보자는 저의 생각이 조금도 도움이 되지 못했다는 점을 인정하지 않을 수가 없군요. 혼란스러움은 조금도 줄어들지 않고, 밤을 지나는 동안 어쩔 줄 모르겠는 마음만 커져서 더 고통스러워졌습니다. 마음을 굳게 먹어야겠지요. 하지만 제가 아무 말씀도 드리지 못하겠다고 말한다 해도, 여러분은 분명 제 마음을 아실 겁니다. 가엾은 어머니, 영원히 가라앉지 않을 슬픔을 안게 된 어머니의 괴로움에 공감하고 깊이 공감한다는 말씀밖에는 드리지 못하겠습니다. 친애하는 여러분, 우리가 가장 사랑했던 존재를 상실한 슬픔은 어떤 방법으로도 잴 수 없다는 말씀을 제가 두 번씩이나 드릴 필요는 없을 것입니다. 여기 모이신 분들 가운데 이 점을 모르실 분은 단 한 분도 안 계실 거라고 믿습니다. 이 슬픈 비극은 우리 한 사람 한 사람 모두와 관련이 있습니다. 왜냐하면 우리 모두가 이 일에 책임이 있기 때문입니다. 우리가 직면한 가장 어려운 일은 이를 꽉 깨물고 목이 메어 눈물을 흘리면서, 이 엄청난 충격을 이겨내는 것입니다. 이것보다 중요한 일은 없습니다. 그러니 저는 여러분께, 관청에서 사람이 나오고 경찰이 조사를 시작하기 전에 증인인 우리가 우리의 책임을 다하여 사건을 정확히 파악하고 무엇이 이 끔찍한 비극을 초래해 죄 없는 아이를 죽음에 이르게 했는가를 알아내야 한다고 말

쏟드리겠습니다. 우리 스스로 해결하는 것이 최선입니다. 시에서 나온 조사관은 이 비극에 대해 우리에게 책임이 있다고 여길 테니까요. 그렇습니다, 여러분! 바로 우립니다! 놀랄 일은 아닙니다. 가슴에 손을 얹고 생각해봅시다. 약간만 주의를 기울이고 관심을 갖고서 앞을 내다볼 줄 알았다면, 조금만 더 애정을 기울여 돌봐주었더라면, 우리는 이 비극을 막을 수 있었을 것입니다. 그렇지 않은가요? 생각해봅시다. 이 무방비한 생명, 하느님의 길 잃은 어린양이라고 할 수 있는 이 아이는, 거친 폭우에 내맡겨지고 방황하면서 밤새도록 비에 흠뻑 젖어 끝내 자연이라는 거친 힘의 희생물이 되고 말았습니다. 방치되어 내쫓긴 개처럼 그야말로 우리 주변을 밤새 헤매면서요. 어쩌면 아이는 창문 너머로 우리를 보았을 것입니다. 여러분이 술에 취해 춤추며 비틀대는 것을요. 저는 아니라고는 못 하겠습니다. 어쩌면 아이는 나무 뒤에 몸을 숨긴 채, 혹은 헛간에서 저희 또한 관찰했을지 모릅니다. 비의 채찍을 맞아가며 극심한 피곤에 절어 목적지인 이곳을 향해 수 킬로미터를 걸어오는 모습을요. 어쩌면 아이는 저희가 손을 뻗기만 하면 닿을 만큼 가까이에 있었는지도 모르겠습니다. 하지만 아무도, 그래요, 아무도 아이를 구하러 가지 않았습니다. 분명 아이는 끔찍한 순간에 우리를 향해 도와달라고 외쳤겠지요. 그런데 아이의 목소리는 바람에 흩어지고, 비명은 묻히고 말았습니다. 여러분! 이 무슨 우연의 장난인가 싶겠지요. 잔인한 운명의 아이러니라고 생각하시나요? 제 말을 오해하지는 마십시오. 저는 여러분 가운데 어느 누구도 개인적으로 비난할 생각이 없습니다. 어쩌면 스스로를 용서하지 못해 다시는 평온한 밤을 누리지 못하실 어머니를 비난하지도 않겠습니다. 저는―여러분들과는 달리―아이를 마지막으로 보았다는, 절망에 빠진 오빠를 비난하지도 않겠습니다. 우리가 앉아 있는 이곳에서 불과 200미터도 떨어지지 않은 곳이었습니다. 무슨 영문인지도 모르면서 그저 아이가 돌아오기만을 기다리다 술에 취해 정신없이 잠들어버린 여러분들에게서 200미터도 떨어지지 않은 곳이었다는 말입니다. 저는 여러분 가운데 누구도 개인적으로 비난하지 않겠습니다. 하지만 말입니다, 이 질문만은 던지게 해주십시오. 여러분은 모두 무죄입니까? 값싼 자기 합리화는 포기하고 우리가 스스로를 고발하는 것이 더 정직한 일이 아닙니까? 우리는―헐리치 부인의 지당하신 말씀처럼―우리 양심을 편안하게 하자고, 이 참사가 단지 희귀한 우연의 장난이었고 그래서 우리가 손쓸 수 있는 건 아무것도 없었다고 치부할 수는 없기 때문입니다. 사실을 따져보자면, 그건 사실이 아닙니다! 하지만 차근차근 말해보기로 하죠. 우리는 이 끔찍한 사건 전체를 낱낱이 쪼개서 봐야 합니다. 우리가 잊어선 안 될 가장 중요한 문제는, 어제 아침에 도대체 무슨 일이 일어났느냐는 겁니다. 저는 밤새 침대에서 뒤척이다 깨달았습니다. 우리는 그저 비극이 어떻게 일어났는가를 모르기만 하는 게 아닙니다. 진실은, 우리가 '무슨' 일이 일어났는지조차 명확하게 알지 못하고 있다는 겁니다. 우리가 아는 사실들과 저마다가 하는 말들이 서로 일치하지 않는데 미심쩍은 부분들을 밝혀내자니, 머리가 아플 지경입니다. 자, 우리가 아는 사실은 한 가지입니다. 아이가 죽었습니다. 다시 말해, 여러분도 수긍하실 테지만, 우리가 아는 것이 많지가 않습니다! 그래서 저는 이곳 주인께서 사심 없이 제게 내주신 저장고에 틀어박혀 생각을 해본 끝에 다른 방법은 없다는 결론을 내리게 되었습니다. 우리는 한 걸음씩 앞으로 내딛는 수밖에 없습니다. 이것이 오늘까지 제가 확신한 바입니다. 말할 수 없이 사소한 일들까지 우리는 조사해야만 합니다. 그러니 중요치 않아 보이는 사소한 일들이라 할지라도 망설이지 말고 이야기해주십시오. 어제 제게 말하지 않은 게 있는지 생각해보십시오. 그렇게 해야만 우리는 설명을 찾아낼 수 있고, 우리가 심문을 받게 될 어려운 시간에도 대비할 수가 있는 겁니다. 얼마 남지 않았지만 아직 우리에게 주어진 이 시간을 잘 활용합시다. 사건이 일어난 밤 또는 아침에 무슨 일이 있었는지 우리 말고는 아무도 알아낼 수 없고, 우리는 우리 자신밖에는 의지할 데가 없습니다.

이리미아시의 침울한 목소리가 술집 안에 울려 퍼졌다. 그의 말들은, 요란하게 울려대지만 어떤 재난인지는 알려주지 않으면서 불길함만 증폭시키는 경고의 종소리 같았다. 사람들은 아직 지난밤의 뒤숭숭한 꿈들과 멍한 잠기운이 어린 얼굴들로 이리미아시를 에워싼 채 불안에 사로잡혀 말없이 서 있었다. 마치 방금 잠에서 깬 양 부스스한 머리에 관자놀이에 베개 자국이 남은 초췌한 얼굴로 이리미아시의 연설을 들으면서, 그들은 자신들이 잠을 자는 동안 세계가 궤도에서 이탈하고 모든 일이 뒤엉켜버린 것 같은 느낌을 받았다. 이리미아시는 그들 한가운데서 우아하게 다리를 꼬고 의자에 등을 기댄 채 앉아 있었다. 그런 그의 자세가 어쩐지, 핏발이 선 부은 눈들에 바로 눈을 맞추지는 않겠다는 다짐같이 느껴졌다. 대담하게 우뚝한 매부리코와 갓 면도를 한 정력적인 인상의 턱은 약간 비스듬히 위쪽을 향했고, 목까지 기른 머리카락은 양 끝이 말려 올라간 모양이었다. 때때로 중요한 대목에서 그는 짙은 눈썹을 치켜세우고 둘째 손가락을 쳐들어 근심 어린 사람들의 시선을 모았다.

우리가 이 위험한 길을 가기 전에 제가 이야기할 것이 있습니다. 어제 저희 두 사람이 아침 일찍 도착했을 때 여러분은 온갖 질문을 퍼부었습니다. 앞다투어 많은 이야기를 하셨고, 물어보셨으며, 주장하고, 한 말을 취소하는가 하면, 기도하고, 제안하기도 하셨습니다. 여러분은 열광하기도 하고 화를 내기도 하셨습니다. 이렇게 복잡한 가운데 저는 여러분께 두 가지 이야기를 들려드릴까 합니다. 이미 간단하게 암시하는 말씀을 드리기는 했지만 말이지요. 질문 한 가지는, 여러분의 말에 따르면 "비밀"에 관한 것이었습니다. 저희가… 말하자면… '18개월 전에 사라져버린' 일에 관한 비밀 말이지요. 그런데 여러분, 사실은 '비밀'도 '이상한 일'도 없답니다. 이제 마지막으로 말씀드리고 싶은데, 아무런 수수께끼도 없다는 것입니다. 그 당시에 저희는 위탁을 받고 일종의 임무를 수행하던 중이었습니다. 일단은 이번에 저희가 돌아온 목적과도 깊은 관련이 있다고만 알려드릴 수 있는 일이지요. 실망하실지 모르겠으나, 우리가 여러분의 표현대로 뜻밖에, 그리고 갑작스럽게 이렇게 만나게 된 것은 순전한 우연이라고 해야겠습니다. 저는 알마시에 있는 친구이자 동료를 급히 만날 일이 있었습니다. 물론 지역 감찰 업무도 해야 했지만요. 저는 우리가 여기서 이렇게 만날 거라고는 전혀 생각지 못했고, 게다가 아직까지 이 술집이 있을 줄은 몰랐기 때문에, 마치 그동안 아무 일도 없었던 것처럼 여기 계신 여러분을 보고는 깜짝 놀랄 수밖에 없었습니다. 예전의 얼굴들을 다시 보니 기분이 좋았던 건 사실입니다. 하지만 한편으로는 여러분들이 아직도 여기에 있다는 게 무척 염려되기도 했답니다. 애매하게 돌려 말하지 않겠습니다. 그야말로 근근이 버티고 계시다는 사실 말이지요. 이 말이 너무 심하다고 생각되면 아니라고 하십시오! 벌써 몇 년 전부터 여기 세상의 끝, 이 가망 없는 지역을 떠나 다른 곳에서 생계를 꾸려보자고 하지 않았던가요? 우리가 마지막으로 1년 반 전에 보고 헤어질 때, 여러분은 술집 앞에 모여서 저희가 길을 꺾어 들어 보이지 않게 될 때까지 손을 흔들어주셨지요. 아직도 기억납니다. 그때 여러분들은 아이디어가 넘쳐났고 멋진 계획들과 충만한 의욕을 가지고 계셨습니다. 그런데 지금 제가 보는 여러분은 그때와 달라진 게 하나도 없습니다. 아니, 더 남루해지고, 이런 제 표현을 용서하십시오, 이전보다 더 어리석어졌습니다. 대체 그동안 무슨 일이 있었나요? 그때 그 훌륭하던 아이디어들과 멋진 계획들은 다 어떻게 되었나요? 얘기가 좀 옆으로 샜군요…. 어쨌든 저희가 여러분을 만나게 된 것은, 보다시피, 우연의 작품이라는 겁니다. 저희가 진즉, 그러니까 늦어도 어제 낮쯤에는 해결했어야 하는 알마시의 일은 긴급하고도 미룰 수가 없는 것이지만, 저는 우리의 옛 우정을 생각해 곤경에 빠진 여러분을 그대로 버려둘 수가 없었습니다. 이 비극이 간접적이나마 저와도 상관이 있다고 생각하는 까닭은 그 일이 일어났을 때 저도 이 근처를 지나던 중이었고, 희생당한 아이를 어느 정도는 알고 있으며 아이의 가족과도 친분이 있기 때문입니다. 또한 그런 사건이 일어난 것은 이곳의 열악한 형편에서 비롯된 직접적인 결과이기도 합니다. 여러분, 그래서 저는 이런 곤경에 빠진 여러분을 버려둘 수가 없습니다. 여러분이 던진 두 번째 질문에는 이미 대답을 했습니다. 하지만 혹시라도 나중에 오해가 생기지 않도록 다시 한 번 말씀드리지요. 저희가 이곳으로 온다는 소식을 듣고 농장으로 돌아오나 보다고 생각하셨다면, 그건 잘못 생각하신 겁니다. 이미 말씀드렸듯이 저희는 여러분이 아직도 이곳에 계시리라고는 생각지 못했기 때문입니다. 솔직히 말씀드리면, 시간이 지체되고 있어서 저는 조금 불편한 심정입니다. 왜냐하면 오늘 저희는 다시 시내로 가야 하기 때문이지요. 하지만 일이 이렇게 된 이상, 비극적인 이 상황에 가능하면 빨리 종지부를 찍으려고 생각하고 있습니다. 시간이 부족하지만, 조금이라도 짬을 낼 수 있다면, 여러분을 위해 뭔가를 해드리고 싶습니다. 비록 저라고 해서 무슨 수가… 있는 것은 아니라는 점을, 인정해야겠지만 말입니다.

그는 난로 옆에 입을 다문 채 쪼그려 앉아 있던 페트리너에게 눈짓을 했다. 페트리너는 재빨리 다가와—슈미트 부인이 정성을 다해 말끔하게 다려준—줄무늬 재킷을 그에게 건네주었다. 그리고 이리미아시가 주머니에서 담배를 꺼내는 순간, 헐리치와 후터키 그리고 크라네르가 불을 붙여주기 위해 달려왔다. 사람들과 좀 떨어진 카운터 뒤에서 창백한 얼굴로 초조하게 서 있던 술집 주인이 그 장면을 비웃듯이 바라보았다.

자, 그럼 이제 본론으로 들어가 보기로 하지요. 그저께 점심 무렵부터 살펴볼까요? 우리의 젊은 친구 호르고시 서니가 여동생과 집에 있었다고 했지요. 그때까지 소녀에게 특별한 기색은 없었다고 했습니다. 그렇지, 서니? 아무렇지도 않았다, 그게 점심 무렵이었다는 거지? 그래. 서니는 여동생에게서 특별한 점을 발견하지 못했고, 다만 다른 때보다 정신은 조금 없어 보였다고 합니다. 하지만 정신이 없어 보인 것은 아마 비가 내렸기 때문일 거라고, 우리의 젊은 친구는 말했습니다. 제 기억이 맞나요? 제가 제대로 이해했다면, 어린 여동생은 비가 오는 날이면 늘 상태가 좋지 않았습니다. 이와 같은 경우를 일반적이라고는 할 수 없겠지만, 만일 우리가 그 소녀의 박약한 정신을 고려한다면, 의심할 여지없이 그런 우중충한 분위기가, 정도의 차이는 있겠으나 상당한 혼란을 불러일으켰을 수도 있다고 볼 수 있을 것입니다. 전문적인 용어로 말하면, 우울증인 셈이지요. 그런데 그러고 나서 소녀가 어두워질 때까지 어디서 무엇을 했는지 우리는 알지 못합니다. 소녀의 행적을 다시 알게 되는 것은, 우리 젊은 친구가 여동생을 청소부의 집과 술집 사이에서—그렇지요?—뜻밖에도 청소부의 집 근처 다져진 길 위에서 보았기 때문입니다. 그때 소녀가 몹시 흥분해 있는 것을—절망했다고 할 수 있을까요?—오빠인 서니가 보게 됩니다. 절망해 있던 소녀는 무얼 하고 있느냐는, 왜 집에 있지 않느냐는 오빠의 질문에 아무런 대답도 하지 않았답니다. 그래서 대답을 듣지 못한 이 친구는 여동생에게 즉시 집으로 가라고 명령을 내립니다. 왜냐하면—어제 오후에 우리가 들은 바와 같이—오빠는 여동생의 건강이 걱정되었기 때문입니다. 소녀는 그때 노란색 카디건과 커튼 조각을 걸쳤는데, 비에 흠뻑 젖어 떨고 있었습니다. 그리고, 제가 들은 바로는, 소녀는 사라졌고, 사람들이 온종일 찾아 헤맨 끝에 어제저녁 이곳으로부터 멀리 떨어진 바인카임 성 근처, 잡초만 무성한 폐허에서 죽은 그녀를 발견한 것입니다. 우리의 젊은 친구 서니가 제안한 대로 따른 결과임을 빠뜨려선 안 되겠지요. 이제 우리가 이 사건의 경과에 대해 어떻게 받아들여야 할지 생각해봅시다. 어떤 분들은—특히 크라네르 씨의 의견으로는—이 사건은 살인 사건일 수밖에 없다고 봅니다. 죽은 소녀는 정신적으로 박약하기 때문에 자살을 할 능력도 없다는 거지요. 크라네르 씨의 말은 소녀가 어떻게 쥐약을 구할 생각을 했겠느냐는 겁니다. 설사 호르고시 씨 집 찬장에서 쥐약을 발견했다고 하더라도, 소녀가 그 용도를 어떻게 알 수 있었을까요? 크라네르 씨의 말처럼 과연 소녀가 쥐약을 가지고 그런 날씨에 수 킬로미터나 떨어진, 폐허가 된 집까지 가서 그런 일을 감행할 수가 있었을까요? 또 고양이는 왜 데리고 갔을까요? 데리고 가서 쥐약을 먹이려고요? 하지만 어떻게? 왜? 만약 소녀가 자살하려고 한 게 사실이라면, 집에서 하는 편이 훨씬 간단하지 않았을까요? 아무도 소녀를 방해하지 않았을 텐데요. 언니들은 집에 없었고 우리의 젊은 친구는 점심을 먹은 뒤 집을 나가 아직 돌아오지 않았을 때였습니다. 그리고 어머니는 깊은 잠에 빠져 저녁이 돼서야 일어났습니다. 그렇지요? 자, 어떻습니까? 그날 큰 소리로, 그렇지요? 나가 놀라고 말씀하셨지요. 늘 그랬듯이 다락방을 말씀하신 거지요. 오후에도 소녀는 아직 집에 있었습니다. 소녀가 집을 나선 것은 오빠가 여동생을 길에서 보기 조금 전이라고 봐야 할 것입니다. 자, 이렇게 맞추니까 상황을 좀 더 알 수 있게 되지 않았나요? 이야기를 계속해봅시다. 크라네르 씨의 의견은 일리가 있지만 틀린 점이 있습니다. 소녀가 자살을 했을 가능성은 없다고 봐야 합니다. 납득할 수 없는 그 시간대에 그런 끔찍한 일을 감행할 이유가 소녀에게는 없었습니다. 그때 여러분은 모두 술집에 모여 있었습니다. 맞지요? 우리의 젊은 친구와 의사 선생님 그리고 소녀의 다른 식구들만 없었습니다. 의사 선생은 여기서 예외로 해두어야겠습니다. 그분은 분명 집에 틀어박혀 계셨겠지요. 그분의 특이한 습관과 악천후에 대한 강박증을 우리는 잘 알고 있으니까요. 호르고시 씨의 딸들은 모두가 알듯이 방앗간에서 비가 그치기를 기다렸습니다. 소녀의 오빠 서니는 우리가 도착하기를 기다렸다는 걸 제가 직접 증언할 수 있습니다. 혹 우리 마을 사람이 아닌 다른 누군가가 있었을까, 하는 생각은 할 수 없는 것이, 폭우가 내리는 날씨에 쥐약을 들고 열 살짜리 아이를 쫓아가는 불한당을 상상할 수나 있겠습니까? 이점 때문에, 그나마 다행으로 크라네르 씨의 의견에는 동의할 수가 없습니다만, 그렇다고 해서 불운한 사고가 난 것으로 보기도 어렵기는 마찬가지입니다. 우리 모두가 보았듯이, 희생자는 정신이 온전치 못한 데다 잔뜩 혼란스러워진 상태에서 바인카임 성까지 갔기 때문입니다. 도대체 그곳엔 왜 갔을까요? 게다가 고양이가 있습니다, 여러분. 만일 사고였다면, 고양이에 대해서는 아무런 설명도 할 수가 없게 됩니다. 하지만 경솔하게 사고일 가능성을 아주 배제하지는 않겠습니다. 왜냐하면 우리의 너그러운 기부자이시자 이 술집의 주인께서 말하신 대로 불운한, 그렇지요? 표현을 그대로 옮기자면, 불운한 사고일지도 모르니까요. 그렇지요? 불운한 사고 맞지요? 제 기억이 정확한가요? 소녀의 시신을 이곳으로 옮겨 온 날 크라네르 씨가 관을 준비할 때까지 시신을 당구대에—당구대 맞지요?—눕혀 어린 에슈티케를 향한 마지막 배려를 해주고자 한 그날, 여러분 모두가 눈앞의 사태에 충격을 받아 무너지고 눈물을 흘렸던 바로 그날 말입니다. 그래요, 이렇게 말하고 보니 점차 진실이 무엇인지 알 것 같습니다. 불운하다는 그 표현은 너무나도 정확한 것이었습니다. 하지만 말입니다, 어떻게 이토록 치명적인 사건이 우발적인 불운일 수가 있을까요? 불운한 일이 운명적으로 피할 수 없는 일을 말하는 거라면, 그때도 사고라는 말을 쓸 수가 있을까요?

여자들이 나지막이 흐느꼈다. 검은 옷을 입은 호르고시 부인은 아이들에게 둘러싸인 채 약간 떨어진 당구대 뒤에 앉아 있었다. 당구대 위에는 시신을 치장했던 단풍나무와 은백양 나뭇가지가 아직도 흩어져 있었다. 그녀는 손수건을 눈에서 한 번도 떼지 않았다. 남자들은 긴장한 채 연신 담배를 피우며 이리미아시에게서 눈길을 떼지 않고 묵묵히 그의 말을 듣고 있었다. 하지만 그들은 불안한 예감에 시달리며, 말의 뜻보다 위협적이고 카랑카랑하게 울리는 이리미아시의 음성에 사로잡혀갔다. 연설을 듣는 처음 몇 분 동안은 책임이니 희생이니 고발 같은, 자기들과 별로 상관없다고 생각하는 말들을 흘려들었지만, 연설이 계속되는 사이 그들 마음속에 죄의식이 자라났다. 헐리치는 목에 통증을 느꼈고, 무슨 말인지 제대로 알아듣지 못한 크라네르마저 이리미아시의 말이 그럴듯하다고 생각하며 주춤 뒤로 물러섰다.

그렇다면 도대체, 여러분께서도 이렇게 물으실 겁니다, 만약 살인도 자살도 아니었다면 그렇다면 대체 무엇이었을까요? 우리는 소녀를 잃었습니다. 영영 잃고 말았지요. 이 사실을 부정할 수 있는 사람은 아무도 없습니다. 소녀가 왜 죽었는지 알아내기 위해 우리는 최선을 다했습니다. 힘들어도 몸을 사리지 않고—다들 아실 겁니다—비바람을 뚫으며 캄캄한 밤도 마다하지 않은 채 힘겹고 절망적인 수색 작업을 했고, 죽을 만치 피곤했던 저 또한 어젯밤에 여러분 모두와 일대일로 대화를 나누었습니다. 그 결과 저는 모든 정보를 얻게 되었습니다. 여러분 가운데 누구도 제가 하는 말의 신빙성을 의심하지는 않으시겠지요. 이 비극은 일어날 수밖에 없었습니다! 우리는 더 이상 새로운 사실을 파헤쳐 알아내려 할 필요가 없습니다. 중요한 문제는, 앞서 말했듯이, 무슨 일이 일어났느냐는 것이지, 어떻게 일어났느냐가 아니기 때문입니다! 그리고 여러분, 이제 대답은 정해졌습니다! 여러분도 그 대답을 아실 거라고 저는 확신합니다! 그렇지 않나요? 제가 잘못 생각하는 걸까요? 무슨 일이 일어났는지, 한 분도 빠짐없이 모두 알게 되지 않았습니까? 다만 여러분, 어떤 사실을 안 것만으로는 충분치가 않습니다. 그것만으로는 앞으로 나아갈 수가 없는 법이지요. 사람은 어떤 일을 이해해야만 합니다. 그리고 그걸 소리 내서 말해야 합니다! 그러니 제가 여러분의 어깨에서 무거운 짐을 내려놓는 것을 허락해주시기 바랍니다. 오만함에서 드리는 말씀이 아니라 저는 이런 일에는 경험이 많습니다. 자, 그럼… 저희가 어제 이른 아침에 도착하고 호르고시 부인이 나타나기 전까지, 그리고 그 뒤에 모두가 아이를 찾으러 나섰을 때, 저는 몇몇 분들과 이야기를 나누었습니다. 특히 우리의 친구 후터키 씨와 많은 이야기를 했습니다. 그리고 이 유익한 의견 교환을 통해 저는 여러분의 상황이 심각하다는 것을 분명히 알게 되었습니다. 여러분은 제게 말씀하셨지요. 이곳 사정이 나빠지고 있다고요. 하지만 저는 곧 상황이 훨씬 좋지 않다는 걸 파악했습니다. 여러분은 제가 이곳에 도착하기 전부터 알고 계셨습니다. 우리 마을이 1년 반 전부터 몰락의 길로 들어섰다는 것을요. 다만 서로 터놓고 말할 용기가 없었을 뿐이지요. 돌이킬 수 없이 몰락이 진행된다고 믿을 만한 이유들은 하나둘이 아니었을 겁니다. 그런데 친구들이여, 여러분은 인생다운 인생을 잃어가며 그 몰락 속을, 발을 질질 끌며 어정거리고만 있었을 뿐입니다. 여러분의 계획은 차례차례 실패로 돌아가고, 여러분의 꿈도 깨지고 맙니다. 결코 이루어지지 않는 기적을 바라면서 여러분은 여러분을 이끌어줄 구원자를 바라봅니다. 하지만 여러분은 이미 알고 있습니다. 믿고 희망을 걸어볼 그 무엇도 남아 있지 않다는 것을 말입니다. 허송세월한 시간들이 여러분의 어깨를 무겁게 짓누르니, 여러분에게서 이 무력감을 지배할 가능성은 영영 사라진 것만 같습니다. 그 괴로움이 날마다 여러분의 목을 조르면서 커져갑니다. 여러분은 숨조차 쉴 수 없게 되었습니다. 하지만 생각해봅시다, 불행한 나의 친구들이여. 여러분이 무릎을 꿇고만 이 고난이란 것이 대체 무엇입니까? 우리의 친구 후터키 씨가 거듭 말하듯이 부스러진 회벽, 내려앉은 지붕, 무너진 담장, 닳아버린 기와 따위와 같은 겁니까? 아니면 그보다는 깨진 환상, 암담해진 전망, 쇠약해진 무릎, 의지력의 쇠퇴 같은 것을 떠올려야 할까요? 제가 가혹하게 표현한다고 해서 놀라지 마시기 바랍니다. 분명하게 말해두는 것이 필요하다고 저는 생각합니다. 점잔 빼고 소심하게 굴며 전전긍긍하는 것은 모든 것을 더 나쁘게 만들 뿐입니다. 분명 그렇습니다! 만일 관리소장이 완곡하게 말한 것처럼 우리 마을이 망해가고 있는 게 사실이라면, 여러분은 왜 무언가 해볼 생각을 하지 않는 겁니까? 설마 여러분은 손안에 든 참새가 지붕 위의 비둘기보다 낫다고 생각하시는 건 아니겠지요? 그렇게 어리석고 비겁하고 속 편한 사고방식은 나쁜 결과를 초래합니다. 여러분은 잘못을 인정해야 합니다! 그런 무기력은 말하자면 죄악입니다. 그런 허약함도 죄악입니다. 그런 비겁함도, 여러분, 죄악입니다! 그런 것들 탓에 우리는 다른 사람들에게뿐만 아니라 우리 자신에게도 좋은 일이라고는 할 수 없게 되어버렸기 때문입니다! 그것이 더 심각한 문제입니다. 잘 생각해보면, 모든 죄악은 결국 우리 자신을 해치는 일입니다!

사람들은 충격을 받고 침묵했다. 뇌우처럼 그들에게 떨어져 내린 마지막 말들을 들으면서 사람들은 시선을 떨궈야만 했다. 이리미아시의 말이 워낙 맹렬했을 뿐 아니라, 그의 눈빛 또한 활활 타올랐기 때문이었다. 헐리치 부인은 참회하는 자의 표정으로 이리미아시의 쩌렁쩌렁한 말소리를 들으며 거의 희열을 느끼는 것처럼 몸을 구부렸다. 크라네르 부인은 남편에게 꼭 붙어서 그의 팔을 너무 세게 잡는 탓에 크라네르가 가끔씩 그녀의 팔을 떼어놓아야 했다. 슈미트 부인은 항상 앉는 테이블 뒤에 핼쑥한 얼굴로 앉아 가끔씩 이마를 문질렀는데, 그 동작이 마치 누구도 어쩌지 못하는 자부심의 흔적같이 자꾸만 나타나는 붉은 반점을 지워 없애려는 모습 같았다. 호르고시 부인은 이리미아시가 구사하는 암울한 표현들을 제대로 이해하지 못한 남자들과 다르게, 갈수록 거침없어지는 두려운 말들에 손수건을 구겨 든 채 넋 놓고 귀를 기울였다.

"물론 저도 잘 압니다! 상황은 그리 간단치가 않아요! 하지만 손쓸 수 없는 상황에 대한 압박이나 되풀이되는 무력감을 이야기하기 전에, 저는 우리 자신을 향한 비난에 대해 말씀드리고 싶습니다. 느닷없이 우리를 떠나간, 우리를 이토록 혼란 속에 빠뜨린 에슈티케에 대해 잠깐 생각해보고자 합니다. 친애하는 여러분, 여러분은 우리에게 죄가 없다고 말합니다. 하지만 제가 이렇게 물어보면 뭐라고 대답하시렵니까? 만일 우리에게 죄가 없다면, 우리는 그 딱한 아이를 뭐라고 부를 수 있는 걸까요? 죄 없는 자들에게 희생된 아이? 죄 없는 자가 피 흘리게 한 우연의 순교자라고 부를까요? 이게 말이 된다고 보십니까? 좋습니다, 그 아이가 무죄한 아이라고 합시다. 그렇지요? 하지만 소녀가 그야말로 무죄한 아이였다면, 여러분은 어쩔 수 없이 죄가 있게 되는 겁니다! 제 말이 근거가 없다면, 어디 한번 부정해보세요! 하, 말을 못하시는군요! 그럼 여러분은 제 말에 동의를 하시는 거지요? 자, 그럼 이제 우리는 해방의 고백에 가까워졌습니다. 무슨 일이 일어났는지, 이제 아시겠습니까? 저는 하나된 목소리, 합창을 듣고 싶습니다. 안 되요? 침묵하시나요, 친구들? 오, 그래요. 물론 이해합니다. 그것이 아무리 명백하다고 해도 쉽지는 않겠지요. 지금까지도요. 우리는 그 아이를 다시 깨울 수 없으니까요! 그건 더 이상 우리가 어떻게 할 수 있는 문제가 아닙니다. 우리는 이제 진실을 직시하게 되었다는 사실에서 힘을 얻어야 합니다! 솔직한 고백은 고해와 같은 것이랍니다. 영혼은 정화되고, 의지는 사슬에서 풀려나지요. 그러면 우리는 고개를 들고 살 수 있게 되는 겁니다! 그 점을 생각해야 합니다, 여러분! 이곳 주인장께서 이제 곧 관을 시(市)로 가져갈 겁니다. 하지만 우린 여기 남아 있어야지요. 비극을 가슴에 묻고 애도하면서 말입니다. 하지만 무력하고 비겁하게 입을 다물지는 않을 것입니다. 우리는 우리의 죄를 고백하고, 고개를 숙이더라도 정직하게 죄인을 향한 심판의 빛 속으로 걸어 들어갈 것이기 때문이지요. 이제 우리는 더 이상 주저하지 않을 것입니다. 왜냐하면 에슈티케의 죽음은 우리를 향한 벌이자 경고였으며, 그 아이는 우리를 위한 희생자였으니까요. 현재보다 합당한 여러분의 미래를 위한 희생자였으니까요!"

잠을 자지 못한 근심 어린 눈들에 눈물이 배어 앞이 흐려졌고, 그의 마지막 말을 듣는 순간 사람들의 얼굴에는 갑작스럽고 은밀하며 불안정하지만 억제할 수 없는 어떤 안도의 표정이 어렸다. 여기저기서 짧은 탄식들이 터져 나왔다. 그것은 참을 수 없는 재채기와도 같은 것이었다. 그들이 몇 시간 동안 내내 기다려온 것이 바로 "현재보다 합당한 여러분의 미래"라는, 마음을 해방시켜주는 말이었던 까닭이다. 실망스러운 기색이었던 이리미아시의 눈빛은 어느샌가 신뢰와 희망, 믿음과 열정 그리고 결연함을 담고서 점점 강철 같은 의지를 발산하고 있었다.

그리고 아십니까, 이곳에 도착했을 때 저희를 맞이한 광경을? 친구인 여러분이 술에 취해 침을 흘리고 형편없는 차림으로 땀을 흘리며 의자와 테이블에 널브러져 있던 모습은, 이제 와 돌이켜 고백하건대 제 마음을 아프게 했지만, 그러나 저는 여러분을 비난할 수 없습니다. 저는 결코 잊지 못할 겁니다. 신께서 제게 부여한 과제를 비켜 가도록 무언가가 유혹할 때마다 저는 거듭해서 그때를 떠올릴 것입니다. 왜냐하면 저는 그 장면에서 영구히 기만당한 인간의 비참함을 보았기 때문입니다. 소외되고 불행한 분들, 궁핍하고 보호받지 못하는 분들, 그런 여러분의 잠꼬대와 코 고는 소리와 신음에서 저는 구조를 요청하는 목소리를 들었습니다. 제가 먼지가 될 때까지, 마지막 숨을 내쉴 때까지 저는 그 목소리에 응답해야 할 것입니다. 저는 저를 부르는 특별한 손짓을 봅니다. 정당한 분노를 품고서 진짜 죄인들의 머리를 치려는 이들의 선봉에 서기 위해서가 아니라면, 제가 왜 이곳에 오게 되었겠습니까? 친구들이여, 우리는 서로를 잘 압니다. 우리는 서로에게 펼쳐진 책과 같습니다. 여러분은 제가 몇 년, 아니 십수 년 전부터 세상을 돌아다녔다는 걸 알고 있습니다. 저는 쓰디쓴 심정으로— 우리에게 숱하게 약속

되었던 것들과 달리—기만과 현혹의 가면 뒤에서 현실이 아무 것도 달라지지 않은 것을 목격했습니다. 비참은 여전히 비참이 고, 어쩌다 한두 숟가락 더 벌어먹어도 허기를 채우기엔 부족할 뿐입니다. 지난 1년 반 동안 저는 지금껏 제가 한 일들이 아무것도 아니라는 사실을 깨달았습니다. 부족함을 메우려는 사소한 노력 같은 게 아니라, 제가 해야 할 일은 근본적인 해결책을 찾는 것입니다. 그래서 저는 우리에게 주어진 가능성을 활용하여 주위의 몇몇 사람들을 모아 시범 경제를 일궈보기로 결심했습니다. 이것이야말로 일정한 수입을 보장해주고 기만당한 사람들을 뭉치게 해주는 길입니다. 여러분은 제 말을 이해하실 겁니다. 그렇지 않나요? 저는 더는 잃을 게 없는 소수의 남자들과 여자들로 이루어진 하나의 작은 섬을 가꿔볼 작정입니다. 그 섬에선 아무도 버림받지 않습니다. 그곳에서 우리는 서로 적대하지 않고 서로를 위해 살아가게 됩니다. 그곳에서는 누구나 자신의 주인이 되어 풍요와 평온, 안전과 품위를 누리며 저녁에 쉴 수 있습니다. 이것이 소문이 나게 되면 마치 버섯이 땅 위로 솟듯이 여러 개의 섬들이 생겨날 것이고, 갈수록 많아질 것입니다. 그러다 어느 때에 이르면, 지금껏 절망적이었던 여러분의 인생이, 당신의… 당신의… 그리고 또 당신의 인생이 탁 트이게 된다는 겁니다. 이 계획이 현실이 될 거라고 저는 확신합니다. 저는 이 지역에서 나고 자란 사람답게 이곳에서 활동을 시작할 생각입니다. 바로 그렇기에, 저는 저를 도와줄 사람을 데리고 알마시로 가려고 했던 것입니다. 그러다 보니 우리가 이렇게 만나게 되었군요, 친구들이여. 제가 기억하는 게 맞는다면, 장원莊園에 속해 있는 본관 건물은 아직 상태가 좋은 편입니다. 농업센터 건물도 사용하는 데 문제없습니다. 임대계약을 맺는 건 문제도 아닙니다. 어려운 문제가 한 가지 있긴 하지만, 그건 일단 놔두기로 하지요.

이리미아시를 둘러싸고 있던 사람들이 웅성거렸다. 이리미아시는 담배를 물고 골똘하게 앞을 바라보았다. 우울하고 고민스러운 얼굴로 이마에 주름을 지으며 입술을 깨물기도 했다. 페트리너는 그의 뒤편 난로 곁에서 이리미아시의 '천재적인 목덜미'를 관찰했다. 거의 동시에 후터키와 크라네르가 질문을 던졌다. "그 한 가지 어려움이라는 게 뭐죠?"

제 생각엔 그 문제로 고민하면 안 될 것 같군요. 분명 여러분은, 본인들이 저 남자들과 여자들의 일원이 되면 어떨까 생각하고 계시겠지요. 하지만 친구들이여, 그건 가능하지 않은 생각이랍니다. 제가 필요로 하는 사람들은 그야말로 잃을 것이 없는 이들이니까요. 그게 가장 중요합니다! 위험 앞에서 몸을 사릴 이유가 없다는 것 말이지요. 저의 계획은 위험 부담이 매우 큰, 대담한 것이기 때문입니다. 만일 누군가가 일을 훼방 놓으려고 들면, 저는 우선은 몸을 사릴 수밖에 없습니다. 지금은 어려운 시대이며, 공공연히 분쟁을 일으키면 안 된다는 것이 저의 입장이랍니다. 저는 일단 퇴각할 준비를 갖춰야 하고, 또 그렇게 하고 있습니다. 만일 쉽게 뛰어넘기 어려운 장해물이 생기면 일단 피하겠지만, 그건 유리한 시기를 기다려 사업을 재개하기 위해서입니다.

이제 똑같은 질문을 여러 사람이 던지고 있었다. "그래요, 그 어려움이라는 게 대체 뭔가요? 어렵다고 해도, 그래도 혹시 어쩌면…"

아, 여러분, 그리 큰 비밀도 아닌 이야기입니다. 무슨 어려움인지 말해드리죠. 그래 봐야 달라질 건 없으니까요. 분명한 것은, 지금으로선 여러분이 저를 도와주실 수 없다는 것입니다. 앞서 말씀드렸지만, 저는 기꺼이 여러분을 도와 이곳 사정이 나아지도록 도와드리고 싶습니다. 하지만 여러분께서 보시는 것처럼 그 일은 저에게도 무척 버겁습니다. 그리고 솔직히 말씀드리면, 저는 이 농장에 희망이 없다고 생각합니다. 어쩌면 제가 한두 가정에 근근이 살아갈 만한 일자리를 주선해드릴 수는 있겠지요. 하지만 좀 더 신중해질 필요가 있습니다. 좀 더 생각을 해봐야 한다는 말입니다. 아닌가요? 우리가 뿔뿔이 흩어지면 안 된다고요? 물론 이해하죠. 하지만 제가 어떻게… 네? 뭐라고요? 어려움이 뭐냐고요? 네, 이미 말씀드렸지만, 제가 그 내용을 숨

기는 이유는, 말해봤자 아무런 의미가 없기 때문에… 네, 돈에
관한 겁니다, 여러분. 화약이 없으면 총을 쏠 수 없는 것과 같은
이치지요. 임차료, 계약금, 수리비, 투자금…. 생산을 하려면,
아시다시피, 자본금이 있어야 합니다. 복잡한 이야기인 데다,
그런 얘기를 지금 자세히 할 생각은 없습니다. 뭐라고요? 돈이
있다고요? 여러분한테 돈이 어디서…? 아하, 그것 말이군요. 양
을 친 대가로 받은 돈이요. 참 잘된 일입니다!

사람들은 흥분했다. 후터키는 벌떡 일어나 의자 하나를
낚아채 이리미아시 앞에 가져다 놓고 앉더니, 주머니를 뒤져
자기가 받은 몫의 돈을 꺼내 대강 세어 보인 뒤 테이블에 내려
놓았다. 다른 이들도 그를 따라서, 우선은 크라네르 부부가,
그다음엔 나머지 사람들이 돈을 꺼내 후터키가 내놓은 돈 위
에다 올려놓았다. 술집 주인은 잿빛 얼굴로 테이블 뒤에서 왔
다 갔다 하다가 멈춰 서서 더 잘 보기 위해 까치발을 들었다.
이리미아시는 피로한 기색으로 눈을 비볐다. 손에 들린 담배
는 불이 꺼져 있었다. 그는 허공에 시선을 고정한 채 후터키와
크라네르, 헐리치와 슈미트, 교장 그리고 크라네르가 돈과 자
신들을 번갈아 가리키며 앞다투어 자신들의 생각과 결연함과
무엇이든 할 용의가 있음을 밝히는 이야기에 귀를 기울였다.
그러다 그는 천천히 몸을 일으켜 페트리너에게 가더니, 그의
옆에 섰다. 그가 손짓을 하자 장내가 조용해졌다.

여러분, 내 친구들이여! 여러분의 열의는 감동적이군요. 하지만 진정으로 이러시는 건 아닐 겁니다! 아뇨, 아뇨! 부인하지 마세요! 정말로 돈을 내놓으시다니요! 여러분이 뼈를 깎는 수고로, 비인간적인 어려움을 겪으며 번 얼마 되지 않는 돈을 그냥 이렇게 내놓으실 수가… 그것도 그저 저의 구상만을 들으시고… 내던지실 수가 있나요? 불확실한 사업에 여러분의 돈을 희생할 수가 있다는 말입니까? 아뇨, 내 벗들이여! 여러분의 감동적인 희생정신에는 진정으로 감사하지만, 안될 일입니다! 제가 감히 어떻게 여러분께서 수개월 동안 일해서 번 돈을—아, 네?—거의 1년 가까이 고행하듯 일해서 번 돈을 빼앗아 갈 수 있겠습니까? 대체 왜 이러십니까? 저의 사업 구상은 예측하기가 어렵습니다! 어떤 난관에 부딪힐지도 모르고요! 몇 달이나 혹은 몇 년씩 일을 지체시키는 장해물을 만날 수도 있습니다! 그런데도 여러분은 그렇게 힘들게 번 돈을 내놓으시겠다는 건가요? 게다가 지금 당장은 여러분을 돕기 어렵다고 고백까지 했는데, 그것도 받아들이실 수가 있나요? 여러분, 이건 안 됩니다! 이럴 수는 없어요! 제게 친절을 베푸시려는 거라면, 부디 저 돈을 다시 집어넣어주십시오! 그 돈이 없어도 어떻게든 해나가겠지요. 위험 부담이 큰 사업에 여러분을 끌고 들어갈 생각은 없습니다. 주인장님, 혹시 칵테일 한 잔 갖다주실 수 있나요? 감사합니다. 아, 잠깐요! 제 생각엔 아무도 거절하지 않으실 것 같은데요. 제가 여러분 모두에게 칵테일 한 잔씩을 돌리겠습니다. 주인장님, 그럼 부디⋯. 자, 마십시다, 여러분. 그리고 잘 생각해보세요. 마음을 가라앉히시고 다시 한 번 잘 생각해보세요. 성급하게 결정하실 일이 아닙니다. 어떤 성격 의 일인지를 저는 여러분께 말씀드렸지요. 위험성이 크다고 말 씀드렸습니다. 정말로 결심이 서면, 그때 가서 답을 주시면 됩 니다. 여러분이 힘들게 번 돈이 어쩌면 날아갈 수도 있다는 점 을 생각하세요. 그렇게 되면 처음부터 다시 시작해야겠지요. 아, 후터키 씨! 제 생각엔 후터키 씨가 좀 과장을 하시는군요. 제가⋯ 제가 구원자라고요? 저를 곤란하게 하시는군요! 아, 그 건⋯ 그렇지요, 크라네르 부인⋯ 후원자라고요, 예, 그 말이 분 명 더 낫겠습니다, 제 말을 안 들으시는군요⋯ 좋아요, 좋아, 알 겠습니다! 여러분! 여러분! 조용히 해주세요! 우리가 어떤 일 로 오늘 이 자리에 모였는지 잊지 마세요! 하! 고맙습니다⋯ 자, 다시 자리에 좀 앉으세요⋯ 네⋯ 고맙습니다, 여러분! 고맙 습니다!

이리미아시는 모두 다시 앉을 때까지 기다린 뒤 자기 의 자로 돌아가 그 앞에 서서 헛기침을 한 다음 팔을 들어 활짝 벌렸다가 다시 늘어뜨리고는 한없이 푸른 눈을 들어 조금 젖 은 눈길로 천장을 보았다. 그런 그를 간곡하게 바라보는 마을 사람들 뒤에, 죽은 에슈티케의 가족이—모두로부터 고립된 채로—어쩔 줄 몰라 하며 서 있었다. 술집 주인은 행주를 들고 정신없이 테이블을 옮겨 다니고, 쟁반으로 유리잔을 날랐다. 그러고서 그는 등받이 없는 의자에 앉았는데, 이리미아시 앞에 수북이 쌓인 지폐를 쳐다보지 않기 위해 애를 써야 했다. 하지만 돈에서 눈을 뗄 수가 없었다.

제가 뭐라고 말씀드려야 좋을까요? 비록 우리의 길이 우연히 교차한 듯 보였지만, 그것은 운명이었던 모양입니다. 지금 이 시간부터 우리는 함께하며 서로 떨어지지 맙시다…. 이 사업이 실패할지도 모르기에 저는 여러분이 몹시 염려되지만, 한편으론 저는 받을 자격이 없는 이 신뢰… 이 애정이 제 마음을 기쁘게 한다는 점을 고백해야겠습니다. 하지만 우리가 누구 덕분으로, 어쩌다가 지금에 이르렀는지를 잊지 말아야겠지요! 잊지 마십시오! 어떤 대가를 치렀는지 항상 생각하십시오, 여러분! 여러분 모두 저의 제안에 동의하실 거라 믿으며 말씀드립니다. 이 돈에서 얼마를 떼어 장례비를 내기로 합시다. 가엾은 어머니를 위해, 그리고 희생된 아이를 위해서요. 그 아이는 분명 우리를 위해… 아니, 우리 때문에 삶을 마감한 것입니다. 우리를 위해서인지, 우리 때문인지… 그걸 말하기는 어렵습니다. 그렇다고도 아니라고도 할 수 없는 일입니다…. 그 물음에 우리는 영원히 답할 수 없을 것입니다. 어쩌면 우리에게서 희망의 별이 떠오를 수 있도록 하려고 우리 곁을 떠나갔을지도 모를 아이, 저 아이에 대한 기억이 영원할 것처럼 말이지요. 그런 게 아니

었을까요? 누가 알까요, 내 친구들이여…. 만약 그게 사실이라
면, 삶이란 참으로 잔인한 것이라고 하겠습니다.

5

되돌아본 광경
The Distance, As Seen

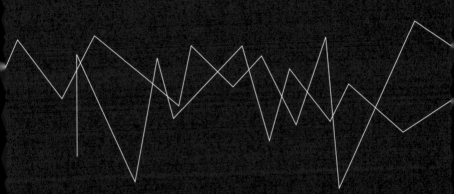

몇 년이 지나도록 헐리치 부인이 한사코 주장하기를, 이리미아시와 페트리너가(그리고 그날 합류한 '어린 악마 새끼'까지) 시내로 떠난 부슬비 내리던 그날, 남은 이들이 술집 앞에 줄지어 서서 떠나가는 구원자들을 바라보고 있을 때, 어찌 된 영문인지는 모르겠으나 하늘이 찬란한 색을 띠더니 높은 곳 어디선가 분명히 천사의 음악 소리가 들려왔다는 것이다. 그런 주장을 하는 사람은 그녀뿐이었지만, 사람들은 어쨌든 그날부터 자신들이 달콤하지만 기만적인 어떤 꿈의 포로가 아닌, 오랜 고통 끝에 해방되도록 선택받은 자들이라고 믿기 시작했다. 이리미아시의 모습이나 그가 내리던 간략한 지시 그리고 용기를 북돋아주던 몇 마디 말을 떠올리면 그들 가슴속에서 뜨거운 열정이 되살아났다. 언제든 끔찍한 일이 생겨 자신들

의 허약한 승리가 깨져 견딜 수 없는 혼돈과 재로 변하고 말
거라는 두려움을 그들은 그렇게 견뎌낼 수가 있었다. 그들은
이리미아시와 페트리너가 떠나기로 약속한 시간을 늦추려고
안간힘을 썼다. 그들은 마치 인생이 걸린 중요한 일인 양 날씨
이야기를 했고, 류머티즘에 대해 불평을 늘어놓았으며, 포도
주 맛이 변했느니 어쩌니 하며 내내 수다를 떨었다. 이리미아
시가 떠난 뒤에야 그들이 숨을 편히 쉴 수 있게 된 것도 그럴
만했다. 이리미아시는 밝은 미래의 약속이기도 했지만 동시에
재난에의 공포이기도 했던 까닭이다. 또한 이제부터 모든 일
이 순풍에 돛 단 듯 진행될 거라고 감히 믿을 수 있게 된 것도
그가 떠난 다음의 일이었다. 이제야 그들은 비로소 쉴 수가 있
었고, 기쁨에 젖어 불안을 가라앉힐 수 있었으며, 불가피한 몰
락마저 넘어설 갑작스러운 해방의 아찔한 감각을 즐길 수 있
게 되었다. 마을과 작별하며 손을 흔들다가 술집 주인의 모습
을 본 사람들은 한층 기분이 좋아졌는데("구두쇠 양반, 보기가
아주 좋소이다!"라고 조롱한 이는 크라네르였다), 그는 왁자지껄 흥
겹게 멀어져가는 사람들을 팔짱을 낀 채 문가에 서서 바라보
고 있었다. 그는 스스로를 파괴할 것 같은 고통과 끓어오르는
증오 그리고 무력감을 가까스로 참아내며 악에 받쳐 고함을
쳤다. "가다 고꾸라져라, 비열하고 배은망덕한 자들!" 그는 수
없이 밤을 지새워가며 계획을 짜보려 했지만 결국은 막다른
길에서 막다른 길로 헤매기였다. 그가 눈을 굴리며 이리미아

시를 어떻게 할까, 칼로 내리찍을까, 목을 조를까, 독살을 할까, 아니면 간단히 도끼로 절단을 내버릴까 궁리하는 동안에도 이리미아시는 뻔뻔하게도 술집 주인의 잠자리를 빼앗아 창고에서 코를 골며 자고 있었다. 사람들과 이야기를 나눠보기도 했으나 아무런 도움도 되지 않았다. 그는 화내고 경고하고 간청하기까지 하면서 '촌무지렁이들'을 예정된 재난으로부터, 그들 모두를 파멸시킬 재난으로부터 구해내려 했지만("제발 정신 좀 차려요! 저자가 당신들 코를 꿰어 끌고 다니는 거란 말이요!") 마치 벽에다 대고 이야기하는 것처럼 소용이 없었기에, 기어이 온 세상을 저주하며 치욕적인 파산을 감수하는 수밖에 없었다. 그에게 남은 선택지는 무엇이었을까? 장사를 접고 다른 사람들처럼 이곳을 떠날 수 있을까? 내년 봄까지 도시로 나가 어떻게든 술집을 처분하면 될까? 술고래와 늙은 창녀만 바라보고 이곳에 남아 있을 수는 없었다. 어쩌면, 어쩌면 거미로 뭔가를 시작할 수 있을지도 몰랐다. 어쩌면 과학 연구용으로 거미를 누군가에게 팔 수 있을지도 몰랐다. 거미를 사겠다는 사람이 있을지 또 누가 알랴. 하지만 그래봤자 뜨거운 돌 위에 떨어진 물 한 방울 같은 돈이리라. '처음부터 다시 시작해야 한다는 사실엔 변함이 없구나.' 그런 비통함보다도 더 괴로운 건 그의 처지를 고소해하는 호르고시 부인의 태도였다. 그녀는 못마땅한 얼굴로, 떠나는 사람들의 어리석은 의식儀式을 처음부터 끝까지 지켜본 다음 술집으로 돌아와 침몰한 것같이 카운터 뒤에 웅크리고 앉아 있는 술집 주인을 비웃듯이 쳐다보았다. "하, 봤죠. 기차가 떠나버렸네요. 이제 당신은 별 볼 일 없게 된 거예요." 술집 주인은 그 말을 듣고 당장 그녀의 목을 졸라버리고 싶었으나 가만히 있었다. "그런 거죠. 오르막길이 있으면 내리막길이 있다고요. 그러니 태연해야 한다고 내가 언제나 말하잖아요. 당신이 가진 걸 봐요. 시내의 좋은 집, 고운 아내, 자동차…. 그것들로도 당신은 부족해하죠. 당신은 그냥 이렇게 늙었는데요!" 술집 주인이 대꾸했다. "시끄럽게 하지 말고 집에나 가요." 호르고시 부인은 맥주를 마시고 담배를 피워 물었다. "남편도 댁처럼 쉴 줄 모르는 사람이었죠. 그 사람도 늘 뭔가 부족하다고 느꼈어요. 뒤늦게야 생각한 대로 되지 않는다는 걸 알고는 한 일이 뭐였을까요? 그 사람은 밧줄을 들고 다락방으로 올라갔답니다." "그만 좀 해요!" 술집 주인이 성을 냈다. "나 좀 가만 놔두라고요! 딸들이나 잘 간수해요. 개네들까지 잃고 싶지 않으면요!" "그렇게 안 될걸요!" 호르고시 부인이 싱긋 웃었다. "내가 실성한 줄 알아요? 마을이 텅 빌 때까지 개네들을 집에다 가둬놨지요. 어때요, 잘했죠? 이제 내가 늙어 사는 동안은 여기 있을 거예요. 몸 파는 건 할 만큼 했으니 이제부턴 얌전히 밭에서 일하면서 좋건 싫건 그렇게 살아가야겠죠. 서니는 그냥 가게 놔뒀어요. 가야 할 애니까. 여기 있어봤자 아무 쓸모도 없고, 가고 싶은 대로 가는 게 나아요. 걱정거리가 주는 셈이지." "당신하고 케레케시는 하고 싶은 대로 할 수 있겠죠." 술집 주인이 내뱉었다. "하지만 난 이제 끝났네요. 그 쥐새끼 같은 악당 두 놈이 날 아주 끝장냈다고요." 이렇게 말하면서도 그는 알고 있었다. 저녁이 되어 그가 짐을 다 꾸리고 창문과 문에 단단히 빗장을 지르고는 좌석 위와 관 옆에 더 놓을 자리 없이 짐을 가득 실은 다음 덜컹거리는 자동차를 타고 도시로 출발하면, 그때는 그도 이 농장을 더 이상은, 단 한 번도 뒤돌아보지 않을 거라는 걸. 그는 죽은 아이의 시체를 가능한 한 신속하게 떨궈버리고 이 싸구려 술집도 기억에서 지워버리려 애쓸 것이다. '술집 따위, 땅으로 가라앉아 꺼져버리라지.' 그 자리엔 들개가 오줌을 싸려고 멈추는 일조차 없을 것이다. 마을 사람들도 그와 똑같은 이유로 이곳을 돌아보지 않고 떠난 터였다. 그들은 이끼가 묵직하게 덮인 기와지붕이며 삐딱한 굴뚝이며 철조망 친 창문 따위를 돌아보지도 않았다. 미래를 향한 빛나는 전망이 과거를 해체하여 영원토록 소멸시키기를 그들은 바라 마지않기 때문이리라. 그들은 날이 밝은 동안 알마시에 가고자 했기에, 늦어도 두 시간 뒤에는 기계실 앞에서 만나기로 약속을 했다. 중요한 물건들을 챙기기엔 충분한 시간이었는데, 그들이 살게 될 곳에선 하나도 아쉽지 않을 그런 물건들을 다 챙겨서 10~20킬로그램에 이르는 짐을 꾸리는 것은 어리석은 일이었던 탓이다. 심지어 헐리치 부인은 아무 걱정 말고 모든 물건을 그냥 놔둔 채로 즉시 떠나자고 했다. "이미 우리에게 최고의 은총이 내렸으니" 성경 속 가난한 이들의 모습대로 새로운 출발을 하자고 나서기도 했다. 우리에겐 성경이 있다고, 그녀는 말했다. 하지만 사람들―주로 남자들―은 그래도 꼭 필요한 개인 물품은 챙겨 가는 게 낫다고 그녀를 설득했다. 사람들은 흥분한 채 흩어져 정신없이 짐을 챙기기 시작했다. 여자들이 옷장과 부엌 선반의 물건들 그리고 양념을 챙기는 동안, 남편들인 슈미트와 크라네르 그리고 헐리치는 요긴한 공구부터 골라 챙기고 그다음엔 방들을 돌아보면서 여자들이 들뜬 나머지 값진 물건인데 잊은 것은 혹 없는지 날카로운 눈으로 살폈다. 청년 둘은 가장 홀가분한 형편이라 필요한 물건을 커다란 가방 하나에 다 꾸릴 수 있었다. 한편 교장은 신중하면서도 신속하게 짐을 싸면서 공간을 최대한 활용하는 데 신경을 썼다. 후터키는 자기 물건들을 아버지에게 물려받은 낡은 가방 두 개에 던져 넣고 호리병 속에 유령을 다시 가두기라도 하는 양 벼락같이 자물쇠를 채운 다음 가방을 위아래로 겹쳐놓고는 떨리는 손가락으로 담배에 불을 붙였다. 그곳에 살았던 개인의 흔적은 아무것도 남지 않은 채 난장판이 치워지자, 이제 그를 둘러싼 공간은 그저 썰렁하고 황량하기만 했다. 짐을 싸고 나자 그는 자신이 이 세계의 한 부분이었고 이곳에 실제로 존재했었다는 증거의 파편마저 사라져버린 듯한 기분이 들었다. 얼마나 많은 희망찬 날들이 그의 앞에 놓여 있든지 간에―이제는 꿈이 실현되기 직전이라고 그는 확신했다―어둡고 냄새나는 좁은 공간에서 짐을 꾸리면서(더는 여기서 산다는 말을 하지 못할 것이고 그가 어디에서 살게 될지도 마찬가지로 말할 수 없다) 불현듯 그리고 점점 무겁게 내리누르는 슬픔을 그는 어쩔 도리 없이 느끼고 있었다. 전다리가 아파오기 시작하자 그는 걸터앉았던 가방에서 내려와 헐벗은 침대에 조심스럽게 몸을 눕혔다. 잠깐 졸았다가 화들짝 놀라 잠이 깬 그는 어설 프게 침대에서 내려오다 아픈 다리가 침대 틈에 끼는 통에 하마터면 얼굴을 바닥에 찧을 뻔했다. 그는 투덜거리며 다시 누워 발을 약간 높은 곳에 올려놓은 다음 여기저기 금이 간 천장을 슬프게 바라보았다. 그는 처량하리만치 누추한 방 안을 둘러보았다. 그는 자기가 이곳을 떠나지 못하도록 가로막아온 것이 무엇인지를 돌연 깨달았지만, 그 순간의 명료함도 사라지자 이제 그에게 남은 것은 아무것도 없게 되었다. 지금껏 머물러 살 용기가 없었던 것처럼, 지금도 떠날 용기가 없었다. 짐을 싸면서, 그는 모든 가능성을 도둑맞고 하나의 덫에서 빠져나와 또 다른 덫에 걸릴 것만 같은 예감에 휩싸였다. 그는 기계실과 농장에 갇힌 죄수였지만, 이제는 미지의 위험에 자신을 맡기려 하고 있었다. 지금까지는 문을 여는 법도 모르고 창문으로 빛 한 줄기 들어오지 않는 어떤 날을 두려워했다면, 이제는 영원한 미지의 수인囚人으로서 지금껏 가졌던 것마저 스스로 잃도록 만들었다. 그는 잠시 지체하면서("1분만, 곧 갑니다") 침대 옆의 담뱃갑을 집어 들었다. 그는 쓰디쓴 심정으로 이리미아시가 술집 문 앞에서 한 말을 기억했다("친구들이여, 이제부터 여러분은 자유입니다!"). 왜냐하면 그가 지금 느끼는 것은, 꼼짝할 수가 없다는 부자유한 감정이었기 때문이다. 그는 시간이 임박했는데도 몸을 일으켜 떠날 수가 없었다. 그는 눈을 감고 다가올 날들을 그려보며 뒤숭숭한 기분을 가라앉혀 보려 했지만 차분해지기는커녕 이마에 땀방울만 송골송골 맺혔다. 환상의 나래를 펴보려 했으나 떠오르는 장면은 오직 하나뿐이었다. 낡은 외투를 입은 자신의 모습. 너덜너덜한 자루를 어깨에 메고 빗속 시골길을 걸어가던 그가 갑자기 자리에 멈춰 서더니 뒤돌아서 걷기 시작한다. "안 돼!" 그는 결연히 외쳤다. '후터키, 너도 참!' 그는 침대에서 내려와 셔츠 자락을 바지에 쑤셔 넣고 외투를 걸친 다음 가방 손잡이를 끈으로 묶은 뒤 가방을 처마 밑에 내놓았다. 주변에 아무런 기척이 없어서 그는 사람들을 재촉하기로 했다. 가장 가까이에 사는 크라네르의 집으로 가 문을 두드리려는데, 집 안에서 딸그락거리는 소리와 무거운 뭔가가 떨어지는 소리가 났다. 그는 몇 걸음 뒤로 물러섰다. 처음엔 무슨 안 좋은 일이 일어난 줄 알았다. 하지만 다시 문을 두드리려 했을 때 크라네르 부인의 웃음소리가 또렷하게 들리고 뒤이어 접시와 찻잔이 바닥에 떨어져 깨지는 소리가 들렸다. "대체 뭘 하는 거지?" 그는 부엌 창문으로 다가가 손차양을 만들고 집 안을 들여다보았다. 놀랍게도 크라네르는 10리터짜리 냄비를 머리 위로 들어 올려 부엌 바닥에 힘껏 내던지고 있었고, 그의 아내는 뒤쪽 창문의 커튼을 잡아 뜯고 있었다. 그녀는 남편에게 조심하라고 주의를 준 다음 빈 부엌 찬장을 벽에서 당겨 단번에 넘어뜨렸다. 타일 바닥에 부딪혀 찬장 한쪽 면이 부서지자 크라네르가 달려들어 다른 쪽을 뜯어냈다. 그러고 나서 크라네르 부인은 온갖 파편이 널린 부엌 한가운데 서서 머리 위 천장에 매달린 주석 샹들리에를 떼어내 떨어뜨렸다. 샹들리에가 깨지면서 창문으로 날아온 램프를 후터키는 간신히 피했고, 램프는 몇 미터를 더 굴러가 덤불 앞에서 멈추었다. "뭘 보고 있는 거야?" 크라네르가 부서진 창문을 열면서 소리쳤다. "아이고, 깜짝이야!" 크라네르 부인은 남편 뒤에서 날카롭게 소리치더니, 후터키가 욕을 하며 지팡이를 짚고 일어나 옷에서 유리 조각을 털어내는 걸 보고 한숨을 내쉬었다. "안 다친 거죠?" "떠날 때라고 알려주려고 했네." 후터키가 짜증스럽게 말했다. "이런 대접을 받을 줄 알았으면 그냥 집에나 있을걸." 땀으로 범벅이 된 크라네르는 물건을 부수며 느꼈던 흥분을 얼굴에서 지워내려 했지만 잘되지 않았다. "엿보니까 그런 꼴을 당하지." 그는 찡그린 웃음을 지으며 후터키에게 말했다. "자, 들어와. 평화롭게 맥주나 한잔하자고!" 후터키가 고개를 끄덕였다. 장화를 굴러 진흙을 떨어낸 그는 커다란 거울과 우그러진 난로 아래 잘게 부서져 널린 옷장의 파편들을 밟고 안쪽으로 들어갔다. 크라네르 부인은 이미 잔 세 개를 가득 채워놓고 있었다. "보기에 어떤가?" 크라네르가 만족스러운 듯 물었다. "제대로 부쉈지?" "아니라곤 못 하겠네." 그렇게 대답하고 후터키는 크라네르와 잔을 부딪었다. "집시들이 세간 집어가는 꼴은 내가 못 보지! 차라리 산산조각 내는 게 나아." 크라네르의 생각이었다. "그런 거였구먼." 후터키는 어물쩍 대답하고는 잘 마셨다고 말한 뒤에 밖으로 나왔다. 그는 두 집을 가르는 덤불을 넘어서 슈미트의 집으로 갔고, 이번에는 조심스럽게 부엌 창문 너머부터 엿보았다. 이 집은 위험해 보이지는 않았는데, 다만 어수선한 물건들 사이로 쓰러진 찬장 위에 슈미트 부부가 앉아 있는 모습이 보였다. "모두들 정신이 나갔나? 왜들 이러는 거야?" 그는 창유리를 두드린 다음 얼빠진 표정으로 쳐다보는 슈미트에게 떠날 때가 되었으니 서두르라는 시늉을 했다. 그리고 현관 쪽으로 몇 걸음을 옮기다가 멈춰 섰다. 덤불을 지나 크라네르의 집 마당으로 들어선 교장이 깨진 부엌창 너머를 멍하니 바라보고 있었다. 그러더니 아무도 자기를 못 봤다고 확신한 듯 쏜살같이(후터키는 아직 슈미트의 집 문 앞에 서 있었다) 자기 집으로 돌아가 현관문을 발로 차기 시작했다. 처음엔 다소 주저하더니 점점 맹렬한 기세로 차댔다. "왜들 이러나? 모두 미쳤나?" 후터키는 고개를 저으며 천천히 교장의 집 쪽으로 향했다. 교장은 문을 발로 차면서 자신을 히스테리로 몰고 있었다. 그러다 문이 잘 부서지지 않자 이번엔 문짝을 떼어내 두 걸음 뒤로 물러나 온 힘을 다해 벽에다 내던졌다. 그래도 잘 부서지지 않자 이번엔 문짝 위에 올라타 펄쩍 뛰고 발을 굴러서 기어이 문을 부숴버렸다. 찌푸린 얼굴로 뒤에서 지켜보고 있던 후터키를 발견하지 못했더라면 교장은 집에 있는 가구들도 마저 부수었을 것이다. 하지만 후터키를 본 교장은 당혹한 기색으로 자신의 쥐색 코트를 가다듬고는 어색한 웃음을 지어 보였다. "아, 그게….." 후터키는 아무 말도 꺼내지 않았다. "그게 알다시피… 왜냐하면 또….." 후터키가 어깨를 으쓱했다. "제가 알고 싶은 건 언제쯤 떠날 준비가 되겠느냐는 겁니다. 다른 사람들은 짐을 다 꾸렸거든요." 교장은 목청을 가다듬었다. "나요? 난 준비가 다 되었소. 내 가방을 크라네르의 수레에 싣기만 하면 돼요." "좋습니다. 그럼 크라네르 씨에게 얘기하시죠." "벌써 얘긴 끝났소. 술 2리터를 그 사람에게 주었거든. 다른 때 같았으면 고민을 좀 했겠지만 이렇게 먼 길을 가려니까….." "물론이죠, 잘했어요." 후터키가 그의 편을 들었다. 그리고 인사를 한 다음 기계실로 향했다. 그가 돌아서자마자 교장은 기다렸다는 듯이 집 안쪽을 향해 침을 길게 퉤 뱉었다. 그러더니 묵직한 돌을 집어 들어 부엌 창문에다 던졌다. 후터키가 유리창 깨지는 소리에 뒤를 돌아보자 그는 다시 외투를 툭툭 털며 무슨 소리가 났냐는 듯 시치미를 뗐다. 반시간이 지나자 사람들은 오래 걸을 채비를 하고 기계실 앞으로 모였고, 슈미트만 제외하고(그는 후터키에게 변명을 늘어놓는 중이었다. "이봐 이웃, 우연히 시작된 일이거든. 실수로 테이블에서 냄

비를 떨어뜨렸는데 그다음부터는 모든 게 막 저절로 되더라고") 모두
가 기쁨에 상기된 얼굴로 마을에 작별 인사를 했다. 크라네르
의 손수레에는 교장의 가방 말고도 헐리치의 물건들이 꽤 실
려 있었고 따라서 그들은―슈미트네는 짐을 실은 수레가 또
있었다―짐 때문에 뒤처질 염려는 하지 않아도 되었다. 이렇
게 떠나기 위한 모든 준비가 끝났다. 다만 출발하자는 결정적
인 한마디를 입 밖으로 꺼내는 사람이 없을 뿐이었다. 누군가
출발하자고 말해주기를 기다리며 사람들은 침묵했고, 그러다
가 차츰 당황한 심정이 되어 마을 쪽만 멍하니 바라보았다. 사
람들은 떠나는 길에 첫 발걸음을 떼어놓는 순간에는 무언가
그럴 듯한 말을 해야 한다고 생각했다. 짧은 작별 인사라든가
또는 그 비슷한 말을. 사람들은 후터키에게 기대를 거는 눈치
였으나 그가 그나마 엄숙하고 때에 맞는 말을 찾아내기도 전
에, 헐리치가 수레를 붙들고 "출발" 하고 말했다. 그는 후터키
가 여전히 납득하지 못하는 듯한, 세간을 부수던 자신의 행동
에 대해 무언가 의미를 부여할 만한 말을 그가 찾아낼까 봐
조바심이 났던 것이다. 크라네르가 수레를 끌면서 앞장을 섰
다. 크라네르 부인과 헐리치 부인은 짐이 굴러떨어지지 않도
록 양 뒤편에서 수레를 붙든 채로 그의 뒤를 따랐고, 그 뒤에
서 헐리치가 외바퀴 손수레를 밀었으며, 그 뒤를 슈미트 부부
가 따랐다. 그렇게 일행은 농장 입구를 통과했다. 한동안은 수
레의 몸체와 바퀴가 삐걱대는 소리만이 들렸다. 크라네르 부

인만 빼고는 아무도 말을 할 기분이 아니었다. 크라네르 부인
은 정적을 견딜 수 없었기에 손수레에 실은 짐이 이러니저러
니 따위의 말을 했다. 일행은 흥분과 열정, 그리고 미지의 시
간 앞에서 느끼는 불안이 뒤섞인 감정에 좀처럼 익숙해질 수
가 없었다. 게다가 이틀이나 잠을 제대로 자지 못했는데 어떻
게 긴 여정을 견뎌낼 수 있을지 근심이 되었다. 하지만 비가 겨
우 부슬거리며 내리는 정도인 데다 한동안은 날씨가 괜찮을
것으로 보이자, 얼마 지나지 않아 기분이 좀 나아졌다. 왠지
안심도 되었고, 가슴속에서 출렁이는 영웅적 결단에 대한 비
장함이나 오래 살던 곳을 떠난 사람이라면 묵묵히 마음에 담
아두기만은 어려운 감정 등을 말로 표현하고 싶기도 했다. 시
내를 등지고 알마시로 통하는 길로 들어섰을 때, 크라네르는
환성이라도 지르고 싶었다. 마침내 출발한 첫 순간이 그에게
는 10년 넘게 겪어온, 반 시간 전에 그로 하여금 애먼 가구들
에 분풀이를 하도록 만든 고통의 끝이었기 때문이다. 그렇지
만 다른 일행이 불안에 사로잡혀 있는 모습을 보았기에 마음
의 고삐를 움켜쥐고 있어야 했다. 하지만 호흐마이스 지대에
이르자 그는 더 이상 참지 못하고 큰 소리로 외치고 말았다.
"개 같던 세월아, 악마한테나 가라지! 해냈다! 이보시오들, 이
웃님들! 이제 된 거요!" 그는 발걸음을 멈추고 일행을 향해 몸
을 돌리더니 제 허벅지를 한 대 친 다음 이렇게 외쳤다. "여러
분, 들어보시오! 비참한 세월이 끝난 거요! 알아듣겠소? 그렇

지 않소, 여보?" 그는 아내에게 그렇게 외치고는 그녀가 아기인 양 번쩍 들어 안은 뒤에 와락 숨이 찰 때까지 원을 그리며 돌았다. 그러다 아내를 내려놓은 뒤에 끌어안고는 자꾸만 똑같은 말을 되풀이했다. "이럴 줄 알았어, 이럴 줄 알았다니까!" 그러는 사이 다른 사람들도 마음의 둑이 무너졌다. 헐리치는 하늘과 땅을 욕하며 마을 쪽을 향해 주먹을 흔들어댔고, 후터키는 미소 짓는 슈미트에게 다가가 "이보게…" 하고 목멘 소리로 불렀으며, 교장은 슈미트 부인에게 열렬하게 말을 붙였다("안 그래요? 제가 늘 말해왔지요. 희망을 버려선 안 된다고요! 사람은 마지막까지 믿음을 가져야 해요! 그러지 않았다면 우리가 어떻게 되었겠습니까? 네? 어디 말해보라고요!"). 그녀는 다른 일행의 관심이 자기에게 쏠릴까 봐 염려가 된 나머지─마치 그녀도 이 거친 돌발적 환희에 공감한다는 듯이─애매하게 웃으며 넘어가려고 했다. 헐리치 부인은 아예 시선을 하늘에 고정시키고 큰 소리로 기도문을 외웠다. "주님의 이름 거룩하시도다!" 하지만 비 때문에 고개를 숙여버린 그녀는 자신의 기도로는 이 불손한 소란을 제압할 수 없음을 깨달았다. "이봐요들!" 크라네르 부인이 날카롭게 소리쳤다. "우리 한잔해야겠어요!" 그러더니 가방에서 반 리터짜리 술병을 꺼냈다. "얼씨구나. 인생 새로 살 준비를 아주 잘했구려!" 헐리치는 반색을 하며 크라네르 뒤로 가 자기 차례를 기다렸다. 하지만 술병은 순서 없이 입에서 입으로 옮아갔고, 그가 정신을 차리고 술병을 받아 들었을 때는 마지막 한 모금밖에 남아 있지 않았다. "실망하지 말아요!" 크라네르 부인이 그렇게 말하며 눈을 찡긋했다. "아직 남았어요. 나중이 있다고요!" 헐리치는 한동안 마치 짐이 실리지 않은 것처럼 가볍게 손수레를 밀면서 휠휠 날듯이 걸었다. 그의 생기 찬 동작은 크라네르 부인을 쳐다보며 200미터쯤 걷다가 그녀에게서 "아직은 아녜요!"라고 말하는 듯한 눈빛을 받을 때만 잠시 주춤하곤 했다. 그의 좋은 기분은 주변에도 영향을 미쳐 ─ 수레 위의 짐이나 가방을 시시때때로 고쳐 실어야 했음에도 ─ 일행은 꽤 수월하게 앞으로 나아갔다. 그들은 얼마 지나지 않아 오래된 배수로 위에 놓인 다리를 건넜고 곧 저만치에 서 있는 거대한 철탑과, 진동하며 그 철탑들을 잇는 고압전선을 보게 되었다. 후터키는 다른 사람들보다 걷는 게 힘들었지만 그래도 그들이 주고받는 대화에 가끔씩 껴들곤 했다. 그는 가방을 하나는 등에 지고 하나는 가슴에 안은 채 힘겹게 걸어갔다(크라네르와 슈미트는 그에게 짐을 캐리어나 손수레에 실으라고 했지만, 그는 말을 듣지 않았다). "그 사람들 어떻게 될지 궁금하네." 그가 생각에 빠져서 말했다. "그 사람들 누구?" 슈미트가 물었다. "예를 들면, 케레케시." "케레케시?" 크라네르가 돌아보며 말했다. "그 사람 걱정이라면 하지 말라고. 어저께 얌전히 집으로 가서 침대에 눕더군. 오늘 무사하면 내일도 자고 일어나겠지. 한동안은 술집 앞에서 얼쩡거리다가 아마 호르고시한테 갈 거야. 둘은 죽이 잘 맞으니까.” “틀림없이 그러겠지!” 헐리치가 맞장구쳤다. “둘은 아마 고주망태가 되도록 마셔댈 거야. 될 대로 되라지. 술 말고는 아무 생각 없다고 할 사람들이니. 호르고시는 상복도 첫날만 입고 있었지.” “아, 참.” 크라네르 부인이 껴들었다. “켈레멘 씨는 어떻게 됐나요? 금방 사라져서 보이지도 않던데.” “켈레멘? 그 사람?” 크라네르가 씩 웃었다. “어제 오후에 벌써 사라졌지. 더는 못 견뎠을 거야. 하하하! 처음엔 나하고 티격태격하다가 그다음엔 이리미아시와 엉겨 붙었어. 그런데 이리미아시는 그자보다 한 수 위잖아. 켈레멘이 이건 이렇게 하고 저건 저렇게 해야 한다며 주절거리고, 또 우리가 해야 할 일들에 대해 자기가 나서서 말하려고 들더군. 우리 중에 감옥에 가야 할 사람들이 있다고도 말했지. 그리고 자기는 남들보다 나은 대접을 받을 인물이라는 등의 말도 했어. 그러자 이리미아시가 대뜸 악마한테나 가보라고 했거든. 그래서 그 친구는 자기 물건을 챙겨 아무 말도 없이 사라져버린 거라고. 이리미아시한테 ‘경찰보조’ 완장을 내밀고 우쭐거렸거든. 그러고서 그가 무슨 소리를 들었냐면, 이런 표현은 실례가 되겠지만, ‘그걸로 당신 밑이나 닦으라고’였어. 그러니까 더 버티지도 못했겠지.” “아, 그자라면 나도 아주 질렸지.” 슈미트가 말했다. “하지만 그 작자가 가진 손수레는 쓸 만했는데 말이야.” “그야 그렇지. 하지만 순순히 말을 듣지는 않았을 거야. 그자는 아무나 붙잡고 시비를 건다고.” 그때 갑자기 크라네르 부인이 걸음을 멈췄다. "서봐요!" 크라네르가 깜짝 놀라 수레를 멈추었다. "모두들 봐요! 이거 참, 찬장에 찻잔이 모자라네요. 우리, 깜빡 잊어버린 게 있어요!" "말해봐요!" 크라네르가 재촉했다. "무슨 일이요?" "의사 선생님이요." "의사 선생님?" 돌연 일행은 조용해졌고, 슈미트도 잡고 있던 수레를 놓았다. "네." 크라네르 부인이 더듬거리며 말했다. "박사님한테 얘길 한마디도 안 해줬네요. 내가 깜빡했어요!" "아, 여보!" 크라네르가 짜증을 냈다. "난 또 무슨 큰일 난 줄 알았네. 의사를 당신이 신경 쓸 게 뭐요?" "그분도 알았다면 분명 우리와 함께 떠났을 거예요. 혼자 계시면 굶어 죽을 텐데. 제가 잘 알죠. 몇 년을 뵙고 지냈는데 어떻게 제가 모르겠어요! 그분은 그냥 어린애예요. 제가 돌봐드리지 않으면, 그냥 그대로 굶으시거든요. 또 술이며 담배는 어떡하고요. 더러운 빨래도요. 일주일 안에, 아니면 이주일 만에 아마 쥐들한테 뜯어 먹히실 거예요." 슈미트가 다시 성을 냈다. "괜히 성녀인 척하지 말지! 그렇게 걱정되거든 당신은 돌아가구려! 난 그분 하나도 안 보고 싶으니까, 전혀! 내 생각엔 그분도 우릴 보지 않게 돼서 아주 기뻐하고 있을 거 같은데…" 그러자 헐리치 부인이 소리쳤다. "브라보! 하느님께 감사할 일이지요. 그 악마의 동지께서 우리 곁에 없으니 얼마나 좋아요! 그 사람이 악마에게 빠졌다는 건 내가 전부터 알고 있었답니다!" 사람들이 쉬는 동안에 후터키는 담배를 하나 꺼내 물고 다른 사람들에게도 권했다. "이상한 일이군요."

그가 말했다. "정말 의사가 아무것도 모르고 있었을까요?" 그러자 지금껏 말을 아끼던 슈미트 부인이 좀 더 자세한 이야기를 하기 시작했다. "그분은 가면 갈수록 두더지처럼 지내셨어요. 아니 그것보다 더 심했지요. 두더지는 적어도 하루에 한 번은 땅 밖으로 머리를 내미니까요. 하지만 박사님은 마치 살아 있는 시체처럼 지내셨지요." "아, 뭘." 크라네르가 아무것도 아니라는 듯이 말을 받았다. "박사님은 문제없이 잘 지냈지. 날마다 한잔하고 퍼져서 자는 거 말고는 할 일이 아무것도 없었을 테니까. 괜한 걱정으로 울지들 말아요. 그건 그렇고 그분 어머니의 유산이 어떻게 됐는지가 궁금하구먼! 자, 이제 그만들 쉬고 다시 갑시다. 안 그러면 목적지에 도착 못해요!" 하지만 후터키는 그 이야기를 이어갔다. "그 의사 선생, 하루 종일 창가에 앉아 지냈지. 그런데 어떻게 아무것도 몰랐지?" 그는 심란한 마음으로 절뚝거리며 크라네르 부부를 뒤따랐다. "부서지는 소리가 났는데도 못 들었을까? 여기저기 사람들이 뛰어다니고, 수레 끄는 소리며 고함 소리며…. 분명히, 그래, 가능하지. 계속 잠만 잤다면. 그저께 크라네르 부인이 의사와 말했을 때도 그는 자기에게는 아무 이상이 없다고 했거든. 크라네르 말대로 각자 그저 자기 일만 챙기면 되는 거겠지. 그 사람이 어디선가 고꾸라졌다면, 그러라고 하지. 하지만 며칠 안에 그가 무슨 일이 생긴 걸 알아차리고 이리저리 생각해서 사정을 파악하면, 아마 부랴부랴 우릴 쫓아올 거야. 우리 없이 혼자 살 수 있는 분은 아니니까." 500~600미터쯤 가자 다시 세찬 비가 쏟아졌고, 사람들은 투덜거렸다. 길가의 아카시아 나무가 점점 눈에 덜 띄면서 풍경은 생기 없이 변해갔다. 진창길 양쪽에는 아무것도 없었다. 나무 한 그루, 까마귀 한 마리조차 보이지 않았다. 달은 벌써 중천에 떴지만, 우중충한 떼구름이 달을 에워싼 채로 멈춰 있었다. 한 시간만 지나면 캄캄한 밤이 될 것임을 모두가 알고 있었다. 하지만 발걸음을 더 빨리하는 것은 불가능했고 뜻밖에 갑작스런 피로가 몰려왔다. 한 번은 녹슨 철제 그리스도상을 지나칠 때 헐리치 부인이 잠깐 쉬면서 주기도문을 외우자고 제안하자 사람들이 단칼에 거부했는데, 한번 멈추면 다시 길을 떠날 기운이 도저히 나지 않을 것 같아서였다. 크라네르는 이런저런 생각해볼 만한 얘깃거리를 꺼내 사람들의 기분을 나아지게 만들려고 했다("생각들 나요? 예전에 술집 주인 부인이 자기 남편 머리를 나무 숟가락으로 때린 적이 있죠…" 혹은 "페트리너가 갈색 고양이 항문에다 소금을 뿌렸잖아요. 음, 점잖지 못한 얘기를 해서 미안하지만…"). 하지만 사람들은 반응하지 않았을뿐더러 속으로는 계속 떠드는 그를 욕하기까지 했다. '그런데 말이야!' 슈미트는 생각했다. '대체 자기가 대장이라도 된다고 생각하나? 왜 자기가 나서서 이러쿵저러쿵하는데? 이리미아시한테 저 친구 코를 납작하게 만들어달라고 얘기해야겠어. 요즘 들어서 아주 우쭐거린단 말이야.' 크라네르가 계속 나서서 사람들의 기운을 북돋으려 하자("1분만 쉽시다! 한 모금씩만 마셔요! 한 방울이 금처럼 소중하다고요. 술집에서 마시는 술이 아니니까요!"), 사람들은 기다렸다는 듯이 술병을 꺼내 들고 술을 마셨다. 후터키가 기어이 참지 못하고 한마디 했다. "자넨 기분이 참 좋구먼. 자네가 나처럼 다리를 절고 무거운 가방 두 개를 끌게 돼도 그렇게 명랑할 수 있을지 궁금하네!" "내 수레는 뭐 가벼운 줄 아나?" 크라네르가 발끈했다. "안 그래도 물건이 떨어져서 박살나면 어떡하나 쩔쩔매는 중인데!" 이때부터 그는 입을 꾹 다물고 한마디도 하지 않으면서 수레의 손잡이를 움켜쥐고 눈앞의 길만 보며 걸었다. 헐리치 부인은 크라네르 부인이 수레의 다른 쪽에 서서 걸으며 짐에는 손가락 하나 대지 않는 것 같아 화가 났다. 헐리치는 손이 아파오자 자기보다 편하게 가는 것처럼 보이는 헐리치와 슈미트에게 속으로 욕을 퍼부었다. 모두가 눈엣가시처럼 생각하는 사람은 슈미트 부인이었다. 길을 떠난 이래로 그녀는 내내 침묵을 지켰다. 슈미트뿐 아니라 크라네르 부인도 그녀가 왠지 이상하다는 생각이 들었다. 이리미아시가 온 이래로 슈미트 부인은 거의 입을 여는 적이 없었다. '뭔가 좀 수상쩍은데.' 크라네르 부인은 가만히 생각해보았다. '뭔가 고민거리가 생겼나? 아니면 어디가 아픈가? 그건 아닌 것 같은데⋯. 아, 아니지. 그녀는 뭔가 아는 게 틀림없어. 이리미아시가 간밤에 그녀를 술집 창고로 불렀을 때 분명 무슨 말인가를 했겠지. 그런데 이리미아시가 그녀에게 무슨 볼일이 있었을까? 옛날에 둘 사이에 무슨 일이 있었는지 모르는 사람은 없지만, 그건 오래전 일이잖아! 얼마나 되었지?' 슈미트도 곰곰이 생각에 잠겼다. '이리미아시가 이 사람 정신을 쏙 빼 간 것 같은데. 헐리치 부인이 소식을 알려왔을 때 저 사람이 나를 보던 눈초리가 생각나는군. 어쩌면 그녀는 이리미아시를 사… 아니지, 사람이 나이를 저쯤 먹으면 그래도 물정을 알게 되지 않나? 하지만 아니라면? 그게 사실이라면 내가 자기 목을 비틀어버릴 거라는 사실 정도는 알 텐데! 아냐, 그녀가 그런 짓을 할 리 없어! 이리미아시가 자기를 좋아한다고 착각할 리도 없지. 그랬다간 영락없이 웃음거리가 될 텐데! 냄새나는 돼지 같은 여자가 향수를 통으로 뿌린다고 이리미아시의 마음을 얻을 수 있을까? 그는 손가락 하나마다 잘빠진 여자 하나씩은 걸고 있을 텐데. 그런 그가 저런 거위 같은 여자를 원한다? 아니, 그럴 리가. 그런데 저 여자 눈이 왜 저렇게 초롱초롱하게 빛나지? 송아지 눈 같은 두 눈이 말이야. 또 이리미아시한테 얼마나 아첨하고 아양을 떨던지. 천벌을 받을 것! 하긴, 저 여자는 남자라면 아무한테나 꼬리를 치긴 하지. 그 버릇만은 내가 단단히 고쳐놔야겠어! 지금까지 여러 번 얘기했는데도 고쳐지지 않으니 내 책임은 아니라고. 당황하지 말자! 제정신을 차리게 만들어야지. 씨가 말라버려라, 망할 여자들. 빌어먹을 세상!' 후터키는 걸음을 옮기기도 힘들 정도였다. 손수레를 묶어 당기는 끈이 어깨를 파고들어 피부가 화끈거리고 관절이 아팠다.

전다리가 다시 아파오면서 그는 무리에서 한참 뒤쳐졌지만, 사람들은 알아차리지도 못했다. 슈미트조차 대장 노릇을 하는 크라네르를 욕하느라 후터키의 곤란한 사정은 생각하지도 않았다("왜 그래! 우리가 달팽이처럼 가는데도 따라잡질 못하나?"). 그는 아내에게도 빨리 걸으라고 다그쳤고, 크라네르 부인은 힘을 쥐어짜내 짧은 다리로 바쁘게 걸음을 옮겼다. 슈미트가 곧 크라네르 부부를 따라잡아 선두에 나섰다. "그래, 어디 달려봐라!" 크라네르가 냉소했다. "누가 더 오래 버티는지 한번 보자!" 헐리치는 신음 소리를 냈다. "아이쿠, 그렇게 서두르지 말라고! 빌어먹을 장화 때문에 뒤꿈치가 까졌네. 고문이다, 고문이야." "죽는 소리 말아요!" 그의 아내가 꾸짖었다. "사람들한테 당신이 술집에서만 뽐내는 사람이 아니란 걸 보여주란 말예요!" 헐리치는 이를 악물고서 저 앞에서 선두 경쟁을 벌이는 크라네르와 슈미트를 따라가려고 안간힘을 썼다. 이제 후터키는 더 멀리 뒤쳐졌고, 거리가 200미터쯤 벌어졌을 때 그는 무리와 함께 갈 생각을 포기했다. 어떻게 하면 갈수록 무겁게 느껴지는 짐을 가볍게 할 수 있을까 그는 궁리를 거듭했지만, 무엇을 해보아도 고통은 줄어들지 않고 계속되었다. 그러다 더 이상 고행을 하지 않기로 그는 마음먹었고, 굵은 아카시아 나무를 발견하자 길에서 벗어나 가방을 멘 채 진흙 바닥에 털썩 주저앉았다. 나무줄기에 등을 기대고 앉은 그는 몇 분 동안 가쁘게 숨을 쉬었고, 그런 다음 짐을 벗고 두 다리를 쭉 뻗었다. 주머니에 손을 넣었지만 담배를 태울 기운조차 없는데다, 걷잡을 수 없이 졸음이 쏟아졌다. 오줌이 마려워 잠에서 깬 그는 비틀거리며 일어서려 했지만 다리에 기운이 없어몸을 가누기조차 힘들었다. 두 번의 시도 끝에야 중심을 잡고설 수가 있었다. "아, 모두들 너무 어리석었구나!" 그는 중얼거리며 오줌을 누고는 가방 위에 앉았다. '이리미아시의 말을 들었어야 했어! 그는 이사하는 건 좀 더 기다려야 한다고 했지. 그런데 우린? 당장 그날로 떠나고 말았잖아! 바로 오늘! 그래서 난 지금 죽을 만큼 피곤해져서 오물 위에 앉아 있고. 오늘 떠나나 내일 떠나나 일주일 뒤에 떠나나 매한가지인 것을. 이리미아시가 우리한테 트럭을 구해줄 수도 있었을 텐데. 그런데 우린? 맙소사, 그냥 무작정 떠나버리고 말았군! 특히 크라네르 말이야! 하, 어쩌겠나. 때늦은 후회지. 이제 목적지까지 아주 멀지도 않을 테고.' 그는 담배에 불을 붙이고 연기를 깊이 빨아들였다. 아직 좀 어지럽고 머리가 아프긴 했지만 그래도 기분은 한결 나아졌다. 그는 아픈 팔다리를 문지르고 뻣뻣한 다리를 주무르면서 지팡이로 발치의 진흙을 쿡쿡 찔러보았다. 날이 저물고 길은 거의 보이지 않았지만 불안하지는 않았다. 알마시로 통하는 길에서 헤맬 염려는 없었다. 뿐만 아니라 그는 몇 년 전에 이 일대를 돌아다닌 적도 있었다. 당시에 이곳에는 일종의 기계들의 묘지가 있었고, 그의 일과는 낡고 망가져 더는 쓰지 못하는 기계 부품들을 똑같이 쓰러져가는 헛간에 날라다 놓는 것이었다. '생각해보면 참 이상한 일도 있었지.' 갑자기 그에게 어떤 생각이 떠올랐다. '이 영지만 해도 그렇지. 귀족들이 살았을 땐 이곳이 상당히 그럴 듯한 곳이었는데, 지금은 어떻지? 내가 마지막으로 봤을 땐 방들마다 잡초가 자라고 기와는 바람에 날아가버리고 문과 창문도 다 떨어져 나간 상태였지. 바닥이 꺼져서 지하실이 내려다보이는 곳도 있었단 말이야. 물론 내가 상관할 일은 아니지만…. 이리미아시에게 무슨 생각이 있겠지. 이 장소를 선택한 이유가 있을 거야. 아주 외딴곳이라는 게 좋은 이유가 될지도 몰라. 이일대 벌판에는 집 한 채는커녕 아무것도 없으니까. 그래, 누가알겠어? 어쩌면 그렇겠지.' 축축한 날씨에 불이 잘 붙지 않는 성냥을 낭비하게 될지도 몰라서 그는 타들어가는 담배로 새담배에 불을 붙였다. 그러고도 다 피운 담배를 버리지 않고 손안에 가두어 남은 온기를 느꼈다. '그리고 어제는… 아무리봐주려 해도 도무지 이해할 수 없는 일이야. 무슨 서커스도 아니고 말이지. 그자는 마치 선교사처럼 연설을 했고 우린 그가우리와 마찬가지로 괴로워하는 모습을 봤지. 정말 모르겠어. 그는 우리가 원하는 걸 알고 있었던 거야. 그가 그 바보 계집아이에 대해 장광설을 늘어놓을 때 사실 우리가 듣고 싶어 한얘기는, 자 이제 그만, 사람들아, 내가 여기에 있으니까, 이제그만 우울해하고, 뭔가 쓸모 있는 일을 벌여보자, 같은 거였단말이야. 한데 웬걸! 여러분, 여러분은 얼마나 죄를 지었는가요,

라니! 그런 말을 들으면 이성이 멈춰버리지. 그가 장난을 치는
건지 진심인지 아무도 몰랐을 거야. 우리는 그에게 그만 말하
라는 소리조차 못 했고. 그 아이는? 그래, 쥐약을 삼켰어. 그런
데 어쩌라고? 불행한 아이에게는 차라리 잘된 일인지도 몰라.
적어도 더는 괴롭지 않잖아. 그래서 그게 나와 무슨 상관이
야? 그 애한테는 엄마도 있었어. 애는 원래 엄마가 돌봐주는
게 맞지! 그런데 이리미아시는 이런 날씨에 우리를 몰아세워
이 일대를 뒤지도록 했어. 아주 샅샅이 뒤져서 결국 찾아내긴
했지만! 이리미아시, 그자가 무슨 생각을 하는지 누가 알겠
어? 불행한 인간이지. 예전의 그라면 하지 않았을 행동인데.
우린 놀라서 어안이 벙벙할 지경이라고. …그래, 그는 사람이
변했더군. 그가 지난 몇 년 동안 무슨 일을 겪었는지는 아무도
모르는 거지! 예전과 똑같은 건 그의 매부리코와 줄무늬 재킷
과 빨간 넥타이뿐이야. 어쨌든 곧 질서가 잡히겠지!' 그는 가
벼워진 마음으로 한숨을 내쉬고 몸을 일으켰다. 그리고 짐과
연결된 끈을 어깨에 걸친 다음 지팡이에 의지해 길로 돌아갔
다. 그는 지루함을 쫓으려고, 또 끈이 어깨 살을 파고드는 통
증을 잊으려고, 또한 세상 끝인 것 같은 풍경 속을 홀로 걷자
니 조금 무섭기도 해서 〈사랑하는 헝가리, 너는 아름답구나〉
를 부르기 시작했다. 하지만 가사가 몇 마디밖에 생각나지 않
아서 그는 차라리 국가國歌를 부르기로 했다. 하지만 외딴길에
서 노래를 부르자니 더 외로운 느낌이 들어서 그만 입을 다물

었다. 그리고 숨을 멈췄다. 오른쪽에서 무슨 소리가 들린 것 같았기 때문이다. 그는 아픈 다리가 허용하는 만큼 걷는 속도를 빨리했다. 그러자 다른 쪽에서 딱 하는 소리가 났다. '저게 뭐지?' 아무래도 다시 노래를 부르는 게 나을 성싶었다. 갈 길이 아주 멀지는 않았고, 노래를 하다 보면 시간도 금방 갈 것이다.

신이여, 헝가리 국민에게
기쁨과 행복과 은총을 주소서,
전쟁의 고난에서
적들 앞에서 보호하시고…

이번엔 누군가가 부르는 소리가 들렸다. …혹은 그보다는… 우는 소리 같기도 했다. '아휴, 무슨 짐승인가… 우는소리인가. 모르겠다. 다리가 부러졌나.' 그는 소용없는 줄 알면서도 고개를 좌우로 돌려보았다. 길 가장자리엔 칠흑 같은 어둠만이 있을 뿐, 아무것도 보이지 않았다.

오랜 고난을 견디어낸 자에게
다시 기쁨을 선사하시고…

"우린 자네가 생각을 바꾼 줄 알았네!" 크라네르가 가까이 오는 후터키를 보고 말했다. "걷는 모습을 보고 후터키 씨라는 걸 알았어." 크라네르 부인이 말했다. "절름거리는 고양이 같아서 보면 바로 알 수 있거든요." 후터키는 모자를 벗고 짐 끈을 푼 뒤 안도의 한숨을 쉬었다. "오다가 무슨 소리 못 들었나?" 그가 물었다. "아니. 무슨 소리를 들었는데?" 슈미트가 놀란 얼굴로 되물었다. "아, 별거 아니야." 헐리치 부인은 바위 위에 걸터앉아 다리를 주무르고 있었다. "우린 그쪽이 오는 발소리 말고는 못 들었어요. 누가 오는 건가 했죠." "누구긴 누구야. 올 사람이 또 누가 있다고. 노상강도? 새 한 마리 없던데. 사람 그림자도 안 보이고." 그들은 장원으로 이어진 길 위에 있었다. 길 양편으로 십수 년 전부터 우거진 회양목들이 여기저기서 참나무와 소나무를 압도하며 야생 덩굴같이 건물 외벽에 들러붙어 집요하게 위쪽으로 기어오르고 있었다. 그래서 "영지"(그렇게 불렸다) 전체에는 적막한 절망감이 감돌았다. 건물의 상부는 아직 드러나 있지만 이런 추세로 식물들의 공격을 받다가는 몇 년 버티지 못할 게 뻔했다. 현관으로 통하는 넓은 계단의 양편에는, 전에는 여성의 나신 동상이 세워져 있었다. 후터키는 예전에 깊은 인상을 받았던 동상들을 찾아보았으나 땅으로 꺼진 양 보이지 않았다. 일행은 어둠 속에 파묻힌 장원 저택이─외벽의 회칠은 하나같이 너덜너덜했고, 위태로운 성탑은 다음 폭풍우 때 무너질 것처럼 보였으며, 창문에는 유리가 하나도 없었지만─과거에 뽐냈을 화려함의 흔적과 시간을 초월한, 애초에 이 건물의 목적이었을 기품을 암암리에 느끼며 입을 다물고 눈을 둥그렇게 뜬 채 계단을 올랐다. 위쪽에 도착하자, 슈미트가 무너진 아치를 서슴없이 통과해 중앙 홀로 들어가서는 두려워하는 기색도 없이 텅 빈 실내를 여기저기 둘러보았다. 그의 눈은 곧 어둠에 익숙해져 왼편의 작은 홀에 이르렀을 때는 부서진 타일 조각이나 썩은 나무 판자, 여기저기 널린 녹슨 기계를 잘 피해 걸을 수 있을 정도가 되었고, 후터키가 경고했던 발이 빠질 수도 있는 틈 앞에서 멈춰 설 수도 있었다. 나머지 일행은 몇 걸음 거리를 두고 그를 따라갔다. 그렇게 그들은 버려진 장원 저택의 차갑고 썰렁한 공간을 훑으며 걸어가다 창문 앞에 멈춰 서서 식물들이 무섭게 자란 정원을 내다보기도 하고, 또 성냥불이 타는 잠깐 동안은, 비록 썩어가고는 있었으나 예술적으로 세공된 이곳저곳의 문과 창틀의 장식들 그리고 머리 위의 부조 장식을 보고 감탄하기도 했다. 그중에서 일행을 가장 놀라게 한 것은 한쪽으로 기울어진 놋쇠 장식 난로였는데, 특히 헐리치 부인은 난로에 새겨진 열세 마리의 용을 세어보며 환희에 젖었다. 그들의 말 없는 경탄을 깬 것은 홀 중앙에 선 크라네르 부인의 거친 목소리였다. 그녀는 이해할 수 없다는 듯 두 팔을 치켜들고 소리쳤다. "이렇게 호화롭게 해놓고 여기서 따뜻하게 지냈단 말이죠? 어떻게 그럴 수가?" 그 질문에는 이미 답이 포함돼 있었기에 사람들은 그저 불평하듯 수군거리기만 했다. 그들은 현관 쪽으로 돌아 나왔고 설왕설래 끝에 (슈미트는 "여기서? 외풍도 제일 심한데? 왜 하필이면!" 하고 반대했지만) 크라네르의 말대로 하기로 했다. "오늘 밤은 여기서 자는 게 좋겠어요. 맞아요. 춥고 썰렁하긴 하지만, 이리미아시가 날이 밝기 전에 도착할지도 모르잖아요? 그럼 이 저택의 미로 속에서 우리를 쉽게 찾을 수 있겠어요?" 그들은 수레를 놔둔 곳으로 갔다. 밤새 비가 심하게 내리거나 폭풍이 불지도 모르니 짐을 잘 묶어 두고, 임시로 잠자리를 만들 만한 물건들, 즉 자루나 담요나 이불 따위를 가지고 들어가기 위해서였다. 다들 그대로 뻗어 버렸고, 이불 속이 입김으로 조금 따뜻해지기는 했지만 너무나도 피곤한 나머지 오히려 잠을 이루기가 어려웠다. "이리미아시를 잘 모르겠단 말이지." 크라네르가 어둠 속에서 말했다. "누가 설명 좀 해주면 좋겠네. 그자도 우리처럼 단순한 인간이었잖아. 말도 우리랑 똑같이 하고. 그냥 머리만 좀 좋았을 뿐인데. 그런데 지금은 아주 잘난 신사 같잖아? 대단한 물건처럼 보이지 않느냐는 말이야! 내 말이 틀렸나?" 슈미트가 그의 말을 받을 때까지 사람들은 말이 없었다. "이상하긴 했지. 나도 그렇게 생각해. 웬 소동을 벌이나 싶더라고. 분명 뭔가 원하는 게 있었어. 그런데 그게 뭔지를 모르겠더라니까. 만일 그가 우리랑 똑같은 걸 원한다는 사실을 처음부터 알았더라면, 난 그렇게 유난하게 애쓸 필요 없다고 그자에게 말했을 거야." 교장이 돌아눕더니 어둠 속에서 눈을 뜬 채로 말했다.

"죄가 어떻다는 둥, 에슈티케가 이렇다는 둥 저렇다는 둥 불필요할 정도로 길게 얘기하더군! 듣자하니 꼭 그 애가 그렇게 된 게 나와 무슨 상관이 있는 것 같잖아! 그자가 '가엾은 에슈티케'를 들먹이니까 난 기분이 상하던데. 에슈티케, 왜 그렇게 부르지? 그 이름이 괜찮은가? 에슈티케? 무슨 연극을 보는 줄 알았네. 그 아이에겐 더 좋은 에르지라는 이름이 있었어. 아빠는 그 애한테 기대가 컸지. 나? 나는 뭘 했느냐고? 난 그 애가 제대로 서도록 온갖 노력을 다했다오! 늙은 마녀 같은 그 애 엄마가 애를 부려먹으려고 집으로 데려갔을 때도 나는, 아주 적은 비용만 부담한다면, 내가 그 애를 제대로 가르치겠다고 얘기했었어요. 그냥 매일 아침마다 아이가 내게 오기만 하면 된다고 했는데. 하, 그런데 그 심술궂은 마녀는 그 돈이 아까워서 그 불쌍한 애를 방치한 거지요. 내가 잘못한 게 뭐가 있냐고!" "쉿, 조용히들 해요." 헐리치 부인이 말했다. "우리 남편 잠들었어요. 잘 땐 조용히 해야 돼요." 후터키는 그녀의 말을 건성으로 들어 넘겼다. "두고 보면 알겠지요. 이리미아시가 의도하는 게 뭔지 보게 될 거예요. 내일이면, 아니 오늘 밤이면요. 이게 믿겨져요?" "그렇고말고." 교장이 대답했다. "농업센터 건물들 봤어요? 다섯 채 정도던데. 내 생각엔 이리미아시가 거기에 여러 가지 작업장을 차릴 것 같아요." "작업장이라고요?" 크라네르가 물었다. "무슨 작업장인데요?" "난 들 아나. 그냥 생각해보는 거지, 뭐가 됐든. 나한테 자꾸 물어볼 게 아녀요." 헐리치 부인이 아까보다 큰 소리로 주의를 주었다. "아, 조용히들 좀 못 해요? 잠을 못 자겠잖아요." "에헤, 알겠어요." 슈미트가 대답했다. "애기 좀 하려니까, 거참!" "내 생각엔, 정반대일 것 같은데." 후터키가 말했다. "농업센터는 우리가 사는 곳으로 쓰고 여기가 작업장이 될 것 같단 말이지." "또 작업장 얘기라니!" 크라네르가 벌컥 화를 냈다. "대체 왜들 그래요? 전부 기술자가 될 셈인가? 후터키는 그렇다고 쳐요. 그럴 만도 하지. 그런데 교장 선생은 왜 또 그래요? 기술학교 교장이라도 할 생각이에요?" "말장난은 마음껏 하시게!" 교장이 태연하게 대꾸했다. "지금이 그런 바보 같은 농담이나 할 때는 아닐 텐데. 게다가 날 갖고 농담을 할 생각을 하다니. 참 기가 막히는구먼!" "제발 잠들 좀 자란 말이야!" 헐리치가 한탄조로 말했다. "정말 쉬지를 못 하겠잖아." 그러고서 몇 분간은 조용했는데, 누군가가 방귀를 뀌었다. "누구예요?" 크라네르가 소리 내 웃으면서 옆에 있던 슈미트를 쿡 쳤다. "나 좀 놔두지! 난 안 뀌었어!" 슈미트가 화를 내며 돌아누웠다. 그러자 크라네르가 계속 물었다. "그럼 누구야? 아무도 안 뀌었어?" 헐리치가 짜증을 내며 일어나 앉아 말했다. "아 참, 나야, 나. 이제 그만 좀 조용히…" 이때부터는 정말로 아무도 말을 하지 않았고, 몇 분 뒤에는 모두가 잠이 들었다. 헐리치는 의안을 낀 꼽추에게 쫓겨 정신없이 도망치다 강물로 뛰어들었는데, 상황은 절망적이어서 그가 숨을 쉬러 수면으로 고개를 내밀 때마다 꼽추가 소름 끼치게 긴 막대기로 그의 머리를 때리면서 소리쳤다. "이제 죗값을 받아라!" 크라네르 부인은 바깥에서 이상한 소리를 들었는데 그게 무슨 소리인지 알 수가 없어서 가만히 일어나 털 재킷을 입고 기계실로 향했다. 다져진 길을 걸어가다 뭔가 불길한 기분이 들어 뒤를 돌아보니 집이 화염에 휩싸여 있었다. 아이고, 하느님! 그녀는 놀라 허둥지둥 집으로 돌아가며 도와달라고 소리쳤지만 아무도 보이지 않았다. 두려움에 떨며 집 안으로 들어간 그녀는 아직 건질 수 있는 물건을 밖으로 내가려 했다. 우선 방으로 들어가 신속하게 침대보 밑에 숨겨둔 현금을 꺼냈고, 그다음 타오르는 불길을 뚫고 부엌으로 들어갔다. 크라네르가 아무 일도 없는 것처럼 식탁에 앉아 있었다. 요슈카! 그녀가 외쳤다. 왜 멍청히 그러고 있어, 집이 불타잖아! 하지만 크라네르는 꼼짝도 하지 않았다. 불길이 커튼에 옮겨붙었다. 도망쳐요, 안 보여, 미친 사람아, 불길이 우리를 덮치려고 하잖아요. 그녀는 집에서 빠져나와 바닥에 주저앉았다. 공포와 떨림은 사라졌고, 그녀는 모든 게 재로 변하는 광경을 즐기고 있었다. 봐요, 얼마나 아름다워요? 그녀가 옆에 앉은 헐리치에게 말했다. 저렇게 아름다운 빨간색은 평생 한 번도 못 봤어요! 슈미트의 발밑에선 땅이 움직여 마치 이끼 위를 걷는 것 같았다 그는 어떤 나무 위로 기어올랐는데 나무도 가라앉고 있었다 그는 침대에 누워 아내의 잠옷을 위로 올리려 했는데 그녀가 큰 소리를 질렀고 그가 그녀의 몸을 타고 앉아 잠옷을 찢어버리자 그녀는 그를 바라보면서 낭랑하게 웃어댔으며 그녀의 엄청난 가슴에 달린 젖꼭지는 아름다운 장미꽃 같고 무척이나 따뜻했다 그녀는 온몸에서 땀을 흘렸다 그는 창밖을 보았다 크라네르가 종이 상자를 들고 집 쪽으로 달려오고 있었다 갑자기 상자 밑이 빠지더니 안에 담긴 것이 다 쏟아져 나왔다 크라네르 부인이 그에게 서두르라고 소리쳤다 바닥에 널린 것을 절반도 줍지 못해서 나머지는 내일 가져가야겠다고 생각했다 개 한 마리가 사납게 달려들어 그는 놀라 소리를 질렀고 개를 후려치자 개는 낑낑대며 쓰러져서 꼼짝도 하지 않았다 그는 충동적으로 개를 밟았다 개의 배는 물렁했다 교장은 말을 더듬고 쩔쩔매면서 낡은 외투를 입은 작은 남자에게 은밀한 장소를 아는데 거기에 함께 가자고 설득하고 있었다 그 남자는 거절을 못하는 듯 교장과 함께 갔다 그들이 황폐한 공원에 이르렀을 때 교장은 더 이상 참기 어려워 그 남자의 등을 밀어서 좀 더 빨리 수풀 속의 돌로 만든 벤치에 가려고 했다 교장은 작은 남자를 돌 벤치에 앉히고 그의 목에 키스를 했다 그때 하얀 조약돌이 깔린 산책로 위로 하얀 가운을 입은 의사들이 다가왔다 교장은 그들에게 그가 곧 자리를 떠날 거라는 손짓을 했다 하지만 그러고 나서 그는 한 의사에게 자기와 작은 남자가 어디로 가야 할지 모르겠다며 그건 의사가 이해해 사정을 봐주어야 한다고 호소했다 그리고 교장은 작은 남자에게 욕을 하기 시작했다 그를 보기만 해도 말할 수 없는 역겨움에 휩싸였다 다음 순간 어찌된 일인지 작은 남자는 눈앞에서 사라져버렸고 의사는 경멸의 눈초리로 그를 쳐다보았다 그는 말할 수 없이 피곤해져서 그만 가달라고 손짓했다 헐리치 부인은 슈미트 부인의 등을 씻겨주고 있었다 욕조 가장자리에 걸쳐진 장미 화환이 뱀처럼 천천히 물속으로 미끄러졌다 창 너머에서 10대 남자아이가 웃고 있었다 슈미트 부인이 이젠 충분하다고 너무 문질러서 등이 화끈거린다고 말했지만 헐리치 부인은 그녀를 욕조에 밀어 넣고 계속해서 등을 문질렀다 헐리치 부인은 슈미트 부인이 자기에게 만족하지 못할까 봐 걱정하고 있었다 갑자기 슈미트 부인이 성을내면서 병에걸려 죽어버리라고 말하며 욕조에걸터 앉았다 창너머에선여전히 빙긋웃는 악동소년이 보였다 슈미트부인은한마리 새였다 그녀는 행복하게하얀구름 속으로 날아올랐다 땅위에서 누군가손짓하는 걸보고 고도를낮추었다 그녀는 슈미트부인이지르는소리를 들었다 왜 요리를하지않는거야이게으른여자야어서 내려오지못해 하지만새는 그녀위를 날아갔다 내일까지는굶어죽지않을거야 그녀는햇살이등을 따뜻하게 하는걸느꼈다 갑자기슈미트 부인은 옆에서 그만두지못해 당장하는 소리를들었지만 아무신경도 쓰지 않았다 그리고좀더 낮게날았다 그녀는 벌레를 잡고싶었다 후터키는 쇠로된 채찍으로 누군가의등을 때리고있었다 그는 밧줄로나무에묶여 움직일수가없었다

밧줄은그의 열린상처를 잡아당겼고그는차마그것을 볼수없어
서시선을 돌렸다 그는굴착기위에앉아있었다 굴착기는엄청나
게큰구덩이를파고 있었다 한 남자가오더니 연료가다떨어져
더달라고해도 줄수없으니 어서서두르라고 말했다 그는구덩
이를더깊게팠지만 구덩이는자꾸만허물어졌다 파고또파도 소
용 이없었다그가울음을 터뜨렸다 그녀는기계실창가에 앉아
지금이저녁무렵인지아니면새벽인지 궁금해하 고있었다희미
하게밝은기운이끝도없이이어졌다 그는앉아서어리둥절해하고
있었다 바깥은아무런변화가없었다 저녁이깊어가지도아침이
오지도않았다 그저끝없이아침인지저녁인지어스름만이어지
고있었다…

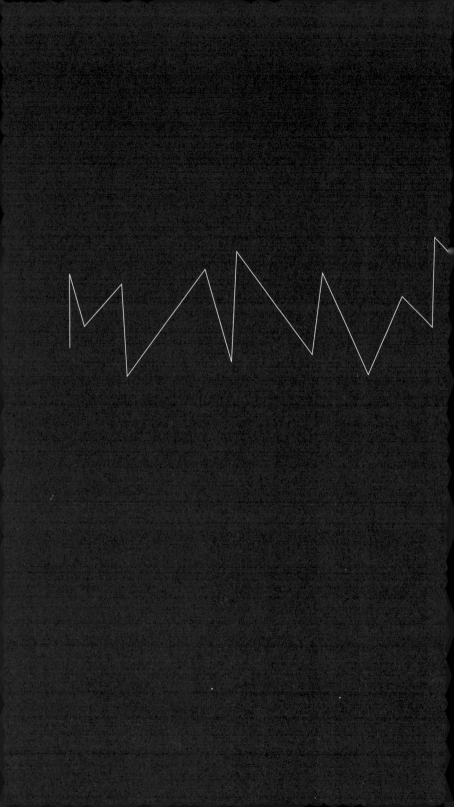

4

천국의 비전인가, 환각인가
Heavenly Vision? Hallucination?

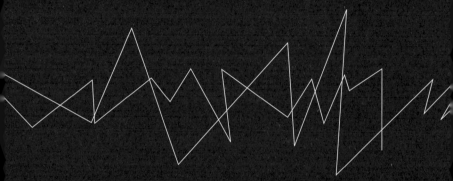

세 사람이 휘어진 길을 계속 걸어 마침내 술집 문 앞에서 손을 흔들던 마을 사람들이 보이지 않게 되자, 소년은 자신을 납처럼 내리누르던 피로가 가신 것을 느꼈을 뿐만 아니라 술집 난로 옆 의자에 앉아 있을 때만 해도 정신 못 차리게 엄습하던 졸음까지 사라진 듯했다. 소년은 어젯밤 그가 꿈에도 상상 못 한 대답을 들었을 때부터("좋아. 엄마한테 얘기하고 오너라. 네가 그러고 싶으면 우리와 함께 가도 좋지"), 다음 날 아침 약속 장소에 늦게 나가게 될까 봐 걱정이 되어 밤새 한숨도 자지 못하고 옷을 입은 채로 침대에서 뒤척이기만 했다. 하지만 이제 안개와 어스름 속에서 끝도 보이지 않는 길을 눈앞에 두고 걷자 소년은 이제야 온 세상의 문이 자신에게 열린 것만 같았고, 따라서 무슨 일이 일어나든 다 참아내고야 말겠다는 다짐을 했다. 마음은 열정으로 가득했지만 소년은 그걸 표현하고 싶은 욕구를 꾹 눌러 참았다. 그는 선택받은 자의 자부심을 느끼며 진중하게, 자기 스승의 발걸음마저 따라 하며 걸음을 옮겼다. 그는 자신에게 부여된 임무가, 코흘리개 악동이 아닌 '남자'로서 처신해야만 완수할 수 있는 것이라는 걸 알고 있었다. 무절제한 감정의 발산은 그렇지 않아도 그를 자꾸만 괴롭히는 페트리너의 비웃음만 살 것이다. 이리미아시 앞에서 창피를 당하면 그는 참아내지 못할 것 같았다. 그가 생각해낸 가장 좋은 방법은 이리미아시의 일거수일투족을 따라 하면 뜻밖의 실수 같은 건 하지 않게 되리라는 것이었다. 무엇보다 소년은 이리미아시의 독특한 움직임, 보폭이 넓고 느슨한 걸음과 특유의 자부심이 느껴지는 치켜든 턱의 각도, 뭔가를 강조하기 전에 집게손가락을 위협적이고도 강요하는 느낌으로 잠깐 휘젓는 동작 따위를 관찰했고, 특히 가장 따라 하기 힘든 것, 즉 사교적인 어조와 나직한 고요함을 배우려고 했다. 그뿐만 아니라 정확하게 자신을 표현할 수 있게 해주는 자신감 가득한 태도 또한 모방하고자 애썼다. 소년은 이리미아시의 약간 굽은 등과 비를 막기 위해 눈썹까지 눌러쓴 테가 얇은 모자에서 한시도 눈길을 떼지 않았고, 그가 소년이나 페트리너에게는 신경도 쓰지 않고 무언가를 곰곰이 생각하는 모습일 때는 소년 역시 아무 말 없이 눈썹을 찌푸린 채로 걸었다. 소년은 자기가 그렇게 집중함으로써 이리미아시로 하여금 생각을 가능한 한 빠르게 정리하고 결정에 도달하게끔 돕는다고 생각했다. 한편 페트리너는 이리미아시의 긴장한 얼굴을 보며 괴로운 듯 귀를 긁어댔지만 그의 침묵을 방해할 엄두는 내지 못했다. 대신 그는 소년에게 조용히 하고 있으라는 의미심장한 눈짓을 보내긴 했으나("아무 소리도 내지 마라! 그가 생각하는 중이니까!") 그도 마음에 조바심이 나서 숨이 편히 쉬어지지가 않았다. 그렇게 쉭쉭대고 있으려니 마침내 이리미아시도 숨을 헐떡거리며 영웅적으로 견디고 기다린 페트리너가 눈에 들어온 듯 언짢은 얼굴로 마지못해 물었다. "왜 그러나 대체? 어디 말해봐." 페트리너는 한숨을 푹 쉰 다음 갈라진 입술에 침을 발랐다. "대장! 더는 못 참겠네. 어떻게 이 곤란을 헤쳐 나갈 생각인가?" 이리미아시가 짜증스럽게 대답했다. "바지에 뭔가 지리지는 않았나 궁금하군. 휴지가 필요한가?" 페트리너는 고개를 저었다. "재미없네. 기분이 좋아 날아갈 것 같다고 하면 내가 거짓말을 하는 셈이겠지." "입이나 다물어." 이리미아시는 의연히 시선을 먼 곳으로 향하고는 걸음을 멈추거나 늦추지 않은 채 담배에 불을 붙이더니 물었다. "바로 이게 우리가 기대한 대로 일이 돼가는 거라고 한다면, 어때, 마음이 좀 놓이겠나?" 그가 확신에 찬 어조로 페트리너의 눈을 깊숙이 들여다보면서 말했다. 페트리너는 이리미아시의 눈길을 받으며 가만히 그와 마주 보다가 곧 생각에 잠긴 듯 고개를 숙이고는 그를 뒤따라 걷기 시작했다. 그러다가 초조해서 견딜 수 없는지가 다시 물었다. "그… 그럼… 대체 무슨 생각을 그렇게 심각하게 하는 건가?" 이리미아시는 대답하지 않았다. 그는 뜻 모를 표정으로 눈앞에 뻗은 길을 바라볼 뿐이었다. 페트리너는 불길한 예감에 시달리며 이리미아시의 침묵에 대해 생각해보았다. 그는 말이 먹히지 않을 거라고 생각하면서도 최악의 사태를 피하기 위해 이야기를 꺼냈다. "이보게! 나는 기쁠 때나 슬플 때나 자네의 친구였네. 지금까지 그랬고 앞으로도 그럴 테지! 그래서 어떤 대가를 치러야 한다면, 나는 당연히 감수할 거야. 맹세하네. 내 빌어먹을 평생 동안에 누군가 자네에게 불명예를 안긴다면 내가 그자를 가만두지 않을 거야. 하지만… 무모한 짓은 하지 말게나! 이번에는 내 말을 들어! 늘 자네의 친구였던 페트리너의 말을 듣게! 우린 즉시 여길 떠야 해! 첫 기차를 타고 도망치자! 안 그러면 비열한 수법에 넘어간 걸 안 그 사람들이 우릴 때려눕힐 거야!" "어림없지." 이리미아시가 손을 저었다. "우리는 인간의 존엄을 위한 힘겹고도 희망 없는 싸움을 떠맡은 거야." 그는 그 유명한 집게손가락을 치켜들어 페트리너를 위협했다. "이 귀 처진 양반아, 이제 우리의 시간이라고!" "어떻게 그래!" 불길한 예감이 맞았다고 느낀 페트리너가 우는소리를 했다. "난 처음부터 믿었어! 이미 알고 있었다고! 난 언제나 한 번은 우리 시간이 올 거라는 걸 알고 있었어! 난 굳게 믿으며 희망했지. 자, 그리고 보라고. 이렇게 되고 만 것을!" "그러니까 잔말 마세요!" 뒤에 있던 소년이 끼어들었다. "기뻐할 일이잖아요. 얘기를 좀 진지하게 들으세요!" "나보고 하는 말이야?" 페트리너가 불끈 화를 냈다. "기뻐서 돌아버릴 지경이다!" 그는 이를 악물고 눈을 굴리더니 좌절한 듯 고개를 저었다. "좀 말해보게. 내가 뭘 잘 못했나? 누구한테 해를 끼쳤나? 욕을 한마디라도 했나? 대장, 내 나이를 생각해서라도 배려를 좀 해주게!" 하지만 이리미아시는 들은 척도 않고 비밀스럽게 웃으면서 말했다. "그물 조직이야, 처진 귀!" 페트리너가 귀를 쫑긋하고 들었다. "이제 알겠나?" 둘은 걸음을 멈추고 서로를 바라보았다. 이리미아시는 몸을 약간 숙이듯이 앞으로 내밀고 있었다. "이리미아시의 전국적인 네트워크 말일세. 이제 그 머리로도 좀 알겠어? 어디서든 작은 움직임이 있으면 즉시…." 페트리너의 얼굴에 생기가 돌았다. 처음엔 희미한 미소가 얼굴에 떠오르더니, 이윽고 단추 같은 눈이 반짝였고, 흥분한 나머지 나중엔 귀까지 붉어졌다. 그의 온몸이 어떤 전율로 떨리고 있었다. "작은 움직임이라도 있으면 즉시… 어디서나… 뭔지 알 거 같군." 그가 속삭였다. "정말 환상적인 생각이야." "그래, 그렇지." 이리미아시가 조용히 끄덕였다. 소년은 존경의 거리를 두고서 그 장면을 보고 있었지만, 날카로운 청력으로 모든 대화를 듣고 있었다. 그는 한마디도 놓치지 않았으나 무슨 이야기인지 이해하지는 못했기에 방금 들은 말을 그대로 되뇌어 잊어버리지 않으려고 애썼다. 그러면서 담배를 꺼내 천천히 가늠하듯 입에 물고는 이리미아시처럼 입술을 뾰족하게 만들어서 연기를 내뿜었다. 소년은 늘 투덜거리는 페트리너와는 달리 이 계획에 기꺼이 자신의 영혼을 바쳤는데, 그것을 이리미아시가 알면서도 자기에게 모든 것을 알려주지 않는 데 상심했다. 그래서 두 사람에게 가까이 붙지는 않고 내내 여덟에서 열 걸음쯤 떨어진 뒤에서만 쫓아갔다. 자신으로 말하자면 끝까지, 무조건 충성을 바치기로 약속하지 않았던가. 그럼에도 질투와 상심은 가라앉기는커녕, 심지어 이리미아시가 자기에게는 한마디 말도 건네주지 않았다는 사실 때문에 더 커지기만 했다. 이리미아시는 소년이 투명한 공기인 양 무시했다. 다른 누구도 아니고 충성을 맹세한 그를. 마치 호르고시 서니라는 이름이 자기에게는 아무런 의미도 없다는 것처럼 행동했다. 화가 난 소년은 얼굴에 난 보기 싫은 여드름 하나를 긁어 터뜨렸다. 그들이 포스텔레키 갈림길에 거의 이르렀을 때, 소년은 더 이상 참지 못하고 이리미아시에게 화를 내며 소리쳤다. "그럼 난 같이 안 갈래요!" 이리미아시가 의아한 얼굴로 쳐다보았다. "뭐라고?" "내가 마음에 안 들면 얘기를 하세요! 얘기를 하라고요! 날 못 믿겠으면 바로 사라져드릴 테니까!" "넌 또 왜 그래?" 페트리너가 언성을 높였다. "날 무시하잖아요! 난 그냥 내가 필요한지 아닌지만 알고 싶네요! 길을 나선 이후로 저한테는 한마디도 말을 걸지 않았잖아요. 언제나 페트리너, 페트리너, 페트리너! 저 사람만 그렇게 중요하면 난 도대체 왜 여기 있는 거냐구요!" "어디 보자." 이리미아시가 조용히 말했다. "그런 얘기로구나. 내가 하는 애길 잘 들어라. 두 번 말하지 않을 테니까. 내가 널 데려온 건 너처럼 유능한 젊은이가 필요해서야. 하지만 조건이 있거든. 첫째, 물을 때만 대답할 것. 둘째, 내가 뭔가를 시키면 제대로 해내야 한다는 것. 셋째, 주절거리는 것 금지. 내가 무슨 얘기를 너한테 할지는 내가 결정하는 거야, 알겠니?" 소년은 눈을 내리깔고 기어들어가는 목소리로 대답했다. "네, 제가 하려는 말은 그냥…." "그냥 뭘 하려고 들지를 마! 남자답게 처신해라! 그리고… 난 네 능력을 알아. 넌 일을 돕기 위해 최선을 다할 거다…. 이제 가자!" 페트리너가 정답게 소년의 어깨를 두드려주고 안아주더니 자기 쪽으로 끌어당기며 말했다. "어이, 악당 소년. 내가 자네처럼 젊었을 땐 말이야, 어른이 한 명만 곁에 있어도 입을 다물고 있었어. 그냥 무덤에 들어가 있는 것처럼 잠잠히 있었지. 그때는 시대가 달랐거든! 그런데 요즘은? 자네가 뭘 모르는 거야…." 그는 말을 하다 말고 귀를 쫑긋 세워 무슨 소리인가를 들으려 하는 것 같았다. "뭐지?" "뭐요?" "지금 나는… 이 소리…." "아무 소리도 안 나는데요?" 소년이 어리둥절해하면서 말했다. "안 들리긴 왜 안 들려! 아직도 안 들려?" 두 사람은 숨을 멈추고 귀를 기울이며 서 있었다. 그들보다 몇 걸음 앞서가던 이리미아시도 멈춰 섰다. 그들은 포스텔레키로 가는 갈림길에 다다라 있었다. 가늘고 촘촘한 비가 내리고 있었고, 사방에는 사람 그림자 하나 보이지 않았으며, 들판 위에서 까마귀 떼만 원을 그리며 날고 있었다. 페트리너는 소리가 위쪽에서 들리는 것 같다고 말한 뒤에 묵묵히 하늘을 가리켰다. 하지만 이리미아시는 고개를 저었다. "아니, 저쪽인 것 같은데." 그는 시내 쪽을 가리켰다. "자동차 소리?" "모르겠어." 대장 이리미아시가 다소 동요된 목소리로 말했다. 그들은 꼼짝 않고 제자리에 서 있었다. 윙윙거리는 소리인지 울부짖는 소리인지 모를 그 소리는 커지지도 작아지지도 않았다. "비행기인가 봐요." 소년이 주저하며 말했다. "아니, 그럴 리 없지." 이리미아시가 말했다. "만일을 대비하기 위해 우린 지름길로 간다. 포스텔레키으로 간 다음 바인카임 성을 지나 옛길로. 그러면 적어도 네다섯 시간은 아낄 수 있어." 페트리너가 반대했다. "거기 진창이 얼마나 깊은지 알아?" "알아. 하지만 왠지 느낌이 안 좋아. 지름길로 가는 게 좋겠어. 그리로 가면 분명 아무도 만나지 않을 테니까." "저게 대체 뭘까요?" "누가 알겠어? 자, 출발!" 그들은 길을 벗어나 포스텔레키 방향으로 꺾어 들었다. 페트리너는 쉴 새 없이 고개를 이리저리 돌려 보았지만 아무것도 보이지 않았다. 그는 소리가 하늘에서 난 게 분명하다고 확신하고 있었다. '하지만 비행기일 리는 없어. 그보다는 꼭 교회 오르간 소리 같았다고. 아, 그건 말도 안 되지!' 그는 걸음을 멈추고 몸을 숙여 손으로 땅을 짚고는 땅바닥 가까이 귀를 대보았다. '아냐. 분명히 아니지. 이거 참 미칠 노릇이군.' 윙윙거리는 소리가 계속 들려오고 있었다. 소리는 가까워지지도, 멀어지지도 않았다. 들은 적이 있는 소리인지 기억해보려 했지만 아무것도 생각나는 게 없었다. 자동차가 부릉거리는 소리도, 비가 올 때 울리는 천둥소리도 아니었다. 그는 기분이 나빠져서 귀를 곤두세운 채 사방을 불안하게 두리번거렸다. 수풀 너머에도, 수상쩍은 나무 뒤에도, 길을 따라 이어지는 좁은 수로에도 위험한 무언가가 있을 수 있었다. 가장 섬뜩한 건, 그 소리가 멀리서 나는지 가까이에서 나는지 분간조차 할 수가 없다는 점이었다. 그는 소년에게 심술을 부렸다. "야, 너 오늘 뭐 먹었어? 네 배에서 나는 소리 아냐?" "페트리너, 쓸데없는 소리하지 마." 이리미아시가 엄하게 받았다. "그럴 시간에 어서 가자!" 갈림길을 지나 400미터쯤 더 갔을 때 그들은 끊임없이 들려오는 으스스한 소리 말고도 또 하나의 기이한 현상과 맞닥뜨리게 되었다. 먼저 발견한 사람은 페트리너였다. 놀라 말문이 막힌 페트리너는 그저 헉, 하는 소리만 내고는 말없이 위쪽을 가리켰다. 그들의 오른편, 생기 없는 늪으로 변한 들판의 15미터에서 20미터쯤 상공에서 반투명한 하얀 베일이 천천히 내려오고 있었다. 그들이 놀란 가슴을 진정시키지 못하고 있는 사이 베일은 땅에 닿았고, 그 순간 사라져버렸다. "나 좀 꼬집어봐!" 페트리너가 거의 비명을 지르듯 말하고는 믿을 수 없다는 것처럼 머리를 흔들었다. 소년도 놀라서 한동안 입을 딱 벌리고 서 있었는데, 이리미아시와 페트리너 또한 아무 말 못 하고 얼이 빠져 있는 걸 발견하고는 만용을 부리듯 외쳤다. "아이, 뭘 그래요. 안개 처음 보나 봐요?" "네 눈엔 저게 안개로 보이니?" 페트리너가 으르렁댔다. "말도 안 되는 소리야! 내 눈엔 마치 신부의 베일처럼 보였는데…. 아아, 대장, 불길한 예감이 든다." 이리미아시는 베일이 사라진 땅 부근을 뚫어지게 바라보고 있었다. "신부의 베일이라니? 페트리너, 정신 좀 차리고 제대로 말해봐." "봐요!" 소년이 소리쳤다. 그가 첫 번째 베일이 있던 곳에서 가까운 곳 허공에 서려 있는 또 다른 베일을 가리켰다. 일행은 이번에도 땅에 닿으면 사라지는, 정말로 안개와 흡사한 베일을 넋이 나간 듯 바라보았다. "가세, 어서 가자고!" 페트리너가 덜덜 떨며 말했다. "여기 더 있다간 개구리 비가 쏟아질지도 몰라. 그런 걸 겪고 싶진 않다고." "분명 원인이 있을 거야." 이리미아시가 확신에 차서 말했다. "그래, 무슨 원인이 있을까? 우리 셋이 동시에 술에 취한 것도 아니고 말이야!" 소년은 참지 못하고 말했다. "아, 헐리치 부인이 있었으면 좋았을 텐데. 그러면 이게 뭔지 얘기해줬을 거예요!" 이리미아시가 고개를 들었다. "뭐라고?" 소년은 당황해서 시선을 떨구었다. "제 말은 그저…." "뭔지 알겠어?" 페트리너가 놀란 목소리로 물었다. 소년이 얼굴을 찡그렸다. "나요? 뭐요? 아, 그냥 재미로 한 말이에요." 세 사람은 침묵을 지키며 계속 걸었고, 페트리너뿐 아니라 이리미아시도 여기서 발길을 돌리는 것이 현명하지 않을까 생각했지만 결정을 내리기가 어려웠다. 되돌아가는 길이 덜 위험하다는 보장도 없기 때문이었다. 그들은 걸음을 빨리했고 이번에는 페트리너도 불평하지 않았다. 그는 마음 같아서는 시내까지 한달음에 가고 싶었다. 그래서 방치된 바인카임 성이 모습을 드러내고 이리미아시가 잠깐 쉬자고 제안했을 때도("다리가 말을 안 듣네. 여기서 불을 피우고 뭘 좀 먹은 다음 비가 그칠 때까지 기다렸다가 다시 가기로 하지") 페트리너는 황급하게 외쳤다. "아니! 그런 일을 겪고도 내가 1분씩이나 앉아서 쉴 것 같은가?" "무섭다고 오줌 싸지 않아도 돼." 이리미아시가 말했다. "우리 모두 너무 피곤하니까. 이틀 동안 거의 잠을 못 잤잖아. 쉴 필요가 있어. 아직도 갈 길은 멀다고." "그래, 그 말은 맞아. 그런데 앞장은 자네가 서게!" 페트리너가 조건을 걸었다. 그리고 용기를 짜내 열 걸음 뒤에서 두 사람을 쫓아갔다. 심장이 쿵쾅거려 귀까지 울릴 지경이었다. 이리미아시의 태연함을 보고 감동을 받았는지 용기 있는 자에 대한 존경 운운하며 비웃는 소년을 꾸짖고 맞받아칠 여유조차 없었다. 페트리너는 앞선 두 사람이 성으로 가는 길로 들어설 때까지 기다렸다가 고개를 두리번거리며 조심조심 뒤를 따랐다. 하지만 폐허의 입구를 마주 보고 섰을 때는 온몸의 기운이 쭉 빠져버려서, 이리미아시와 소년이 수풀 속으로 들어가는 걸 보면서도 땅에 뿌리를 박은 듯 그 자리에 서 있었다. 어딘가에서… 성일까? 아니면 불타버린 공원일까? 불분명한 웃음소리가, 명랑하고 밝은 웃음소리가 들려왔다. "이러다 정말 미치겠군, 미치겠어." 공포가 엄습해왔고, 이마에서는 땀이 흘렀다. "지옥과 악마! 우리가 그 속으로 빠져든 건가?" 그는 숨을 멈추고 온몸의 근육에 힘을 짜 넣어 덤불 옆으로 비켜섰다. 구슬처럼 구르는 웃음소리가 아까보다 더 크게 들려왔다. 근처 어딘가에 흥에 겨운 사람들이 모여 시시덕거리는 것 같았다. 하필이면 비바람이 불고 냉기로 꽉 들어찬 이 버려진 지대에서? 게다가 웃음소리가 아주 기이했다. 등줄기에 소름이 쫙 끼쳤다. 그는 길 쪽을 눈여겨보다가 이때다 싶을 때 부리나케 달려 나가 이리미아시 쪽으로 건너갔다. 마치 총탄이 빗발치는 전장에서 목숨을 걸고 참호에서 참호로 뛰는 것 같았다. "이보게, 친구." 그가 나오지 않는 목소리를 억지로 짜내며 이리미아시 옆에 쭈그리고 앉았다. "대체 무슨 일이지?" "지금은 나도 아무것도 안 보이네." 그가 나지막하고 침착하게 말했다. 그는 태연한 자세를 흐트리지 않고 한때 성에 딸린 곳이었던 정원을 바라보고 있었다. "하지만 곧 밝혀지겠지." "아니야!" 페트리너가 신음했다. "밝혀지지 않는 편이 낫겠어!" "무슨 파티가 벌어진 것 같아요." 소년이 초조해하며 흥분한 모습으로 말했다. 그는 이리미아시가 자기에게 뭔가 임무를 맡겨주기를 간절히 바랐다. "여기서?" 페트리너가 울상을 지으며 말했다. "이런 빗속에서 말이야? 세상의 끝에서? 대장, 우리 너무 늦기 전에 여길 빠져나가세." "입 좀 다물어봐. 소리를 못 듣겠잖아." "아냐, 난 들려. 들리니까 하는 말이라고." "조용!" 이리미아시가 명령하듯 외쳤다. 떡갈나무와 밤나무, 회양목과 꽃들이 잡초에 질식해 죽어 있는 공원에서, 움직이는 것은 아무것도 없었다. 이리미아시는 조심스레 앞으로 가기로 마음먹었고, 가지 않겠다는 페트리너의 팔을 움켜잡고 입구까지 나아갔다. 그곳에서부터 뒤꿈치를 들고 벽을 따라 오른쪽으로 조금 더 갔다. 건물의 모퉁이에 이르러 이리미아시는 공원의 뒤쪽을 바라보았다. 그는 앞을 노려봤다가 재빨리 고개를 돌렸다. "뭔데?" 페트리너가 낮은 소리로 물었다. "도망갈까?" "저기 헛간 보이지?" 이리미아시가 허물어져가는 집 한 채를 가리켰다. "한 사람씩 뛰어서 간다. 내가 먼저 가고, 다음엔 자네가, 그리고 마지막으로 서니 네가 간다. 알겠지?" 말을 마친 그는 벌써 집을 향해 뛰고 있었다. 예전에 별장으로 사용되던 건물인 듯했다. "난 싫어." 페트리너가 중얼거렸다. "20미터는 되겠는데. 누가 우릴 쏠지도 몰라!" "가요!" 소년이 그를 거칠게 밀어내는 바람에 페트리너는 몇 걸음을 옮기다 균형을 잃고 쓰러졌다. 그는 바로 다시 일어났지만 또다시 넘어졌고 결국엔 도마뱀처럼 기어서 이리미아시에게로 갔다. 그는 너무 겁에 질린 나머지 한참을 고개도 들지 못한 채 두 손으로 눈을 가리고 진흙 위에 누워 있었다. 그러다 잠시 후 신의 은총으로 아직 목숨이 붙어 있다는 걸 깨닫자 용기를 내어 일어서서 틈새로 공원을 내다보았다. 그러나 그의 눈에 들어온 풍경은 그렇지 않아도 경련을 일으키는 중인 그의 신경이 감당하기 어려운 것이었다. "누워!" 그가 소리치며 바닥에 몸을 눕혔다. "귀청 떨어지겠다, 이 황소야!" 이리미아시가 핀잔을 주었다. "한 번만 더 그러면 죽여버릴 거야!" 공원 뒤쪽에 있는 세 그루의 앙상한 참나무 뒤편 공터에서 하얀색 베일에 감싸인 앙상한 몸이 보였다. 거리는 30미터 정도밖에 되지 않아 베일에 싸이지 않은 얼굴을 알아볼 수 있었다. 세 사람이 며칠 전 크라네르가 짠 거칠거칠한 관으로부터 소녀의 시신을 들어 올리지 않았더라면, 맹세코 그들은 밀랍같이 하얀 얼굴에 붉은 기운이 도는 곱슬머리를 한 채 평화로이 잠자는 육신을 소년의 어린 여동생으로 믿고 말았을 것이다. 이따금 바람이 불 때마다 베일이 이리저리 흔들렸고, 부드러운 비가 시신 위로 내렸다. 세 그루 참나무가 곧 쓰러질 것처럼 비명을 질러댔다. 그럼에도 시신의 주위에는 사람 그림자 하나 보이지 않았다. 오직 정답고 밝은 웃음소리가 종소리처럼 명랑하게 사방에 울려 퍼졌다. 소년은 꼼짝도 하지 않고 빈터를 노려보았다. 딱딱하게 굳은 더러운 여동생의 시신이 순백의 베일에 감싸여 있는 것과 여동생의 시신이 벌떡 일어나 그에게로 다가오는 것 중에 어느 것이 더 무서울지 소년 자신도 알지 못했다. 다리가 덜덜 떨렸고 눈앞이 캄캄해졌다. 소년의 눈에는 더이상 공원이나 성이나 하늘 따위는 보이지 않았다. 그가 점점 더 또렷하고 더 고통스럽게 바라보는 것은 오로지 빈터에 있는 여동생뿐이었다. 갑작스레 찾아든 정적. 빗방울조차 소리

없이 내렸고, 바람이 부는 것을 느낄 수는 있었으나 소리는 나지 않았기에 그들은 자기들이 귀를 먹은 것은 아닐까 의심했다. 그런데 이 정적 속에서도 소년은 끊임없이 윙윙거리는 소리와, 밝은 웃음소리에서 비명으로 변해가는 소리가 자신에게로 가까워지고 있다고 믿었다. 그는 팔로 두 눈을 가린 채 울기 시작했다. "저거 보여?" 돌처럼 굳은 이리미아시가 페트리너의 팔뚝을 피가 통하지 않아 하얗게 될 정도로 꽉 붙잡고서 물었다. 주위에 바람이 일자, 눈이 멀어버릴 것같이 하얀 시신이 허공으로 떠오르기 시작했다. 그러고는 참나무 꼭대기쯤에 이르러 옆으로 움직이는가 싶더니, 주춤주춤 땅으로 내려와 다시 빈터에 내려앉았다. 바로 그 순간이었다. 몸 없는 목소리가 성난 원망의 소리로 터져 나왔다. 그것은 죄 없는 불운에 체념하는, 불만에 가득한 합창이었다. 페트리너가 헐떡거렸다. "저게 믿겨져?" "믿기 어렵군." 이리미아시가 분필처럼 하얗게 질려 대답했다. "언제부터 저러고 있는 거지? 저 아이는 이틀 전에 죽었는데." "페트리너, 내가 태어나서 무섭다고 느낀 건 지금이 처음이야." "뭐 좀 물어봐도 되겠나?" "어서 말해봐!" "자네 생각엔…." "응?" "지옥이 있을까?" 이리미아시가 침을 삼켰다. "누가 알겠나. 어쩌면 있겠지." 갑자기 조용해지더니 윙윙거리는 소리만이 조금 더 커진 듯했다. 시신이 다시 떠오르기 시작했고 빈터 상공 2미터쯤 되는 곳에서 둥실거리다가, 다음 순간 믿을 수 없는 속도로 하늘 높이 떠올라

선 꿈쩍도 않는 우중충한 구름 속으로 사라져버렸다. 공원에
한 차례 세찬 바람이 불어왔다. 참나무들과, 그들이 있는 헛
간이 우르르 떨렸다. 허공에서 소리치고 환호하는 소리가 들
리더니 서서히 희미해졌고, 이제는 군데군데에 하얀 베일 자
락의 흔적 밖에는 남지 않았다. 지붕에서 삐걱거리는 소리가
나고, 주석 물받이 홈통이 벽에 부딪혀 탕, 탕, 소리를 냈다. 그
들은 몇 분 동안 꼼짝도 못 하고 빈터만 바라보다가 더 이상
아무 일도 일어나지 않자 서서히 정신을 차렸다. "지나갔나 보
네." 이리미아시가 중얼거렸다. "그러길 바라네." 페트리너가
속삭였다. "기절한 것 같은데, 쟤 좀 깨우세!" 그들은 소년의
어깨를 잡고 일으켜 세웠다. "애, 정신 차려봐!" 자신도 다리
가 후들거리는 페트리너가 소년을 잡고 흔들었다. "이제 괜찮
아." "놔주세요. 날 좀 놔둬요!" 소년이 몸부림쳤다. "괜찮다니
까! 이제 겁먹지 않아도 된다!" "난 그냥 여기 있을래요. 함께
가지 않겠다고요!" "같이 가야지 무슨 소리야! 그만 울어! 다
지나갔어…." 소년은 헛간의 틈새로 바깥을 내다보았다. "다
어디로 갔죠?" "안개처럼 사라졌지." 페트리너가 튀어나온 벽
돌을 짚고 기대서며 말했다. "안개처럼요?" "안개처럼." "그럼
내 말이 맞았던 거네요." 소년이 건방을 떨며 말했다. "그래."
이리미아시가 말했다. "네 말이 맞았던 거야." "그리고 또 뭘
보셨어요?" "난 안개밖에 못 봤는데?" 페트리너가 머리를 흔
들고 앞을 뚫어지게 노려보면서 대답했다. "안개, 안개, 안개

뿐이더라고." 소년은 불안한 표정으로 이리미아시를 쳐다보았다. "하지만 그럼… 그건 뭐였죠?" "헛것을 본 거야." 이리미아시가 여전히 창백한 얼굴로 맞장구를 쳤다. 그의 목소리에 너무도 기운이 없어서 소년은 자기도 모르게 몸을 푹 숙였다. "우린 다 지쳤어. 특히 네가. 지친 게 놀랄 일은 아니지." "그래, 당연히 지치지." 페트리너가 대답했다. "너무 힘들면 헛것이 보일 때도 있어. 내가 전선戰線에 있었을 땐 밤에 마녀들이 빗자루를 타고 쫓아왔다니까. 정말이야!" 그들은 발목까지 빠지는 진창을 피해 길을 따라 말없이 걸으며 포스텔레키로 향했다. 도시의 남서쪽으로 통하는 곧은 옛길에 이르렀을 즈음 페트리너는 이리미아시의 상태가 심히 좋지 않다는 것을 알았다. 이리미아시는 겉으로 보기에도 무척 긴장해 있었고, 자꾸만 무릎이 꺾여서 다음 걸음을 내딛다가 자칫 쓰러져버릴 듯이 위태로워 보였다. 안색은 창백하고 표정이 멍했으며 눈은 딱히 아무것도 보고 있지 않았다. 다행히 소년은 눈치채지 못하고 있었다. 이리미아시와 페트리너의 말이 그를 안심시키기도 했고("그래! 헛것을 본 모양이야. 아니면 그게 뭐겠어! 기운 내야지. 안 그러면 모두가 비웃을 거야"), 또 소년의 말이 맞는다고 페트리너가 말해준 데다가, 그들 앞에서 걷도록 해주어서 소년의 기분이 좋아졌기 때문이었다. 갑자기 이리미아시가 걸음을 멈췄고 깜짝 놀란 페트리너도 여차하면 그를 부축할 생각으로 멈춰 섰다. 하지만 이리미아시는 그의 손을 쳐내며 소리를 질렀다. "냄새나는 놈아! 저리로 좀 꺼져버려! 난 자네가 아주 지겹다고, 알겠어?" 페트리너는 재빨리 눈을 내리깔았다. 이리미아시는 그의 목덜미를 잡고 들어 올리려다 그럴 수가 없자 그대로 힘껏 밀쳐버렸다. 페트리너는 균형을 잃고 몇 걸음 뒷걸음질 치다가 진흙 바닥에 넘어졌다. "이보게." 페트리너가 간청했다. "제발 흥분을…." "나한테 말대꾸를 해?" 이리미아시가 으르렁대며 다가가 먹살을 잡아 일으켜 세우더니 그의 얼굴을 힘껏 때렸다. 그들은 마주 보고 서 있었다. 페트리너는 절망한 얼굴로 멍하니 그를 보았다. 별안간 이리미아시가 침착함을 되찾았다. 그는 단지 극도로 피곤했고, 바닥까지 공허했으며, 덫에 걸린 짐승이 빠져나갈 길이 없음을 깨닫고 그러는 것처럼 치명적인 절망의 무게를 느꼈을 뿐이었다. "대장." 페트리너가 더듬더듬 말했다. "난 자네를… 나쁘게 생각하지 않아…." 이리미아시가 고개를 숙였다. "미안해, 처진 귀!" 그리고 그들은 계속 걸었다. 페트리너는 놀라 입을 벌리고 선 소년에게 이제 다 괜찮다고 손짓을 했다. 그는 가끔씩 한숨을 쉬었다. "나는 목사를 믿네." 페트리너가 귀를 긁으며 말했다. "개신교를 믿는다는 얘기지?" 이리미아시가 물었다. "아, 그래! 그 말이야!" 페트리너는 이리미아시가 제정신을 차린 것 같자 마음이 가벼워져서 크게 숨을 쉬었다. "자네는 뭔가?" "나? 난 세례도 영세도 받지 않았네. 분명 아무 소용없는 일이라고 생각한 거겠지…." "쉿!" 페트리너가 깜짝 놀라 하늘을 가리켰다. "그런 말 막 하면 안 돼!" "아, 처진 귀 양반." 이리미아시가 쓴웃음을 지으며 말했다. "그런 건 아무 상관도 없다고." "자넨 그럴지 몰라도 난 아닐세. 지옥의 끓는 물을 생각하면 난 숨이 막혀온다고!" "우리가 뭘 알 수 있겠나?" 한참 뒤에 이리미아시가 말했다. "좀 전에 이상한 광경을 봤다고 그럴 필요는 없어. 천국? 지옥? 피안彼岸? 다 헛소리야. 난 그런 지어낸 얘기는 다 정신을 흘려놓기 위한 거라고 믿네. 그렇게 환상에 마음을 빼앗기면 진실은 영영 알 수 없는 법이야." 이제 페트리너는 완전히 마음이 놓여 정상으로 돌아왔다. 하지만 그는 이리미아시가 자신감을 되찾도록 자기가 무슨 말인가를 해주어야 한다는 걸 알았다. "고함만은 치지 말게!" 그가 부탁했다. "안 그래도 곤란을 잔뜩 겪지 않았나?" "처진 귀, 신은 문자로는 나타나지 않아. 신은 무엇에도 나타나지 않지. 신은 자신을 보여주지 않아. 신은 존재하지 않는다고." "이봐, 난 신을 믿는 사람이야!" 페트리너가 성을 냈다. "적어도 내 앞에선 조심해주게, 이 무신론자야!" "난 예전엔 잘못 생각했어. 얼마 전에야 깨달았다네. 나와 벌레, 벌레와 강물, 강물과 강을 넘어가는 고함 소리 사이에는 아무런 차이도 없다는 것을. 모든 건 공허하고 의미가 없는 거야. 뿌리칠 수 없는 구속과 시간을 뛰어넘은 대담한 도약 사이에서, 영원히 실패하는 감각이 아닌 오로지 환상만이 우리로 하여금 비참한 구덩이에서 헤어날 수 있다는 믿음을 갖게끔 유혹하지. 하지만 도망칠 길은 없어, 귀 늘어진 양반!""그 얘길 하필 지금 해야겠나?" 페트리너가 항의했다. "'지금'이라고 했지? 지금 우리가 본 건, 우리가 본 게 틀림없어!" 이리미아시가 얼굴을 찡그렸다. "그래서 난 우리가 영원히 빠져나올 수 없다고 한 거야. 왜냐하면 모든 게 너무 완벽하게 그럴듯하거든. 가장 좋은 방법은 아무것도 시도하지 않는 거고, 그다음엔 눈을 믿지 않는 거지. 페트리너, 그건 우리가 언제나 빠지고 마는 덫이야. 우리는 자유로워질 수 있다고 믿지. 하지만 우리가 하는 일이란 게 결국은 자물쇠를 바꿔 다는 일일 뿐이거든. 그렇게 덫은 완벽하다네." 페트리너는 이번엔 진짜로 화가 났다. "뭔 말인지 모르겠다! 되는 대로 지껄이지 말고, 망할! 쉽고 간단하게 얘기하라고!" "차라리 목을 매다는 게 현명하다는 거야, 늘어진 귀 양반아!" 이리미아시가 슬프게 말했다. "그러면 적어도 빨리 끝나기는 하거든. 아, 뭐. 굳이 목매달지 않아도 상관없어!" "참, 자네는 정말 모를 사람이로군! 그만하게. 눈물이 나올 것 같으니까." 두 사람은 한동안 말없이 걸었다. 하지만 페트리너는 여전히 생각을 이어갔다. "이리미아시, 자네에게 필요한 게 뭔지 알아? 세례를 받는 거야." "그럴지도 모르지." 이제 그들은 옛길로 접어들어 걷고 있었다. 소년은 모험하는 기분으로 사방을 둘러보았지만, 여름에 마차가 남겨놓은 깊은 바퀴 자국 외에는 눈에 띄는 것이 없었다. 가끔씩 까마귀가 까욱거리며 허공을 날아갔고, 때때로 빗줄기가 세지기도 했다. 시내에 가까워질수록 바람이 많이 부는 듯했다. "자, 그럼 이젠?" 페트리너가 물었다. "뭐라고?" "이젠 어떻게 되냐고." 다시 페트리너가 물었다. "되긴 뭐가 돼?" 이리미아시가 이를 악문 채로 대답했다. "지금부턴 상황이 좋아질 거야. 지금까진 사람들이 자네한테 무슨 일을 해야 하는지 말했지만, 이젠 자네가 말할 거야. 아주 똑같은 말을 말이야." 그들은 담배에 불을 붙이고 심란한 표정으로 연기를 뿜었다. 그들이 시의 남서쪽 구역에 도착했을 땐 이미 날이 저물어 있었다. 그들은 인적 없이 텅 빈 거리를 걸었다. 창문 너머에는 불이 켜져 있고, 사람들은 김이 나는 접시 앞에 앉아 있었다. "자, 여기!" 이리미아시가 어느 술집 앞에 멈춰 섰다. "여기 잠깐 있다 가지." 그들은 담배 연기가 자욱하고 공기가 탁한 실내로 들어섰다. 운송업자, 세무원, 벽돌장이, 학생들…. 많은 사람들이 바 앞에 서서 술을 기다리며 웃고 와글와글 떠들어댔다. 그들이 들어올 때부터 이미 주인은 이리미아시를 알아보았다. 그는 바 너머 한쪽 끝에 있다가 그들을 향해 반갑게 다가오며 외쳤다. "오호, 이게 누구야! 어서 와요, 어서 와! 우리 재간꾼 양반!" 그는 바에 몸을 기대고 손을 내밀면서 조용히 물었다. "뭘 원하시지?" 이리미아시는 상대가 내민 손을 무시하고 태연하게 주문을 했다. "럼 둘에 작은 음료 하나." "오케이, 신사분들." 술집 주인은 약간 흥이 깨진 듯 내밀었던 손을 거두었다. "럼 둘에 작은 음료 하나, 즉시 대령이요." 그는 서둘러 바의 중앙으로 돌아가 잔 두 개를 채우더니 그들 앞에 공손하게 내밀었다. "자, 여기 있습니다요." "고마워요." 이리미아시가 말했다. "바이스, 어떻게 돼가요?" 주인은 걷어 올린 소매로 얼굴의 땀을 닦으며 주위를 재빨리 한 바퀴 훑어보더니 몸을 앞으로 숙였다. "도살장에서 말들이 도망쳤어요." 그가 흥분한 기색으로 속삭였다. "그랬다고 하더군요." "말들이?" "그렇다니까. 아직도 못 잡아들였다는 얘기를 들었어요. 한두 마리도 아니고 떼로 시내를 나돌아 다녔대요. 그랬다고 하더군." 이리미아시는 짧게 고개를 끄덕이더니 건네받은 잔들을 머리 위로 쳐들고 사람들 사이를 지나 이미 창가에 자리를 잡은 페트리너와 소년에게로 갔다. "음료수 마셔라, 악당." "고마워요. 저 사람들도 말이 도망친 걸 아는 모양이네요." "알아내기 어려운 것도 아니니까. 자, 건배!" 그들은 잔을 높이 들어 술을 들이켰다. 페트리너가 담배를 권했고 그들은 담배를 피웠다. 그때 누군가가 이리미아시의 어깨에 손을 올렸다. "안녕하신가? 여긴 대체 어쩐 일로 오셨소? 반갑네그려!" 대머리에 얼굴이 붉은 자그마한 남자가 옆에 서서 친근하게 손을 내밀었다. "아, 유명하신 분! 그쪽도 안녕하쇼?" "잘 지내요, 토트?" "그럭저럭. 살아지는 대로 사는 거죠. 그쪽은 어떻소? 두 분을 마지막으로 본 게 벌써 2년, 아니 3년 전이네! 뭐 큰 건이라도 있어요?" 페트리너가 고개를 끄덕였어. "아마도." "그렇군요." 대머리는 조금 머쓱한지 다시 이리미아시를 향해 말했다. "그 소식 들었나? 서보가 죽었다는 소식." "아하." 이리미아시는 잔에 남은 술을 마저 마셨다. "상황이 좀 어때요, 토트?" 대머리가 이리미아시에게 몸을 기울였다. "집을 구했고." "아이고, 이런. 축하해요. 그 밖에는?" "다른 건 다 똑같지 뭐." 토트가 시무룩하게 대답했다. "바로 얼마 전에 지방선거가 있었지. 투표하러 얼마나 많이들 갔을 것 같아? 흠, 짐작이 갈 거요. 난 하나하나 다 기억해. 내 머릿속에 다 저장돼 있지." 그가 자기 머리를 가리키며 말했다. "그것 참 대단하네요, 토트." 이리미아시가 맥 빠진 목소리로 말했다. "허송세월하지 않고 잘 사시는군." "그래 보이지?" 대머리가 두 손을 펼쳤다. "세상엔 할일이 참 많아, 안 그래요?" 페트리너가 앞으로 기대며 말했다. "그래요. 그럼 가서 우리한테 뭐 좀 가져다줘봐요." "그러지, 뭘 마시고들 싶으신가? 내가 사리다." 대머리가 호기롭게 물었다. "럼이요." "1분만 기다려요." 그가 성큼성큼 바로 가더니 주인을 손짓해 불러서 잔에다 술을 가득 받아 돌아왔다. "다시 만난 기념으로!" "건배!" 이리미아시가 외쳤다. "만수무강하세요!" 페트리너가 말했다. "얘기 좀 해봐요! 거긴 어떤 새로운 소식이 있소?" 토트가 빤히 쳐다보며 물었다. "거기? 어디?" 페트리너가 의아한 눈으로 되물었다. "아, 내 말은 그냥 뭐 아무 얘기라도." "아하, 우리는 방금 부활을 보고 왔지요." 대머리가 누런 이를 드러내고 웃었다. "페트리너, 하나도 안 변했군그래. 하하하! '우리는 방금 부활을 보고 왔다'고? 좋아, 좋아. 꼭 페트리너 같은 말이네!" "들어도 못 믿겠죠?" 페트리너가 심술궂은 표정으로 말했다. "무시무시한 종말을 보게 될 거예요. 옷 너무 따뜻하게 입지 말아요. 지옥불 앞에선 더울 테니까!" 토트는 몸을 흔들며 웃어댔다. "좋아, 좋아. 이 양반들!" 그가 웃느라고 숨을 헐떡이며 말했다. "이제 난 가볼 테니까, 또 봅시다." "싫어도 다시 보겠지요, 토트." 페트리너는 그렇게 말하며 서글프게 웃었다. 그들은 술집을 나와 포플러가 늘어선 비탈길을 따라 시내 방향으로 걸어 내려갔다. 바람이 불어와 얼굴을 때렸고 빗물이 눈으로 들어왔다. 술집 안은 따뜻했던 만큼 밖으로 나오자 추위에 몸이 떨려 등이 절로 구부러졌다. 교회 앞 광장에 이를 때까지 그들은 한 사람도 보지 못했다. "여긴 뭐가 이래? 통행금지인가?" "아니, 가을은 원래 이렇지." 이리미아시가 슬픈 어조로 대답했다. "사람들은 난로를 껴안고 앉아 봄이 될 때까지 자리를 떠나지 않아. 날이 저물 때까지 창가에서 어정거리다가 그다음엔 먹고 마시고 솜털 이불 아래서 껴안고 잠이 들지. 이때쯤 사람들은 인생이 잘못되어간다고 느껴. 더는 이렇게 못 살겠다 싶을 때는 아이들이나 고양이를 때리면서 좀 더 견뎌내지. 그렇게들 사는 거야, 처진 귀 양반!" 시장이 서는 광장에 이르렀을 때 한 무리의 사람들을 만나 걸음을 멈추었다. "아무것도 못 봤나요?" 키가 전봇대처럼 큰 사내가 물어왔다. "아뇨, 못 봤는데요." 이리미아시가 대답했다. "뭔가 보게 되면 즉시 알려줘요.

우린 여기서 소식을 기다리고 있으니까. 오면 우릴 찾을 수 있을 거요." "그러죠. 그럼 이만." 몇 걸음 떨어진 곳에서 페트리너가 물었다. "내가 이상한 거야, 저 사람들이 이상한 거야? 보기엔 아주 멀쩡하던데. 대체 우리가 뭘 봤어야 한다는 거지?" "말." 이리미아시가 대답했다. "말? 무슨 말?" "도살장에서 도망쳤다는 말들." 그들은 중앙로를 따라 걷다가 루마니아인 구역으로 꺾어 들었다. 에미네스추 거리와 산책로가 만나는 교차로에서 그들이 발견한 것은 말들이었다. 분수 근처에 여덟에서 열 마리쯤 되는 말들이 서 있었다. 말들의 꼬리가 불빛을 받아 희미하게 빛났다. 말들은 인간이 자기들을 쳐다보고 있다는 사실을 모른 채 평온히 풀을 뜯고 있었다. 그러다 말들은 일제히 머리를 쳐들었고, 그중 한 마리가 울음소리를 냈다. 다음 순간 말들을 거리 저편으로 사라져갔다. "말 편이에요, 사람 편이에요?" 소년이 씩 웃으면서 물었다. "난 내 편이지." 페트리너가 긴장한 목소리로 대답했다. 슈타이거발트의 술집에는 손님이 거의 없었고 그나마 있던 이들도 이리미아시 일행이 들어가자 밖으로 나가버렸다. 이미 늦은 시각이었다. 슈타이거발트는 술집 구석에서 텔레비전을 만지고 있었다. "망할 놈의 기계!" 일행이 들어선 것도 모르고 그가 욕을 했다. "안녕하시오?" 이리미아시가 큰 소리로 인사했다. 슈타이거발트가 깜짝 놀라 뒤를 돌아보았다. "누구시… 아, 자네들?" "놀라지 마. 아무 일 없으니까." 페트리너가 그를 안심시켰다. "그럼 다행이고. 난 또…." 주인은 그렇게 말하며 카운터 안쪽으로 들어갔다. "망할 기계가!" 아직 화가 가라앉지 않은 듯한 그가 텔레비전을 가리켰다. "한 시간 전부터 채널을 계속 돌리고 있는데 화면이 전혀 안 나와서." "그럼 그냥 놔둬요. 우리는 럼 두 잔 주고, 저기 젊은이한텐 음료수로 한 잔." 그들은 테이블 하나를 잡고 앉아 외투의 단추를 풀고 담배를 피우기 시작했다. "이거 마시고…," 이리미아시가 소년에게 말했다. "파예르라는 사람한테 다녀와라. 여기 주소가 있으니까. 그 사람한테 가서 내가 여기서 기다린다고 해." "알겠어요." 소년이 대답했다. 그는 외투의 단추를 다시 채우고 주인이 건네주는 음료수를 받아 마신 뒤에 밖으로 나갔다. "슈타이거발트." 이리미아시가 술잔을 내려놓고 바로 돌아가려는 그를 붙잡으며 이름을 불렀다. "아, 그러니까, 무슨 일이 있는 거지?" 몸집이 거대한 그가 걱정스럽게 물으면서 이리미아시의 옆자리에 앉았다. "아니, 별일은 아니고." 이리미아시가 그를 안심시켰다. "우리가 내일 트럭이 필요해서 말이야." "언제 다시 갖다줄 건데?" "내일 저녁. 그리고 오늘 여기서 자야겠어." "잘 수야 있지." 슈타이거발트는 마음이 놓인다는 듯 대답하고는 몸을 일으켰다. "돈은 언제 줄 거야?" "지금." "뭐라고?" "방금 건 잘못 들은 거야." 이리미아시는 대답을 바꿨다. "내일 줄게." 갑자기 문이 열리고 소년이 뛰어 들어왔다. "금방 올 거예요." 그렇게 말하고 그는 자리에 앉았다. "잘했어. 여기 앉아서 한 잔 더 시켜 마셔라. 그리고 콩 수프도 달라고 해." "족발구이도." 페트리너가 씩 웃으며 덧붙였다. 몇 분 뒤 회색 머리칼의 땅딸막한 사내 하나가 우산을 들고 들어왔다. 잠자리에 들려다 말고 왔는지 외투 속에 잠옷을 입고 슬리퍼를 신은 차림이었다. "시내를 돌아다닌다는 소식은 들었소이다, 대장." 그가 졸린 목소리로 말하며 이리미아시 옆에 앉았다. "악수하고 싶다면 굳이 반대는 안 하겠는데." 음울한 표정으로 정면을 응시하던 이리미아시가 파예르의 말에 고개를 들고 만족스럽게 웃었다. "반갑소이다. 잠을 깨운 건 아닌지?" 이리미아시는 다리를 꼬고 몸을 뒤로 기대며 천천히 담배 연기를 뿜었다. "본론으로 갑시다." "겁나게 처음부터 이러지 마시죠." 파예르가 천천히 손을 들어 올리며 말했다. "날 침대에서 나오게 했으면, 뭘 좀 시켜주든가요." "마시고 싶은 게 뭐요?" "마시고 싶은 게 뭔지 나한테 묻지도 마요. 그건 여기 없으니까. 과일주나 시켜줘요." 그는 눈을 감고 다시 잠에 빠지려는 듯한 모습으로 이리미아시가 하는 말을 듣기만 했다. 그러다 주인이 가져온 술을 마신 그는 뭔가를 말하고자 할 때면 손을 들곤 했다. "아, 잠깐만! 왜 이리 서둘러요? 여기 함께 계신 분이 누군지도 아직 모르는데." 그 말에 페트리너가 벌떡 일어섰다. "페트리너라고 하오! 잘 부탁합니다." 소년은 꼼짝 않고 앉아 "호르고시" 하고 말했다. "참 예절 바른 청년일세." 그렇게 말하며 파예르는 이리미아시에게 알 만하다는 눈빛을 보냈다. "뭐가 돼도 될 녀석이구먼." "내 동행이 마음에 드신다니 기분이 좋군요. 무기 중개상 선생." 파예르는 그러지 말라는 뜻으로 고개를 저었다. "그런 호칭으로 부를 건 없고. 난 내 직업과 나를 분리해요. 나를 잘 아실 텐데. 그냥 파예르라고 해줘요." "그러죠." 이리미아시는 웃으면서 담배를 테이블 아래쪽에 눌러 껐다. "상황을 말하자면, 원료요. 구해주면, 내가 정말 고마워할 거요. 종류가 많을수록 더 좋고요." 파예르는 눈을 감았다. "그냥 한번 가정해보는 거요? 아니면 돈을 확실히 가지고 있고, 이 자리에서 이 인생이라는 굴욕을 좀 더 견디기 쉽도록 해줄 수 있다고 말하는 거요?" "물론 후자겠지요." 파예르가 그러냐는 듯 고개를 끄덕였다. "그렇다면 댁은 그야말로 신사라고 할 수 있겠군. 유감스럽게도 이 분야에선 댁 같은 사람을 만나기가 갈수록 어려운데 말이야." "함께 드시겠소?" 주인이 콩 수프를 내오자 이리미아시가 웃음을 거두지 않고 그에게 물었다. "잘하는 요리가 뭐죠?" "없어요." 주인이 무뚝뚝하게 대답했다. "그 말은 당신이 내게 갖다줄 음식이 먹을 만하지 않을 거라는 얘기요?" 파예르가 피곤한 얼굴로 물었다. "바로 그거죠." "그럼 아무것도 가져오지 마요." 그는 자리에서 일어나 절을 하는 시늉을 하고 소년에게는 고개를 끄덕이더니, 이렇게 말했다. "신사 여러분, 잘 부탁하오. 내가 제대로 이해했다면, 더 자세한 얘기는 나중에 하면 되는 거겠지요?" 이리미아시도 자리에서 일어나 손을 내밀었다. "그렇죠. 주말에 다시 보지요. 편히 주무시오." "봐요. 내가 중간에 깨지 않고 다섯 시간 반 동안 잠을 잔 게 정확히 26년 만이오. 그동안은 이리 저리 뒤척이며 선잠을 자다 자꾸만 깨고 그랬지. 뭐, 하지만 어 쨌든 고맙소." 그가 다시 머리를 숙여 인사하더니 졸음에 취 한 모습으로 천천히 술집 밖으로 걸어 나갔다. 그들이 식사를 마치자 슈타이거발트가 한쪽 구석에 침대를 놓아주었고, 그 런 다음 고장 난 텔레비전을 향해 허공에다 주먹질을 다시 한 번 하고는 가려고 했다. "혹시 성경책 가진 거 있나요?" 페트 리너가 물었다. 슈타이거발트는 주춤하더니 뒤돌아섰다. "성 경? 성경이 왜 필요해요?" "자기 전에 좀 읽고 싶어서 그래요. 그러면 마음이 좀 평화로워지거든요." "어떻게 얼굴도 안 붉히 고 그런 말을 하지?" 이리미아시가 중얼거렸다. "자넨 어렸을 때 책을 보면 그림만 보고 그랬는데 말이야." "저 사람 하는 말 듣지 말고요." 페트리너가 기분이 상한 얼굴로 말했다. "시 기하는 거예요. 그래서 그래요." 슈타이거발트는 머리를 긁적 였다. "추리소설이라면 몇 권 있는데, 그거라도 갖다줘요?" "하나님, 맙소사. 그런 건 말고요." 페트리너가 폄하하듯이 말 했다. 주인은 얼굴을 찌푸린 채 문을 열고 마당으로 나갔다. "무례한 사람 같으니." 페트리너가 투덜거렸다. "악몽에 나오 는 굶주린 곰도 저자보다는 친절하겠구먼." 이리미아시는 자 리에 누워 담요를 당겨 덮었다. "그럴지도 모르지. 하지만 그 는 잘 살아남을 거야. 우리보다 더." 소년이 불을 끄자 사위가 조용해졌다. 얼마 동안 페트리너의 웅얼거리는 소리가 들려왔다. 그는 오래전 할머니에게서 들은 기도문을 기억해내려고 애쓰고 있었다. "우리 아버지… 음, 거기 하늘에 계신, 에… 주님을 찬양하라, 우리 주님, 아니… 거룩하시고… 거룩하시고… 거룩하신… 주님 이름, 그리고 이루어지게 하소서… 모든 게 당신 뜻대로 이루어지도록… 하늘에서도… 땅에서도, 당신 손 닿는 모든 곳에서… 땅 위에서… 그리고 하늘에서… 아, 꺼져라, 지옥으로. 아멘…."

3

다른 방향에서 본 광경
The Distance, as Approached from the Other Side

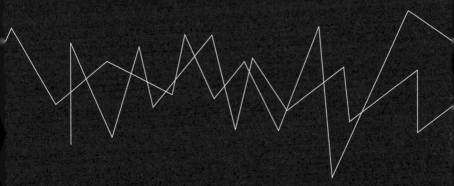

조용히 비가 내리고 진창길 위로 비통한 바람이 불었건만, 그 스침은 너무나 미약하여 간밤에 결빙되어 고요히 죽어 있는 표면을 조금도 흩뜨리지 못했다. 길은 어제처럼 반반하게 빛나지 않고 동쪽에서 비쳐오기 시작한 여명을 흡수하여 삼켜버렸다. 나무줄기와 흔들릴 때마다 소리를 내는 가지들, 썩은 냄새를 풍기는 잡초, 그리고 저택…. 그 모든 것 위에 곱지만 끈적거리는 무언가가 덮여 있었다. 마치 어둠의 은밀한 전령이, 이어지는 밤에도 몰락의 작업이 계속될 수 있도록 표시를 해놓은 것처럼. 구름보다 훌쩍 높이 떴던 달이 어느새 서쪽 지평선으로 구르듯 옮겨 가 예전엔 정문 입구였던 곳을 지나 높은 창턱을 넘어서 빛을 깜빡거릴 때, 그들은 무언가가 변했음을 서서히 직감했다. 무언가가 달라졌고 그들이 은근히 두려워하던 일이 기어코 닥쳤음을 깨달았다. 어제 그들을 그토록 열정적으로 전진하게 만들었던 꿈이 효력을 다하고, 드디어 쓰디쓴 각성이 찾아왔다. 그것은 처음엔 당황스러웠지만 이후엔 소스라치게 놀랄 만한 깨달음으로 다가왔다. 그들은 너무 성급하게 행동했다. 그들이 농장을 떠난 것은 냉정한 계산에 의해서가 아니라 몹쓸 충동 때문이었다. 그들은 자신들이 건너온 다리를 부숴버림으로써 돌아갈 기회마저 영영 잃었다. 돌아가는 것이 아무리 합리적으로 보인다 한들 이제는 길이 없었다. 이처럼 처량한 아침에, 그들은 하얗게 질린 입술로 추위에 떨며 팔다리를 주무르고 배고픔과 구취를 느끼면서 잠자리에서 기어 나와, 어제만 해도 오랜 소망이 실현되어가는 장소였던 이곳이 오늘은 적나라한 밝음 속에 놓인 차갑고 무자비한 감옥이 되어 있는 것을 보았다. 그들은 쓰디쓴 기분으로 여기저기 엉망으로 널려 있는 녹슨 기계들을 피해가며 저택을 돌아다녔다. 사위가 무덤처럼 고요한 가운데, 그들의 마음속에선 음험한 계략에 넘어가 백치처럼 기만당하고 고향을 잃고 재산도 잃고 굴욕적인 처지에 빠지고 만 것은 아닐까 하는 의혹이 점점 강해지며 아우성을 치고 있었다. 슈미트 부인이 가장 먼저 간밤의 잠자리로 돌아와 한심하기 그지없는 광경을 내려다보았다. 그녀는 추위에 떨며 구겨진 물건들 위에 쪼그리고 앉아 날이 밝아오는 것을 바라보았다. 이리미아시가 선물로 준 마스카라의 자국이 얼굴에 번져 있었다. 입맛이 썼고, 목구멍은 바싹 말라 있었으며, 속이 아팠다. 엉망으로 헝클어진 머리와 옷매무새를 가다듬을 기력조차 없었다. 그와 함께했던 마술적인 시간은 너무도 짧았기에, 어쩌면 그것만으로—이리미아시가 약속을 어길지도 모르는 지금—모든 걸 상실하고 말았는지도 모른다는 두려움을 계속 억제하기가 힘들었다. 그러나 쉽지 않은 일이라고 해도 그녀에게는 별다른 수가 없었다. 그녀는 이리미아시가("이 사태를 마무리 짓기 전에는⋯") 자신을 어딘가로 데려가지 않으리라는 사실을 그만 받아들이고 체념하려 애썼다. 그가 자신을 슈미트의 '더러운 앞발'로부터, '냄새나는 구덩이' 같은 마을로부터 구해주기까지는 몇 달, 아니 몇 년이("몇 년이라니? 다시 몇 년을 어떻게 기다리라고⋯") 걸릴지 몰랐다. 심지어 그럴 가능성조차 애초에 없었고 모든 게 거짓말이었으며 지금쯤 그는 먼 곳에서 새로운 일을 찾아다닐지도 모른다는 끔찍한 생각이 떠오르자, 그녀는 주먹을 꽉 부르쥐었다. 물론 그녀는 자기가 술집 창고에서 이리미아시에게 몸을 던졌던 지난밤이 실망스럽지는 않았음을 인정해야 했다. 이 세상의 것 같지 않았던 충만하고 놀라운 그 시간은 분명 모든 것을 보상하고도 남을 만한 것이었지만, 하지만 사랑의 배신이라니, 자신의 순수한 열정을 외면하고 모욕한 것만큼은 결코 용서할 수 없었다. 그가 작별할 때 자기에게 남몰래 속삭인 말("아침이 되기 전에 꼭⋯")만 보아도 이미 거짓은 드러나 있었다. 희망이 없는데도 고집스럽게 갈망하면서, 그녀는 정문 너머에서 채찍질하듯 내리치는 비를 응시했다. 그녀는 산발한 머리로 우울하게 몸을 웅크리고 있었다. 복수심보다는 무력한 체념과 고통스러운 슬픔이 찾아들었다. 자꾸만 이리미아시의 달콤한 속삭임이 들리는 듯했고, 훤칠하고 꼿꼿한 그의 자태가 떠올랐다. 정력적이고 확신에 차 보이던 매부리코, 가느다랗고 부드러운 입술, 거부할 수 없는 눈의 광채, 그녀의 머리칼을 쓰다듬던 황홀한 손길, 그녀의 가슴과 허벅지를 애무하던 따뜻한 손…. 무슨 소리가 들린 것 같을 때마다 그녀는 그가 나타난 것이기를 바랐다. 다른 사람들의 얼굴에도 그녀와 같은, 비통한 장례식에서나 지을 법한 표정이 떠올라 있었다. 자부심으로 버티던 마음의 둑이 절망에 무너져버렸다. "그가 가버리면 나는 어떡하지? 떠나더라도, 맙소사, 지금은 안 돼. 지금은 아니지. 적어도 한 번은 더 보고 싶어! 한 시간! …아니, 단 1분이라도! 그가 남들하고 무슨 일을 하건 난 관심 없어. 나하고는 어떻게 할 생각이냔 말이야! 적어도 날 자기 애인으로 생각해주면 좋겠어! 잠만 같이 자는 사람이라도 좋아! 하다못해 몸종이라도! 날 밀치고 개처럼 때려도 괜찮아. 그러니 한 번만 돌아와 줬으면!" 차갑고 푸른 아침의 냉기 속에서 사람들은 우울하게 벽에 기대 앉아 무릎 위에 초라한 음식을 올려놓고 먹었다. 그들에게 남겨진 것은 무엇인가? 더 이상 기다려도 소용이 없다는 것을 인정해야 했다. 이리미아시는 분명 "날이 밝기 전에" 돌아온다고 약속하지 않나. 날이 밝은 지 이미 오래였다. 하지만 그들 가운데 먼저 입을 떼는 사람은 없었다. 말짱사기극에 불과했다고 감히 소리 내어 말하는 사람은 없었다. 구원자 이리미아시를 갑자기 더럽고 비열한 사기꾼, 음험한 도적으로 보는 일이 좀처럼 쉽지 않았기 때문이다. 그보다 그들은 무슨 일이 일어난 것인지를 아직도 명확히 알지 못하고 있었다. 중간에 무슨 일인가 생긴 것인지도 몰랐다. 비가 오고 길이 나빠서 늦는 것뿐이라면? 크라네르는 자리에서 일어나 문으로 걸어갔다. 그는 축축한 벽에 어깨를 기대고, 다져진 길에서 성으로 통하는 길 쪽을 바라보았다. 그러다 담배에 불을 붙이고 신경질적으로 벽에서 몸을 떼고는 손을 내저으며 다시 자리에 앉았다. 얼마 뒤 그가 떨리는 목소리로 말했다. "이봐요들, 우리가 속아 넘어간 기분이 드는구먼요." 멍하니 앞만 바라보던 이들이 그의 말에 시선을 땅으로 떨어뜨렸다. 기분이 더 언짢아졌다. "속았다고요, 내 말은!" 크라네르가 아까보다 큰 소리로 말했다. 모두 놀라 침묵에 휩싸인 가운데 크라네르의 음성만이 울려 퍼졌다. "왜들 말이 없어요. 귀먹었어요?" 크라네르가 흥분해서 벌떡 일어나 소리를 질렀다. "입이 안 떨어져요?" "내가 전부터 말했잖아." 슈미트가 우울한 눈빛으로 말했다. "처음부터 내가 말했다고!" 그가 입술을 떨며 집게손가락으로 후터키를 비난하듯 가리켰다. "그가 약속했지요." 크라네르가 부은 눈을 하고 몸을 앞으로 약간 숙인 채 말했다. "그가 이곳에 가나안을 건설하겠다고 우리한테 약속했단 말이요. 자, 그런데 봐요. 여기가 우리의 가나안이에요! 우리가 도달한 게 여기예요. 빌어먹을 사기꾼 자식! 어리숙한 양을 꾀듯 우리를 이 버려진 땅으로 꾀어낸 겁니다…." "그리고 자기는," 슈미트가 말을 이었다. "정반대 방향으로 내뺀 거지. 그자가 지금 어디에 있는지 누가 알겠나. 천리만리 가버렸겠지!" "우리 돈을 흥청망청 써대면서 말이오!" "1년을 허송했네." 슈미트가 떨리는 목소리로 말을 이었다. "1년을 고생했는데 한 푼도 안 남았어! 젠장 맞을 녹슨 동전 한 푼도 못 받았단 말이야!" 크라네르가 우리에 갇힌 짐승처럼 왔다 갔다 했다. 그는 불끈 쥔 두 주먹을 허공에 대고 흔들었다. "하지만 그놈도 무사하진 못할걸! 사기꾼 자식, 후회하게 해줄 테다! 나 크라네르를 만만하게 봤겠다? 그놈이 땅속으로 숨는대도 내가 찾아낼 거야! 내 이 두 손으로, 그놈 목을 졸라 죽여버리겠어!" 후터키가 심란한 듯 말리는 손짓을 했다. "천천히, 진정 좀 하게. 그러다 그가 2분 안에 나타나면? 그때도 이렇게 으름장을 놓을 수 있겠나? 음?" 그 말에 슈미트가 벌떡 일어섰다. "자네가 이렇게 나댈 수가 있다니! 감히 이럴 수가 있어? 내 돈이 다 털린 게 누구 때문인데? 누구 때문이냐고!" 크라네르가 후터키에게 다가가 그와 눈을 마주쳤다. "좋아요." 크라네르가 숨을 깊이 들이마셨다. "좋다고요. 어디 2분 동안 한번 기다려봅시다. 딱 2분이에요. 그런 다음에는… 어디 봅시다."

그가 슈미트를 잡아당겨 문 쪽으로 데리고 가더니, 상체를 흔들면서 버티고 섰다. "어디, 보여요? 저기 오는구먼!" 슈미트가 비웃으며 후터키를 향해 돌아섰다. "당신의 구원자가 오고 있다네! 이 망할 사람아!" "입 다물게." 크라네르가 후터키의 팔을 꽉 붙잡았다. "2분 동안 기다리는 거요. 그런 다음에 저이가 뭐라고 하는지 들어봅시다." 후터키는 이마를 무릎에 대고 몸을 수그린 채 구석에 앉아 있었다. 모두들 아무 말도 없었다. 슈미트 부인도 숨죽인 채 쪼그려 앉아 있었다. 헐리치는 꿀꺽 침을 삼키더니 일이 어찌될지 알 것 같은 기분이 되어 거의 들리지도 않게 말했다. "우리끼리… 이러다니… 최악이군." 교장이 자리에서 일어섰다. "이것 봐요!" 그가 크라네르와 슈미트를 진정시키려는 듯이 말했다. "이런다고 문제가 해결됩니까? 이건 해결이 아니에요! 당신들…." "주둥이 닥쳐, 어릿광대 양반아!" 크라네르가 그에게 고함을 쳤다. 그의 위협적인 시선에 기가 눌려 교장은 재빨리 자리에 앉았다. "이보게." 슈미트가 후터키에게 등을 보인 채 어물쩍 말했다. "어디, 2분 다 되었나?" 후터키가 고개를 들고 두 손을 무릎에 올려놓았다. "이게 무슨 짓이야. 말해봐. 정말 이게 내 책임이라고 생각하나?" 슈미트의 얼굴이 붉어졌다. "그럼 술집에서 날 설득한 인간이 누구라고 생각해? 누구였지?" 그러더니 그는 천천히 후터키에게로 다가갔다. "나한테 아무 걱정 말고 안심해도 된다고 한 게 누구였냐고? 엉, 누구?" 그 말에 후터키도 언성을 높였다. "제정신이 아니군! 돌아버렸어!" 슈미트가 그의 앞으로 바짝 다가와 서는 바람에 그는 일어설 수가 없었다. "내 돈돌려줘." 슈미트가 핏발이 선 눈으로 말했다. "내 말 들려? 돈돌려달라고!" 후터키는 벽 쪽으로 물러났다. "주고 싶어도 못줘. 정신 좀 차리라고." 슈미트가 눈을 질끈 감았다. "마지막으로 말한다. 내 돈 돌려줘!" "이것 봐요, 이 사람 좀 데려가요. 정말 미친 것 같아요." 후터키가 외쳤지만 그는 더 이상 말할수 없었다. 슈미트가 있는 힘껏 그의 얼굴을 후려쳤기 때문이다. 후터키의 머리가 뒤로 젖혀지며 코피가 줄줄 흘렀다. 그가옆으로 푹 쓰러졌다. 여자들과 헐리치 그리고 교장이 한걸음에 달려와 슈미트의 팔을 꺾고 뒤로 끌어당겼다. 크라네르는일그러진 웃음을 띠고 팔짱을 낀 채 문가에 서 있다가 사람들에게로 다가갔다. 여자들이 비명을 지르면서 정신을 잃은 후터키를 살펴보고 있었다. 슈미트 부인이 테라스로 달려가더니 고인 물에다 수건을 적셔서 돌아왔다. 그녀는 후터키 옆에무릎을 꿇고 앉아 그의 얼굴을 씻겨주며, 옆에 서서 뭐라고 한탄만 하는 헐리치 부인에게 핀잔을 주었다. "멍청히 서 있지만말고 가서 더 큰 수건 좀 가져와요. 피를 멎게 해야 하니까!" 후터키가 차츰 정신을 차렸다. 눈을 뜬 그는 얼이 빠져서 천장을 보았고, 걱정스럽게 자기를 내려다보는 슈미트 부인의 얼굴을 보다가 돌연 칼에 베인 듯한 통증을 느꼈다. 그는 일어나앉으려고 했다. "움직이지 말아요, 세상에!" 크라네르 부인이 말했다. "피가 나요!" 그녀는 후터키를 부축해 다시 눕히고 피로 젖은 수건을 물에 헹구러 갔다. 헐리치 부인이 그의 곁에 앉아 나직하게 기도를 하기 시작했다. "이 마녀 좀 끌어내요." 후터키가 간청했다. "나 아직 안 죽었으니까." 슈미트는 맞은편에 쭈그리고 앉아 숨을 몰아쉬며 충동을 가라앉히는 듯 두 주먹을 허리춤에 대고 있었다. "여러분." 슈미트가 다시 후터키에게 달려들지 못하게 헐리치와 함께 막고 있던 교장이 고개를 저으면서 말했다. "내 눈을 믿을 수가 없군요! 다 큰 성인이, 제정신인 사람이 어떻게 그럴 수가 있어요? 다짜고짜 다른 사람을 패다니. 그런 걸 뭐라고 하는지 알아요? '사적제재'라고 하는 거요! 내 손으로 응징한다는 거지!" "날 가만 놔둬요!" 슈미트가 으르렁거렸다. "그래요, 가만 좀 둬요!" 크라네르도 말했다. "교장 선생, 당신하고는 아무 상관없는 일이니까. 왜 모든 일에 코를 들이밀고 끼어드는 건데? 후터키 저 사람은 자업자득하는 거요!" "당신이야말로 입을 다무시오, 주제도 모르고!" 교장이 성을 냈다. "당신이 부추겼잖아요! 내가 못 본 줄 아시나 본데, 당신은 입 다물어요!" "충고하겠는데," 크라네르가 음산한 눈초리로 교장을 붙잡으며 말했다. "조용히 말할 때 꺼지는 게 좋을 거요. 나도 우리 사이에…" 바로 그 순간 문가에서 누군가가, 커다랗게 울리는 매서운 목소리로 물었다. "이게 다 무슨 일입니까?" 다들 목소리가 나는 쪽을 돌아보았다. 헐리치 부인이 비명에 가까운 소리를 질렸다. 슈미트는 벌떡 자리에서 일어났고, 크라네르는 자기도 모르게 한 발 뒤로 물러났다. 입구에 이리미아시가 서 있었다. 그는 회녹색 방수 코트의 단추를 무릎까지 채우고 모자를 깊숙이 눌러 쓴 채 두 손은 주머니에 찔러 넣었는데, 입에는 불 꺼진 담배를 물고 있었다. 그가 찌를 듯한 눈빛으로 주위를 빙 둘러보았다. 모두 얼어붙은 듯이 서 있었다. 후터키가 비틀거리며 자리에서 일어섰고, 아직도 코에서 흐르고 있는 피를 훔치던 수건은 재빨리 등 뒤로 감췄다. 헐리치 부인은 자기도 모르게 성호를 긋다가 남편이 그러지 말라는 신호를 하자 얼른 손을 내렸다. "무슨 일이냐고 물었습니다!" 이리미아시가 냉랭한 목소리로 다시 말했다. 그는 물고 있던 담배를 뱉고 새 담배를 꺼내 문 뒤 불을 붙였다. 사람들은 고개를 숙이고 그의 앞에 서 있었다. "우린 당신이 안 오는 줄 알고…." 크라네르 부인이 억지로 웃음을 지으며 잠깐 주저하다가 말했다. 이리미아시가 신경질적으로 손목시계의 유리 뚜껑을 두드렸다. "6시 43분." 크라네르 부인이 조심스럽게 의문을 제기했다. "하지만 우리한테는 해 뜨기 전이라고…." 이리미아시가 이마를 찡그렸다. "내가 뭐라고 생각들 하시는 건지요? 내가 택시라도 모나요? 여러분을 위해 사흘 동안 잠도 못 자고 몇 시간씩 빗속을 걸어서 왔어요. 어려운 문제를 해결하려고 이 관청 저 관청을 찾아다녔고요. 그런데 당신들은 뭡니까?" 그는 몇 걸음 나아와 어수선한 잠자리를 힐끗 보았다. 그리고 후터키

앞에 멈춰 섰다. "왜 그런 겁니까?" 후터키가 당황해서 고개를 숙였다. "코피가 나서요." "그건 나도 알아요. 왜 코피가 났냐고 묻는 겁니다." 후터키는 아무 대답도 하지 못했다. "이런, 세상에. 이보십시오!" 이리미아시가 한숨을 쉬었다. "정말로 이럴 줄은 몰랐군요! 여러분이 이럴 줄이야." 그는 사람들에게 시선을 돌리며 말을 이었다. "이제부터가 시작인데! 앞으로는 어쩔 작정들인가요? 칼부림이라도 할 건가요? 아니, 아니." 무슨 말인가를 하려는 크라네르에게 가만히 있으라는 손짓을 하며 그는 계속 말했다. "자초지종 따위는 필요 없어요! 내가 본 것만으로도 충분합니다. 슬픈 일이군요. 슬프다는 말밖에는 할 말이 없습니다." 그는 우두커니 선 사람들 앞을 어슬렁거리며 울적한 표정으로 정면을 노려보았다. 그리고 문가로 가더니 돌아서서 사람들에게 말했다. "무슨 일이 있었는지 자세히는 모르겠지만, 알고 싶은 생각도 없습니다. 낭비할 시간이 없으니까요. 하지만 잊지 않겠습니다. 특히 당신, 후터키 씨. 이번 한 번은 넘어가주지만, 다시 이런 일이 생기면 곤란합니다. 알겠습니까?" 그는 잠시 말을 끊었다가 심각한 표정으로 이마를 문질렀다. "그럼 일 얘기를 하겠습니다." 그는 다 타버린 담배를 한 번 빨고는 던져버렸다. "중요한 소식을 말하겠습니다." 갑자기 마비 상태에서 깨어난 것처럼 사람들의 정신이 또렷해졌다. 지난 몇 시간 동안 자기들에게 무슨 일이 일어난 것인지 도통 이해할 수가 없었다. 모두 무엇에 휩쓸려 그렇게 이성을 잃고 먹이를 다투는 짐승처럼 서로를 물어뜯었는지, 귀신이 곡할 노릇이었다. 영원히 희망이 없을 것만 같던 몇 년의 세월이 지나고 드디어 황홀한 자유의 공기를 맡을 수 있게 되었는데, 어째서 창살에 갇힌 죄수들같이 날뛰며 새로운 현실을 부정하고 절망했는지, 어째서 미래의 보금자리에서마저도 자신들이 등진 위안 없는 몰락과 더러움으로부터 시선을 거두지 못한 채 모든 것을 새로 시작하리라는 약속을 망각해버린 것인지 도무지 알 수가 없었다. 그들은 악몽에서 깨어난 사람들처럼 이리미아시를 에워싸고 서 있었다. 해방의 감각보다도 더 뿌리 깊은 것은, 어쩌면 그들의 수치심일 터였다. 비록 몇 시간 늦게 도착하긴 했어도 약속을 지키고 장차 그들은 구해줄 사람, 누가 뭐래도 그들이 고마워해야 할 사람을 의심했으니, 조급함이야말로 그들이 저지른 용서받지 못할 잘못이었다. 양심의 가책으로 마음이 무거워진 그들은 이리미아시가 말을 시작하자 철석같은 믿음으로 그것이 무슨 내용인지 채 이해하기도 전에 열심히 고개를 주억거렸다. 그런데 이리미아시가 하는 이야기는 그들로서는 깜짝 놀랄 수밖에 없는 것이었다. 상황이 불리한 쪽으로 변해서 '알마시 저택에 관한 계획은 무기한으로 연기해야 한다'는 내용이었다. 그 이유인즉슨, 어떤 그룹의 사람들이 있는데 그들이 "아직 목적이 불확실한" 프로젝트를 이곳에서 추진하는 일에 대해 발을 들이지 않으려 한다는 것이었다. 이리미아시의 설명을 들은 그들은 무엇보다도 저택과 시내의 거리가 너무 먼 탓에 자기들에게는 비효율적이며 저택에서의 활동을 감시하기도 어려워 곤란하다는 점을 이유로 들었다고 한다. 이런 상황에서 모두가 합심하여 계획을 실현하려면 "유일하게 가능한 선택은, 우리가 일시적으로 전 지역으로 흩어져서 우리가 어디에 있는지를 저들이 파악할 수 없을 만큼 혼란스럽게 만든 뒤에 여유를 두고 다시 이곳으로 돌아와 계획에 착수하는 것"이라고 이리미아시는 말했다. 워낙에 낭랑하던 그의 목소리에 은근한 열정이 깔려 있었다. 그의 말을 듣고 사람들은 자부심이 되살아나는 걸 느꼈다. 이리미아시의 말대로, 이제부터 그들은 과업을 위해 선택된 자들로서 특별한 의미를 지니게 되었기 때문이다. 과업을 위해서는 충성과 열성 그리고 주의 깊은 각성이 필수적으로 요구된다는 말도 그들은 들었다. 물론 그들은 자기들이 들은 말의 진짜 의미를 깨닫지는 못했지만(특히 "우리의 목표는 우리 자신을 넘어서는 것입니다" 같은 말), 어쨌든 이제 그들이 뿔뿔이 흩어지는 것은 "전략적인 위장"을 위해서라는 걸 알게 되었다. 서로 간에는 만나지 못하겠지만 그들 각자는 이리미아시와 끊임없이 연락을 취하게 될 것이라고 했다. "하지만 우리가 이러한 시대에" 하고 이리미아시는 연설하는 지도자처럼 말을 이었다. "아무것도 하지 않으면서 상황이 나아지기만을 손 놓고 기다리는 거라고는 생각하지 마십시오!" 일순 놀란 마음에 금방 차분하게 새긴 그들의 임무라는 것은, 주변

환경을 끊임없이 주의 깊게 관찰하면서 "우리에게 중요한" 모든 소문이나 사건이나 의견 따위를 엄격하게 수집하는 것이었다. 그러기 위해서는 "상황이 유리한지 불리한지, 더 쉽게 말해 좋은 것과 나쁜 것을 가리는 안목"도 가져야 할 것이었다. 설마 그런 정도의 노력과 능력도 없이 과업에서 한 걸음 앞으로 나아갈 수 있으리라고 믿지는 않기를 바란다는 말도 그들은 들었다. 슈미트가 "그럼 그동안 우리는 뭘 먹고 삽니까?"라고 질문했을 때 이리미아시의 대답은 이러했다. "아, 조용히들 하세요! 다 마련돼 있습니다. 철저히 계산해서 조직된 대로 여기 계신 모두가 일자리를 갖게 될 겁니다. 당분간은 공동 자금에서 필요한 경비를 지출해갈 겁니다." 공포에 사로잡혔던 아침의 기억은 다 사라지고, 이제 그들이 할 일은 짐을 꾸려 트럭에 싣는 것뿐이었다. 트럭은 길이 시작되는 다져진 길 위에 서 있었다. 사람들은 정신없이 ─가끔씩 멈칫하긴 했지만─ 서로 대화까지 나눠가며 움직였고, 그러자 마치 아무 일도 없었던 것처럼 활기가 감돌았다. 특히 헐리치가 열심이었다. 그는 앞에서 곰처럼 둔중하게 걷는 크라네르나 남자처럼 성큼성큼 걷는 그의 부인을 흉내 내기도 하고, 자신의 짐을 다 나른 뒤에는 아직 어지러움 때문에 힘겨워하는 후터키에게 "좋은 친구는 어려울 때 알아보는 법"이라며 그의 가방을 길까지 날라주기도 했다. 그들이 모든 짐을 길가에 늘어놓고 나자 소년이 트럭의 방향을 돌렸다(소년이 이리미아시에게 간청한 끝에 허락을 얻어낸 일이었다). 이제 마지막으로, 그들의 미래가 될 장원을 돌아보며 작별을 고한 뒤 짐을 가지고 트럭에 오르는 일만 남았다. "자, 모두들!" 페트리너가 운전석 창문으로 머리를 내밀고 소리쳤다. "가는 동안 잘 버틸 수 있도록 자리를 잡아야 합니다. 아무리 빨리 달려도 적어도 두 시간은 걸릴 테니까! 코트 단추 잘 채우시고 모자도 머리에 단단히 쓰시고 여러분의 미래를 등지는 방향으로 앉으세요. 안 그러면 빌어먹을 비가 얼굴에 들이칠 테니까요!" 짐이 트럭 짐칸의 거의 절반을 차지한 탓에 그들은 두 줄로 밀착해 앉을 수밖에 없었다. 그렇게 서로의 온기를 느끼며 함께하게 되자, 이리미아시가 출발을 외치고 마침내 트럭이 좌우로 흔들리며 도시 방향으로 움직이기 시작했을 때 그들은 다시금 어제 길 위에서 느꼈던 것과 같은 감흥을 맛보았다. 특히 크라네르와 슈미트는 어리석게 광분하지 말자고, 앞으로는 어떤 불화가 있더라도 자신들이 앞장서서 그것을 제지하는 쪽이 되어야겠다고 굳게 마음먹었다. 기분 좋게 들뜬 슈미트는 후터키에게 자기가 한일을 후회한다고 사과하고 싶었지만 길에서는 용기가 없어서 말을 걸지 못했고, 지금은 담배라도 권하고 싶었으나 크라네르 부인과 헐리치 사이에 끼어 앉아 있다 보니 손을 움직일 수가 없었다. "괜찮아." 그가 중얼거렸다. "이 좁아터진 트럭에서 내리게 되면 그때 가서 보자. 중요한 건 원수인 채로 헤어지지 않는다는 거지!" 슈미트 부인은 상기된 얼굴, 기쁨 어린 눈빛으로 멀어져가는 저택을 바라보았다. 모퉁이마다 지금은 퇴락한 작은 탑이 세워져 있는 저택은 잡초와 담쟁이덩굴에 묻힌 모습으로 멀어져갔고, 저택에 이르는 구불구불한 길도 점차 희미해졌다. 슈미트 부인은 북새통에 트럭 맨 안쪽에 자리를 잡게 되었는데, 비옷도 입지 않고 아무것도 그녀를 가려주지 않는데도 다만 연인이 돌아왔다는 안도감에 마음이 놓여 그녀는 얼굴을 때리는 빗물과 바람조차 느끼지 못했다. 이제 그녀는 더 이상 의심하지 않았다. 이제는 그 무엇도 이리미아시를 향한 그녀의 믿음을 흔들어놓을 수 없었다. 뿐만 아니라 그녀는 장차 자신이 해야 할 역할이 무엇인지도 알 수 있었다. 그녀는 그를 마치 꿈결의 그림자처럼 따라다닐 것이었다. 때로는 연인으로, 때로는 하녀로, 때로는 부인으로 그의 곁에 있을 것이었다. 필요할 때면 감쪽같이 사라졌다가 또 갑자기 나타날 작정이었다. 그녀는 그의 몸짓과 행동을 낱낱이 익히고, 그가 말할 때 그 말에 숨겨진 뜻을 알아낼 것이었다. 그녀는 그의 꿈을 해몽해주고, 그에게 역경이 닥치면—하느님, 그이를 지켜주소서!—그가 머리를 누이고 쉴 수 있는 품을 열어줄 것이었다. 그리고 그녀는 기다림을 배우고, 모든 운명의 시험에 대비할 작정이었다. 만일 운명이 이리미아시로 하여금 그녀를 영영 떠나도록 만든다면, 그녀는 남은 생을 침묵 속에 보내며 자신의 수의를 짜고 스스로 무덤 속에 몸을 누일 것이었다. 자신이 남자다운 남자, 대단한 인간의 연인이었다는 자부심을 느끼면서…. 그녀 옆에 앉은 헐리치도 비바람과 트럭의 덜컹거림을 면할 수 없었다. 장화 속 부은 발이 냉기에 딱딱해지고, 운전석 지붕에서 자꾸만 물벼락을 맞고, 옆에서 불어오는 바람에 눈물이 눈으로 들어갔지만, 그래도 그는 기분이 좋았다. 이리미아시가 돌아왔기 때문인 것도 있지만, 더 이상 걷지 않고 차를 타고 간다는 사실만으로도 좋았다. 전부터 얼마나 자주 말해왔던가. 그는 속도의 쾌감에 저항할 수가 없었고 지금이 바로 그런 순간이었다. 이리미아시는 위험한 구덩이도 개의치 않고 가속페달을 끝까지 밟았다. 헐리치는 가끔씩 눈을 떠 현기증 나는 속도로 풍경이 지나가는 것을 황홀하게 바라보았다. 그러다가 그에게 어떤 계획이 떠올랐다. 그의 오랜 꿈을 실현하기에 결코 늦지 않았다. 그는 어떤 말로 이리미아시를 설득해 직접 차를 한번 몰아볼 수 있을까 궁리했다. 그러다 갑자기, 참기 힘든 유혹에 맞서 자제해야만 한다는 생각이 들었다. 그래서 그는 그저 이만큼이라도 한껏 즐기기로 마음을 바꾸었다. 훗날 술을 한잔하면서 그가 지금 느끼는 것을 새로 사귄 친구들에게 낱낱이 알려주리라. 그저 상상만 하는 것과 실제 경험하는 것 사이에는 엄청난 차이가 있게 마련이니까. 한편 남편과는 달리 모든 광기 어린 새 유행에 반대하는 헐리치 부인은 트럭의 미친 속도를 못마땅하게 여기는 유일한 사람이었고, 이대로 가다간 얼마 못 가 다들 목이 부러지고 말 거라고 생각했다. 그녀는 두려움에 휩싸여 두 손을 펼쳐 들고 신께 생명의 위협으로부터 지켜달라고 기도를 올렸다. 함께 기도하자고 다른 사람들에게 말했지만 소용이 없었다("주님의 이름으로 기도드립니다. 차 좀 천천히 좀 몰라고 미친 운전사에게 말해주세요!"). 사람들은 엔진 소리와 바람 소리에 가려 그녀의 말이 들리지 않는 척했고, 사람들의 그런 모습이 그녀에게는 멸망으로 가는 것을 즐기고 있는 광경처럼 보였다. 크라네르와 교장은 아이들처럼 재미있어했고 심지어 의기양양해 보이기까지 했다. 그들은 스쳐 지나는 황량한 풍경을 향해 오만하게 굽어보는 태도를 취했다. 그들이 상상했던 여행이란 바로 이런 것이었다. 모든 방해물을 등지고 속도에 취해 바람처럼 내달리며 거칠 것이 없는 그런 여행! 그들은 불쌍한 거지가 아니라 자기 운명의 고삐를 손에 쥔 승자들이었다! 그렇게 숭고한 감정에 취해 그들은 드넓고 황량한 풍경을 바라보았다. 농장을 지나고 청소부의 집을 지나치며 완만한 곡선으로 길을 달릴 때, 속도가 너무 빨라 술집 주인이나 호르고시 그리고 케레케시의 시기심 가득한 얼굴을 보지 못하는 것이 유감일 뿐이었다. 후터키는 부어오른 코를 조심스럽게 건드려보곤 크게 다치지는 않은 것 같다고 생각했다. 통증이 가라앉지는 않아 제대로 만져볼 수가 없으니 코뼈가 부러졌는지 아닌지는 알 수 없었다. 그는 아직도 어지럽고 메스꺼웠다. 머릿속은 아직도 혼란스러웠다. 잔뜩 흥분한 슈미트의 일그러진 얼굴이 떠오르는가 하면, 뒤에서 달려드는 크라네르의 모습이 보이기도 했으며, 이리미아시의 타는 듯이 강렬하고 엄격한 눈빛이 떠오르기도 했다. 코의 통증이 좀 가라앉자 다른 상처가 감지되었다. 송곳니가 부러지고 아랫입술이 터져 있었다. 귀에서 윙윙거리는 소리가 나 교장이 그를 다독이며 한 말은 거의 알아듣지 못했다("자, 너무 가슴에 담아두지 마세! 보다시피 다 좋은 쪽으로 해결 나지 않았는가…"). 그는 입안에 고인 짠 핏물을 어디다 뱉어야 할지 몰라 쩔쩔매면서 고개를 이리저리 돌렸다. 그의 기분이 잠깐 좋아진 것은 농장을 지나칠 때였다. 버려진 방앗간, 헐리치의 무너진 집 지붕이 보였다. 하지만 아무리 방향을 틀고 고개를 돌려도 기계실을 볼 수는 없었다. 그가 마침내 적당한 자리를 잡았을 때는 차가 벌써 술집을 지나고 있었다. 그는 소심한 눈길로 그의 뒤에 쭈그리고 앉은 슈미트를 보았는데 이상하게도 그에게 화가 나지 않았다. 그가 얼마나 다혈질인지를 알고 있었기에 복수에 대한 생각이 떠오르기도 전에 이미 용서를 하고 있었다. 슈미트가 무슨 생각을 하고 있을지 짐작이 되는 터라 그는 가능하면 빨리 그에게 괜찮다는 뜻을 전하려고 했다. 그는 길 양편의 나무들을 서글프게 바라보았고, 저택에서의 사태는 그럴 수밖에 없는 일이었다며 마음을 정리했다. 그는 차에서 나는 소음과 몰아치는 바람, 그리고 때때로 옆에서 들이치는 빗물 때문에 한동안 슈미트와 이리미아시에 대한 생각을 잊었다. 그는 힘겨운 동작으로 주머니에서 담배를 꺼냈고, 몸을 숙인 뒤에 손으로 바람을 막아 불을 붙였다. 이제 술집과 마을은 저 멀리 등 뒤로 물러나 있었다. 그는 눈을 깜빡이며 발전소까지는 200~300미터쯤 남았고 도시까지는 반 시간이면 도착할 거라고 가늠했다. 교장은 이편에서, 크라네르는 저편에서 마치 저택에서 있었던 일은 이미 오래전에 지나간 일로서 기억할 가치도 없다는 듯 의기양양하게 고개를 돌리고서 옆으로 지나쳐 가는 풍광을 바라보고 있었다. 하지만 크라네르는 이리미아시의 도착과 함께 그들의 머리 위에 끼어 있던 위험한 구름이 죄다 걷혀버렸다고는 생각할 수 없었다. 이리미아시가 문에 나타난 순간 상황이 급변한 것은 맞지만, 이렇게 허둥대며 텅 빈 국도를 급하게 달려가는 것이 꼭 목표를 향해 나아가는 일로 여겨지지는 않았다. 그보다는 마치 무작정 도망치는 것처럼, 자기들을 기다리는 것이 무엇인지도 모르고 어디에 도달할지조차 모르는 채, 목표도 없고 목적도 없이 끝없는 푸르름 속으로 질주하는 느낌이 들었다. 그는 어째서 저택을 그렇게 급히 떠나야 했는지, 이리미아시의 의도가 무엇인지를 모른다는 사실에 가슴이 답답해졌다. 순간, 그가 지난 몇 년간 떨쳐내지 못했던 불길한 영상이 머릿속을 스쳤다. 그는 누더기 외투를 걸치고 지팡이를 짚은 채 굶주리고 비참한 심정으로 외진 길을 따라 터덜터덜 걸어가고 있었다. 그가 등진 마을은 어스름 속으로 사라지고 그의 앞에는 지평선이 아물거렸다. 요란한 엔진 소리를 들으며 그는 자신의 예감이 틀리지 않았음을 인정해야 했다. 그는 지금 굶주리고 얻어맞은 몸이 되어, 느닷없이 나타나 어딘지도 모르는 곳으로 사람들을 실어 나르는 트럭에 앉아 있었다. 갈림길이 나와도 어디로 갈지 결정하는 것은 그가 아니었고, 덜컹거리며 달리는 낡은 트럭이 자신의 생을 결정짓는 것을 그는 다만 무력하게 받아들여야 했다. '헤어날 길이 없다.' 무감각하게 그는 생각했다. '어쨌든 나는 망한 거고, 내일은 또 나를 기다리는 일이 뭔지도 모르는 채 낯선 방에서 깨어나겠지. 마치 혼자 길을 떠난 것처럼 얼마 되지도 않는 짐들을 침대 옆 테이블에 올려놓고서―글쎄, 침대라도 있을까―창가에서 불빛들이 꺼져가는 걸 바라보겠지.' 그는 저택의 문가에 이리미아시가 서 있는 걸 본 순간부터 이미 그에 대한 믿음이 흔들리기 시작했음을 깨닫고 놀란 심정이 되었다. 그가 돌아오지 않았다면 오히려 희망은 남아 있었을지도 모른다. 하지만 그런 모습으로 돌아온다면? 이미 저택에서부터 그는 이리미아시의 말 뒤에 숨겨진 괴로움을 감지했다. 짐을 실으며 이리미아시를 쳐다보았을 때, 고개를 숙이고 트럭 곁에 서 있는 그의 모습에서 무언가 영 글렀다는 걸 직감할 수 있었다. 그리고 지금은? 그는 불현듯 깨달았다. 이리미아시는 아무런 힘도 없었다. 어떤 충동이, 즉 이전의 불꽃이 다 타버려 사라진 것이다. 그가 무슨 시늉을 하건 그것은 이제까지 해오던 무언가의 관성에 불과한 것이었다. 이제 와 생각하니, 이리미아시가 술집에서 아직까지도 자신에게 매달리며 신뢰를 보내는 사람들에게 연설을 했을 때도, 그는 자기 또한 다른 이들과 마찬가지로 무력하다는 사실을 숨기려 했었다. 그는 자신을 압박하듯 껴안아오는 사람들에게 어떤 삶의 출구를 열어줄 능력이 없었다. 그럴 가망조차 없었다. 후터키의 코에서는 여전히 피가 흘렀고, 메스꺼움도 가시지 않았다. 담배마저 아무 맛도 나지 않았다. 그는 담배가 다 타기도 전에 던져버렸다. 그들은 '냄새나는 다리'를 건넜다. 다리 밑에는 물이 잡초와 개구리밥 따위의 냄새를 풍기며 괴어 있었다. 길가에는 아카시아 나무들이 많아졌고 멀리로는 나무에 둘러싸인, 폐허가 된 집들이 보이기도 했다. 비는 좀 뜸해졌으나 바람은 더욱 거세졌다. 트럭에 실은 짐이 날아가버릴까 봐 걱정이 될 정도였다. 놀라운 것은, 트럭이 엘레크 갈림길에서 시로 향하는 길로 접어들어 달리는데도 사람이 한 명도 눈에 띄지 않는다는 점이었다. "무슨 일이지?" 크라네르가 소리쳤다. "페스트라도 돌았나?"(사람들은 모르지만 이리미아시가 트럭을 빌렸던) 술집 부근에 와서야 비틀대며 걷는 사람 둘을 볼 수 있었고 그제야 그들은 마음이 조금 놓였다. 방수 외투 차림의 두 사람은 고래고래 술주정을 하고 있었다. 시장 앞 광장에 가는 길로 들어서서 그들은 줄지어 선 단층집과 내려진 차양, 모양좋은 빗물받이 홈통, 조각으로 장식된 문 따위를 정신없이 바라보았다. 그렇게 이것저것 구경하다 보니 시간이 쏜살같이 지나갔고, 그러다 보니 트럭은 어느새 넓은 역 앞 광장에 이르러 있었다. "자, 여러분." 페트리너가 차창 밖으로 고개를 빼고 소리쳤다. "다 왔습니다!" 모두가 트럭에서 내리려고 하는데, 이리미아시가 먼저 뛰어내리더니 그들 앞으로 왔다. "잠깐! 슈미트 씨 내외분, 크라네르 씨 내외분, 헐리치 씨 내외분만 짐을 가지고 내립니다! 거기 후터키 씨하고 교장 선생님은 좀 더 있으세요!" 그가 빠른 걸음으로 앞장서자 여섯 사람이 짐을 들고 비틀대며 그를 따랐다. 그들은 식당으로 들어가 짐을 구석에 내려놓고는 이리미아시를 둘러싸고 섰다. "아직 천천히 의논할 시간이 있습니다. 모두들 꽁꽁 얼었지요?" "오늘밤 다들 재채기를 할 것 같아요." 크라네르 부인이 숨죽여 웃었다. "여기 술집 없나요? 한잔하면 좋겠는데!" "물론 있죠." 이리미아시가 대답하며 시계를 보았다. "이리로 가요." 역 안에 있는 식당에는 허술한 카운터에 기대선 역무원 외엔 아무도 없었다. "슈미트 씨 부부는…" 하고 독주를 한 잔씩 기울인 뒤에 이리미아시가 말했다. "엘레크로 갑니다." 그는 지갑을 꺼내 쪽지 한 장을 꺼내더니 슈미트에게 건네주었다. "여기 다 적어두었습니다. 누구한테 찾아갈지, 주소와 그 밖의 것들이요. 가서 제가 보냈다고 말하면 됩니다. 아시겠죠?" "알겠어요." 슈미트가 고개를 끄덕이며 말했다. "내가 며칠 안에 직접 갈 거라고 얘기하세요. 그때까지 일거리와 식사, 숙소를 정해줄 거예요. 아시겠죠?" "그래요. 그런데 거기가 뭐하는 뎁니까? 무슨 일을 하는 거예요?" "푸줏간이에요." 이리미아시가 쪽지를 가리켰다. "일거리는 충분할 겁니다. 슈미트 부인도 일을 거들고, 슈미트 씨가 도와주세요. 두 분 다 열심히 하실 걸로 믿습니다." "하늘땅에 맹세코 그러죠. 염려 말아요." 슈미트가 대답했다. "좋아요. 기차는 언제인가 하면…." 이리미아시는 시계를 들여다보았다. "약 20분 후에 떠나는군요." 그러고 나서 그는 크라네르 부부에게로 몸을 돌렸다. "두 분은 케레스투르에서 일을 하세요. 거기다 써놓진 않았는데, 잘 기억해두세요. 칼마르라는 사람에게 물으면 됩니다. 이슈트반 칼마르. 거리 이름이 뭔지는 나도 몰라요. 하나밖에 없는 가톨릭 성당을 찾아가면 돼요. 쉽게 찾을 수 있을 겁니다. 성당 오른쪽으로 난 길로 가면… 잘 듣고 있어요? 그 길로 쭉 가면 오른쪽에 간판이 하나 나올 거예요. 미용원이죠. 칼마르가 사는 곳입니다. 그 사람에게 말해요. 된치의 소개로 왔다고. 기억해뒀다 꼭 그렇게 말하세요. 이리미아시라고 하면 기억 못 할지도 모릅니다. 그 사람에게 숙소와 일거리와 식사를 해결해달라고 하세요. 즉시 말이에요. 뒤쪽으로 가면 세탁장이 있는데, 거기서 머물 생각이라고 말하세요. 기억할 수 있겠어요?" "네." 크라네르 부인이 냉큼 대답했다. "성당, 오른쪽 길, 그리고 간판. 문제없어요." "잘하시네요." 이리미아시가 웃으며 말했다. "그리고 헐리치 내외분은 버스를 타고 포스텔레키로 가세요. 역 앞에서 한 시간에 한 대씩 출발합니다. 포스텔레키에서 성공회 목사관을 찾아가 지비천 신부를 찾으세요. 기억할 수 있겠어요?" "지비천." 헐리치 부인이 열심히 되뇌었다. "그거예요. 그분에게 내가 보내서 왔다고 하세요. 2년 전부터 내게 두 사람을 보내달라고 하던 분이에요. 두 분만큼 적당한 분도 없을 겁니다. 거주 공간도 충분해서 두 분이 고를 수도 있을 거예요. 포도주도 예배용으로 갖고 있겠지요. 헐리치 씨와 부인은 교회 청소와 세 사람분의 요리를 하고 살림을 하세요." 헐리치는 기뻐서 얼굴이 환해졌다. "이렇게 고마울 데가 있나요." 속삭이듯 말하는 헐리치 부인의 눈가에 눈물이 그렁그렁해졌다. "우릴 위해 이 모든 걸 해주다니!" "아니, 아니." 이리미아시가 말했다. "고마워할 시간은 아직 충분해요. 지금은 잘 듣기만 하세요. 자리가 잡힐 때까지는 두 분은 공동 자금에서 1,000포린트씩 받으세요. 잘 쪼개서 쓰시고 낭비는 하지 마세요! 우리의 약속을 잊지 말고, 1분도 임무를 소홀히 하지 마세요! 엘레크, 포스텔레키, 케레스투르에서 모든 걸 잘 감시하세요. 그래야만 우리 일에 진척이 있을 겁니다. 두 분은 제가 며칠에 한 번씩 찾아가서 자세히 이야기를 듣고 의논을 드릴 겁니다. 질문 있나요?" 크라네르가 약간 쉰 목소리로 대답했다. "다 잘 알아들은 것 같소. 음, 그럼 이제 우리를 위해 해준… 이 일들에 대해 고맙다고…." 이리미아시가 손을 저었다. "고맙다는 말 같은 건 하지 않으셔도 좋습니다! 이건 내 숙제일 뿐이에요. 그럼 이제…." 그가 일어섰다. "헤어질 시간이 되었네요. 나는 아직 할 일이 아주

많아요…. 중요한 협상이….” 헐리치가 벌떡 일어나 감동한 듯
그의 손을 꼭 잡았다. “몸조심하세요. 부디 아무 일도 없기
를!” “내 걱정은 하지 않으셔도 됩니다.” 이리미아시가 웃으면
서 말하고는 돌아섰다. “몸조심하시고, 잊지 마세요. 잘 감시
해야 합니다!” 그는 문을 나서서 트럭으로 가더니 교장에게
오라는 손짓을 했다. “잘 들으세요. 우리가 슈트레베르 거리
에 내려드릴 겁니다. 거기 술집에서 기다리면 내가 한 시간 안
에 도착할 겁니다. 그때 자세하게 의논하기로 하죠. 후터키 씨
는 어디 있나요?” “여기 있어요.” 후터키가 트럭 뒤쪽에서 모
습을 드러냈다. “후터키 씨는….” 후터키가 손사래를 쳤다.
“나한테는 신경 쓸 필요 없어요.” 이리미아시가 놀란 얼굴로
그를 보았다. “어떡하시려고요?” “어떡하는 게 아니고, 내 갈
길은 내가 알아서 가요. 어디서든 야간 경비 일 정도는 얻을
수 있겠죠.” 이리미아시는 화가 난 듯 주먹을 흔들었다. “항상
자기 마음대로군요! 더 나은 일도 있을 텐데. 하지만 좋습니
다. 마음대로 하세요. 옛 루마니아인 구역인 너지로만바로시
의 ‘황금삼각지’로 가세요. 어딘지 아시겠어요? 거기 공사장
에서 야간 경비를 구할 겁니다. 숙소도 있고요. 여기 우선
1,000포린트 받으시고, 점심은 이걸로 어디 가서 해결하시면
될 겁니다. 내가 추천할 곳은 슈타이거발트인데, 침 뱉으면 닿
을 거리예요.” “고맙소. 그런데 지금 ‘침 뱉는다’고 했어요?”
이리미아시가 억지로 웃음을 띠었다. “지금 후터키 씨와는 말

을 못하겠군요. 기운 차리고, 오늘 밤 슈타이거발트로 가세요. 제 얘기, 알아들으셨죠?" 그가 손을 내밀었다. 후터키도 마지못해 손을 내밀며, 다른 손으로는 받은 돈을 주머니에 집어넣었다. 그리고 말없이 돌아선 그는 지팡이에 의지해 저편으로 걷기 시작했다. "가방이요!" 페트리너가 운전석에서 소리치고는 차에서 내려 후터키가 짐을 드는 것을 도와주었다. "너무 무겁지 않아요?" 공연히 그렇게 물은 교장이 손을 내밀었다. "들 만해요." 후터키가 나지막하게 대답했다. "또 봅시다." 이제 그는 정말로 떠났다. 이리미아시, 페트리너, 소년 그리고 교장은 멀어져가는 그의 뒷모습을 난감한 얼굴로 바라보다가 돌아섰다. 교장이 트럭에 올라타자 그들은 다시 시내로 출발했다. 기운 없이 짐을 끌던 후터키는 무거운 가방에 몸이 바스러져버릴 것만 같았다. 그는 첫 번째 교차로에서 가방의 끈을 풀고 잠깐 생각하다 가방 하나를 길가에 버렸고, 남은 가방을 들고 계속 길을 갔다. 그는 비참한 심정으로 정처 없이 거리를 이리저리 걷다가 가방을 내려놓고는 잠시 숨을 돌린 뒤에 다시 걷기 시작했다. 길을 가다 맞은편에서 누가 오면 그는 고개를 숙이고 그대로 상대를 지나쳤다. 낯선 이의 눈을 보게 되면 자신의 불행이 더욱 애통하게 느껴질 것 같아서였다. 그는 바닥까지 떨어졌다. '너무 어리석었지! 어제만 해도 얼마나 믿음으로, 희망으로 가득 차 있었던가. 그런데 오늘은 모든 게 달라 보이는구나. 어리석음의 대가인 양 얼어맞아 부은 코, 부러진 이, 터진 입술, 피에 더럽혀진 몰골을 하고서 나는 거리를 어슬렁거리며 배회할 뿐이다. 이건 정의가 아니야. 정의는 없다고.' 저녁이 돼서도 우울은 계속되었다. 황금삼각지 근처 공사장의 한 헛간에서 불을 켠 그는 공허한 눈빛으로 작고 더러운 거울에 반사된 자신의 추레한 모습을 바라보았다. "후터키는 내가 본 사람 중에 가장 얼간이야." 페트리너가 시내로 가는 도중에 말했다. "대체 무슨 생각이지? 여기가 지상낙원인 줄 아는 건가? 아니면 대체 뭐야? 그자가 어떤 표정을 짓는지 봤어? 코는 주먹만 하게 부풀어가지고…." "조용히 해, 페트리너!" 이리미아시가 쏘아붙였다. "계속 떠들면 네 코도 그렇게 될 테니까!" 둘 사이에 앉았던 소년이 웃었다. "하하. 페트리너 씨, 겁나서 말문이 막히지요?" "내가?" 페트리너가 당치도 않다는 듯 말했다. "넌 내가 누구한테 겁을 먹을 것 같니?" "페트리너, 진짜 입 다물어라!" 이리미아시가 다시 으름장을 놓았다. "돌려 말하지 말고 할 말 있으면 그냥 하라고!" 페트리너는 머리를 긁적거리며 씩 웃었다. "그러면, 대장…." 그가 주저하며 말을 꺼냈다. "돌려 말하는 게 아니고, 정말이야. 그런데 파예르와는 무슨 거래를 하려는 거지?" 노파 하나가 길을 건너는 걸 본 이리미아시가 입술을 깨물며 차를 세웠다. 다시 차가 출발했다. "아직 낳지도 않은 달걀에는 신경 쓰는 게 아니야! 내일 일은 내일 가서 생각하자고!" 그가 말했다. "대장, 그래도 꼭 알고 싶은

데. 그자에게 바라는 게 뭐야?" 이리미아시가 신경이 곤두선 얼굴로 앞을 바라보았다. "우린 그 사람이 필요해." "대장, 글쎄 그럴까. 혹시, 자네, 혹시 총과 폭약을…." "그래, 그거야!" 이리미아시가 소리쳤다. "그걸로 온 세상을 공중으로 날려버리려고? 우리까지…?" 페트리너가 놀란 얼굴로 말했다. "자네는 끝장을 보고 싶은 거군!" 이리미아시는 대답하지 않고 차를 세웠다. 그들은 슈트레베르 거리에 도착해 있었다. 교장이 짐칸에서 내려 운전석 쪽으로 인사를 한 뒤에 힘찬 걸음으로 길을 건너 술집 문 안으로 들어갔다. "8시 반이 지났어요." 소년이 말했다. "사람들이 뭐라고 할까요?" 페트리너가 손을 내저었다. "대위는 악마더러 잡아가라고 해! 좀 늦는 게 무슨 대수라고? 난 그런 거 신경 안 쓴다! 우리가 나타나주는 것만으로도 고마워해야지! 페트리너가 찾아가주면 영광인 거라고! 알겠니, 녀석아? 잘 새겨둬라, 두 번 말하지 않을 테니까!" "하, 하." 소년이 비웃었다. "농담도 잘하시네요." 페트리너는 소년의 얼굴에 담배 연기를 뿜었다. "잘 알아둬라. 인생의 비밀은 농담에 있다는 걸." 그가 엄숙하게 말했다. "일은 어렵게 시작해서 나쁘게 끝난단다. 중간에 일어나는 일은 다 좋은 법이야. 네가 걱정할 건 마지막 순간이란다." 이리미아시는 아무 말 없이 거리를 지켜보고 있었다. 일을 다 처리했건만 그는 조금도 후련하지 않았다. 운전대를 꽉 붙든 그의 관자놀이에 굵은 힘줄이 섰다. 그는 길 양편에 건재한 집들을 바라보았다.

그 집들의 정원과 굴뚝과 연기를 보았다. 그는 미움도 혐오도 느끼지 않았다. 그의 머리는 맑았다.

2

그저 일과 걱정뿐
Nothing But Work and Worries

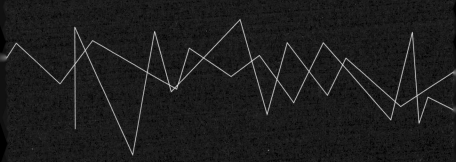

서류는 업무 면담 시각인 8시 15분에서 몇 분이 지난 뒤에 두 명의 서기에게 건네졌지만, 그들이 보기에 지시된 업무를 수행하기란 불가능해 보였다. 하지만 그들은 놀라지도, 화를 내지도 않았고 불평조차 하지 않았으며, 단지 말없이 눈빛만 잠깐 교환했을 뿐이었다. 마치 익히 알고 있었던 바, 엄청난 속도로 확산되고 있는 일반적인 지적 수준의 저하에 관한 한 예를 또 한 번 보았다는 듯이. 그들은 삐딱한 행이나 날려 쓴 글씨체만 보고도 눈앞의 보고서가 갈 데까지 간 수준임을 한눈에 간파했다. 그럼에도 그들은 보기만 해도 기분이 나빠지는 거친 보고서에서 깔끔하고 적절하며 온전한 자료를 만들어내야만 했다. 주어진 시간은 부족하고 착오 없이 작업하기란 지극히 어려움에도 불구하고, 그들은 깊은 성의와 영웅적인 의지로써 맡은 일을 해나갔다. 작업에 돌입하는 순간부터, 동료들이 어수선하게 왔다 갔다 하며 떠드는 짜증 나는 소음으로부터 스스로를 격리해내는 능력은 오직 다년간의 경험과 완숙함 그리고 경탄할 만한 숙달로만 설명이 가능할 터였다. 주위의 세계는 가라앉혀버리고 그들은 오로지 서류에만 집중했다. 도입부의 첫 문장은, 아마추어들이 보이는 특징인 모호함과 무의미한 세세함을 다소 완화시키기만 하면 되었기에 비교적 빨리 손볼 수가 있었다. 그래서 첫 단락은 거의 손대지 않고도, 말하자면 '완료'할 수 있었다. 비록 어제 제가 여러 차례 이러한 정보들을 써 내려가는 것이 유쾌하지 않음을 말씀드렸지만, 저의 선의를 확인하시도록—또한 사안에 대한 저의 분명한 애정을 입증하기 위해—다음과 같이 위탁된 업무에 관해 말씀드리는 바입니다. 보고서를 작성함에 있어서는 저에게 절대적으로 솔직하게 쓸 것을 당부하신 점을 각별히 유의하였습니다. 우선 '저의 사람들'에 관한 보고를 드리는 데 있어, 이미 어제 확신을 드렸기를 바라지만, 의심할 만한 점은 전혀 없음을 강조하고 싶습니다. 이 점을 반복해서 말씀드리는 이유는, 아래 서류로 첨부할 개략적인 보고를 받으시고 다른 결론을 내실 수도 있기 때문입니다. 한 가지 더 당부를 드리자면, 저의 활동이 원활히 유지되기 위해서는 '저의 사람들'과 접촉하는 것은 오로지 저 한 사람으로 한정되어야 합니다. 그렇지 않을 경우엔 분명 실패가 초래되고 말 것입니다… 기타 등등. 슈미트 부인에 관한 단락에 이르러 그들은 상당한 어려움에 봉착하고 말았다. "젖이 큰 멍청한 여자" 같은 표현을 어떻게 손봐야 할지 난감했기 때문이다. 저렇게 막돼먹은 표현을 내용을 손상시키지 않으면서 바로잡으려면 어떻게 해야 할까? 두 서기는 꽤 오랜 시간 의견을 나눈 끝에 마침내 "정신적으로 미성숙하고, 특히 자신의 여성성을 과시하는 사람"으로 합의를 보았다. 하지만 숨 돌릴 겨를도 없이 "늙어빠진 창녀"라는 무례한 표현과 맞닥뜨리고 말았다. "품위가 수상쩍은 여성" "떳떳치 못한 환경의 여성" "방종한 부인"을 비롯한 몇 가지 대안을 떠올렸지만, 문제의 실체를 가리는 부정확한 표현이기 때문에 고려 대상에서 배제되었다. 그들은 서로 시선을 외면한 채 맞대놓은 타자기만 초조하게 두드리다가 "경솔하게 자신의 육체를 팔기 위해 내놓는 여성"으로 낙착을 보았으나 썩 개운치가 않았다. 다음 단락의 첫 부분도 어렵기는 마찬가지였다. "그 여자는 개나 소나 가리지 않고 잠을 자는데, 만약 그녀와 잠을 자지 않은 남자가 있다면 그건 순전히 우연일 뿐입니다." 하지만 이 문장은, 돌연 떠오른 영감으로 "부정한 결혼 생활의 전형"이라고 고칠 수가 있었다. 놀랍게도 그들은 공식 문서로 만들기 위해 조금도 고칠 필요가 없는 문장을 연달아 세 개나 발견했다. 하지만 그다음엔 즉시 새로운 어려움에 부딪혔고 다시 생각이 막히고 말았다. 아는 단어를 총동원해 머리를 쥐어짜보았지만 별 소용이 없었다. "싸구려 향수와 썩은 냄새가 섞여서 나는 괴상한 똥내"라는 표현은 어떻게 고쳐야 할지 알 수가 없었다. 그들이 작업을 포기하고 설령 직장에서 쫓겨나는 한이 있더라도 대위에게 이 서류를 그냥 돌려보내야겠다고 생각하는 찰나, 상냥한 미소를 띤 나이 든 타이피스트가 뜨거운 김이 오르는 향긋한 커피를 들고 왔고, 그들은 다시 한 번 생각해보기로 했다. 그들은 스스로를 너무 고문하지 말고 가능한 선에서 적당한 표현을 쓰기로 마음먹었고, 그 결과 "그녀는 불쾌한 체취를 덮기 위해 흔치 않은 방법을 시도한다"로 의견의 일치를 보았다. "이보게, 시간이 너무 빨리 가네." 슈미트 부인 항목을 끝냈을 때 한 서기가 말했다. 그 말을 들은 다른 서기가 깜짝 놀라 시계를 보았다. 과연 점심까지는 한 시간밖에 남지 않았다. 그들은 작업 속도를 올리기로 했고, 따라서 앞으로는 불만족스러운 표현도 감수할 작정이었다. 그렇다고 해서 말이 되지 않는 표현을 그대로 두고 넘어가겠다는 것은 아니었다. 그들은 새로운 방법으로 다음 단계의 골칫거리였던 크라네르 부인 항목을 손보고는 신속하게 작업을 끝낼 수 있음에 만족했다. "씻지 않아서 더러운 험담쟁이"는 "신뢰하기 어려운 정보 유포자"로 바꾸었고, "정말 누군가 그녀의 입을 꿰매버려야 할 것"이라는 부분과 "뚱뚱한 갈보"는 별 어려움 없이 고칠 수 있었다. 적지 않은 문장을 거의 손대지 않고 최종 보고서에 사용할 수 있다는 점은 그들에게 특별한 기쁨을 주었다. 그렇기에 헐리치 부인 항목을 끝낼 무렵에는 숨통이 트이는 기분이 들었다. 종교적 광신과 타인을 단죄하는 성향을 가진 이 인물을 묘사하는 낡은 표현들을 고치는 것은 땅 짚고 헤엄치기나 마찬가지로 쉬웠기 때문이다. 하지만 그녀의 남편인 헐리치 항목에서 끔찍한 음란함으로 가득한 단락을 접하자 그들은 최악의 난제가 아직 남아 있음을 깨달았다. 보고서 작성자의 복잡한 문장을 꿰뚫어볼 수 있다고 자신했음에도, 결국 그들은 표현을 고안해내는 자기들 능력의 한계를 인정하지 않을 수 없었다. 그들은 벽에 부딪혔다. "알코올에 절은 난쟁이"를 "체구가 작은 알코올중독자 노인"이라고 바꾸는 건 어렵지 않았다고 쳐도, "떠들썩한 허접쓰레기" "요지부동의 둔함" "눈먼 게으름"은 어떻게 해야 할지 알 수가 없는 표현들이었다. 그래서 그들은 괴로운 토론 끝에 저 표현들을 그대로 놔두기로 결정했다. 여기에는 대위가 문서를 끝까지 끈기 있게 읽지도 않을 것이고 따라서 문서는 그대로 보관함으로 들어갈 공산이 크다는 예상도 작용했다. 그들은 피로한 눈을 비비며 의자에 등을 기대고는 동료들이 잡담을 나누며 점심시간을 준비하는 모습을 짜증스럽게 바라보았다. 동료들은 서류를 대충 정리하고 옆자리 사람과 근심 없이 느슨한 대화를 나누며 머리를 빗고 손을 씻었으며, 몇 분이 지나자 두셋씩 짝을 지어 문을 열고 복도로 나갔다. 그들은 처량한 한숨과 함께 점심을 먹으러 가는 것은 자신들에게는 사치일 뿐이라고 생각하고 버터 빵과 과자를 씹으면서 다

그저 일과 걱정뿐

시 작업에 몰두했다. 하지만 운명은 그들에게서 먹는 즐거움마저 앗아 갔으니, 먹어도 맛이 나지 않았고 씹는 일조차도 괴로울 지경이었다. 슈미트 항목에서 모호함과 의미 불통, 무성의함과 의도적 혹은 무의식적인 요지 흐리기 등에 맞닥뜨리면서 앞선 작업보다 더 힘겨운, 새로운 수준의 난관에 봉착했기 때문이었다. 두 사람 중 하나가 말했듯이 이 작업은, 아니이 싸움은 "따귀를 맞는" 봉변처럼 느껴졌다. 그게 아니라면 "바닥없는 난폭한 어둠의 구덩이에서 교차하는 원시적인 둔감함과 소름 끼치는 공허함"(!) 같은 표현은 도대체 어떻게 이해해야 한단 말인가? 이 무슨 언어의 남용이며 자의적인 은유의 혼돈이란 말인가? 여기에는 인간 정신을 특징짓는 일말의정확성이나 순수함, 명확성 따위는 흔적조차 없었다. 놀랍게도 슈미트 항목 전체가 저런 문장들로 이루어져 있었고, 게다가 작성자의 글씨가 어떤 이유에선지 마치 술에 취해 쓴 것처럼 갑자기 읽을 수 없게 변하기도 했다. 두 서기는 다시 한 번작업을 포기하고 문서를 반납할 생각을 할 수밖에 없었다. 날마다 이렇게 감당할 수 없는 업무에 시달릴 수는 없었다. 이렇게 일해봤자 하루에 한 차례—오늘은 이미 지나간 일인데—다시 한 번 생각해보라고 설득하듯 따뜻한 미소와 함께 제공되는 따뜻하고 향기로운 커피를 제외하면 보상도 없을뿐더러, 언젠가는 인정을 받으리라는 전망 같은 것도 없었다. 그들은 "못 말리는 멍청함" "막가는 아우성" "어두운 덤불처럼 슬픈 존재로 고착된 요지부동한 비애"와 같은 난감한 표현들을 솎아내기 시작했고, 그러고 나니 달랑 접속사 몇 개와 두 개의 술어만 남은 것을 보고는 쓴웃음을 지었다. 보고서 작성자가 말하고자 하는 것을 해독하기란 애초부터 가망이 없는 일이었기에, 그들은 과감한 조치를 감행하여 슈미트를 매도하는 단락 전체를 단 하나의 건전한 문장으로 대체했다. "열등한 지적 능력과 강한 자에게만 비굴한 태도가 해당 인물로 하여금 특별한 방식으로 문제 행동을 일으키게 함." 이름은 밝히지 않고 "교장"이라고만 지칭한 인물에 관한 보고는─도대체 가능하다고 상상하기도 어려웠던─더 몽롱하고 더 혼란스러우며 더 짜증 나게 아는 체하는 문장들로 가득했다. 한 서기가 질린 표정으로 타자기 앞에 몸을 숙이고 있는 다른 서기에게 말했다. "이 술 취한 머저리가 이제 절정으로 치닫는군!" 그리고 그는 첫 문장을 읽었다. "누군가 물에 뛰어들 생각으로 다리 위에 서서 뛸까 말까 망설이고 있다면, 그에게 교장을 떠올리라고 조언하고 싶다. 그러면 그는 단 한 가지 행동만이 가능함을 알게 될 것이다. 즉시 뛰어내리는 것." 이런 보고서가 가능하다니 믿을 수가 없었다. 기진맥진하고 참담해진 두 서기는 서로의 얼굴만 쳐다보았다. 이게 대체 뭘까? 관청을 조롱하려는 걸까? 타자기 앞에 맥없이 앉아 있던 서기가 동료에게 그만두자는 뜻으로 묵묵히 눈짓을 보냈다. 애를 써봐도 소용이 없었다. 이런 글은 어떻게 해볼 도리가 없다. "그의 외모를 보자면 볕에 말린 쭈글쭈글한 오이 같다. 지적인 면에서는 슈미트만도 못하다고 할 수 있다. 그렇다면 말 다한 셈이다.""…이렇게 써볼까?" 타자기 앞에 지쳐 앉아 있던 서기가 말했다. "음… 형편없는 외모, 재능이 없는…." 다른 서기가 짜증을 내며 물었다. "그거 둘이 무슨 상관이야?" "난들 아나?" 타자를 치던 다른 서기가 대답했다. "이자가 그렇게 쓴걸. 우린 내용을 따라가기만 하는 거니까." "그건 그렇지." 서기가 고개를 끄덕였다. "계속 읽어보겠네." "그는 자신의 비겁함을 자아도취, 공허한 자만 그리고 기상천외한 멍청함으로 가리려 든다. 감상벽感傷癖과 어리석은 격정, 자위 중독자 특유의 행태를 보인다." 이 대목을 보고 나서 그들은 적당한 타협이 더는 불가능하기 때문에 부적절한 대안이라도 감수하는 수밖에 없음을 깨달았다. 그래서 한참 동안 고심한 끝에 "비겁자" "감상벽" "성적 미성숙"이라는 단어를 선택했다. 그들이 교장에 관한 항목을 상당히 우격다짐으로 정리한 건 분명 사실이었다. 그렇게 새로운 방침에 따라 고쳐쓰기를 하면서 생겨난 양심의 가책은 시간에 쫓기며 크라네르 항목을 작업하는 과정에서 죄책감으로 변해버렸고, 그들은 몹시 민감한 상태가 되었다. 한 서기가 다른 서기에게 화난 몸짓으로 시계를 가리킨 다음 사무실 안을 가리켰다. 다른 서기가 어떡하겠냐는 몸짓으로 응답했다. 그도 퇴근 시간이 몇 분밖에 남지 않은 분위기인 것을 감지하고 있었다. "어떻게 벌써?" 그가 고개를 흔들었다. "일 좀 해보려고 하면 벌써 종이 울리는군. 정말 모르겠어. 하루가 너무 빨리 지나가서 뒤쫓아갈 수가 없네…." 그들이 짜증 나는 문구인 "물소를 연상시키는 얼간이"를 "억센 체구의 대장장이 출신"으로 바꾸고, '멍청하게 쳐다보는 음침하고 위험한 게으름뱅이"를 보다 인간적인 표현으로 대체했을 때는 사무실의 모든 사람들이 집으로 돌아간 뒤였다. 두 서기는 사무실의 다른 사람들이 고소해하며 조롱하는 말들을 고스란히 받아들일 수밖에 없었다. 만약 지금 일을 중단해버리면, 내일 어떤 심각한 후환이 초래되건 상관없이, 이제껏 그들이 작업한 전부를 쓰레기통에 처박아버리게 될 것 같아서였다. 5시 반에 크라네르 항목을 끝낸 그들은 잠시 담배를 피우며 쉬기로 했다. 그들은 느른한 몸을 깨우려고 기지개를 켜고 아픈 어깨를 두들긴 뒤 눈을 감고 말없이 담배를 빨았다. "계속하세." 서기 하나가 말했다. "읽을 테니 들어보게." 그가 후터키 항목을 읽기 시작했다. "유일하게 위험한 인물이지만 걱정할 건 없습니다. 반항심보다는 겁이 더 많기 때문이지요. 뭔가를 할 수도 있지만 자신의 고정관념에서 통 벗어날 줄을 모르는 그를 보면 매우 흥미로운데, 아마도 그를 통해 앞으로의 일을 진척시킬 수 있을 것으로 보입니다." "이렇게 쓰지." 서기는 받아쓰기할 것을 불러주듯이 말했다. "위험하지만 이용 가치가 있음. 다른 자들보다 지능이 뛰어나고 다리를 젊." "끝인가?" 그가 한숨을 쉬며 묻자 다른 서기가 고개를 끄덕였다. "이름을 쓰라고. 제일 밑에다. 음… 뭐였지…. 이리미아시.""뭐?""말했잖나. 이—리—미—아—시. 귀가 먹었나?""소리 나는 대로 쓰면 돼?""그럼! 갑자기 왜 그래?" 그들은 서류를 파일에 꽂고 파일을 서류함에 집어넣은 다음 서류함을 열쇠로 조심스럽게 잠갔다. 서류함 열쇠는 문 옆 게시판에 걸어두었다. 그들은 말없이 외투를 입고 밖으로 나가 열쇠로 문을 잠갔다. 거리에서 두 사람은 악수를 나누었다. "어떻게 가나?""버스로 가지.""그래, 잘 가게!" 서기 하나가 다른 서기에게 인사했다. "그래, 기막힌 하루였네, 그렇지?" 다른 서기가 말했다. "그래, 정말 그랬어. 빌어먹을!""우리가 얼마나 힘들게 하루하루를 보내는지 알아주기만 해도 좋겠는데 말이야." 서기 하나가 투덜거렸다. "하지만 알아주지 않지, 조금도.""그래, 아무도 인정해주지 않아." 먼저 말을 꺼냈던 서기가 고개를 저으면서 동조했다. 그들은 다시 악수를 하고 헤어졌다. 각자 집으로 돌아간 그들은 현관에서 똑같은 질문을 받고 있었다. "힘든 하루였나요, 여보?" 그들은 따뜻한 실내로 들어서며 조금 진저리를 쳤고, 피로감을 느끼면서 이렇게 대답할 수밖에 없었다. "별건 없었소. 맨날 그렇지, 뭐."

1

원이 닫히다
The Circle Closes

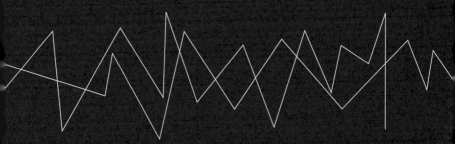

의사는 안경을 쓰고 안락의자 팔걸이에 다 피운 담배를 눌러 끈 다음 커튼과 창문 사이의 틈으로 날카로운 시선을 던졌다(바깥에 변한 게 아무것도 없음을 확인하기 위해서였다). 그리고 정확한 분량의 독주를 잔에 따른 뒤 물을 섞어 희석했다. 집에 돌아온 그가 만족스러운 해결을 확신하기까지는 골치 아픈 심사숙고를 거쳐야 했다. 결코 쉽지 않은 과정이었지만, 그는 독주와 물을 섞는 적당한 비율을 알아내기 위해 질리도록 실험을 반복했다. 이는 병원에서 다른 의사가 그에게 한 위협적인 말 때문이기도 했다. "술을 끊고 담배를 확 줄이지 않으면 최악의 사태를 면할 수 없을 거요. 아마 곧 신부에게 연락할 일이 생기겠지요." 그 말을 듣고 그는 오랜 고심 끝에, 알코올과 물을 2대 1의 비율로 섞던 것을 무려 1대 3의 비율로 바꾸기로 한 것이었다. 그는 술을 조금씩 삼켜서 천천히 잔을 비웠고—그동안 말할 수 없이 고통스러운 과도기를 거쳐야 했지만—다행히도 이 빌어먹을 희석주에 이제는 적응할 수 있게 되었음을 확신했다. 처음 희석한 술을 마셨을 때는 견딜 수 없이 화가 나서 뱉어버릴 정도였는데, 이번에는 큰 충격이나 거부감 없이 마실 수 있었기 때문이다. 그동안에 순도가 떨어지는 술을 견디는 능력이 생긴 모양이었다. 그는 술잔을 제자리에 내려놓고 미끄러진 성냥갑을 재빨리 담뱃갑 위에 올려놓은 후 만족한 눈빛으로 안락의자 근처에 잘 정렬해놓은 술병들을 바라보았다. 그는 다가오는 겨울을 느긋하게 맞이할 수 있겠다고 생각했다. 그건 당연한 일이 아니었다. 이틀 전 시립병원에서 퇴원 이후의 위험은 본인 책임이라는 경고를 듣고 구급차를 타고 농장으로 되돌아왔을 때, 몇 주 동안 점점 심해지던 불안이 한순간 정점으로 치달아 그는 공황 상태에 빠질 뻔했다. 모든 걸 처음부터 다시 시작해야 할지도 몰랐기 때문이었다. 방이 엉망으로 어지럽혀져 있고, 물건들이 뒤죽박죽으로 널려 있을지도 몰랐다. 집에 들어서기 전에 그는 눈치 빠른 크라네르 부인이 자기가 없는 틈을 타 방을 청소한다는 구실로 더러운 빗자루와 냄새나는 걸레를 들고 방을 습격했을지도 모른다고 생각했다. 그렇게 자신이 수년간 온갖 노력을 들여가며 용의주도하게 만들어놓은 질서를 남김없이 파괴해버렸을지도 모른다고. 하지만 그의 공포는 근거 없는 것으로 밝혀졌다. 방은 몇 주 전에 그가 떠났을 때와 똑같았다. 공책과 연필, 유리잔과 성냥 그리고 담배가 한 치의 오차도 없이 원래 있던 그 자리에 그대로 놓여 있었다. 그뿐만이 아니었다. 병원 차가 덤불을 지나 그의 집 앞에 멈춰 섰을 때 창문 밖으로 호기심에 찬 얼굴을 내미는 사람 또한 없었다. 운전기사가 식료품 자루와 몹스에서 산 술을 집 안에 들여놔주고 돌아갈 때도 아무도 눈치채지 못한 듯했다. 이후로 아직까지 그의 평온은 깨지지 않고 있었다. 그가 없는 동안 이 구제 불능의 마을에 무언가 특별한 변화가 생겼으리라고 생각할 수는 없었다. 하지만 아주 미세하게 개선된 부분이 있음은 감지할 수 있었다. 마을은 쥐 죽은 듯이 고요했고, 쓸데없이 왔다 갔다 하는 사람들도 없었다. 가을이 찾아오면 늘 그렇듯 끊임없이 내리는 비가 사람들을 난롯가에 묶어두기 때문에 집 밖으로 머리를 내미는 이가 한 명도 없는 것은 그다지 이상한 일이 아니었다. 이틀 전에 구급차 창문 너머로 호르고시네 앞을 지날 때 다져진 길 쪽으로 걸어가는 케레케시를 본 게 전부였다. 그것도 그가 금방 눈길을 돌렸기에 아주 잠깐일 뿐이었다. "내년 봄까지 아무도 보지 않았으면 좋겠다." 그는 연필로 종이를 찢지 않기 위해 조심하면서 일기장에 써넣었다. 오랫동안 자리를 비운 탓인지 종이는 축축해져서 조금만 방심해도 찢어지기 십상이었다. 어쨌든 그가 불안해할 이유는 아직 발견되지 않았다. 어떤 초월적인 힘이 그의 감시대를 고스란히 지켜준 것 같았지만, 먼지와 습기만은 어쩔 수 없었다. 돌이킬 수 없는 부패에 대해선 어차피 속수무책일 뿐이다. 그가 집으로 돌아와 놀란 것은, 몇 주간 비워두었던 방에 고운 먼지만 쌓여 있는 게 아니라 미세한 거미줄이 바닥까지 드리워져 있었다는 점이다. 그는 즉시 혼돈을 걷어내기 시작했다. 그에게서 상당한 액수의 팁을 받고는 감동하여 적절한 감사의 말을 찾느라 애쓰는 구급차 운전기사를 서둘러 떠나보낸 뒤, 그는 방 안을 돌아다니며 그간 진행된 몰락의 규모와 성격을 조사했다. 청소를 하는 것은 절대로 불필요하고 무의미한 일로서, 더 면밀한 조사해볼 무언가를 파괴할 수도 있다고 그는 생각했다. 그래서 테이블과 그 위에 놓여 있는 물건들만 치운 다음 덮개를 한 번 털고는 바로 작업에 들어갔다. 그는 몇 주 전 방을 떠날 당시의 상태를 기억하면서 여러 사물들을 훑어보았다. 천장의 알전구, 전등 스위치, 바닥과 벽, 오래된 옷장, 문가의 쓰레기 더미…. 그리고 달라진 게 무엇인지 세밀하게 일기장에 써넣었다. 그는 잠깐 담배를 피울 때만 빼고는 종일 쉬지 않았고, 밤에도 또 다음 날 낮에도 계속해서 작업을 진행했으며, 마침내 모든 사항을 일기장에 써넣고 난 뒤에야 비교적 긴 일곱 시간 동안의 수면을 스스로에게 허락했다. 그는 작업을 마친 뒤, 몇 주간 강제로 작업이 중단되었음에도 자신의 힘과 능력은 다행히 감소하지 않았고 어쩌면 좀 더 증가했는지도 모른다고 생각했다. 다만 기분을 거스르는 환경에 대한 저항력이 전보다 약해진 것 같기는 했다. 이를테면 전에는 어깨에서 흘러내리는 담요나, 코에서 미끄러지는 안경, 혹은 가려움 따위가 거슬린 적이 없었다. 하지만 이제는 전과 달리, 신경을 자극하는 것은 아무리 사소한 것이라도 원인을 제거하고 원래 상태를 회복해야만 생각을 계속 이어나갈 수가 있었다. 그는 담배를 물고 여유작작하게 연기를 내뿜으며 흘러내린 담요를 다시 끌어올려 덮은 다음 일기장으로 몸을 기울였다. "다행히 비가 그치지 않는다. 완벽한 보호막. 내 상태는 좋은 편이고, 잠을 오래 자서 약간 멍할 뿐이다. 어디서도 아무것도 움직이지 않는다. 교장의 집 문과 창이 부서져 있는데 무슨 일이 있었는지도 모르겠고, 저걸 왜 고치지 않는지도 모르겠다." 그가 고개를 들고 무슨 소리가 들리나 귀를 기울이는데, 성냥갑이 눈에 띄었다. 아주 짧은 순간 성냥갑이 담뱃갑 위에서 굴러 떨어질 것 같은 기분이 들었다. 그는 숨을 멈추었다. 하지만 아무 일도 일어나지 않았다. 그는 다시 희석주를 만들었다. 그러고는 술병에 마개를 막고 테이블의 물기를 닦은 다음 몹스에서 30포린트에 산 물병을 제자리에 놓은 뒤에야 비로소 술을 마시기 시작했다. 담요를 덮은 그의 몸이 나른해졌고 머리가 한편으로 기울면서 서서히 눈꺼풀이 내려왔다. 하지만 선잠은 오래 이어지지 않았다. 망막에 떠오르는 영상을 몇 분 이상 견디기 힘들었던 까닭이다. 눈이 튀어나올 것처럼 부은 말이 내달려 와 소스라치게 놀란 그가 쇠막대기로 있는 힘껏 말의 대가리를 후려치고 또 후려쳤는데, 후려치는 동작을 그는 멈출 수가 없었고 나중에는 깨진 말 대가리에서 뭉글거리는 뇌수가 새어 나왔다. 그는 공책 더미에서 "후터키"라고 쓰인 공책을 집어 들어 기록을 이어나갔다. "기계실에서 나오지 않는다. 아마도 침대에 누워 코를 골거나 천장을 보고 있겠지. 아니면 지팡이로 침대를 딱따구리처럼 두들겨대며 나무속에 죽은 벌레가 있는지 확인해보고 있을지도 모르겠다. 그런 행동이 오히려 자신을 두려움에 내맡긴다는 것을 그는 모를 것이다. 아마 내가 자네 장례식에 참석하게 되겠지, 반미치광이." 그는 다시 희석주를 만들어 우울하게 잔을 비우고는 물한 모금과 함께 오전 치의 약을 삼켰다. 남은 하루 동안에 그는—점심 무렵과 저녁이 올 무렵에—바깥의 빛의 밝기에 관해 두 번 더 기록을 했고 배수로의 물 흐름을 관찰한 내용도 써넣었다. 그리고 크라네르네의 숨 막히는 부엌에 관한 기록—슈미트와 헐리치에 관해서는 이미 쓰고 난 뒤였다—을 마쳤을 때 갑자기 멀리서 종소리가 들려왔다. 병원에 입원하기 하루 전날에도 똑같은 종소리를 들은 기억이 떠올랐다. 이번에도 그의 뛰어난 청력이 제대로 작동을 하고 있었다. 그는 지난번에 종소리를 들은 기록을 찾아보았지만 찾을 수가 없었다. 아마도 기록하기를 잊었거나 별로 중요한 게 아니라고 생각한 모양이었다. 그러는 동안에도 종소리는 계속 들려왔다. 그는 즉시 이 기이하고 납득하기 어려운 사건에 대해 기록하기 시작했고, 그러면서 신중하게 모든 가능성을 탐색해보았다. 근방에 교회에 없다는 것은 분명한 사실이었다. 호흐마이스 지대의 소성당 근처에는 몇 년 전부터 아무도 살지 않았고 그곳의 모든 것은 폐허로 변해 있었다. 마을과 시내의 거리는 너무 멀어서 바람에 종소리가 이곳까지 실려 올 가능성은 없었다. 혹시 후터키나 헐리치, 아니면 크라네르가 장난을 친 걸까 잠깐 생각해보기도 했으나 그럴 가능성도 희박한 것이, 그들 가운데 누구도 교회의 종소리를 감쪽같이 흉내 낼 수는 없었다. 환청을 들었을 리도 없었다! 어쩌면 혹시? 불안정한 상태로 인해 극히 예민해진 나머지 가까운 곳에서 나는 소리를 먼 곳에서 들려오는 종소리로 착각한 것일까? 그는 우두커니 정적에 귀를 기울였다. 그리고 담배를 한 대 더 피웠고, 더이상 종소리가 들려오지 않자 새로운 단서가 나타날 때까지는 그만 생각하기로 마음먹었다. 그는 콩 수프 캔을 따고 안에 든 걸 숟가락으로 반 정도 떠먹은 다음 밀어놓았다. 그의 위장이 제 기능을 하지 못하는 탓에 몇 술 이상 먹으면 소화가 되지 않았다. 그는 밤을 새우기로 작정했다. 그래야만 했다. 언제 다시 종소리가 들릴지 알 수 없었기 때문에 앞서 그랬던 것처럼 종소리가 짧게 들리다가 그친다면, 깜빡 졸다가 소리를 놓쳐버릴지도 몰랐다. 그는 새로운 희석주를 만들고 저녁 치의 약을 먹은 뒤 발로 책상 밑의 가방을 끌어당겨 오랫동안 잡지를 골랐다. 아침까지 잡지를 읽었지만 졸음과 싸우며 애쓴 보람도 없이 종소리는 다시 들려오지 않았다. 그는 굳은 몸을 풀어주기 위해 자리에서 일어나 몇 분 정도 돌아다니다가 도로 안락의자에 앉았고, 아침이 되어 유리창이 푸른빛으로 훤해올 때쯤 깊은 잠에 빠졌다. 그리고 점심때가 돼서야 땀으로 흠뻑 젖은 채 화들짝 놀라 잠에서 깨어났다. 그러고는 잠을 많이 자고 난 뒤면 늘 그러듯이, 시간을 낭비한 것에 화가 나 머리를 흔들고 욕설을 뱉으며 투덜거렸다. 그는 서둘러 안경을 쓰고 일기의 마지막 문장을 확인한 뒤 몸을 뒤로 기대고 잡초가 자라난 길을 바라보았다. 바깥은 빗방울이 조금 떨어지고 있었고, 마을 하늘은 변함없이 우중충했으며, 슈미트네 집 앞에 핀 앙상한 아카시아가 찬바람에 흔들리고 있었다. "모두들 처자빠져 있는 모양이다"라고 의사는 썼다. "아니면 식탁에 팔꿈치를 대고 앉아 있을지도 모른다. 교장은 부서진 문 때문에 편치 못할 것이다. 겨울이 오면 엉덩짝이 꽁꽁 얼 터였다." 그는 기지개를 켜다가 갑자기 무슨 생각이 떠오른 양 고개를 번쩍 쳐들었다. 그리고 숨을 가쁘게 쉬면서 천장을 쳐다보았다. 그러고 나서 연필을 쥐었다. "이제 그는 일어선다." 그가 결연히, 그러나 종이가 찢기지 않도록 조심하면서 써나가기 시작했다. "그는 배를 긁적거리고 기지개를 켠다. 방을 한 바퀴 돌고 와서 다시 자리에 앉는다. 오줌을 누러 문 밖으로 나갔다가 돌아온다. 자리에 앉는다. 일어선다." 그는 열에 들뜬 것처럼 철자와 철자를 이어나갔다. 그는 모든 것이 글에

쓴 그대로 고스란히 일어나고 있음을 직감했을 뿐만 아니라, 이제부터는 자기가 쓰는 일이 실제로 일어날 것임을 깊이 확신했다. 수 년 동안 고통스럽고 끈질기게 이어온 작업이 결실을 맺고 있다는 생각이 점차 강해졌다. 그는 이제 유일무이한 능력의 소유자가 되었다. 그 능력으로 끊임없이 한 방향으로만 진행되는 세계를 묘사할 수 있을 뿐만 아니라, 어느 한도까지는 혼란스러운 사건들 배후의 메커니즘에도 간섭할 수가 있었다! 그는 흥분하여 이글거리는 눈으로 감시대에서 일어나 발소리를 내며 좁은 방 안을 왔다 갔다 했다. 마음을 가라앉히려 했지만 잘되지 않았다. 갑자기 어떤 깨달음이 예기치 않게, 아무런 준비 과정도 없이 왔기에 그는 자신의 판단력이 흐려진 것인지도 모른다고 의심했다…. '그게 가능한가? 아니면 내가 제정신이 아닌 건가?' 마음이 진정이 되지 않아 목이 타고 가슴이 두근거렸다. 얼굴은 땀으로 범벅이 되었다. 순간 그는 사태의 부담을 견디지 못하고 가슴이 터져버릴 것 같은 기분에 사로잡혔다. 그는 숨을 헐떡이며 뚱뚱한 몸으로 방 안을 더 빠르게 오락가락하기 시작했다. 그러다 마침내는 지쳐서 안락의자에 앉았다. 갑자기 너무나 많은 것을 한꺼번에 사고해야만 했다. 그는 지끈거리는 머리로 차갑고 날카로운 불빛 속에 앉아 있었다. 마음속 혼돈은 점점 커져만 갔다. 그는 조심스레 연필을 들고 "슈미트"라고 쓰인 공책을 꺼내 와 불안한 듯 무언가를 쓰기 시작했다. 마치 자기 행위의 결과를 우려

해야 한다는 것처럼 그가 신중히 쓴 문장은 이랬다. "창가를 등지고 앉은 그의 몸이 바닥에 어렴풋한 그림자를 드리운다." 그는 침을 삼키고 연필을 내려놓았다. 떨리는 손으로 독주와 물을 섞은 다음 잔을 들어 단숨에 들이켜려 했지만 절반가량은 흘리고 말았다. "그가 들고 있는 붉은 냄비에는 파프리카 감자 요리가 들어 있다. 하지만 식욕이 없어 먹지는 않는다. 그는 오줌을 누러 일어서서 식탁을 돌아가 뒷문을 통해 마당으로 나갔다가 돌아온다. 그리고 다시 앉는다. 슈미트 부인이 그에게 무언가를 묻는다. 그는 대답하지 않는다. 방금 전에 바닥에 내려놓았던 냄비를 발로 밀어놓는다. 그는 식욕이 없다." 그는 여전히 떨리는 손으로 담배에 불을 붙였다. 이마의 땀을 닦고 날갯짓을 몇 번 해서 겨드랑이에 바람이 통하게 한 뒤, 담요를 어깨에 걸치고 다시 일기장으로 몸을 기울였다. "나는 제정신을 잃고 미쳐버렸거나 아니면 신의 은혜를 받아, 이제 마법의 힘을 갖게 되었다. 나는 말의 힘만으로 내 주위에서 일어나는 일들을 통제할 수 있다. 하지만 지금으로선 내가 무엇을 하고 싶은지 알지 못한다. 나는 미쳐버렸거나⋯." 그는 망설인 끝에 그렇게 썼다. "다 망상이야." 그는 중얼거리면서, 다시 시험해보기로 했다. 그래서 "크라네르"라고 쓰인 공책을 꺼내 와 펼친 뒤 기록이 끝난 곳에서부터 맹렬하게 이어 쓰기 시작했다. "그는 옷을 입은 채 방 안 침대에 누워 있다. 장화는 침대보가 더러워지지 않도록 벗어두었다. 숨이 막히게 덥다.

그의 아내가 부엌에서 접시를 달그락거린다. 크라네르가 열린 문을 통해 그녀에게 외친다. 그녀가 무어라고 대답하자 그는 화가 나 돌아누워 베개에 머리를 파묻는다. 그는 눈을 감고 잠을 자려고 애쓴다. 그리고 잠이 든다." 의사는 한숨을 쉬며 새로 희석주를 만들고 마개로 술병을 막은 다음 불안하게 주위를 둘러보았다. 그는 미심쩍음과 놀람이 뒤섞인 기분으로 또다시 중얼거렸다. "정말로 내가 정신을 어느 정도 집중하기만 하면 마을에서 일어날 일을 결정할 수 있다는 말인가. 내가 쓰기만 하면 그 일이 일어난다니. 사건이 일어나는 방향을 어떻게 정할지는 전혀 알 수 없다. 왜냐하면…." 그 순간 다시 종소리가 들려왔다. 이제 전날에 종소리를 들었다는 사실은 더 이상 의심할 여지가 없었다. 하지만 종소리가 어디서 들려오는지는 여전히 알 수 없었다. 종소리는 울리기 시작함과 동시에 정적을 가득 채우는 탓에, 시작된 방향을 가늠할 수가 없었기 때문이다. 종소리가 멈춘 순간 그의 마음도 무언가 중요한 것을 잃어버린 듯 텅 비어버렸다. 그는 멀리서 들려오는 기이한 음향이 마치 오래전에 상실하고 만 희망의 선율처럼 느껴진다고 생각했다. 내용을 알려주지는 않지만 용기를 북돋아주고, 전혀 이해할 수 없음에도 결정적인 메시지로 다가오는 그 소리가 '무언가 좋은 뜻을 담고 있고 나의 확실치 않은 능력에 어떤 방향을 제시해주는 것'임을 그는 감지했다. 그는 마술적인 글쓰기를 멈추었다. 서둘러 외투를 입고 담배와 성냥을 챙겼다. (지금 그에게 무엇보다 중요한 일은, 저 신기한 종소리가 나는 곳을 알아내려는 시도라도 해보는 것이었다.) 차가운 공기 속으로 나서자 잠깐 어지러웠다. 그는 따가운 눈을 비볐다. 어떤 일이 있어도 마을 사람들의 관심만은 끌고 싶지 않았기에 그는 뒤쪽 문으로 빠져나갔다. 빠른 걸음으로 방앗간에 이르러 걸음을 멈추었다. 방향을 맞게 잡은 건지 알 수 없었다. 그가 방앗간으로 들어가자 위층에서 키득대는 웃음소리가 들려왔다. '호르고시의 딸들!' 그는 다시 밖으로 나와 대책 없이 주위를 둘러보았다. 이젠 어떻게 하지? 농장을 빙 둘러서 염전 쪽으로 갈까? 아니면 다져진 길을 따라 술집 쪽으로 갈까? 알마시의 저택 쪽으로 가볼까? 아니면 방앗간에서 다시 종소리가 들리기를 기다려볼까? 그는 담배를 피우고 기침을 했다. 가야 할지 말아야 할지 결정할 수가 없었다. 차가운 바람에 몸서리를 치며 그는 방앗간 주변의 아카시아 나무들을 바라보았고, 이렇게 갑작스레 길을 나선 것이 어리석은 짓은 아닐까 생각해보았다. 너무 충동적으로 나와버린 것은 아닐까? 두 번의 종소리 사이에는 하룻밤이 놓여 있었다. 어떻게 종소리가 곧 다시 들릴 거라고 가정할 수 있겠는가? 그런데 그가 집으로 돌아가 따뜻한 담요를 뒤집어쓰고 기다리자고 마음먹은 바로 그 순간, 종소리가 들려왔다. 그는 서둘러 방앗간 앞 빈 터로 걸어 나갔다. 이제야말로 수수께끼를 풀 수 있을 듯했다. 종소리는 다져진 길에서 벗어난 저편, 아마도 호흐마이스 지대에서 들려오는 것 같았다. 그는 이제 종소리가 들려오는 방향을 감지했을 뿐만 아니라, 그것이 의심할 여지없이 용기를 북돋아주는 신호임을 확신하게 되었다. 결코 그의 병적인 환상이나 감상적인 착각이 아니었던 것이다. 그는 망설이지 않고 다져진 길 쪽으로 갔고, 길을 건너 호르마이스 지대를 향해 진창도 물웅덩이도 개의치 않고 걷기 시작했다. 그의 가슴은 기대와 희망 그리고 믿음으로 차올랐다. 그에게는 종소리가, 지금까지 겪은 모든 고통과 끊임없이 사태에 언어를 부여하는 고통스럽고 끈질긴 노력에 대한 보상처럼 느껴졌다. 만일 그가 종소리의 메시지를 정확히 이해한다면—특별한 힘을 가진 그가—인간의 삶에 지금껏 알지 못했던 추진력을 부여할 수 있게 될 것이었다. 마침내 호흐마이스의 허물어진 소성당이 눈에 들어왔을 때, 그의 마음은 어린아이처럼 즐거움으로 충만해졌다. 마지막 전쟁 당시 파괴된 후로 더 이상 사용되지 않은 이 작은 건물에 아직도 종이나 그 비슷한 물건이 있는지 모르겠으나, 그는 더 이상 '그럴 리 없다'는 확신을 품지는 않았다. 소성당은 몇 년 동안 아무도 찾지 않았고, 기껏해야 떠돌이가 잠시 밤을 보내는 곳일 뿐이었다. 그는 소성당 앞에 서서 문을 열어보려 했지만 문은 꿈쩍도 하지 않았다. 그는 소성당을 한 바퀴 돌아보다 측면 벽에서 썩어 문드러진 작은 문 하나를 발견했다. 가볍게 밀자 문은 바로 열렸다. 그는 몸을 숙이고 안으로 들어갔다. 거미줄과 먼지와 악취 그리고 어둠이 그를 에워쌌다. 성당의 의자들은 형체도 없이 부스러진 채 널려 있었고, 제단은 아예 흔적조차 없었다. 군데군데 패고 부스러진 돌바닥에는 잡초들이 자라고 있었다. 정문 근처에서 누군가 신음하는 듯한 소리가 들리기에 그는 급히 몸을 돌려 그쪽으로 가보았다. 그의 눈앞에 믿기 어려울 만큼 늙어 쭈글쭈글한 남자가 쪼그리고 앉아 두려움에 떨고 있었다. 자신이 발각된 것을 안 노인은 비명을 지르며 반대편 구석으로 기어서 도망쳤다. "당신 누굽니까?" 의사가 놀란 가슴을 진정시킨 뒤 우렁차게 물었지만, 노인은 대답하지 않은 채 몸을 웅크려 다시 도망갈 자세를 취했다. "내 말 알아들어요?" 의사가 큰 소리로 물었다. "당신, 누구냐고요!" 노인은 손으로 얼굴을 가리며 알아듣지 못할 말을 웅얼거렸다. 의사는 짜증이 났다. "여기서 뭐 하는 겁니까? 경찰한테 쫓기고 있소?" 노인이 중얼거리기를 멈추지 않자 의사는 인내심을 잃고 말았다. "여기에 종이 있습니까?" 그가 윽박지르듯 물었다. 노인은 깜짝 놀라 벌떡 일어서더니 팔을 휘저었다. "아―앙! 아―앙!" 그가 종소리를 흉내 내며 의사에게 따라오라는 시늉을 했다. 노인이 정문 옆 벽감의 작은 문을 열고 위쪽을 가리켰다. "아―앙! 아―앙!" "맙소사!" 의사가 중얼거렸다. "미친 사람이군! 당신, 어디서 도망쳐 온 거요? 딱한 인간 같으니!" 노인이 앞장을 섰고, 의사는 체중 때문에 나무 계단이 무너지지 않도록 벽에 바짝 붙어서 계단을 올라갔다. 한쪽 벽만 남은 작은 종탑으로 올라갔을 때(폭풍 또는 폭탄이 다른 쪽 벽을 무너뜨렸을 것이다), 의사는 지난 몇 시간 동안 빠져들었던 병적이고 가소로운 환상에서 단박에 깨어났다. 천장 없는 종탑에는 작은 종하나가 들보에 매달려 있었고, 그 들보의 한쪽은 남은 벽 위에, 그리고 다른 한쪽은 계단 버팀벽에 걸쳐져 있었다. "대체 들보를 어떻게 옮겼소?" 의사가 놀라서 물었다. 노인은 의사를 잠깐 동안 뚫어져라 쳐다보더니 종으로 다가갔다. 그러고는 괴상한 고음으로 "비—잉, 비—잉!" 하고 소리를 지르며 쇠막대기로 종을 치기 시작했다. 의사는 낯빛이 창백해져 계단 벽에 기댄 채 소리쳤다. "그만해! 멈춰!" 하지만 작은 노인은 "비—잉, 비—잉!" 하는 날카로운 소리를 계속 질렀고 절망적으로 계속 종을 쳐댔다. "지옥으로 꺼져, 이 미친놈아!" 의사는 소리를 치고는 남은 힘을 끌어모아 계단을 내려왔다. 다시 밖으로 나온 그는 쭈글쭈글한 노인의 고함을 더 이상 듣지 않기 위해 도망치기 시작했다. 쇳소리 나는 날카로운 목소리는 흡사 거슬리는 트럼펫 소음처럼 다져진 길 위까지 그를 쫓아왔다. 의사가 다시 그의 방 창가의 감시대로 돌아왔을 때는 이미 밤이었다. 마음이 진정되고 두 손의 떨림이 멎기까지 오랜 시간이 걸렸다. 그는 술병으로 손을 뻗어 독주를 물에 섞고 담배를 물었다. 그리고 술잔을 비운 뒤 일기장을 꺼내 방금 겪은 일을 써보려 했다. 그는 비통한 심정으로 종이를 노려보다가 이렇게 써나갔다. "용서할 수 없는 실수다. 나는 죽음의 종소리를 우렁찬 천국의 종소리와 혼동했다. 비천한 떠돌이! 어디선가 도망 온 미친 늙은이! 그리고 나는 바보였다!" 그는 담요로 몸을 감싸고 뒤로 기대며 밖을 바라보았다. 부슬비가 내리고 있었다. 그는 서서히 침착을 되찾았다. 그는 지나온 오후를, 깨달음이 환했던 순간을 되돌아보았다. 그리고 "헐리치 부인"이라고 쓰인 공책을 펼쳐 이어서 기록하기 시작했다. "그녀는 부엌에 앉아 있다. 그녀는 성경을 펼쳐놓고 나직이 읽는다. 그녀가 눈을 든다. 그녀는 배가 고프다. 부엌으로 가서 소시지와 베이컨과 빵을 가져와 쩝쩝거리며 먹기 시작한다. 그러면서 이따금씩 성경책을 넘긴다." 글을 쓰니 기분이 나아졌다. 하지만 슈미트, 크라네르, 헐리치 부인에 대해 쓴 것을 다시 읽어보니 결코 그대로 될 것 같지는 않다는 기분이 들어서 우울해졌다. 그는 자리에서 일어나 방 안을 소리 내 걸어 다니다가 멈춰 서고, 그러다 다시 걸어 다녔다. 주위를 둘러보던 그의 시선이 문에 가닿았다. "아, 망할!" 그는 옷장에서 연장 통을 꺼내 와 못 몇 개와 망치를 들고 문으로 가 못질을 하기 시작했다. 분노로 가득 차 문에다 여덟 군데나 못질을 했다. 그런 뒤에 기분이 진정된 그는 안락의자로 돌아와 앉았고, 담요를 두르고는 새로 희석주를 만들었다. 이번엔 잠깐 망설이다가 1대 1의 비율로 술과 물을 섞었다. 생각에 잠겨 앞을 바라보던 그의 눈이 갑자기 빛나기 시작했다. 그는 새 공책을 꺼냈다. "비가 내렸을 때…"라고 썼다가 그는 고개를 흔들고는 지웠다. "후터키가 잠에서 깼을 때, 밖에는 폭우가 쏟아지고 있었다. 그리고…." 그는 이번에도 형편없이 써졌다고 생각했다. 그는 콧등을 긁고 안경을 고쳐 쓴 뒤 손바닥으로 턱을 받치고 팔꿈치를 괴었다. 마법처럼 그를 위해 마련된 길이 눈앞에 영상으로 떠올랐다. 길 양편에서 안개가 슬금슬금 기어 다가왔고, 중앙의 가느다란 길 위에는 언젠가 숨이 끊기고 먼지로 화할 친숙한 얼굴들이 보였다. 다시 연필을 든 그는 이번에는 자세가 제대로 잡혔다고 느꼈다. 종이는 충분했고, 술과 약도 봄까지는 버틸 만했다. 게다가 문에 박은 못이 빠지지 않는 한 아무도 그를 방해하지 못할 것이었다. 그는 종이가 찢어지지 않도록 조심스럽게 글을 쓰기 시작했다. "어느 시월의 아침 끝없이 내릴 가을비의 첫 방울이 마을 서쪽의 갈라지고 소금기 먹은 땅으로 떨어질 즈음(이제 첫서리가 내릴 때까지는 온통 악취 나는 진흙 바다가 펼쳐져 들길로 다니기도, 도시로 가기도 어려울 터이다), 후터키는 종소리에 잠에서 깨어났다. 소리가 들려올 가까운 데라곤 남서쪽으로 4킬로미터 떨어진 호호마이스 지대의 외진 소성당 하나뿐인데, 거기엔 종이 없는 데다 종탑은 전쟁 중에 무너졌으며, 멀리 있는 도시의 소리가 여기까지 와 닿을 리도 없었다. 게다가 어쩐지 의기양양하게 울리는 종소리는 멀리서 들려오는 것 같지 않고 오히려 아주 가까운 곳으로부터('아마도 방앗간에서…') 바람에 실려 오는 것 같았다. 후터키는 쥐구멍만 한 부엌 창으로 밖을 내다보기 위해 몸을 일으켜 앉았지만, 더께 앉은 창유리 너머에는 종소리가 점점 희미해지는 가운데 새벽의 푸름에 감싸여 기척 없이 적막한 마을만 있을 뿐이었다. 다만 멀찍이 흩어져 있는 집들 가운데서 의사의 집, 가려진 창문에서만 한 가닥 빛이 틈으로 새어 나왔는데 그나마도 의사가 어두운 곳에서는 잠을 이루지 못했기 때문이었다. 후터키는 스러져가는 종소리의 미약한 울림 하나라도 놓치지 않으려 했고, 숨을 죽인 채 사태의 진상을 알아내려고 했다('후터키, 넌 아직도 꿈을 꾸는 거야'). 그렇게 소리에 귀를 기울이느라 한층 적막 속에 잠겨버렸다. 다리를 절긴 해도 감탄할 만큼 유연하게 걸을 수 있는 그가 얼음처럼 차가운 부엌 바닥을 밟고 창문 쪽으로 다가갔다. ('아직 아무도 깨지 않았나? 소리를 듣는 사람이 없어? 나 말고는 아무도?') 창문을 열고 몸을 밖으로 숙이듯이 내밀자 얼굴로 매서운 냉기가 끼쳐와 잠시 눈을 감아야 했지만, 그는 닭 울음소리와 멀리서 개 짖는 소리 그리고 윙윙 울어대는 바람이 지나간 뒤의 적막에 한껏 귀를 기울였다. 그러나 심장만 나직이 고동칠 뿐 모든 게 비몽사몽간 귀신 놀음이었던 듯 한없이 고요하기만 했다('누가 날 골리려 꾸민 짓 같군'). 그는 슬픈 기분으로 불길한 하늘과 메뚜기 떼가 휩쓸고 간 지난여름의 잔해를 물끄러미 바라보았다. 홀연 그는 환영처럼 아카시아 가지 위로 봄, 여름, 가을, 겨울이 지나가는 것을 보았다. 마치 시간이 움직임 없는 영원의 원 안에서 유희를 벌이고 혼돈의 와중에 귀신이 재주를 피우듯 기상천외한 망상을 진짜로 믿게 하려는 것 같았다…. 그는 요람과 관의 십자가에 결박되어 경련하는 자신의 모습을 보았다. 그런 그는 결국 냉혹한 즉결심판을 받고 어떤 계급 표식도 부여받지 못한 채, 시체를 씻는 사람들과 웃으면서 부지런히 피부를 벗겨내는 자들에게 넘겨질 것이다. 그때가 되면 가차 없이 인생사의 척도를 깨닫고 말리라, 돌이킬 수도 없이. 사기꾼들과 벌이는 게임에 발을 들여놓은 결과는 진즉에 결정되었고 끝내 그는 마지막 무기처럼 지녀온, 안식처로 한 번 더 돌아가고픈 희망마저 빼앗기고 말 것이다. 그는 마을 동쪽으로 시선을 향해 한때는 삶의 소음으로 부산했으나 지금은 버려진 채 무너져가는 건물들과 붉게 부푼 해의 첫 햇살이 부서진 농가의 기와 없는 지붕 틈새로 떨어져 내리는 것을 비통한 심정으로 바라보았다. '결단을 내려야 해. 여기서는 더 살 수가 없어.' 그는 도로 따뜻한 침대로 기어들어 팔베개를 하고 누웠지만 눈이 감기지는 않았다. 유령 같은 종소리보다 그를 더 놀라게 한 건 갑작스러운 정적, 위협적인 침묵이었다. 이제는 대체 무슨 일이 일어날지 알 수 없었다. 하지만 움직이는 건 아무것도 없었고 그 또한 침대에서 꼼짝하지 않았는데, 돌연 주위의 말 없는 물건들이 신경을 건드리는 대화를 시작했다…."

해설

종 없는 종소리

조원규

1 교회도 종도 없이 들려오는 종소리

잠에서 깨어나 커다란 갑충으로 변한 자신을 발견하는 《변신》만큼 괴기하게 시작되는 소설이 또 있을까? 악몽에 갇혀 몰락하는 인물의 노력이 좌절되고 희망이 없다는 점에서 크러스너호르커이의 초기 소설은 카프카적이다. 그러나 카프카가 단독자單獨者를 그린다면, 크러스너호르커이는 군상群像을 등장시킨다.

소설의 무대는 공산주의가 붕괴되어가던 1980년대 헝가리, 방치된 집들은 무너져가고 갈 데 없는 소수의 사람들만이 남아 하루하루 극도의 가난을 버티며 살아가는 어느 해체된 집단농장 마을이다. 멀리 떨어지지 않은 곳에 과거 오스트리아-헝가리 이원제국의 유산인 귀족의 성과 저택이 있지만 그마저도 이제는 폐허로 남았을 뿐이다. 그리고 어느 시월의 아침, 이제부터 끝없이 내릴 가을비의 첫 방울이 떨어지던 날, 후터키는 종소리를 듣고 잠에서 깨어난다.

인근에 교회도 종도 없는데 울려오는 종소리는 불길하고 초자연적인 분위기를 풍긴다. 불과 며칠 사이에 벌어진 사건을 다루는 이 소설 곳곳에서 사람들이 영문도 모른 채 귀를 기울이는 종소리는, 몰락하는 공동체에 그들이 한데 묶여 있음을 알려주는 상징 같기도 하다.

《사탄탱고》는 역사적으로 동구 공산권이 해체되기 이전인 1985년에 발표된 작품이라는 사실을 떠올릴 필요가 있다. 아직 체제가 유지되던 동안에 작가가 그려낸 '몰락'은 정치적 저항의 표현에 다름 아니었으리라. 1989년 이후의 세계에서 '몰락'은, 아마도 정치적 층위보다는 역사적, 심리적, 형이상적 층위에서 읽히는 경로를 밟기가 쉬웠을 것이다. 이렇듯 '몰락'의 맥락과 의미는 변해왔을 수 있지만, 이 작품은 한 시기의 체제 비판을 넘어서 좀 더 항구적인, 희망하는 인간이라는 주제를 형상화한 문학으로 남았다고 할 수 있다.

2 몰락하는 사람들이 붙드는 것

종소리를 듣고 잠에서 깬 이는 후터키다. 그는 슈미트 부인과 함께 침대에 누워 있던 참이었다. 슈미트는 마을 사람이 함께 일해서 번 8개월 치의 품삯을 받아서 크라네르와 함게 돌아오는 중이다. 두 사람은 그 돈을 가로채 마을을 떠날 생각이다. 몰래 집으로 돌아와 짐을 챙겨 떠나려는 슈미트의 의도를 간파한 후터키가 그를 위협하고, 이제 돈을 나눠 가지게 될 사람의 숫자가 늘어난다. 이들은 날이 저물면 슬그머니 이 저주받은 마을을 떠날 것이다.

여기까지 소설은 사실적이고 암울한 사회극처럼 보인다. 그런데 이야기는 갑자기 뜻밖의 색조를 띠며 전개된다.

슈미트 부부의 집으로 찾아와 문을 두드리는 크라네르 부인, 그녀는 한껏 들뜬 기색으로 지난 1년 반 동안 죽은 것으로 알려졌던 이리미아시와 페트리너가 마을로 돌아오는 것을 목격한 사람이 있다고 전한다. 도망칠 채비를 하던 이들은 이리미아시가 돌아온다는 소식을 듣더니 갑자기 낙관적인 꿈에 부푼 인물들로 변한다.

후터키가 보기에 이리미아시는 "마음만 먹으면 소똥으로 성을 지을 수도 있"는 "위대한 마법사"였다. 과거에 마을을 빈곤과 재난에서 구해낸 바 있는 그였기에, 그가 돌아온다면 마을엔 다시 위대한 희망이 싹트게 될 것이다. 흥분한 사람들은 돈 문제는 까맣게 잊어버린 채 술집에 모여, 장밋빛 미래의 꿈에 부풀어서 이리미아시를 기다린다.

이렇게 소설은 '메시아 알레고리'의 면모를 띠기 시작한다. 부조리하고 희극적인 카프카적 관청官廳 장면을 거쳐, 소설은 두 개의 장에 걸쳐 우울하고 묵시록적이면서 우스꽝스러운 음주 장면을 묘사한다. '사탄탱고'는 작품 전체를 가리키기도 하지만, 그보다는 우선 술집에 모인 사람들의 가련하고 희극적인 열광의 춤판을 뜻하는 것처럼 보인다. 술집 장면은 극적이고 희망적인 반전이 아닌, 돌이킬 수 없이 하강하는 세계의 분위기를 자아낸다.

거미줄투성이의 술집. 그곳의 주인은 다른 남자들처럼 슈미트 부인에게 욕정을 품고서 그녀가 더위를 참지 못하고 옷을 벗도록 몰래 난방 장치의 온도를 올린다. 종교적 광신자인 헐리치 부인은 남편에게 계시록을 읽으라고 강요한다. 호르고시 부인이 사라진 어린 딸 에슈티케를 찾아 술집에 나타나지만 아무도 그녀에게 신경 쓰지 않는다. 이런 묘사가 쌓여가며 인간의 죄 또는 인간 본성에 관한 다층적 이미지가 만들어진다. 무슨 일이 일어나고 있는지 질문하는 독자에게 소설은 심리적으로 읽히기도 하고, 때론 신학적으로, 혹은 정치적으로 읽히기도 한다.

마을 사람들은 밤을 지새우며 술에 절어 '탱고'를 추고, 헐리치 부인은 그런 모습을 지켜보며 "왜 심판의 순간이 늦어지는지" 의아해한다. 날이 밝아 창문과 문가가 훤해질 무렵에야 춤은 그치고, 사람들은 지쳐서 깊은 잠에 빠진다. 마침내 도착한 이리미아시와 페트리너는 눈앞의 광경을 놀란 눈으로 바라본다.

이제 소설의 한중간이다. 세계의 몰락과 희미한 초월적

구제의 뉘앙스, 이 두 가지를 통해 작가 특유의 이야기 틀이
만들어진다.

3 소녀 에슈티케, 약한 고리

외로운 소녀 에슈티케의 시점에서 전개되는 장이 있다(1부
와 2부, 각 여섯 개씩의 장으로 구성된 이 소설은 장마다 시점이 바뀐
다). 어머니와 자매는 소녀를 방치하고, 오빠는 소녀에게 겁을
주거나 밀쳐내며, 마을 사람들도 소녀가 모자라거나 미쳤다고
생각한다. 영화 〈사탄탱고Satantango〉(1994)에서 술집 안 광경을
창문 너머로 바라보던 소녀의 절망한 얼굴이 일러주듯, 소녀
는 소외된 마을 사람들에게서 한 번 더 소외된 존재다.

갑자기 다정한 척 굴며 돈을 빼앗아 간 오빠에게 속은 것
을 깨달은 소녀는 광적인 분노와 슬픔에 잠긴다. 소녀는 자신
이 죽인 고양이 시체를 안고 바인카임 성으로 향한다. 소녀는
성으로 가서 독약을 먹고 자살할 생각이며, 천사들이 자기를
데리러 올 거라고 굳게 믿는다.

마을 사람들이 실종된 소녀의 시체를 발견하고, 이리미
아시는 낙담한 마을 사람들에게 연설을 한다. 그의 능란한 연
설은 경건하면서도 공산주의적인 키치 혼합물처럼 느껴진다.
사실은 이리미아시와 페트리너는 공산당에 부역하는 정보원
이었다가 사상을 의심받아 감옥에 갔는데, 이후 다시 예전의
일을 하도록 마을로 보내진 것이었다.

이리미아시는 사람들이 소녀의 죽음으로 감정적 타격을 받은 점을 이용한다. 그는 몰락하는 마을의 문제를 심층적으로 해결하려면 확실한 수입이 보장되는 경제 수단을 마련해야 하고, 살아남기 위해서는 기만당한 사람들끼리 작은 그룹으로 뭉쳐야만 한다고 주장한다. 그러자면 역시 자금이 필요하다는 이야기도 잊지 않는다. 소녀의 죽음에 죄책감을 느낀 사람들은 품삯으로 받은 돈을 내놓고, 이리미아시와 페트리너는 미래의 계획을 실행할 준비를 한다며 도시로 떠난다.

이리미아시는 이제 한술 더 떠 다른 목표를 꿈꾼다. 그것은 마을 사람들을 자신의 사설 스파이로 개조하여 '거대한 거미줄(그물) 조직'을 만듦으로써 당국에 깊은 인상을 심어주는 것이다. 이 소설에서 '종소리'처럼 기이한 느낌을 주는 '거미줄'의 의미 한 겹이 얼핏 드러나 보이는 듯하다.

그런데 또다시 익숙한 현실을 깨뜨리는 기이한 신호가 나타난다. 이리미아시와 페트리너가 도시를 향해 가던 중, 바인카임 성의 폐허 부근에서 "윙윙거리는" 소음과 바람을 따라 움직이다 땅에 닿으면 사라지는 "반투명한 하얀 베일"을 마주하게 된다. 소녀 에슈티케가 자살한 폐허에 도달하자 그 소리는 "불분명한 웃음소리"로 변한다. 이윽고 겁에 질린 그들이 발견한 것은 놀랍게도 에슈티케의 시체였다. 소녀는 그들이 직접 관에 넣지 않았던가! 그런데 다시 등장한 소녀의 시체는 허공으로 떠올라 구름 사이로 사라져버린다.

교회도 종도 없이 들려오는 종소리와 폐허의 윙윙거리는 소음, 하얀 베일과 허공으로 떠오르는 시체를 연결 지을 형이상적 가설, 혹은 심리적 정당화를 소설은 독자에게 요구하는 듯하다.

4 몰락 이후의 글쓰기

이리미아시는 어떤 인물일까? 그는 자신을 믿는 이들을 배반하여 더욱 깊은 절망의 구렁텅이로 빠트린다. 짐짓 슬프다는 듯이 사람들에게 말하기를, 일단 흩어져 "서로 활발히 연락을 취하면서 주변을 관찰"하다가 다시 만나자고 한다. 그러고는 마을 사람들 각각에 대한 상세한 정보를 담은 보고서를 당국에 제출한다. 그 보고서는 자신에게 마음을 준 사람들에 대한 조롱과 멸시로 가득한데, 당국의 서기들 눈에는 이리미아시 자신도 그다지 다를 게 없는 인물이다.

'사탄의 탱고'란 몰락의 현장을 완성하기 위해 나타난 이리미아시의 행각을 가리키는 제목일까? 그가 사탄이라면, 그처럼 길을 가다가 안개와 환상에 겁을 먹는 사탄도 있을까? 그는 강한 자에 약하고 약한 자에 강한 공산당 끄나풀, 교활한 무신론자 사기꾼일까?

사람들이 절망에 빠져 허우적거리며 연민과 혐오를 자아내는 어리석음으로 몸부림치는 동안, 그 일관된 몰락의 진행은 어쩐지 우화의 분위기를 띠기도 한다. 이제 사람들은 빈털

터리로 흩어지고 이야기는 곧 끝나야 할 것처럼 보인다.

　소설 1부의 순차적인 진행과 달리 2부는 역순으로 6장에서 시작하여 1장으로 끝이 난다. 2부는 1부가 절정에 이르게 한 탱고가 무효화되는 경로를 밟는다. 마지막 2부 1장의 제목은 '원이 완성된다'이다. 이 제목은 마을의 몰락과, 그리고 무엇보다 의사의 집요한 '글쓰기'와 연관돼 있다.

　몰락이 완성되는 이야기 《사탄탱고》 속에 등장하여 몰락을 기록하는 마을 의사의 존재는 무척 흥미롭다. 강박적으로 기록에 집착하는, 스스로를 소외시킨 인물인 그는 글을 쓰는 것으로 무엇을 할 수 있을까? 그는 마을을 거머쥔 '몰락의 승리'를 마주 보려고 한다. "집들과 담장들, 나무와 들판, 공중에서 하강하며 나는 새들, 배회하는 짐승들, 육신을 가진 인간들, 욕망과 소망들을 파괴하고 소멸시키는 힘"을.

　그는 피할 수 없는 세계의 몰락에 직면하여 자신이 할 수 있는 일이라곤 한 가지밖에 없음을 깨닫는데, 그것은 바로 "음험한 몰락에 자신의 기억으로 맞서는" 일이다. 그래서 그는 "모든 것을 면밀하게 관찰하고 기록하기로" 결심한다.

　알코올중독자인 그는 떨어진 술을 구하러 길을 나섰다가 쓰러져 병원에 입원한다. 그리고 마을로 돌아온 의사는 텅 빈 마을에서 자신이 묘사할 수 있는 것이 아무것도 남지 않았음을 깨닫는다. 문득 그는 어떤 생각을 떠올린다. 그가 꼭 마을 사람들이 있어야 그들을 묘사할 수 있는 것은 아니다. 그는 몽상가 또는 소설가가 될 수도 있다. 그런데 언어적 전능감에 도취한 그의 글쓰기는 서두에서 후터키가 들은 것과 같은 종소리에 의해 중단된다. 그는 종소리가 들려오는 곳을 찾아 나선다.

5 결말

소설의 서두에는 "그러면 차라리 기다리면서 만나지 못하렵니다"라는 문장이 제사題詞로 쓰여 있다. 이는 프란츠 카프카의 장편소설《성》의 제8장 가운데 한 장면에서 가져온 것이다. 클람을 기다리는 K에게 청년이 여기서 떠나라고 이르자, K는 (그럴 입장이 아님에도) 오만하게 응답한다.

크러스너호르커이는 "카프카가 아니었다면 나는 소설을 쓸 수 없었을 것"이라고 밝힌 적이 있는데,《사탄탱고》는 분명 '카프카적kafkaesque' 상황을 그린 소설로 보인다. '탈출의 전망이 부재하는 고통'에 갇힌 사람들의 이야기라는 점에서 그렇다. 그런 세계 안에서 "난 떠날 거야" "떠나야만 해"와 같은 맹목적 열의는 보상받지 못한다. 기회는 없으며 희망은, 기이한 종소리가 의사를 실망시킨 것처럼, 마을 사람들을 배반한다.

'구제'되어야 할 사람들을 '구원'의 맥락에서 다루는 이 소설에서 기이한 종소리의 실체를 확인한 사람은 의사밖에 없다. 의사는 "종소리의 메시지를 정확히 이해한다면 인간의 삶에 지금껏 알지 못했던 추진력을 부여할 수 있게 될 것"이라고 기대한다. 그러나 그는 잔인한 환멸을 경험하고 집으로 돌아와 자신을 유폐시킨 뒤 글을 쓰기 시작한다. 이 지점에서 이야기는 처음으로 돌아가 다시 시작된다. 독자는 이야기의 구조를 깨닫게 되지만, 그 의미는 몰락의 닫힌 원이 완성되는 것일 테다. 영화 〈사탄탱고〉에서 들어볼 수 있었던, 뭐라 설명하기 어려운 종소리가 귓가에 울려오는 듯하다.

사탄탱고

1판 1쇄 펴냄 2018년 5월 9일
1판 5쇄 펴냄 2024년 11월 15일

지은이 크러스너호르커이 라슬로
옮긴이 조원규
펴낸이 안지미

펴낸곳 (주)알마
출판등록 2006년 6월 22일 제2013-000266호
주소 04056 서울시 마포구 신촌로4길 5-13, 3층
전화 02.324.3800 판매 02.324.3232 편집
전송 02.324.1144

전자우편 alma@almabook.by-works.com
페이스북 /almabooks
트위터 @alma_books
인스타그램 @alma_books

ISBN 979-11-5992-144-5 03890

알마출판사는 다양한 장르간 협업을 통해 실험적이고 아름다운 책을 펴냅니다.
삶과 세계의 통로, 책book으로 구석구석nook을 잇겠습니다.